화인의 꽃달
화가야 Vol. 1

화인의 꽃달 2

초판 1쇄 펴낸 날 | 2016년 10월 6일

지은이 | 이영희
펴낸이 | 서경석

편집책임 | 조윤희 **편집** | 이은주, 최고은
마케팅 | 서기원 **경영지원** | 서지혜, 이문영

임프린트 | (MUSE)
주소 | 경기도 부천시 원미구 부일로 483번길 40 서경B/D 3F (우) 14640
전화 | 032-656-4452 **팩스** | 032-656-4453
이메일 | roramce@naver.com **블로그** | bolg.naver.com/roramce
홈페이지 | http://www.chungeoram.com

발 행 처 | 도서출판 청어람
출판등록 | 1999년 5월 31일 제387-1999-000006호
어람번호 | 제11-0039호

ⓒ 이영희, 2016

ISBN 979-11-04-90967-2 04810
ISBN 979-11-04-90965-8 (SET)

도서출판 청어람은 언제나 여러분의 소중한 작품 투고와 도서 출간 기획 등 다양한 제안을 기다리고 있습니다. chungeorambook@daum.net

화인의 꽃달

화가야 Vol. 1

2권

이영희 장편소설

MUSE

목차

1.
혹시 나를 잊으셨나요?

화가야의 물속에는 어(魚)나비가 살았다.

몸통과 날개가 연결되는 부분에는 한 쌍의 아가미, 꼬리에는 물고기의 지느러미를 가졌는데 몸 자체가 워낙 작아서 꼬리지느러미는 사람의 손톱만 했다.

물속에서는 꼬리지느러미를 움직여 헤엄을 쳤다. 주변으로는 온통 공기 방울이 뽀글뽀글 솟아서 논고동의 알처럼 맺혔다.

물 밖으로 솟구칠 때는 젖은 날개를 팔랑였다. 그러면 어나비의 몸 전체에서 무지개를 담은 물방울들이 후두둑 떨어져 내렸다.

태양궁의 특별화원 '붉은 백일홍 솔나의 화원'.

붉은 백일홍 솔나가 심긴 옆의 연못에도 어나비가 헤엄치고 있었다. 겸은 매일매일 솔나를 보러 왔다. 오늘은 혼자였다.

"솔나야!"

웬일인지 겸의 음성이 슬프게 가라앉아 있었다. 솔나를 보러 와서 자주 눈물을 흘리는 겸이었지만 그것은 그리움 때문이었지, 슬픔은 아니었다.

"솔나야!"

다시 슬프게 불렀다.

"너는 내게 봄에 피어나는 풀꽃보다 어여쁘다. 여름 한 철 물 들이는 연두색 이파리보다 푸르다. 가을날 서걱이는 낙엽 소리보 다 더 설렌다. 너는 겨울날 눈발보다 더 내 마음에 흩날린다. 그 런 너를 나는 어쩌면 좋으냐? 조그마한 여인인 너와 사이좋은 비 단잉어처럼 헤엄쳐 다니며 살고 싶었다. 지붕 위의 박꽃이 희어지 듯 그렇게 함께 희어져 갔으면 했다. 나의 마지막 호흡은 너의 품 안에 묻었으면 했다. 이 세상 마지막 온기는 너의 손끝이어도 좋 겠다고 나는 생각했다. 너를 향한 나의 연모는 생과 사로 갈라져 버렸어. 하지만 너와 함께한 시간의 기쁨과 슬픔을 모두 안고 있 는 나는 그 기억으로 매일매일을 살아왔다. 너를 다시 만나리라 는 소망을 가슴에 품고 몇 번의 꽃달을 이 악물고 견디어 왔단 말이야. 앞으로도 끊임없이 요동칠 남은 생애도 나는 너를 눈 안 에 담고 살아가겠다 다짐했다. 매일 삼경의 밤 시간처럼 아득하기 만 한 기억을 붙잡고 한 잎 한 잎 개화하는 너의 꽃잎을 바라보았 다. 내미는 나의 손을 너는 한 번 마주 잡아주지도 않지만 그래 도 너를 지키며 살아내겠다 다짐했었다. 너를 결코 잊지 않고, 매 일매일 기억하면서! 그렇게…… 그런데 어떡할까? 아율이가 벌써 스물세 살이 되었다. 태후마마께서 자꾸 국혼을 서두르시는구 나."

살아 있다면 솔나도 스물세 살이었다.

"내가 화가야의 사십오 대 한울왕이 아니었으면 어떨까? 내가 왕실의 귀한 공주 아율이의 오라비가 아니었으면 어떨까?"

붉은 백일홍이 잎새를 떨며 겸의 말을 들었다.

"지금 내게는 너무 큰 근심이 있단다. 한데 너한테도 얘기를 할 수가 없어. 아니, 모두에게 말을 하더라도 너에게만큼은 절대 말을 할 수 없는 일이란다."

붉은 백일홍이 이번에는 꽃송이를 흔들었다. 꼭 겸을 위로하는 것 같았다.

"아율이의 국혼을 치러야 해. 지금도 충분히 늦은 나이거든. 서로 말은 안 했지만 원하는 이가 올 때까지 나도 아율이도 기다렸으니까."

보리를 두고 하는 말이었다.

'그런데 그렇게 하려면, 솔나 너에게 나는 마음을 지키지 못할 것 같아.'

이번에는 속으로 말을 하며 겸이 꽃잎을 쓰다듬었다.

"내는 하나도 잊지 않았다. 너의 모습, 너의 향기, 너의 몸짓, 목소리, 버릇 하나까지. 그런데, 왜? 아율이가 기다리던 사람은 태양궁으로 돌아왔는데 너는 왜 안 오는 것이냐? 기다림은 언젠가는 끝이 나는 것이라는데 나는 왜 아직까지 너를 기다리고만 있는 것이냐?"

간절한 겸의 손끝이 떨렸다.

"네가 올 거라고 믿었다. 꼭 다시 돌아오라고 나는 기원했다. 한데 다 헛된 믿음인 것이냐? 부질없는 기원인 것이냐? 벌써 삼

십 개월이 지났다. 왜? 왜 다시 나에게 오지 않는 것이냐? 이제 나는 어떡하라고? 이제 우리는 어떡하라고?"

겸이 서글프게 물었다. 눈가가 떨리더니 물기가 고였다.

"솔나야! 내가 보이느냐? 너를 안고 놓지 못하는 나를 느끼느냐?"

겸이 속삭였다.

"어째 이제는 꽃달의 밤에도 한 번 나타나지 않는 것이냐? 꽃달은 약속처럼 다시 떠오르는데 어찌해서 너는 오지 않는 것이냐? 내 기다림이 보이지 않느냐? 느껴지지 않느냐?"

겸이 솔나의 꽃잎을 안고 볼을 비볐다.

"그러니까 이렇게 된 것은 모두가 너의 탓이다. 아니, 아니다. 네 탓이 아니다. 모두 내 탓이다. 미안하구나! 미안하다. 미안해. 솔나야!"

뭐가 미안한지 말도 안 하고 겸은 울음을 삼켰다. 수정나비도 슬펐다.

류화관의 연못가에 앉은 아율은 발치에 모여든 어나비들을 바라보며 보리를 생각했다.

"공주님! 이만 내실로 드시옵소서. 밤이 깊었사옵니다."

뒤에 섰던 궁녀장이 머리를 조아렸다.

"조금만 더! 자네는 그만 처소로 돌아가라니까."

"공주님 홀로 연못가에 계시는데 어찌 소인이 침소로 돌아가겠사옵니까?"

"알았네."

궁녀장의 재촉에 일어나면서도 아율은 여전히 보리 생각에 잠겨 있었다. 손에는 자신을 공주님이라고 부르기 직전 보리가 선물했던 머리 장식이 놓였다.

삼 년 전.

내일이면 왕자 겸과 어머니인 청천비가 자신들의 집으로 방문할 것이라고 보리가 알려주었다.

자리에 누웠지만 도저히 잠이 오지 않았다. 수많은 생각들이 머릿속에서 맴돌았다. 한참을 뒤척이다가 아율은 결국 별채 자신의 방을 나섰다.

아율이 막 마루를 내려서려는데 저만치에서 어른거리는 모습이 하나 있었다. 보리였다. 별채의 담장을 올려다보며 보리가 하염없이 서 있었다.

아율이 신발을 신고 마당으로 내려섰다. 그제야 기척을 알아챈 보리가 재빨리 모습을 감추려 했다. 하지만 그보다 더 빨리 아율이 다가갔다.

"오라버니!"

"아, 공주님!"

"늦은 시각에 별채에는 어인 일이세요?"

"송구하옵니다. 잠이 오지 않아 잠시 산보를 하던 길에 별채 앞을 지나는 중이었사옵니다."

거짓말이었다. 보리는 분명 별채 앞뜰에 서 있었다.

"저도 뒤척이다가 나온 길인데, 오라버니도 잠이 오지 않으셨어
요?"

그러자 보리가 황급히 고개를 숙였다.

"용서하십시오. 공주님을 가까이 뵈면서 예를 올리지 않았사옵니
다. 하옵고, 오라버니라니요? 이제는 소신을 그리 부르시면 아
니 된다 아뢰었사옵니다. 그리고 소신에게 반드시 하대를 하셔야
하옵구요."

"그러지 마세요, 오라버니! 저는 이 집에서 십 년을 오라버니의
누이 차연이로 살았어요."

"공주님께는 아율이라는 고귀한 이름이 있사옵니다."

"제가 이 집을 떠나기 전까지 저의 이름은 차연일 뿐이에요."

아율이 고개를 저었다. 잠시 두 사람의 시선이 아프게 얽혔다.

"공주님! 이만 방으로 드시옵소서. 소신은 물러가옵니다."

"잠시만요."

하지만 아율이 다시 붙들었다.

"오라버니의 품에 든 것이 무엇이에요? 혹 소녀에게 주려고 가
져오신 것이 아닌가요?"

돌아서는 보리는 무언가를 품에 숨기고 있었다.

"아, 아니옵니다. 공주님."

"어디 보세요."

"아니라 아뢰었사옵니다. 이만 방으로 들어가시옵소서."

"저를 공주님이라 부르시면서 저의 말은 거절하시는 것인가요?
오라버니의 품에 든 것을 저에게 보여주세요."

아율이 고집스럽게 서서 움직일 생각을 안 했다. 그제야 보리

가 품에 숨긴 것을 꺼내어 아율에게 내밀었다.

매화가 수놓인 보자기에 싸인 조그마한 향등이었다.

말린 꽃잎을 넣은 종이를 두 겹으로 발라서 철사를 휘어 동그랗게 모양을 만들고 가운데에는 역시나 꽃잎 우린 물로 색을 입힌 향초가 들어 있는 향등.

보리는 이틀 저녁 자신의 방 안에서 꼼짝도 하지 않았다. 동그란 모양이 비뚤비뚤 모가 난 것이 직접 만든 향등 같았다.

"저를 주려고 일부러 만드신 거예요?"

"다, 다른 뜻은 없사옵니다. 그저 어디에 계시든지, 향등이 빛을 내듯, 공주님을 지키겠다는 저의 마음, 아니 소신의 충심의 표현이옵니다."

말을 마친 보리가 걸어 나갔다. 아율은 보리의 등을 바라보았다. 저벅저벅 울리는 보리의 발자국 소리가 아율의 심장 속에서 아프게 전율을 했다.

오늘 밤이 마지막이다! 이렇게 마음 놓고 서로를 바라볼 수 있는 시간은!

오늘 밤이 끝이다! 서로에게 오라버니이고 누이일 수 있는 이름은!

마음속에 거센 소용돌이가 휘몰아 가자 아율은 보리가 선물한 향등을 살며시 내려놓았다.

"오라버니!"

아율이 보리에게 달려갔다.

"오라버니!"

아율이 보리의 등을 안으며 고개를 묻었다.

"공주님! 어찌……."

보리가 아율의 손을 풀어내려고 했다. 하지만 아율의 양 손가락이 서로 깍지를 끼며 풀리지 않았다.

"공주님! 놓으시옵소서!"

"아니요. 놓지 않을 것이에요."

아율의 고개가 도리질을 했다.

"그리고, 그리고 오라버니가 보내지 않겠다 하시면 저는 아니 가겠어요. 그냥 평생을 오라버니의 곁에서 오라버니의 누이로 살아도 저는 괜찮아요."

"응당 공주님이 계셔야 할 자리로 돌아가시는 것이옵니다."

"어차피 태양궁에서 저는 죽은 사람일 뿐이에요."

"아니요. 분명히 살아 계시는 공주님이시지요."

보리가 아율의 팔을 잡고 풀어내더니 몸을 돌려 아율을 마주 보았다.

"그리고 아니 가겠다 하시는 것도 공주님의 진심이 아니란 걸 압니다. 집 안에서 산보를 하실 때는 늘 태양궁 쪽을 보며 걸으셨고 여름밤 잠이 드실 때도 항상 태양궁 쪽으로 난 창문을 열어놓고 주무셨잖아요. 집사가 들려 드리는 이야기 중 제일 골몰히 들으셨던 이야기도 바로 태양궁의 이야기이셨사옵니다."

"제가, 그랬나요?"

"도통 문밖출입은 하시지 않는 분이 왕실의 어가 행렬이 있는 날이면 꼭 저자로 나가셨고 그런 날이면 밤새 눈물을 흘리며 잠도 못 주무신 것을 다 알고 있습니다."

"……."

"십 년간을 그리워만 하셨던 청천비마마의 곁으로 그리고 진짜 오라버니이신 겸 왕자님의 곁으로 돌아가시는 것이옵니다. 그동안 공주님께 오라버니로 불렸던 이 가짜는 버리시고 말이에요."

"가짜라니요? 저를 향한 오라버니의 마음은 언제나 진심이었고 간절했다는 것을 그 누구보다도 제가 잘 알고 있어요."

"하니 그 간절한 진심으로 신은 소원하는 것이옵니다. 공주님께오서 공주님의 마땅한 자리에서 행복하시고 또 평안하시기를. 신이 조금만 더 힘이 있었더라면 진즉에 찾아 드렸을 그 자리로 가셔서 말이옵니다."

두 사람의 눈에 조금씩 물기가 스몄다. 누구도 원치 않는 이별이었지만 아율은 꼭 자신의 자리인 태양궁으로 돌아가야만 했다.

"하면, 소원이 있어요."

"하명하시옵소서."

"하명이 아니라 소원이라 했잖아요. 명을 내리는 것이 아니라 간청을 드리는 것이에요."

"듣겠사옵니다."

"제가 태양궁의 공주가 되더라도 꼭 저를 만나러 와주세요. 언제나 저를 지키는 빛이 되겠다고 건네주신 이 향등처럼 태양궁에서도 저의 곁을 지켜주시란 당부예요. 그리, 그리해 주실 거지요?"

대답 대신 보리는 고개를 끄덕였다.

"차연이라는 제 이름도 잊지 마세요."

아율이 울먹이기 시작했고 보리는 질끈 눈을 감았다.

"십 년간을 오라버니의 누이로 살았던 저를 절대 잊지 마시기예요. 오라버니와 제가 얼마나 정다이 지내었는지, 이 차연이가 별채에서 언제나 오라버니의 퇴궁을 기다리고 있었다는 것도, 그리고……."

울먹이던 아율의 말은 끝맺음 되지 못했다.

와락!

보리가 아율을 안아버렸다.

"네. 공주님! 모두, 모두 다 신이 기억하겠사옵니다. 공주님에 대한 것일랑은 말씀 하나, 발걸음 하나, 손버릇 하나까지도 모두 잊지 않고 기억하겠사옵니다."

"한 번도 제게는 거짓을 말한 적이 없는 오라버니시지요. 하니, 저를 보러 오시겠다는 약조를 믿고 기다릴 것이에요."

"어찌 감히 공주님과의 약조를 어기겠사옵니까?"

"오라버니! 우리 그냥 이렇게 살아갈까요? 태양궁도, 공주라는 이름도 다 잊고 먼 지방 소읍으로 떠나서 그냥 함께 살면 안 될까요?"

"공주님은 결코 그러실 수 없을 것이옵니다. 신이 알고 공주님이 아시지 않사옵니까?"

안타까움으로 젖은 두 마음에 밤공기가 서늘하게 와 닿았다. 이렇게 가까이 안고 있는 서로의 몸도 내일이면 이별만이 기다리고 있을 뿐이었다.

보리가 살며시 아율을 품에서 떼어놓더니 아율의 젖은 눈을 들여다보았다. 아율도 피하지 않고 보리의 눈을 같이 들여다보았다.

보리가 두근거리는 한 손을 들어 올려 아율의 볼을 살며시 쓸었다. 가는 비단처럼 매끄러운 볼이었다. 그 손이 다시 아율의 콧대를 쓸었다가 가지런한 눈썹 위를 미끄러져 갔다. 함께 파르르 떨렸다.

파삭!

서걱대는 두 사람의 목울대로 마른침이 넘어갔고 더 이상 떨림을 참지 못한 보리가 아율의 몸을 밀어냈다.

"싫, 어, 요. 가지 말, 아, 요."

띄엄띄엄 아율의 입이 열렸다. 그리고는 보리의 손을 꼭 움켜쥐고 고개를 양옆으로 저었다. 그렁그렁 고인 아율의 눈물이 움찔거렸다.

보리가 손을 빼려고 했다. 하지만 아율의 손가락이 보리의 손가락 사이사이를 얽어매고 버렸다. 눈물에 시야가 흐려져서 서로의 모습이 뿌옇게 어렸다.

아리고 아픈 시간이 속절없이 흘렀다.

휙!

갑자기 보리가 아율의 팔을 움켜잡았다. 그대로 아율을 이끌고 방으로 들어섰다. 아율의 등 뒤로 방문이 닫히자 방 안에는 오롯이 두 사람뿐이었다.

천을 풀어버린 아율의 손등에서 풍기는 매화 향기는 보리의 미친 듯이 뛰는 맥박 위에 내려앉았다. 보리의 강철검의 기운은 파닥이는 아율의 심장 위에 어렸다.

아율을 방문에 세워둔 채 보리가 양팔을 들어 올려 아율을 가두었다. 그런 후 아율의 눈을 피하며 애써 맥박을 가라앉혔다.

"보내드리겠다 했사옵니다. 오셨던 모습 그대로 고이 보내드리겠다고.”

보리의 말은 이 사이를 뚫고 겨우 밀려 나왔다.

“저 또한 아니 가겠다 하면 어쩔 거냐고 물었잖아요.”

“아니요. 공주님! 가셔야 하옵고 가실 것이라고 이미 아뢰었사옵니다. 내일이옵니다.”

“하면 이 밤이 마지막이잖아요. 이제 영영 마지막 밤인 거잖아요.”

내일이면 아율은 태양궁의 존귀한 공주님이 될 것이고 보리는 왕실 시위대 제삼위 장군에 불과할 것이다.

“그러니까 이렇게 그, 냥, 날 보내지는 말아요.”

아율이 애처롭게 보리를 보았다. 보리의 한숨이 장마처럼 길게 터져 나왔다.

“공주님! 자꾸만 이러시면 저더러 어쩌라고…….”

떨리는 음성과 함께 보리가 고개를 들었다. 방문에 올렸던 팔을 거두며 아율의 양 볼을 감싸 안았다. 그리고는 거칠게 입술을 부딪쳐 왔다.

아리게 물렸다 놓이는 입술이 서로를 찾았다. 화염 같은 속살이 서로의 입안을 휘몰아쳤다. 서로의 손길 아래에서 옷자락이 몸을 비비고 애달픈 손가락이 파고들어 간 몸 곳곳마다 얼얼한 통증이 느껴졌다.

검술로 다져진 보리의 강인한 몸이 아율의 몸을 부서뜨릴 듯했다.

며칠 전, 아율을 처음으로 공주님이라고 부른 후 주고받았던 서툴고 조심스러웠던 첫 입맞춤.

그날, 내일의 이별을 앞에 두고 다시 주고받았던 마지막 입맞춤. 한층 농밀하고 은밀했던, 솟구치는 물기둥이었고 맹렬한 화염이었던 입맞춤.

아리고 시리게 건너다녔던 서로의 향기.

'공주님! 공주님과 함께 이랑비의 강변을 산보할 때면 공주님의 귀밑머리가 꽃잎보다 더 화사하게 휘날려서 신의 마음은 늘 방망이질을 했었습니다. 아버지의 숨겨둔 딸로 공주님을 처음 만났을 때도 망아지처럼 초롱초롱한 눈망울로 저를 바라보시던 공주님은 한없이 저를 웃게 하였습니다. 십 년이라는 시간을 함께 살아왔습니다. 아픈 기억도, 슬픈 사별도 언제나 신은 공주님과 함께였습니다. 그래서 신은 굳건히 견딜 수 있었던 것 같습니다. 하지만 이제 공주님을 보내고 나면 신은 어떻게 살아야 합니까?'

'오라버니! 저를 거두어주신 부모님이 돌아가신 후 어둡기만 했던 제 인생길에 단 하나의 등불이었던 오라버니! 늘 시린 물비린내만 풍기던 내 기억에 단 하나의 안식이었던 오라버니! 공주라는 이름은 잃었지만 오라버니의 누이라는 이름을 가졌고 저를 불러주지 못하는 어마마마 대신 오라버니가 항상 저를 다정히 불러주었었지요. 열한 살 어린 나이에 처음 만났던 그날, 새까만 저의 머리가 삼단같이 매끄럽다 웃어주시던 오라버니는 제 귀밑머리가 자라갈수록 함께 제 안에서 커져 갔었어요. 한데, 한데 정녕 오늘 밤이 마지막인 건가요?'

건네지 못한 고백은 물기둥에 젖고 화염에 타올랐다. 그리고 그것이 마지막이었다.

내실에 앉은 아율은 생각에서 깨어났다. 아직 잠에 들지 못하고 있었다. 그렇게 보리의 곁을 떠나온 지 벌써 이 년 하고도 육 개월이라는 시간이 흘렀다.

아율의 앞에는 향등이 놓여 있었다. 말린 꽃잎을 넣은 종이를 통해 꽃잎 우린 물로 색을 입힌 향초가 빛을 발했다.

"물망초꽃!"

아율이 혼자 중얼거렸다. 보리가 건네준 향등의 말린 꽃이 바로 물망초 꽃잎이었다.

"오라버니! 뵙지 못한 지 벌써 삼십 개월이 지났어요. 저를 십 년간이나 지켜준 가문이온데 그것이 불경이라 하여 시위부령의 자리도 파직당했고 두 번 다시는 태양궁 출입을 하지 못하게 되다니! 이런 저를 그리고 왕실을 많이 원망하고 계시겠네요."

아율이 향등을 만지작거렸다.

"밤을 밝히는 향등처럼 저의 곁을 지켜주시겠다 약조하시고 건네어준 향등에는 이리 물망초 꽃잎을 넣어두시고는, 이제 차연일랑 다 잊어버리신 것은 아닌가요? 삼단같이 매끄럽다 웃어주시던 차연이의 머리카락도 혹여 다 잊어버리신 것은 아닌가요? 불경이라 말하시며……."

잠시 말을 끊은 아율이 자신의 머리카락을 한 줌 집어 올렸다. 보리의 말이 아니라도 정말 삼단처럼 매끄럽고 부드러운 머리칼이었다.

"불경이라 말하시며 떨리듯 건네었던 그 입…… 맞춤, 도 이제는 다 잊으신 것인가요?"

머리칼에 고개를 묻었다. 아직까지 입술 끝에 맴도는 강철검의 기운이 시리게 치밀어 올랐다.

"오라버니!"

툭! 이슬 한 방울이 떨어졌다.

화가야의 노을은 무지개색으로 졌다.

처음에는 하늘이 온통 벌겋게 타올랐다. 불잔치 같이 뜨겁고 강렬했다. 그러다가 차츰 그 벌건 기세가 누그러지면서 연주황색이 배어 나왔다.

조금씩, 조금씩.

주황색이 지나가면 다시 하늘은 온통 노란색이었다. 온 하늘에 개나리가 만발해 피어오른 듯했다. 그러다가 어느 순간 노란색이 탁해지면 노을의 색깔은 초록으로 변했다. 한여름의 신록처럼 싱그러웠다.

잠시 후에는 하늘이 온통 파랗게 변했다. 바다를 하늘로 옮겨 놓은 것처럼 청명한 빛이었다. 이때쯤 되면 화가야의 바다와 하늘은 구분이 되지 않았다. 그러다가 청명한 기운이 스러지면 그때는 탁한 남색의 하늘이 드러났다.

마지막으로 보라색의 노을이 서리면 완연한 밤이 다가왔음을 알리는 것이었다. 보라색이 짙어지다가, 짙어지다가 어느 순간 검은색의 밤하늘이 되었다. 완전한 밤이 되는 것이었다.

지금의 하늘은 연보라색이었다.

화가야 사십오 대 한울왕이 된 겸이 태양관의 위시위부령(왕실

시위대 대장 중 제일위)으로 임명된 보리와 마주 앉아 있었다.

"입궁하자마자 내 자네를 너무 오래 붙들고 있는 것이 아닌 가?"

비단 보료에 앉은 겸이 다정한 눈빛으로 보리를 바라보았다.

"아니옵니다. 갑자기 까닭 없는 큰 자리를 하사하시니 소신은 그저 황공하고도 감읍할 따름이옵니다."

"갑자기라니? 내, 자네를 이 년 육 개월간이나 궁 밖에 내버려 두고 있었네. 왕실의 풍파를 정리하고 승하하신 선대왕 전하의 국상을 치르고 내 딴에는 너무 정신없이 지나간 시간이었지."

병약했던 부왕은 아무것도 모른 채로 겨울 별궁으로 떠났다. 하지만 다시 태양궁으로 돌아온 후 독화살 시해 도모 사건의 전 말을 전해 들었다. 죽었다가 다시 살아 돌아온 아율이 곁에 있었 지만 부왕은 더 이상 충격을 이겨내지 못했다. 육 개월 남짓 끔찍 한 병증으로 고생을 하다가 결국 승하하였다.

그 후, 겸의 한울왕 계승식이 있었고 귀족회의의 대신들과 함 께 왕실과 민정을 안정시키려고 피땀을 흘렸던 시간들이었다.

그 와중에 십 년간이나 아율 공주를 지켜주었던 보리와 보리 의 가문은 귀족회의의 대신들에게 탄핵을 당했다. 아무리 신분을 잃었다고 하나 왕실의 귀한 혈손인 매화 꽃문양의 공주를 누이라 부르며 한집에서 살아온 것이 불경이라는 이유에서였다.

하지만 결국 겸은 다시 보리를 태양궁으로 불러들였다. 귀족 대신들에게 큰 약속을 하나 내걸고서.

"까닭이 없다니? 그도 말이 안 되네. 자네로 하여 화가야 왕실 은 잃었던 귀한 공주를 찾을 수 있었고 나는 사사로이 하나뿐인 누이를 돌려받았네. 자네의 공을 말로야 어찌 다 갚을 수가 있겠는가? 오히려 자네가 자네를 내친 후 돌아보지 않은 왕실을 얼마나 원망했을지 내는 그것이 걱정이네."

"아니옵니다. 전하! 소신은 태양궁의 은혜를 누리고 사는 이 화가야의 백성. 어찌 존귀한 왕실을 향한 작은 원망 한 자락이라도 있겠사옵니까?"

"너무 면목이 없지만 그리 말해주니 고맙네."

흠!

겸이 잠시 헛기침을 내뱉었다.

"한데 일전의 가얏고 가락은 어떠하였는가?"

질문을 던지며 겸의 한쪽 입술이 올라갔다.

며칠 전 오후, 태화관의 내실에서 아율이 가얏고를 탈 때 겸이 일부러 보리를 내실 앞까지 불러들였다. 그날이 보리가 입궁한 첫날이었다.

"무관인 소신이 어찌 존귀한 공주님의 가얏고 선율을 평할 수 있겠사옵니까?"

정곡이라도 찔린 것처럼 보리의 귀가 붉어졌다.

"응? 내, 언제 자네에게 아율 공주의 가얏고 선율을 평하라 하였던가? 오늘 광화관에서 있었던 귀족회의 개장식 때 악공들의 선율에 대해 물은 것인데."

겸이 보리를 보며 짓궂은 표정을 지었다.

"황, 황공하옵니다. 전하! 소신은 그저······."

"하하하하하하! 되었네. 태화관 안의 모두가 들었던 아율 공주의 가얏고 선율이 자네의 귀에만 들리지 않았겠는가? 아니 그런가? 하하하하하!"

짓궂은 표정의 겸이 그만큼이나 짓궂은 웃음을 흘렸다.

"그래. 이 년이 훨씬 넘고서 다시 본 아율의 모습은 어떠하던가? 사가에서의 모습 그대로 똑같던가?"

"잘, 잘 모르겠사옵니다."

"아율이 그 아이가 말일세. 사가에서 지니고 온 머리 장식이 하나 있네. 은을 쳐 늘여서 매화 문양을 수놓은 머리 장식인데 태양궁에 들어와서도 내도록 그것만 하고 다니지 않겠는가? 그때 보았을 텐데 혹 자네도 아는 물건인가?"

"소, 소신은 아는 물건이 아니옵니다."

"자네 보기에도 그리 아낄 만큼 공주랑 잘 어울리던가?"

"소신은 공주님의 세세한 모습일랑 보지도 못하였사옵니다."

"바로 앞에서 가얏고 선율을 들었는데 공주의 모습은 보지 못하였다? 위시위부령 자네의 안력(시력)이 좋지가 못한 모양이구나! 하하하하하하!"

겸의 짓궂은 웃음이 연속하여 터지자 겸보다 세 살이나 많은 스물여덟 살의 보리가 어쩔 줄을 몰라 했다. 난데없는 겸의 질문 공세에 정곡을 제대로 찔린 보리의 근육들이 식은땀을 줄줄 흘렸다.

'오호라! 박 장군! 자네의 마음 또한 그렇단 말이지?'

내도록 눈을 내리깔고 아율만 뚫어져라 응시하던 보리의 눈길을 겸은 보았다. 원하던 것을 확인한 겸의 웃음이 더 흐뭇해졌다.

보리가 돌아가고 태양관의 내실에 겸 혼자 남겨졌다. 오월의 마지막 밤, 열어젖힌 등창 너머의 하늘에는 꽃달이 걸려 있었다.

"솔나야! 오늘이 너를 처음 만났던 오월의 마지막이로구나! 그리고 네가 떠나고 서른 번째로 다시 찾아온 꽃달의 밤이야. 그런데 말이다. 꽃달의 밤이 되면 나는 도통 잠을 잘 수가 없구나. 한 번도 나를 반겨 맞아주지 않는 벗처럼 잠은 내게서 멀리 달아만나!"

생각에 잠긴 겸이 비색의 팔가리개를 쓰다듬었다.

"다시는 돌아올 수 없는 먼 곳으로 떠나가 버린 너는 이제 나를 다 잊었느냐? 그리 아프게 너를 떠나보내고 수백의 밤을 후회로 되뇌이는 내 속앓이는 알지도 못할 너는 이제는 평안한 것이냐? 흉한 얼굴도, 천한 신분도 다 벗어버리고 훨훨 날아간 너는 이제는 자유로운 것이냐?"

되뇌이는 겸의 가슴에 피멍이 들었다. 팔가리개를 쓰다듬는 겸의 손길에도 피멍이 스몄다.

"나는 이제 국혼을 하고 왕후를 맞으려고 한다."

다음으로 나온 겸의 말은 상상 밖이었다.

"저 사람, 박 장군을 다시 태양궁으로 불러들이기 위해 나는 귀족들에게 미루기만 하던 국혼을 치르겠다고 조건을 내걸었다. 하나뿐인 누이, 십 년간을 공주라는 이름도 잃고 살았던 가여운 누이를 위하여 내는 너와의 연모를 이리 끊어내려고 한단 말이다. 내가 참 못났지?"

스스로를 비웃었다. 아까 솔나 앞에서 미안하다며 울음을 삼켰던 것이 바로 이 이유에서였다.

"하지만 과연 끊을 수 있을까? 내가 너를 잊고 다른 여인을 왕후로 맞아 행복하게 다시 웃을 수 있을까? 그럴 수 있을까? 그리

고 이런 나를, 여전히 너를 놓지도 못하고 끊지도 못하는 나를,
이제는 그마저도 억지로 잊으려 하는 나를 너는 용서할 수 있겠
느냐? 이도 저도 아니면 너는 나를 완전히 잊은 것이더냐? 솔나
야! 솔나야!"

겸은 아직도 거짓말 같았다. 솔나가 자신의 곁을 영원히 떠나
버렸다는 것이.

겸은 아직도 어제 일 같았다. 안타까움으로, 서러움으로 솔나
의 여린 몸을 안았던 것이. 그 향기로웠던 솔나의 몸에 입맞춤하
였던 것이.

"이제 국혼을 하겠다 약조까지 하여 버렸으니 내가 더 미워서
안 오겠구나? 그렇지?"

겸이 힘없이 몸을 눕혔다.

밤이 좀 더 깊었다. 거의 자정이 된 시각이었다.

꽃달의 달빛이 백일홍 꽃잎 위에서 산산이 부서졌다. 그러다가
어느 한순간, 달빛이 꽃잎 위에서 동그랗게 원을 그리기 시작했
다. 백일홍 꽃잎 위에 둥근 무지개가 걸렸다.

샤락! 샤락! 샤라라락!

바람이 꽃잎에 스치는 소리 같기도 하고 덜 마른 나뭇잎을 밟
는 소리 같기도 한 이상한 소리가 꽃잎 주변에서 울려 나기 시작
했다.

그러더니,

파스스스스스스!

갑자기 꽃잎이 흩어져 날리기 시작했다. 둥글게 걸린 꽃달의 무

지개 사이로 붉은 꽃잎이 솟구쳤다.

반짝! 반짝! 반짜자자작!

꽃달을 배경으로 흩어진 꽃잎이 빛이 나기 시작했다. 강렬한 붉은빛이었다. 더 이상 강렬하게 붉을 수 없을 만큼 붉어지더니 이번에는 투명해지기 시작했다. 점점, 점점, 그러다가 어느 순간 완전히 투명해지고 말았다. 더 이상 사람들의 눈에는 보이지 않았다. 천천히 움직여 가기 시작했다.

태양관의 내실에서 겸은 잠들어 있었다. 채 마르지 않은 눈물은 겸의 뺨 위에 말라 있었다.

열어놓은 내실의 등창으로는 꽃달의 달빛이 숨어들어 왔다. 그리고 그 달빛을 따라 이상한 기운이 흘러들어 왔다.

자수청처럼 빛나는 붉은 백일홍 꽃잎!

잠에 든 겸의 곁으로 날아가는 것은 바로 방금 전 '붉은 백일홍 솔나의 화원'에 심겨져 있던 솔나의 본체 백일홍의 꽃잎이었다.

샤르르르륵! 샤르륵!

꽃달의 달빛을 타고 내려온 붉은 백일홍 꽃잎이 겸의 머리맡으로 한꺼번에 쏟아져 내렸다. 달빛을 받아 다시 강렬하게 빛이 났다.

그렇게 얼마나 지났을까?

백일홍 꽃잎이 솟구쳤다. 이리저리 휘몰아 가며 모양을 바꾸어 댔다. 그러더니 차츰차츰 사람의 형상을 이루어 갔다.

여인의 머리 모양, 어깨, 팔, 가슴 그리고 다소곳한 치맛자락까지. 이윽고 꽃잎들이 완전한 여인의 형상을 이루고 그 형상이 짙어지면서 여인의 모습이 정확하게 드러났다.

놀랍게도…… 솔나다!

솔나가 겸의 머리맡에 앉아 있었다. 하지만 솔나의 몸은 완전치가 않아서 먼 데에서 점멸하는 등불처럼 모습이 나타났다가 사라졌다가 했다.

겸을 바라보는 솔나의 눈망울이 나타났다가 사라졌다. 겸을 향해 조심스럽게 내미는 솔나의 손이 사라졌다가 다시 나타났다.

'왕자님! 겸 왕자님!'

솔나가 속으로 겸을 불렀다. 서러운 치맛자락이 보였다가 안 보였다.

'솔나가 왔습니다. 왕자님을 뵈러 솔나가 왔습니다. 아! 아니, 아니다. 이제는 전하라고 그리 불러야 하는 것이지요?'

속으로 말을 하던 솔나의 몸이 없어졌다가 다시 드러났다.

'왜 요 며칠간은 저를 찾아오지 않으셨나요? 이 년이 넘게 매일 저를 찾아오셨었는데.'

보리를 위시위부령으로 태양궁에 들이고 귀족들과 함께 국혼에 대한 이야기를 조율하느라 겸은 오 일 정도를 솔나에게 가보지 못하였다. 국혼 약속 때문에 미안한 마음도 있었다.

'단 하루도 빠짐없이 저를 찾아주셨던 전하! 해서 솔나는 이리 불완전하긴 하지만 사람의 몸을 또 가지게 되었어요. 이제 육 개월이 남았어요. 육 개월만 더 있으면 완전한 사람의 몸으로 전하의 곁에 머무를 수 있어요.'

솔나가 가만히 겸의 머리를 쓸어내렸다. 아직 미혼이라는 표시로 반만 묶어 동곳을 하지 않았다.

'매일매일 저를 찾아와주셔서 얼마나 행복했는지 말씀드려도 될까요? 묶여 있는 몸이라서 움직일 수는 없었지만 뛸 듯이 기뻤다는 것을 말씀드려도 될까요?'

솔나의 눈이 반달 모양으로 휘었다.

'혹여 요 며칠, 저를 찾지 않으신 것이 저를 잊어서 그러신 것은 아니지요? 설마 그런 일이 일어나는 것은 아니지요? 육 개월만, 육 개월만 더 저를 잊지 말아주세요. 제발 육 개월만 더 저를 놓지 말아주세요. 그때까지 전하의 마음은 변치 않으실 거죠? 저를 향한 그 마음일랑 결단코 흐트러지지 않으실 거죠? 내일은 꼭 저를 보러 와주실 거죠? 전하!'

겸은 솔나가 만들어준 비색의 팔가리개를 쥐고 있었다. 하지만 이불 안에 손이 들어가 있으니 솔나는 보지 못했다.

'꽃달의 밤에만 전하를 보러 올 수 있는 저이지만 그래도 잊지 말고 기다려 주세요. 다음의 꽃달의 밤까지 부디 평안하시기를. 내도록 안녕하시기를. 전하!'

보리와 아율의 연모를 지켜주기 위해 이제는 국혼을 하겠노라고 대신들에게 선포한 겸의 약조를 솔나는 몰랐다.

물망초의 꽃말은 <나를 잊지 마세요>.

2.
우리가 함께한 추억

보리는 위시위부령의 관복을 혼자서 입고 있었다. 태양궁에 입궁하기 시작한 지 일주일이 지났다.

보리는 먼저 저고리에 바지를 갖춰 입었다. 그러고 나서 시위부령의 관복인 판갑옷을 입고 목가리개와 팔가리개 그리고 허리가리개도 혼자서 맸다. 집사인 정 씨가 옷시중을 들어주겠다고 했지만 거절하였다.

아율이 공주의 신분을 찾아 보리의 집을 떠나기 전, 보리의 입궁 옷 시중은 늘 아율이 들어주었다.

아율이 목가리개를 매어줄 때면 보리의 목울대가 은밀하게 오르내렸다. 팔가리개를 매어줄 때면 살짝 스치는 아율의 손끝에 보리의 심장이 요동을 쳤다. 허리가리개를 매어주던 아율의 손이 보리의 단단한 몸을 지나갈 때면 보리는 절로 발가락 끝에 힘이 들어갔다.

"오라버니! 혹 허리가리개가 조이지는 않은지요?"

"아니. 괜찮아. 누이가 잘 매어주어 딱 맞춤하구나!"

"참으로 멋있으세요. 관복이 이렇게나 멋들어지게 어울리시는 분은 오라버니뿐이실 것이에요."

한 발 물러선 아율이 관복을 완전하게 갖춰 입은 보리를 흐뭇하게 보았다.

"고슴도치도 제 새끼는 예쁘다 한다더니 누이가 딱 그 모양이구나."

"아니에요. 오라버니만큼 훤칠한 시위부령이 어디 태양궁에 있던가요?"

"네가 언제 태양궁에는 가보고서 그리……."

앗! 보리가 말실수를 하였다 싶어 얼른 말을 끊었다.

"아마도 나만큼이나 다정한 누이를 가진 사람은 아무도 없으니 그런 것이 아니겠느냐?"

보리가 말을 마무리하였다.

매화꽃 늘어진 대문간에서 아율이 보리를 배웅하였다. 집 안에서 절대 풀지 않는 아율의 오른손의 흰 천이 보리의 눈에 담겼다.

"누이야! 다녀오마!"

"조심히 다녀오세요."

"오늘은 무얼 하며 시간을 보내려느냐?"

"매화꽃이 많이 피었어요. 꽃잎을 좀 따다 말려놓았는데 오라버니 방의 등창에 붙여볼까 해요."

"내 방이 온통 매화 향으로 가득 차겠구나."

보리가 웃으며 아율의 팔을 살짝 감아 잡았다가 놓았다. 둘의 얼굴이 상기되었다.

"쉬엄쉬엄하렴! 무리하지 말고!"

"네."

대문을 나선 보리는 몇 걸음 가지도 못하고 뒤를 돌아보았다. 여전히 매화꽃 그늘 아래 선 아율이 손을 흔들어주었다. 보리도 마주 흔들어주었다. 열 걸음쯤을 더 가고 나서 보리가 다시 뒤를 돌아보았다. 아율은 여전히 그 자리에서 보리를 보고 있었다. 막 골목 모퉁이를 돌아서면서 보리는 또 뒤를 돌아보았다. 아직도 아율은 그 자리였다.

'누이야!'

'오라버니!'

속으로 서로를 부르며 보리와 아율이 미소를 주고받았다.

☾

기억에서 깨어난 보리는 남쪽으로 향하여 난 등창을 바라보았다. 아율이 붙여놓은 말린 매화 꽃잎이 색이 바래지도 않고 붙어 있었다. 등창 아래로 걸어가 매화 꽃잎을 만져 보았다.

그립다. 피붙이를 끊어낸 것처럼 많이 아프다.

"도련님! 혼자 관복 맞춰 입기에 불편하지 않으십니까?"

"괜찮다고 몇 번을 말했는데."

"제가 시중을 들어드린다니까요."

"자네는 어디 노는 사람인가? 괜히 분주하게 할 필요가 무에 있어?"

집사인 정 씨는 보리의 진심을 몰랐다. 관복을 맞춰 입으면서 언제나 아율의 모습을 눈으로 보듯 생생히 그린다는 것을.

"오늘도 무탈히 다녀오십시오."

"알았네."

매화 흐드러진 대문간에서 오늘은 정 씨가 배웅을 했다. 그리운 향기를 가슴에 품고 대문을 나선 보리는 태양궁을 향해 갔다.

보리가 태양궁을 향하고 있을 때, 아율은 내화원 안에서 겸을 기다리고 있었다. 내화원에서 잠시 보았으면 한다는 겸의 부름을 받고 와 있는 중이었다.

공주의 궁실인 류화관의 궁인들은 모두 내화원 출입문 밖에 서 있고 내화원 안에는 아율 혼자였다. 겸이 궁인들을 다 물리고 혼자서만 기다리고 있으라고 하였다.

하지만 시간이 꽤 지난 것 같은데도 겸은 올 생각을 안 했다.

"수정나비들아! 전하께오서 어디만큼 오신 것 같니?"

아율은 자신의 주변을 맴돌며 나풀거리는 수정나비들에게 물었다. 이제 태양궁의 수정나비들은 겸과 아율 두 사람의 뒤를 나누어 따라다녔다.

「아직 전하의 백일홍 향기가 풍겨오지 않아요.」

수정나비들이 날개를 나풀거리며 더듬이를 내저었다.

"그러면 우리 잠시 산보라도 하고 있을까?"

수정나비들이 수정더듬이를 끄덕였다. 아율이 발걸음을 옮겨 내화원 안쪽으로 들어갔다.

보리는 겸의 부름을 받고 막 내화원으로 다가오는 길이었다. 입궁을 하자마자 태양관의 시위병이 내화원으로 가라는 겸의 말을 전해주었다.

내화원 입구에는 시위병 두 사람만 서 있는데 태양관의 시위병들은 아니었다.

"전하께오서는 내화원 안에 계시느냐?"

시위병들은 위시위부령의 관복을 입은 보리에게 예를 올렸다.

"혹 위시위부령님께서 박보리 공이십니까?"

"그렇다."

"안으로 드시지요. 전하께오서 기다리고 계십니다."

"알았다. 한데 시위병들이 왜 내화원을 지키고 있는 것인가? 하고, 태양관의 궁인들은 왜 아무도 보이지 않는 것이냐?"

겸은 내화원에 들어갈 때면 늘 궁인들은 문밖에 세워두었다. 지금은 아율의 궁인들뿐이라 보리에게 낯선 얼굴들이었다.

"소인들은 잘 모릅니다. 다만 내화원 출입구를 시위하고 있으라고 전하께오서 하명하셨습니다."

"그래?"

보리가 고개를 갸웃거렸다.

"수고들 하거라."

"네."

보리는 내화원으로 들어섰다. 내화원에 들어와 보는 것은 처음이었다. 솔나를 지키기 위해 다선이 워낙 내화원 출입을 엄중히

한 까닭도 있었지만 시위부의 대장이 내화원을 찾을 일도 없었다.

"전하!"

겸을 부르며 들어섰지만 내화원은 적막했다. 한참을 서 있어봐도 겸의 모습은 보이지 않았다.

"화원 안을 둘러보시는 중이신가?"

그래서 보리는 겸을 찾기 위해 내화원 안쪽으로 걸음을 옮겼다.

그때, 아율은 해당화가 무리 지어 핀 곳을 천천히 지났다. 수정나비들이 해당화 꽃대 사이로 춤추며 지났다. 잠시 후, 보리도 해당화가 무리 지어 핀 곳을 지났다.

아율이 개나리가 흐드러진 담장 곁을 지났다. 수정나비들이 담장 위를 스쳤다. 잠시 후, 보리도 개나리 흐드러진 담장을 지나며 개나리 꽃잎을 건드렸다.

아율이 진달래가 꽃 무더기를 이룬 기둥 옆을 지났다. 수정나비들이 진달래 꽃술을 흔들었다. 잠시 후, 보리도 진달래꽃 무더기 앞을 지나며 이파리를 스쳤다.

「공주님! 누가 왔어요.」

아율이 막 별꽃이 늘어진 담장 아래를 지나려 할 때였다. 나풀거리던 수정나비들이 아율의 발걸음을 잡았다.

"응? 전하께서 오신 것이냐?"

「크크크크! 저희는 잘 모르겠어요.」

수정나비들이 더듬이를 흔들어 웃음을 흘리더니 아율의 앞쪽으로 먼저 날아가 버렸다. 겸이 단단히 주의를 준 탓에 내화원 안쪽으로 들어오기 전까지 수정나비들은 뒤따르는 보리의 걸음을 모르는 척하고 있었다.

"응? 어디를 가는 것이냐?"

아율이 수정나비를 부르며 뒤를 따랐다.

바스락!

아율의 비단 치마 아래에서 별꽃들이 이리저리 스쳤다. 작고도 하얀 꽃잎이 아율의 치마에 스치자 밤하늘의 별처럼 간들거렸다.

순간, 보리도 막 별꽃이 피어 흐드러진 담장 밑에까지 왔다.

하얗게 피어 흐드러진 별꽃의 꽃자리 위로 아율이 보였다. 막 여름이 시작된 유월의 바람 가운데로 그림처럼 아율이 나타났다.

보리는 처음에 환영을 보는 줄 알았다. 내화원에 이어 있는 화인의 숲에 사는 화인이 나타난 것인가도 싶었다.

"앗!"

보리의 강직하고 진한 눈빛이 놀라움에 차서 아율을 바라보았다.

허리까지 늘어진 아율의 긴 머리는 삼단같이 매끄럽고 오늘도 보리가 선물한 머리 장식을 하고 있었다. 가지런하고도 손질이 잘된 눈썹 밑에서 동그란 아율의 눈이 보리를 쳐다보았다. 똑바로 내리뻗은 콧날 아래에서 붉은 아율의 입술이 놀라움으로 벌어졌다. 그렇게 드러난 아율의 잇속이 박꽃처럼 희었다.

아율도 다가오는 보리의 발소리에 걸음을 멈추었다.

"아! 어떻게?"

믿을 수 없다는 표정으로 아율이 보리를 보았다.

삼십 개월 전, 차연이라 불리던 아율이 보리의 집을 떠난 후 처음으로 얼굴을 마주 대하는 두 사람이었다.

솟구치던 물기둥이었고 온 방을 태울 듯 뜨거웠던 화염의 입맞춤이었던 그 밤 이후.

"오라…… 버니!?"

"차……!?"

눈이 동그래진 아율이 보리에게로 한 걸음 다가섰다. 그제야 먼저 정신을 차린 보리가 한쪽 무릎을 세워 아율의 앞에 꿇어앉았다.

"제일 공주님! 태양관의 위시위부령 박보리! 공주님을 뵈옵니다."

"오라버니! 오라버니가 어떻게 태양관에……?"

"전하께오서 신을 다시 불러주셨사옵니다. 태양관의 위시위부령으로 입궁하기 시작한 지 딱 이레가 되었사옵니다."

"정말요?"

"공주님! 아직까지 신에게 존대를 하시옵니까? 하면 다시 신은 불경의 죄를 지고 태양궁을 쫓겨 나가야 할 것이옵니다."

"하지만……,"

아율이 잠시 말을 끊었다.

"하지만 저에게는 여전히 오라버니인 것을요. 둘이 있을 때는 이리 존대하는 것을 허락해 주세요."

"결코 아니 될 말씀이옵니다."

"공주의 명을 거역하는 대장군이 어디 있답니까? 그리해 주세요."

"……."

보리의 입술이 고집스럽게 닫혀 열리지 않았다.

"내화원에는 어인 일이세요?"

"……."

여전히 묵묵부답인 보리.

"내화원에는 어인 일이시냐 물었잖아요?"

"……."

"오라버니! 왜 답이 없으세요?"

"……."

"오라버니!"

"이곳에는 공주님의 오라버니도 없고 공주님의 공대를 듣고 답할 입도 없사옵니다."

"……."

"……."

"하면, 다시 묻지요. 오라, 아니 장군은 내화원에 어쩐 일이시오?"

"전하의 부름이 있어서 왔사옵니다."

"네? 나도 전하의 부름을 받고 이리 기다리고 있는 중인데요. 그보다 먼저, 일어나세요. 장군! 장군께 이런 인사를 받고 싶지 않아요, 아니, 않소."

"이제는 태양궁의 존귀하고도 영화로우신 공주님이시옵니다."

"오라버니, 아니 장군 앞에서는 늘 물을 무서워하던 조그마한 아이일 뿐인걸요."

아율은 하대도 하고 공대도 했다. 그리고 일어나라는 말에도 보리가 움직일 생각을 안 하자 다가가서 보리의 팔을 잡고 힘을 주었다.

"이만 일어나시래도요."

그제야 보리가 몸을 일으키고 다시 고개를 숙여 예를 올렸다.

"장군이 태양궁에 입궁하고 계신 줄은 몰랐어, 소."

"송구하옵니다. 따로이 인사를 올릴 수가 없어서."

"그래서 한 말이 아니라는 것을 아시잖아요."

"……."

"무탈히 잘 지내셨, 소?"

"신은 태양궁의 은덕으로 그저 무탈하였사옵니다."

"아니에요. 왕실에 대한 원망이 많으셨을 터인데."

"그렇지 않사옵니다."

"정 씨와 가족들도 모두 평안한가, 요?"

아율이 보리의 집사의 형편까지도 살폈다.

"다들 평안하옵니다."

"제가, 이 차연이 보고 싶지는 않으셨는지요?"

"이제 차연이라고 불렸던 제 누이는 세상에 없는 사람이옵니다."

"저는 이렇게 살아서 오라버니 앞에 서 있는데요."

"그리 말씀하시지 마시라 제가 분명……."

"이리 말하겠다고 저도 분명 얘기했는데요."

다시 제자리였다.

"신은 공주님의 오라버니가 아니옵니다. 공주님의 오라버니는 이 나라의 군주이신 전하뿐이옵지요."

"보세요, 오라버니! 발밑이 온통 별꽃 천지예요."

아율이 소매가 늘어진 옷을 바스락대며 발밑을 가리켰다. 보리의 시선이 그 손끝을 따라갔다.

"별꽃의 꽃말이 무엇인지 아세요?"

"모르겠사옵니다."

"별꽃의 꽃말은 '추억'이랍니다. 오라버니와 제가 서로에게 없는 사람으로 살기엔 우리가 나누어 가진 추억이 너무나 많지 않은가요?"

"신은 다 잊었사옵니다."

"거짓말! 거짓말이잖아요."

"화가야 왕실이 잃었던 공주님을 찾았던 그 순간, 더 이상 신에게 누이는 없사옵니다."

"오라버니와 함께한 시간이 아니었으면 지금의 공주라는 이름도 제게는 없을 거예요."

"공주님도 그만 모두 잊으옵소서."

"아니요. 저는 절대 잊지 않아요. 저는, 저는……."

아율이 잠시 울먹였다.

"오라버니가 너무 보고 싶었어요. 너무 그리웠어요. 이런 마음이 죄가 되는 것인가요?"

"귀한 공주님께오서 어찌 한낱 무관에게 그런 황송한 말씀을 하시옵니까?"

"공주라는 이름이 보고 싶었단 말도 할 수 없는 이름이던가요?"

"신은 이만 물러가겠사옵니다. 전하의 하명이 잘못 전달된 듯하옵니다."

말은 그렇게 해놓고서 두 사람은 한참을 서로 쳐다보았다.

건너다니는 눈빛의 이름은 살을 에던 아픔이고 말하지 못했던 그리움이었다. 가기 싫은 설렘이었고 보내기 싫은 반가움이었다.

하지만 보리는 애써 몸을 돌려 버렸다. 다가오는 가을, 겸의 국혼을 치르고 나면 곧 아율의 국혼 선포도 있을 것이라는 이야기를 들었다.

더 이상은 보리가 부를 수도, 그리워할 수도, 마음에 담을 수도 없는 이름이었다. 그리고 혹시나 보리와의 과거가 아율의 국혼에 누가 될 수도 있었다.

하지만 그때,

"잠시만!"

멀어지려던 보리와 잡고 있던 아율 사이로 누군가가 다가왔다. 화가야의 군주, 태양궁의 주인인 겸이 두 사람의 앞으로 다가왔다.

겸의 뒤로는 홍화와 아한(조선의 좌의정) 김욱 대감도 함께였다.

"전하!"

"전하!"

깜짝 놀란 보리와 아율이 동시에 예를 올렸다.

"지금 내가 보는 것이 무엇이냐?"

겸이 물었지만 두 사람 중 누구도 말을 못 했다. 보리의 팔을 붙든 아율의 손도 그대로였다.

"말해보아라. 인적도 없는 은밀한 내화원에서 감히 일국의 공주와 태양관 시위부대장이 밀회를 나누다니?"

화가 난 겸이 엄한 목소리를 냈다. 아율의 손이 절로 떨어졌다.

"내 분명 두 사람을 따로 이곳으로 불렀거늘 누가 보면 어쩌려고 이리 한자리에 서 있더란 말이냐? 불경스럽게 맞잡은 그 팔은 또 무엇이고?"

겸의 호통이 자꾸만 커졌다.

"전하! 소신을 죽여주시옵소서. 무엄하게도 공주님의 앞길을 막고 있었사옵니다."

보리가 한쪽 무릎을 세워 꿇어앉으며 용서를 구했다.

"아니옵니다. 전하! 소녀가 장군의 발길을 붙잡고 있었어요."

아율이 두 손을 모아 쥐고 겸을 향해 고개를 숙였다.

"두 사람 다 시끄럽구나. 감히! 감히 한낮의 태양궁 내화원에서 이 무슨 망령된 짓을!"

"……."

"내 이 일을 결단코 간과하고 넘어가지 않을 터. 반드시 두 사람에게 죄를 묻고 그에 합당한 벌을 내릴 것이다."

노기에 겸의 귀까지 벌겋게 달아올랐다.

"전하! 그러지 마세요. 이제 막 태양궁으로 돌아온 장군이에요. 어찌 엄한 일로 또 죄를 묻겠단 말씀이세요? 장군은 아무 잘못이 없습니다. 그저 소녀의 잘못을 꾸짖고 그에 합당한 벌을 내려주세요."

아율이 이번에는 아예 보리의 옆에 무릎을 꿇고 앉았다.

"아니옵니다. 전하! 이 일에 관하여는 오직 신만을 벌하여 주시옵소서. 사사로운 옛 기억 때문에 소신이 감히 공주님의 앞길을 막고 있었사옵니다. 연약하신 공주님께오서 어찌 소신의 힘을 이겼겠사옵니까? 공주님께는 아무 잘못이 없사오니 벌을 받아야 한다면 오직 신이 받을 벌이 있을 뿐이옵니다.”

보리의 고개가 더 떨어지고 말투도 간절해졌다.

“그으래?”

겸의 목소리가 비꼬듯이 늘어졌다.

“두 사람 다 자신이 벌을 받겠단 말이지?”

“네.”

“그렇사옵니다.”

보리와 아율이 한목소리로 답을 했다.

“좋아. 하면, 공주는 당장 화가야 태양궁 공주의 지위를 파할 것이고 위시위부령 자네는 지방 소읍으로 유배를 보내겠네.”

“전하!”

“전하!”

보리와 아율의 얼굴은 아예 사색이었다. 늘 너그럽고 인자한 겸이 이만한 일에 이런 벌을 내리겠다고 할 줄은 상상하지도 못했다.

“전하! 소녀는 달게 벌을 받겠사옵니다. 하나, 장군에게는 죄가 없사옵니다.”

“아니옵니다. 전하! 소신을 멀리 유배 보내시옵고 공주님은 그만 용서하여 주시옵소서. 소신이 완력으로 공주님을 붙들었사옵니다.”

“해서 무엇이냐? 두 사람은 지금 나의 하명이 부당하다 말하는 것이냐?”

겸의 모아 쥔 주먹이 부르르 떨렸다.

“아니옵니다. 그것이 아니오라······.”

보리는 아율을 가련하게 쳐다보고 아율도 보리를 걱정스럽게 쳐다보았다. 자신의 안위는 상관없이 서로만을 걱정할 뿐이었다.

"이 형벌이 부당하다 하는 것이냐?"

"……."

"……."

"대답해 보거라. 나의 말이 부당한 것이냐?"

보리와 아율은 둘 다 답이 없었다.

"좋아. 하면 이것은 어떠하냐?"

잠시 숨을 고른 겸이 손을 뒤로 돌려 뒷짐을 졌다.

"공주 아율은 화가야 왕실의 유일한 미혼 공주로서 감히 은밀한 화원에서 대장군과 만난 죄가 있다. 대장군 보리는 한울왕의 위시위부령으로서의 자리를 지키지 않고 은밀히 공주를 희롱한 죄가 있다. 하여 화가야의 한울왕은 타당한 벌을 내리려고 하노니."

겸이 꿇어앉은 아율과 보리에게로 천천히 다가섰다.

"공주 아율과 대장군 박보리는 이에 대한 죄를 물어……."

보리와 아율이 질끈 눈을 감았다.

"두 사람에게 국혼을 명하노라!"

"네……?"

"전하……?"

놀란 보리와 아율이 동시에 고개를 들어 겸을 보았다. 입으로는 호통을 치고 있지만 겸의 얼굴에는 장난스러운 미소가 흐르고 있음을 그제야 알아차렸다.

"아한 대감! 궁녀장! 어떻습니까? 이만하면 매우 합당한 형벌이지요?"

겸이 너스레를 떨었다.

"그렇사옵니다. 전하!"

홍화가 소매로 입을 가리고 웃고 김욱도 너털웃음을 터뜨렸다.

태양관의 내실.

수정나비가 수놓아진 보료에는 겸이, 사선으로 비끼어서는 아율과 태후 청천비가 앉아 있었다.

"전하! 참말로 밖에 서 있는 저 위시위부령이 사가에서 공주를 보호하고 있었던 그이란 말이에요?"

"그렇습니다."

"한데 어찌 저에게까지 사실을 숨기셨어요?"

청천비는 놀라움을 감추지 못했다.

"공주의 마음은 진즉에 확인이 되었으나 대장군의 마음은 알 길이 없으니 태후마마께도 말씀을 드릴 수가 없었어요. 송구하네요."

겸이 어머니를 보는 듯 애정이 어린 눈빛으로 청천비를 보았다.

"전하! 말씀 중에 송구하오나 소녀의 마음은 어찌 아셨어요?"

아율이 수줍은 음성으로 물었다.

"처음 박 장군의 사가로 너를 만나러 갔을 때, 네가 매화 꽃문양 머리 장식을 하고 있는 것을 보았다. 한데 태양궁으로 돌아온 후에도 내도록 그 머리 장식만을 하고 있더구나. 게다가 꽃을 바라보고 선 공주가 몇 번 혼잣말처럼 오라버니라고 되뇌는 소리도 내는 들었다. 공주가 이 천지간에 오라버니라 부를 이는 대장군 그 사람뿐이지 않느냐? 공주의 어렸던 시절부터 항시 내를 오라버니라 불러달라 하였던데도 단 한 번도 내게는 오라버니라 불러주지 않은 매정한 공주이니 말이다."

"송구합니다. 전하!"

"또 수정나비들도 몇 번이나 공주가 박 장군을 그리워한다고 내게 일러주었지."

"참말 수정나비들이 그리하였어요? 저야 전하나 공주처럼 나비 언어를 할 수가 없으니 이런 사정일랑 하나도 몰랐어요."

청천비가 놀랍다는 듯이 두 사람의 대화에 끼어들었다.

"네. 수정나비들이 몇 번이나 말을 해주었지요."

"소녀도 수정나비들이 전하께 그런 말을 이를 줄은 몰랐네요."

아율이 볼을 붉혔다.

"그리고 공주! 공주는 몰랐겠지만 일전 날, 태화관에서 내실의 문을 열고 공주가 가얏고를 탈 때 그 자리에 대장군도 있었느니."

"그랬어요? 혹 그래서……?"

"그래. 그래서 내가 내실 문을 열고 가얏고를 타달라고 청을 하였지. 그랬더니 대장군이 모르는 척 눈을 내리깔고 공주를 훔쳐보는데 내는 저러다가 장군의 눈이 아주 가자미처럼 변해 버릴까 봐 근심이 태산이었구나. 하지만 덕분에 공주에 대한 장군의 마음을 확인할 수 있었지."

"아이! 전하도 참!"

붉어진 아율의 음성이 수줍었다.

"전하! 공주의 마음과 저 대장군의 마음이 서로 간절하다는 것을 알았으면 저라도 나서서 공주의 마음을 도왔을 것이에요. 그런데 전하께오서 먼저 두 사람의 국혼을 생각하고 계시다고 하니 어미인 저로서야 황공하고 감읍한 일이지요."

청천비의 얼굴에는 기쁨이 반이고 걱정이 반이었다.

"하지만 귀족회의의 모든 대신들이 이 국혼을 가하다 하겠습니까? 십 년간 공주를 보호하고 있었던 것도 불경이라 하여 저이를 내쳤던 귀족들인데요."

화가야 왕실에 무관이 부마로 들어온 적은 없었다. 무관을 업신여기는 것은 아니지만 공주의 부마로는 글을 읽는 문관을 당연시하는 탓이었다.

"태후마마는 그런 걱정일랑 하지 마세요. 제가 다 계획해 놓은 바가 있어요. 하니 국혼이 정식으로 선포되기까지 마마는 마음을 놓고 계세요. 아셨지요?"

내화원에서의 일은 모르는 청천비지만 신뢰를 담고서 고개를 끄덕였다.

"그리고 누이야!"

청천비를 보던 따스한 눈빛 그대로 겸이 이번에는 아율을 보았다.

"내 이리 너의 연모를 지켜주느라 애를 쓰고 있는데 너는 내게 줄 선물이 없느냐?"

"네? 화가야의 만인지상(萬人之上)이신 전하께 소녀가 드릴 선물이 있을까요?"

"하면, 내가 받고 싶은 선물을 하나 말하여도 되겠니?"

"황공하네요. 말씀하시는 것이 무엇이든 구하여 올릴 것이고 혹여 무엇을 만들어 올리라 하시면 제가 백날이 걸려서라도 그리

할 것이에요."

"누이는 앞으로는 꼭 나를 오라버니 전하라고 부르도록 하여라. 이것이 내가 받고 싶은 선물이야."

"네?"

"대장군을 보고서는 폭죽 터지듯 쏟아지는 오라버니라는 소리가 어째 내게만은 그리도 인색하더란 말이냐? 내 숨어서 대장군을 오라버니라 부르는 너의 목소리를 듣는데 정말로 멀리, 아주 머얼리 유배를 보내 버리고 싶은 마음이 매우 요동을 쳤었구나."

겸이 아주, 매우라는 말에 감정을 실었다.

"무에라고요? 전하! 호호호호!"

겸의 얄궂은 농담에 청천비가 웃음을 터뜨렸다.

"전하도 참!"

아율은 웃지도 못하는 어정쩡한 표정이었다.

"어허! 또 전하라니! 너 정녕 내가 이 국혼을 취소한다 하여야 오라버니 전하란 소리를 할 것이냐?"

"아, 아니어요. 오라버니 전하!"

괜한 농담인 줄 알면서 아율은 정색을 한 채 겸을 오라버니 전하라고 불렀다. 겸은 아율의 그 모습이 또 참 귀여웠다.

"공주, 너는 방년의 아가씨가 부끄러운 줄도 모르고 국혼을 지키려 오라버니라는 소리를 잘도 술술 뱉어내는구나."

"전하! 그것이 아니오라……."

"또 전하라는구나! 그럼 국혼은 취소다."

"오, 오라버니 전하!"

"좋구나. 아주 좋아. 그럼 국혼은 유효."

아율을 놀려대는 것이 재미있는지 겸이 멈출 줄을 모르고 아율의 벌게진 얼굴은 아주 불타는 화로같이 되었다.

"되었어요. 전하도 공주를 그만 놀리시지요. 호호호호!"

아율을 되찾고 위협이 되던 광운비도 없어진 왕실의 태후가 된 청천비가 기분 좋은 웃음을 터뜨렸다.

"하면 그리할까요? 하하하하하하!"

'오라버니 전하! 정말로 감읍합니다. 오라버니의 은혜, 이 아율이 평생 간직하며 꼭 보답할 것이에요.'

아율의 얼굴에 행복이 가득이었다.

보리는 왕실 가족의 소리가 흘러나오는 내실 밖에 있었다. 무슨 말인지 알아들을 수는 없지만 함께 어우러진 행복한 웃음소리에 보리도 행복해졌다.

"전하! 성은이 망극하옵니다."

보리는 허리를 더 꼿꼿이 세웠다.

붉은 백일홍 솔나의 화원.

미우는 열심히 꽃잔디를 손질하고 있고 다선은 멍한 표정으로 백일홍 앞에 앉아 있었다. 연못 속에서는 어나비가 헤엄을 쳤다.

"화원장님!"

어느새 다가온 미우가 다선의 어깨에 손을 얹었다.

"또 넋을 놓고 앉아 계시어요?"

"아니다. 화원 손질이 힘들어 잠시 앉아 있는 참인데."

"힘이 들기는요? 아침부터 내도록 화원 손질은 저 혼자 하고 있었는데요. 화원장님이야 베짱이처럼 연못가에 앉아서 백일홍만 바라보셨잖아요."

"내가 언제 그랬느냐?"

"언제 그러긴요. 솔나가 떠난 후로 내도록 그러셨지요. 유리화 온실에 좀 들어가 보세요. 꽃망울이 많이 맺혔어요."

"미우 너는, 화원 일이 힘들지 않으냐? 햇빛에 살결이 상한다고 궁녀들은 다들 꺼려하는 일인데."

다선이 잘 보이지 않는 눈을 들어 미우를 바라보았다.

"꽃으로 가득한 화가야에 살면서 화원 일을 꺼려하면 되겠어요? 그리고 언젠가 화원장님께서 꽃 중에 가장 고운 꽃은 사람꽃이라고 하셨잖아요. 저는 이 화원 안에 그 사람꽃 중에서도 제일 좋은 사람꽃이 있는걸요."

"솔나님을 말하는 것이냐? 그래. 내도 그렇다."

다선의 입가에 처연한 웃음이 걸렸다.

'흥! 바보 같은 화원장님! 내게 제일 좋은 사람꽃은 바로 화원장님인데!'

"그만 일어나세요. 백일홍 옆에 아교풀이라도 붙여놓으셨어요?"

미우가 연못 물을 떠 다선에게 몇 방울 뿌렸다.

"차갑구나! 미우야!"

다선이 팔을 들어 올려 얼굴을 가렸다.

"차가운 물에 정신 드시라고 뿌린 거예요. 빨리 꽃잔디나 같이 손보자고요."

"알았다. 알았어."

미우의 손에 이끌린 다선이 겨우 몸을 일으켰다.

"꽃잔디는 땅을 기는 줄기가 같이 얽혀 있어 호미질을 조심해야 된다면서요? 왜 이리저리 엉망으로 호미질을 하시는 거예요?"

나란히 앉아서 꽃잔디를 손질하던 다선에게 미우가 잔소리를 했다.

"내는 똑바로 하고 있는데."

"똑바로 하고 있기는요. 줄이 삐뚤빼뚤 엉망이잖아요."

"눈이 잘 안 보여 그런 거다."

"잘 안 보이기는요. 백일홍 쳐다볼 때는 반짝반짝 빛이 나더니만."

"그런 적 없다."

"저를 보실 때 한 번만이라도 그런 눈빛으로 좀 쳐다보세요. 하면 제가 화원장님을 업고서라도 화원 일을 할 수 있을 것 같은데요."

"태양궁의 화(花)궁녀를 내가 왜 반짝반짝하는 눈으로 쳐다본다는 말이냐?"

하여간 다선은 눈치가 없기로는 천하제일이었다.

햇빛에 살갗이 그을리고 손이 거칠어지는 것도 감수하고서 다선의 곁에 있는 미우인데. 처음에는 겸의 명으로 다선의 곁에 있었지만 이제는 미우 스스로 다른 궁실로는 가려 하지 않았다.

"그리 쳐다보면 눈이라도 닳으신대요?"

"왜 아침 댓바람부터 심술이냐?"

"흥! 함께 지낸 세월이 삼 년이 다 되어가는데, 뭐든 내가 하면 심술이래지."

"삼 년이라? 벌써 그리되었니?"

다선이 잠시 호미질을 멈추고 미우를 건너다보았다.

"미우 너와 지낸 세월이 벌써 그렇게……."

"그러면 뭐해요? 언제 한 번 고생했다, 수고했다 말 한마디를 안 해주시면서."

"해서 서운한 것이냐?"

하나로 올려 묶은 머리를 기울이며 다선이 단정하게 웃었다.

"뭘 서운하기씩이나요? 그냥 그렇다는 거지요. 그래도 똑똑히 알아두세요. 인제는 저의 화원 가꾸는 실력이 궁 안에 소문이 나서 여러 궁실의 화원장님들이 저를 탐내고 있다는 것을요. 일전에 내화원의 화원장님도 오셔서 내화원의 화원 일을 도우러 오지 않겠냐고 그러셨다고요."

다선의 웃음에 미우의 심장이 살짝 뛰었다.

"삼 년이라? 참 오랜 시간을 우리는 함께 보내었구나. 그리고 우리는 또 참 많은 기억을 함께 나누고 있고. 그것이 또 어느새 추억이 되고……."

미우의 말은 못 들은 척 다선의 눈빛이 아득해졌다.

"뭐예요? 머리가 그새 또 헝클어졌잖아요. 이리 와보세요. 다시 빗어보게."

두근거린 심장을 감추려 미우가 덧치마에 있던 빗을 들고 다가갔다.

"아침에만 벌써 두 번째 새로 묶은 머리야. 뭐가 또 헝클어졌다는 게야?"

"전하의 특별화원을 가꾸시는 분이 입성부터 반듯해야지요. 가만히 있어봐요. 예쁘게 다시 묶어줄 테니."

"그만 좀 잡아당기거라. 이참에 아예 날 대머리로 만들 참이냐?"

"나보다 머리숱도 많으시면서 엄살은! 아! 가만히 있으라구요."

"가만히 있는 중이다."

"머리가 오른쪽으로 기울었잖아요."

"미우 네가 아프게 잡아당기니까 그렇지."

"엄살쟁이!"

"난폭 궁녀 같으니라고!"

난폭 궁녀는 다선이 미우에게 붙여준 별명이었다. 미우가 다선의 머리를 묶어주느라 꽃잔디 주변이 온통 난리법석이었다.

솔나를 보러왔던 겸은 다선과 미우를 방해하지 않으려고 발걸음을 돌렸다.

"궁녀장! 벌써 유월이네."

"봄이 무르익을 대로 무르익었사옵니다. 곧 여름이 되겠사옵니다."

겸도 홍화도 발소리를 죽였다.

"내가 기억하는 유월의 그 아이는 늘 뜰을 가꾸던 모습이었지. 양화관으로 오자마자 다 파헤친 뜰을 가꾸는 모습이 어찌나 정성스럽고 단정했던지. 궁녀장도 기억나는가?"

"네."

"그대로 살았으면 어땠을까? 솔나는 반인반화에서 벗어나서 완전한 사람의 몸이 되었을 것이고 우리도 저들처럼 시끌벅적한 일상을 나누고 있겠지?"

"전하의 원대로 그러했을 것이옵니다."

"솔나를 만나기 전에 나는 유약한 겁쟁이였지. 열리관 부인의 횡포에, 아율의 실종에, 독화사 사건의 충격으로 나는 나만의 고치 안에 들어가 눈을 감고 귀를 닫았지. 언제나 내 상처가 아파서 고통 중에 살았어. 하지만 솔나를 만나서 나는 달라졌지. 그 아이를 지키려고 나는 나의 고치를 깨고 나왔어. 그 아이로 하여 나는 단단해졌는데, 그 아이 때문에 나는 강건해졌는데, 그리운 그 아이만 내 곁에 없구나."

"송구하옵니다."

"궁녀장이 왜? 내가 너무 터무니없게 욕심을 부려서 이리된 것을. 내가 너무 성급하여서 그 아이를 잃은 것을."

"운명이 그리 이끌었을 뿐 전하의 허물은 없사옵니다."

"운명이라? 그래. 내는 솔나를 운명으로 만났고 운명으로 연모하였고 또 운명으로 잃어버렸지."

"거듭 송구하옵니다."

홍화가 거듭 송구한 이유를 겸은 몰랐다.

"궁녀장! 하면 운명을 뛰어넘는 건 뭐가 있을까?"

"……"

"간절한 염원 혹은 간절한 연모, 이런 건 어떠한가? 이것이 운명을 뛰어넘을 수 있을까?"

"……잘 모르겠사옵니다."

"이제 솔나를 보러 오기도 죄스럽네. 영원하리라던 연모의 약속도, 삼십 개월을 지켜온 간절한 염원도 부숴 버린 나는 솔나를 볼 자격도 없는 사람이야."

"그만 놓으시라 말씀드리면 불충이옵니까?"

"불충이라니? 천만에. 내가 이미 놓을 준비를 하고 있는데. 화가야 사십오 대 한울왕 겸! 이 이름이 참 부끄러워. 연모 하나도 지키지 못한 약한 이름이라서."

"기왕에 국혼을 약속하셨지 않사옵니까? 이제는 참말 놓으옵소서."

"나도 놓고 싶어. 나도 그만 놓아지면 좋겠어. 한데 그게 안 되네. 솔나는 내 숨 속에 박혀 있어서 내가 숨을 쉴 때마다 다시 살아나고, 내 손끝에도 어려 있어서 내가 손짓 한 번을 할 때마다 같이 움직여. 그래서 놓을 수가 없어."

"새로 맞으실 월화관의 주인을 생각하시옵소서."

"……."

"어느 분이 될지는 모르겠사오나 그분 또한 전하의 진실한 연모를 받아야 할 분이시옵니다."

"진실한 연모라? 글쎄. 내게 그것이 아직 남아 있을까?"

겸의 웃음이 더 써졌다.

"흔히들 하는 말이 있지요. 하나의 연모를 잃고 나면 반드시 또 하나의 연모가 오고 연모로 하여 입은 상심은 연모로만 치유가 된다고 하였사옵니다."

"……."

"또한 누군가를 진심으로 연모하였다가 잃어버린 이는 또 다른 누군가도 진심으로 연모할 수 있다 들었사옵니다."

"잃었으니 그랬겠지. 하나 어떡하는가? 솔나는 아직 내 곁에 살아 있는 것을."

"이제야 그저 한 송이 꽃일 뿐이옵니다."

"세 번의 겨울을 지내면서도 이파리 하나 시들지 않은 꽃이야. 내가 그렇게 기원을 하였으니까."

"하면 꽃으로만 어여삐 보시옵소서."

"궁녀장! 내는 말이네. 화가야 사십오 대 한울왕이라는 자리가 버거울 때마다 떠올렸네. 솔나와 함께했던 시간, 솔나와 나누었던 이야기, 솔나와 함께했던 그 공간들을. 그러면 그 추억들이 나를 살게 하고 그 추억들이 다시 나를 일으켜 주었지. 내게 솔나는 그렇다네."

"……."

"궁녀장에게 자꾸만 이런 이야길 하여 미안하이. 하지만 이 천지간에 솔나의 얘기를 들어줄 사람이라고는 궁녀장뿐이니 어쩌겠는가? 조금만 더 나를 그냥 내버려 두게. 국혼을 선포하고 나면 더는 이렇게 말하지 않을 테니."

"송구하옵니다. 전하!"

홍화의 눈빛이 시렸고 겸은 쓰게 웃었다. 두 사람은 다선과 미우가 모르게 그래서 솔나도 모르게 화원을 나갔다.

겸이 돌아간 후였다.

'화원장님! 미우야!'

백일홍 속에서 솔나도 다선과 미우, 두 사람을 보았다. 늘 슬픈 눈빛을 하고 솔나를 바라보던 두 사람은 세 번째의 봄날이 찾아오면서 부쩍 웃음이 많아졌다.

'이제 함께 행복하신 거지요?'

백일홍꽃 속의 솔나도 행복한 웃음을 지었다. 두 사람과 지내었던 추억들을 살며시 떠올려 보았다.

"청천비마마 궁실의 화원을 손봐 드렸더니 고맙다 하시며 보내오신 것이에요. 솔나님 좋아하시는 것이라. 혹 동무가 있으시면 함께 나누어 드세요."

"화원일일랑 쉬엄쉬엄하세요. 고된 일이라고는 해보신 적도 없는 분이. 내화원에 자주 오세요. 저도 또 들르겠습니다."

항상 다정했던 다선.

"가족이 없다 해서, 몸에 상처가 있다 해서 사람이 천한 것은 아니야. 나도, 나도 너처럼 가족이 없는 외톨이란 말이야. 연전, 역병이 돌 때 가족을 모두 잃었어. 부모님도, 형제도. 그 후에 먼 친척집에서 그 집 수양딸로 키워졌지만 친가족은 나도 하나도 없어."

"그동안은 정말 미안했어. 진작 너랑 친근히 지내고 싶었는데 나도 같이 따돌림을 당할까 봐."

"어! 너 지금 웃은 거지? 그럼 너랑 나랑 이제 너나들이 동무로 지내는 거다."

유일한 너나들이 동무였던 미우.

'전하! 화원장님과 미우와 함께한 추억이 만발합니다. 저리 다정한 모습을 보면서 솔나는 추억을 가만히 곱씹어봅니다. 그런데 사실은요, 제가 가진 추억 속에는 전하가 제일 커요. 저의 추억의 대부분은 전하께서 가지고 계세요. 한데 왜 이리 안 오시는 건가요? 발길을 끊으신 지 벌써 보름이 넘었는데 어이하여 저를 보러 오지 않으시는 건가요? 저도 전하와 함께 저렇게 다정하고 싶어요. 함께 웃음을 나누며 시끌벅적 요란한 일상을 맞고 싶습니다. 전하! 얼른 오세요. 솔나가 기다리고 있습니다.'

조금만 더 있으면 겸과 마주 보며 웃을 수 있다. 서로의 마음으로만, 기억으로만 그리워하던 추억을 마주 보며 나눌 수 있을 것이었다.

'전하! 어서 오세요.'

6월의 햇살을 안고 피어난 별꽃이 바스락거렸다. 각자의 추억을 별처럼 빛냈다.

별꽃의 꽃말은 〈추억〉.

3.
내게 행복인 사람

　　보리와 아율은 태양관의 서고에 있었다. 공식적으로는 겸과 함께 세 사람인데 비공식적으로는 겸이 자리를 비워주었다.

　　"전하! 어디로 가시옵니까?"

　　"내야 내 발길 닿는 데로 가겠지. 박 장군! 자꾸 가자미눈을 하고 흘끗거리지 말고 이참에 공주를 실컷 봐두게나."

　　"흘끗거리다니요? 그런 적 없사옵니다."

　　"내 눈에는 다 보이네. 게다가 내가 여기 눌러앉아 있으면 공주에게 영 미움을 받을 것 같아서 말이야."

　　"아니옵니다. 오라버니 전하! 함께 계시어요."

　　"되었다. 민가에 이런 속담이 있다더구나. 눈치 없는 이는 사람도 아니라고."

　　"전하!"

　　"오라버니 전하!"

"당황들 할 것 없다. 두 사람이 나를 그리 생각한다는 것은 아니니까. 하하하하!"

보리와 아율을 번갈아 가며 실컷 놀린 후였다.

"음! 무슨 서책을 읽어볼까나?"

겸이 나가자 아율이 경쾌한 걸음으로 선반 사이를 누비고 다녔다. 작게 콧노래까지 불렀다.

"찾았다."

아율이 책 한 권을 꺼내더니 탄성을 터뜨렸다. 그러고는 한쪽의 탁자로 가서 책을 내려놓았다.

"오라버니! 이리 오세요."

아율이 건너편 의자를 손바닥으로 가리켰다.

"공주님! 어찌 신에게 공주님과 겸석을 하란 말씀이옵니까? 또 자꾸 공대를 하시면 어찌하옵니까?"

여전히 문 앞에 선 보리가 정색을 했다. 딱 구어다 놓은 보릿자루였다.

"둘이 있을 때만큼은 공대를 하는 것을 전하께서 윤허하셨어요. 어차피 국혼을 하고 나면 그래야 하잖아요."

"결정된 것은 아직 아무것도 없사옵니다."

"오라버니 전하께서 하겠다 하셨으니 반드시 결정하실걸요."

몸을 일으킨 아율이 보리를 잡고 함께 탁자로 갔다.

"자! 여기 앉으시고."

자신도 의자에 앉더니 보리에게 책을 내밀었다.

"이제 읽어주세요."

"공주님께서 보시려 한 서책이 아니옵니까?"

"제가 읽으려 한 서책이 맞는데요."

"한데 왜 신에게?"

"사가에 있을 때부터 저는 오라버니의 서책 읽으시는 소리가 정말 좋았어요. 검을 휘두르시며 검술 연습하는 모습도 좋았지만 방문을 타고 넘어 나오는 오라버니의 서책 읽으시는 목소리는 기억나지 않는 모후마마의 자장가처럼 저에겐 참 다정하고 나직했지요. 하니, 다시 이 서책을 좀 읽어주시란 말씀이에요."

"아? 네."

'화인열전(花人列傳)'.

솔나의 죽음 이후 겸이 편찬한 서책이었다. 맨 처음 화인의 유래에서부터 방물장수 할멈과 다선이 들려준 화인들에 대한 이야기까지를 묶어 하나의 책으로 만들어내었다. 이제 화가야인들은 자신들의 땅의 원주인이 화인이라는 것을 알았다.

물론 겸과 솔나의 이야기는 따로 한 권의 책으로 쓰였다.

제목은 '화인지애(花人至愛)'.

시간이 지나고 '화인열전'의 제일 장이 끝이 났다. 보리가 잠시 목을 가다듬었다.

"슬픈 이야기네요. 언제 읽어도 참 슬픈 이야기예요."

아율의 목소리가 촉촉했다.

"네. 인간이 얼마나 잔인하고 악할 수 있는지를 보여주는 이야기이옵니다."

"우리의 죄성을 매일 돌아보게 되는 이야기이고도 하고요. 그리고 연모란 것은 참 지독하고도 고통스러운 감정이에요. 날카로운 칼날로 스스로의 몸을 잘라낼 수 있는 연모라니, 목숨을 대가로 치를 수 있는 마음이라니……."

아율이 두 손을 깍지 끼며 모았다.

"그 애절한 연모를 잃었으니 오라버니 전하의 상심이 얼마나 크실까나?"

솔나와 겸을 떠올리며 아율이 안타까운 표정을 지었다. 보리도 동감의 뜻으로 고개를 끄덕였다.

"영원한 연모란 것이 참말로 있을까요?"

"변치 않는 마음이라는 것이 드물다고는 하나 두 사람의 마음이 굳건하다면 연모도 변치 않고 나아갈 것이옵니다."

"우리처럼 말이지요?"

아율이 물었다.

"……."

"헤어져 있던 시간이 벌써 이 년하고도 육 개월이 흘렀지요. 하나 저는 오라버니가 선물하신 머리 장식과 향등을 목숨처럼 간직했고 오라버니 또한 저를 위해 태양궁에 입궁하자마자 다시 파직을 자청하셨으니. 이만하면 우리도 변치 않는 마음이라고 이름 붙여도 되는 것이지요."

"공, 공주님께오선 어찌 그런 말씀을 아, 아무렇지도 않게."

"그래서 싫으세요?"

"그, 그것이 아니오라……."

보리의 귀가 붉어지면서 말을 더듬었다.

"뭐 어때요? 아무도 없고 누구도 들을 수 없는 곳에서 둘만 있는데."

쪽!

아율의 얼굴이 다가와 보리의 한쪽 뺨에 입을 맞추었다. 마치 살랑거리는 바람이 왔다 간 것처럼 가벼운 스침이었다.

"공주님!"

귀가 더 붉어진 보리가 아율을 소리 높여 불렀다.

"왜요?"

"감히 전하의 서고에서 어찌······."

어찌 이리 불경한 일을 하시냐고 말하려고 했는데 보리의 입은 막히고 말았다. 다시 다가온 아율의 얼굴이 이번에는 보리의 입술에 입맞춤을 한 탓이었다.

"······!"

보리의 머리카락이 쭈뼛거리며 섰다. 그런 후, 나비 날갯짓처럼 얹혔던 아율의 입술이 다시 멀어지려고 했다.

하지만 이번에는 보리의 차례였다.

보리가 의자에서 몸을 당겨 아율의 허리를 안았다. 다른 손으로는 아율의 볼을 감싸며 아율의 입술을 더 가까이 맞아들였다.

부드럽게 보리의 입술이 아율의 입술을 구석구석 훑고 지나갔다. 내뿜는 보리의 입김이 아율의 입술 위에서 하얗게 피었다가 졌다.

보리가 '화인열전'을 탁자 구석으로 밀쳐 두었다. 아율을 안은 팔에 힘을 더 주어 그 몸을 잡아당겼다. 탁자 다리가 작게 요동을 쳤다.

아율의 몸이 보리에게로 다가와 밀착했다. 보리가 두 팔을 모아 아율의 등을 단단히 끌어안았다. 조금의 빈틈도 없이 두 사람의 몸이 만났다.

파르르!

아율의 떨리는 속눈썹이 아래로 내려갔다. 보리의 눈도 감겼
다. 아율의 입속으로 입김에 젖은 말캉한 속살이 밀려들어 왔다.

겸은 광화관에서 귀족 대신들과 함께 있었다. 아율과 보리에게
꿈 같은 시간을 허락한 후 자신은 귀족회의장으로 온 걸음이었
다.

"오늘 내가 공들을 소집한 이유는 공주 아율에 대한 처분 때문
이오."

백일홍이 조각된 단상에 올라앉은 겸이 귀족들을 굽어보았다.

"아율 공주님에 대한 처분이시라니 도대체 무슨 말씀이시옵니
까?"

대각간이 제일 먼저 입을 열었다.

"혹시 국혼을?"

"국혼 때문에?"

그 말을 시작으로 대신들 사이에서 술렁임이 일어났다.

"공주님의 국혼이라면 올가을 전하의 국혼 후에 상의키로 하명
하시지 않으셨사옵니까?"

일찬(조선의 우의정) 이경구가 다시 물었다.

"국혼 때문이 아니오. 오늘 귀족회의를 소집한 이유는 공주의
잘못에 대한 처벌을 내리려는 이유에서요."

"네? 벌이시라니요? 공주님께오서 무슨 잘못을 하셨단 말이옵
니까?"

이번에는 대나마(조선의 판서) 정석현이 물었다.

"공들도 모두 태양관의 박보리 위시위부령을 알지요?"

"네. 자신의 사가에 공주님을 모시고 감히 누이라는 이름으로 함께 살았던 자가 아니오니까? 귀족회의에서 탄핵을 받았던 이를 금번에 전하께오서 다시 불러들이셨지요. 전하의 국혼을 약속하시면서 말이옵니다."

정석현이 국혼이라는 말에 유독 강세를 두었다.

"그렇소. 한데 며칠 전, 은밀한 내화원에서 공주와 박 장군 두 사람이 사사로이 내통을 하였소."

"네?"

"전하?"

"공주님께오서 그자와?"

귀족 대신들 사이에서의 술렁임이 커지고 있었다.

"해서 내는 그들의 죄를 기필코 물을 생각이요."

"……."

"……."

"공주 아율은 공주의 위를 폐하여 평민으로 내리고 박 장군은 먼 지방 소읍으로 유배를 보낼까 하오."

청천벽력 같은 겸의 말이었다. 그러자 대신들 사이의 술렁임은 파도처럼 거세게 일어났다.

"전하! 천부당만부당하시옵니다."

"그렇사옵니다. 어찌 왕실의 귀한 혈손, 한 분뿐이신 미혼의 공주님의 위를 폐하신다는 말씀이옵니까?"

"십 년 만에 겨우 다시 찾은 귀한 공주님이옵니다. 아니 될 말씀이옵니다."

"전하의 공명정대함은 신들도 잘 아는 바이지만 이번 일은 그리 처리해서는 아니 될 것이옵니다."

자신의 아들을 부마로 앉힐 욕심을 가졌던 귀족 대신들이 저마다 한 마디씩 거들었다. 화가야 왕실의 유일 공주가 아니라 하더라도 아율의 얌전한 모습과 빼어난 춤 솜씨에 가슴을 앓는 귀족가 자제들이 한둘이 아니었다.

"전하! 감히 왕실의 공주님을 우롱한 죄로 박 장군은 벌을 받아야 마땅한 줄 아옵니다. 그는 이미 탄핵을 받았던 전력도 있지 않사옵니까? 하오나, 연역하신 공주님께오서 무슨 사심이 있어 한낮의 내화원에서 장군을 만나고 있었겠사옵니까? 아마도 장군이 그의 완력으로 공주님을 억류해 두었을 터. 어찌 귀한 공주님께 함께 죄를 물으시겠다는 말씀이옵니까?"

정석현이 아주 역성을 들었다.

"완력으로 억류해 두었다? 결코 아니요. 내 분명히 이 눈으로 두 사람이 밀어를 속삭이는 장면을 목격하였소. 또, 공주가 오히려 박 장군의 팔을 잡고 있었단 일이오."

"너무나도 황망한 장면에 전하께오서 잘못 보셨을 수도 있는 일이옵지요."

"그래요?"

겸의 입술 끝이 살짝 밀려 올라갔다.

"나만이 두 사람을 본 것이 아니오. 태양관의 궁녀장과 아한 김욱 대감도 함께 동행했었소. 아한 대감! 아니 그렇소?"

겸이 내도록 말 한마디 없던 김욱을 바라보았다.

"네! 전하! 신도 분명히 보았사옵니다."

김욱의 입이 조심스럽게 열렸다.

"궁녀장을 귀족회의장에 들라 할 수는 없는 노릇이니 어디, 아한 대감이 본 그대로를 말하여보겠소?"

"아뢰옵기 황공하오나, 소신이 보기에도 공주님은 분명 기꺼운 마음으로 박 장군과 함께 내화원에 있었사옵니다."

"게다가 다정해 보이기까지 했지요?"

"팔까지 잡고서. 송구하옵게도…… 그렇, 사옵니다."

이제 귀족들의 술렁거림은 회의장이 떠나갈 지경이었다.

"다들 들으셨소? 하니 이제 내가 조서를 내릴 것이오. 화가야의 공주 아율은 대장군 박보리와 문란히 사통한 죄를 물어……."

"전하! 아니 되옵니다. 결단코 아니 되옵니다."

겸의 말을 가로막으며 이경구가 한 걸음 앞으로 나섰다.

"삼 년 전 왕실의 흉사로 공주님을 한 분 잃었사옵고 이제 왕실에 남은 혈손은 전하와 아율 공주님 두 분뿐이시옵니다. 게다가 매화 문양을 지니고 수정나비들을 부리시는 귀한 공주님의 위를 어찌 폐한다는 말씀이옵니까?"

"그렇사옵니다. 천부당만부당하옵니다."

정석현도 한 걸음 나서며 이경구의 말을 도왔다.

"이는 화가야 왕실의 큰 손실이옵니다. 전하의 하명을 거두어주시옵소서."

"거두어주시옵소서."

"거두어주시옵소서."

귀족 대신들이 일제히 앞으로 나서며 머리를 조아렸다.

"그래요? 절대 공주의 죄를 물을 수 없다? 하면 박 장군은요?"

대신들의 머리 위로 겸의 질문이 떨어졌다.

"그, 그는……."

아무도 선뜻 답을 못 했다.

"하면 전하! 이 일은 이대로 묻어두시옵고 박 장군 그자만 다시 출궁을 시키옵소서. 신들이 이러한 사태를 우려하여 애초에 그자의 집안을 탄핵한 것이 아니옵니까?"

이경구가 나서서 말했다.

"두 사람이 함께 죄를 지었는데 한 사람을 벌주는 것은 절대 불가하고 한 사람은 반드시 벌을 주어야 한다? 화가야의 국법에 이런 조항이 어디에 있소? 두 사람을 다 벌하든지, 다 면하여주든지, 오직 둘 중 하나요."

겸의 일침에 한순간 회의장이 얼어버리기라도 한 듯 조용해졌다.

"하오나 전하……."

"분명!"

겸의 목소리가 호령하듯이 커졌다.

"두 사람 다 벌 아니면 면죄라고 말하였소."

겸의 호통이 단호했다. 이제 나서서 말을 하는 사람은 아무도 없었다. 싸한 침묵이 흘렀다.

"전하! 아뢰옵기 황공하오나 신이 한 말씀 다시 아뢸까 하옵니다."

이윽고 침묵을 깨뜨리고 김욱이 입을 열었다.

"신이 보기에는 박 장군을 향한 공주님의 마음이 절절하고 장군의 마음 또한 공주님과 동일하였사옵니다."

"정말이오? 해서요?"

겸이 일부러 놀란 척 물었다.

"왕실의 불미스런 일도 덮고 뒤탈도 없이 하려면 차라리……."

"차라리?"

겸이 다시 묻자 모든 대신들의 시선이 김욱에게 가서 머물렀다.

"박 장군을 공주님의 국혼 상대로 삼으심이 어떠하시옵니까?"

"응?"

"뭐라고?"

"아니, 아한 공이 지금 제정신인 게요?"

여전히 부마 자리에 대한 미련을 붙잡고 있던 대신들이 김욱을 향해 질타를 던졌다.

"왕실의 국혼이라는 것은 연모와 앙망으로만 이루어질 수는 없사옵니다. 하나 그리하오시면 추문도 덮으시고 공주님의 연모도 지켜 드릴 수 있사오니 이는 일석이조가 아니겠사옵니까?"

김욱이 미소를 지으며 말을 마무리했다. 겸도, 귀족 대신들도 아무런 말이 없었다.

"오호라! 공의 생각이 참 좋소이다. 자! 공들은 아한 공의 견해를 어찌 생각하시오?"

겸이 웃음을 참으며 시치미를 뗐다.

"하오나 전하! 무관이 왕실의 부마가 된 전례가……."

"무관이 어때서요? 박 장군은 왕실의 호위를 맡을 만큼 무예가 뛰어난 인재요. 게다가 박 장군의 글솜씨 또한 수련한 것을 여기 있는 몇 대신들은 아실 것이오."

보리가 무관시험에 급제하던 해에 심사관을 담당했던 대신 서

너 명이 고개를 끄덕였다. 태양궁에서는 장교급 무관을 등용할 때 문학적 소양을 함께 심사했고 글솜씨가 수려한 보리는 단연 우수한 성적으로 등과하였었다.

"더 할 말이 있소?"

겸이 좌우를 둘러보았다.

"다시 묻겠소. 국혼이오? 폐위요?"

아무도 답을 안 했다.

"마지막으로 묻겠소. 국혼이오? 폐위요?"

대신들의 얼굴이 동시에 찌그러졌다. 그중 일찬 이경구와 대나마 정석현이 제일 심했다.

귀족회의가 끝났고 겸은 다시 태양관으로 돌아갔다.

"전하! 어찌하여 김욱 공께서 전하의 편에 선 것이옵니까?"

궁인들을 뒤로 물리고 따르던 홍화가 나직하게 물었다. 시종장은 귀족회의의 뒷정리를 주관하라고 광화관에 남겨두고 왔다.

"김욱 공의 장자, 사간부의 주사로 있는 김도현이 내 어릴 적 배동(왕자의 글 친구)이오. 알고 있지?"

"네."

"공이 원래부터 승하하신 부왕 전하와 각별한 사이였고 김도현과 내가 배동으로 지내면서 나와는 더 돈독한 사이가 되었어. 하지만 한동안은 폐위당한 열리관 부인(광운비)의 계책으로 먼 지방의 한직으로 지내었지."

"그 또한 알고 있사옵니다."

"공에 대한 내 믿음이 각별하니 내가 왕위에 등극하자마자 공을 국읍으로 돌아오게 했고 그 후 정사에서나 내 개인의 일에나 아한 공은 큰 도움이 되었지."

홍화가 고개를 끄덕였다.

"이번에 공주의 일을 도모할 때도 내가 공을 먼저 불러 공주에 대한 일을 논의하였지. 그랬더니 선뜻 힘을 실어주겠다 말을 했다오. 궁녀장과 함께 내화원으로 공을 데리고 간 것도 다 그런 연유에서였고."

"그러셨군요. 저는 공주님의 일은 저만 알고 있는 줄 알고."

"궁녀장이야 논의고 뭐고 필요 없이 언제든 내 편이 되어줄 사람이 아닌가? 내는 언제나 궁녀장을 믿어. 또 내가 아무리 힘들고 어려울 때라도 궁녀장은 내게 행복한 기억을 떠올려 주는 사람이기도 하고, 궁녀장을 보면서 솔나를 떠올릴 수 있고 천지간에 솔나 이야기를 함께 나눌 수 있는 사람도 궁녀장 뿐이니 말이야."

겸이 다정히 웃어주었다.

'언제든지 전하의 편이라 하셨사옵니까? 전하에게 행복을 드린다고 하였사옵니까?'

홍화가 속으로 한숨을 삼켰다.

'하오나, 전하! 어리석은 저의 기우가 전하의 연모만은 지켜 드리지 못했사옵니다. 송구하옵니다.'

마음속의 말을 감추며 홍화는 겸의 뒤를 따랐다.

'붉은 백일홍 솔나의 화원'의 온실.

"화원장님! 혹 그 이야기 들으셨어요?"

미우는 다선의 옆에서 화분에 흙을 넣어주었다.

"무슨 이야기?"

"전하께오서 국혼을 하실 거라 하던데요."

"전하께서 국혼을? 에이, 아니다. 잘못 들었겠지."

"정말이에요. 벌써 궁녀들 사이에서는 간택령이 언제 내릴지 서로 날짜 맞추기 내기도 하고 그러는걸요."

"아니라니까. 그럴 리가 없다."

"여름이 가기 전에 간택령을 내리면 국혼은 가을쯤 치러서 올해를 넘기지 않을 것이라 하던데요. 보세요. 근래 들어 도통 특별화원에 출입을 안 하시는 전하이시잖아요."

"공무가 분주하셔서 그랬겠지."

"아무리 바쁘시더라도 언제 특별화원에 안 오신 적이 있으세요? 틀림없습니다. 이번 참에는 잃어버린 연모일랑은 그만 잊고 왕후마마를 맞으실 모양이네요."

"아니다. 전하께오서 그러실 리가 없어."

"참, 내! 화원장님은 속고만 사셨어요? 아무리 절절하였다고는 하나 이래저래 떠난 사람은 잊혀지고 마는 것이에요."

에휴! 미우가 한숨을 쉬었다.

"솔나만 안 되었지. 꽃으로 살아 있으면 뭐하나? 사람과 꽃의 길이 다르고 어차피 사람과 꽃이 부부의 정을 나눌 수도 없는 것을."

미우가 백일홍을 가엾게 보았다.

"화원장님! 그러니까 우리는 옆에 있을 때 마음껏 행복했으면 좋겠어요. 함께할 수 있을 동안 많이 행복해 두자고요."

미우가 다선의 팔을 건드렸다.

'전하! 설마하니, 설마? 아니지요?'

미우의 말에는 아랑곳없이 다선은 백일홍꽃에 시선을 두고 있었다. 겸이 이렇게 빨리 국혼을 할 것이라고는 생각치도 못했다.

그때였다. 무언가 반짝이는 기운이 백일홍을 감싸고 돌았다.

"응?"

다선이 화분을 팽개치고 온실을 뛰어나갔다.

"화원장님! 갑자기 왜 그러세요?"

뒤에서 미우가 불렀지만 다선의 달음질은 급하기만 했다. 급히 백일홍 앞에 다다른 다선의 숨결이 가쁘게 오르내렸다.

"솔나님?"

다선이 비명처럼 불렀다.

다선은 분명히 보았다. 유월의 햇살을 받고 눈부신 붉은빛으로 반짝이는 백일홍 꽃송이를. 그리고 백일홍 꽃대 속에서 잠시 나타났다가 사라지는 솔나의 모습을.

"솔나님!"

다선이 다시 이름을 부르면서 백일홍 꽃대를 향해 손을 뻗었다.

"화원장님! 안력(시력)도 성치 않으신 분이 그리 급하게 달리시면 어떡해요?"

따라 뛰어온 미우가 다선의 옷자락을 건드렸다.

"미우야!"

다선이 마치 넋이 나간 것처럼 미우의 이름을 불렀다.

"네."

"미우야! 백일홍꽃 속에서, 분명히 솔나님이……."

"화원장님! 지금 무어라 말씀하시는 거예요?"

혼자서 중얼거리듯 한 말이라서 미우는 듣지 못한 모양이었다.

"분명 솔나님이? 도대체 이게 다 무슨……?"

놀란 다선의 입이 자꾸만 벌어졌다.

그 시각.

태양관의 서고에서 겸은 붓을 들고 있었다. 탁자 위에는 새로 묶어 만든 서책이 가득이었다.

"전하! 무엇을 쓰시려는지 여쭈어도 되겠사옵니까?"

오수의 시간이었다. 겸은 낮잠 대신 서고를 택하였다.

"궁녀장에게만 말해주는 비밀이네."

"말씀하옵소서."

"이야기를 써볼까 해."

"전하께오서 직접 말이옵니까?"

"좋은 이야기 동무였던 방물장수 할멈은 세상에 없어. 이제 나는 왕자가 아니라 왕위에 앉아 있으니 누군가를 청해 이야깃거리를 들을 처지도 못 돼. 해서 내가 이야기를 한번 지어볼까 하는데."

화인에 대한 금기를 처음으로 발설했던 방물장수 할멈은 삼 년 전에 세상을 떠났다.

"어떤 이야기를 쓰실 요량이시옵니까?"

"화인지애의 후속편."

"네? 그 이야기의 후속편이라시면?"

"세상에 존재하지 않는 이야기지. 솔나와 나의 이야기의 후속편. 솔나가 다시 살아나는 것으로 시작될 것이네."

"꽃으로 죽은 화인이 다시 사람의 몸으로 살아난다는 말씀이옵니까?"

"응."

"그런 이야기는 들은 적이 없사옵니다. 어찌 다시 살아나옵니까?"

홍화가 측은하게 물었다.

"아직 다 구상하지는 못했어. 오늘부터 오수의 시간마다 쓸 작정이라오. 하면 국혼이 마무리되기 전에는 완성을 할 수 있겠지."

"오수를 매일 거르실 수는 없사옵니다. 용체를 생각하시옵소서."

"괜찮아. 어차피 잠이란 놈이 나를 찾아와 주지도 않으니."

"전하! 하면 전하를 모시는 궁녀장으로서 한 말씀만 아뢰어도 되겠사옵니까?"

"그리하시게."

"그 이야기를 마무리하고 국혼을 하시고 나면 이제는 그만 모두 잊으옵소서. 기억도, 추억도, 그리움도, 그이와 관련된 것이라면 그 무엇이라도."

"알았네. 궁녀장의 말이 아니라도 이미 알고 있네. 내가 이 연모를 비워내지 못하면 월화관에 들어오게 될 왕후도 불행할 수밖에 없으리라는 것을. 그러니 이 이야기를 끝맺고 나면 내 마음도 새로운 주인을 맞을 준비를 하리라."

겸이 천천히 먹을 갈았다. 그러면서 자신의 먹을 갈아주면서 재미있다고 들떠 있던 솔나를 또 떠올렸다.

"전하! 그 이야기의 끝은 반드시 행복하게 맺으옵소서."

측은함을 감추며 홍화가 밝게 말했다.

"응당 그래야지. 그래야 솔나가 내 안에서 언제나 행복하게 살아 있지 않겠나? 아직 이야기의 구상이 제대로 되지는 않았지만 한 가지만은 확실하네. 이 이야기의 끝은 반드시 행복할 것이라는 것. 저 토끼풀처럼 말이네."

겸은 백지상태의 서책을 들고 서고 밖을 보았다. 연못 물 위에 햇살은 싱그럽고 토끼풀은 지천으로 피어 흐드러졌다.

토끼풀의 꽃말은 <행복>.

4.
기억은 매일 새롭고

태양궁의 꽃 궁실 내화원.

남의 꽃 궁실에까지 와서 다선과 미우는 또, 토닥거리고 있었다.

"미우야! 꽃잎을 자꾸 주물러 대면 어쩌려는 것이냐?"

"주물러 대기는요? 그저 신기해서 만져 보는 것이지요."

미우가 밀짚꽃의 꽃잎을 자꾸 만지작거리자 다선이 만류했다. 내화원 온실의 옥벽을 따라 국화과에 속하는 밀짚꽃이 화사하게 피어올랐다.

"너무 신기하지 않아요? 어쩜 이리 바스락바스락 신기한 소리를 내는 거죠? 정말 얇은 종잇장을 비벼대는 것 같잖아요."

"해서 밀짚꽃을 달리는 종이꽃이라고 하는 것 아니냐?"

"밀짚꽃을 말려서 화지(꽃종이)를 만들어볼까요? 특별화원의 햇살이 좋으니 종이도 잘 마를 것 같은데."

"화지는 만들어서 무에 쓸려고?"

"무에다 쓰기는요? 그리운 분에게 연서를 적어 보내려 그러지요."

"연서라고? 태양궁의 궁녀가 못 하는 소리가 없구나."

"왜요? 궁녀는 연모의 마음도 가지면 안 된다는 법이라도 있어요?"

태양궁의 궁인들은 모두 혼인에 있어 자유로웠다. 궁녀도 예외는 아니었다.

"네가 연정을 가진 이가 있기는 하고?"

"왜 없어요? 아주 가까이에 있구만은."

"가까이? 어디?"

"화원장님이 아실 필요는 없잖아요."

미우가 삐진 척을 했다. 저리 시치미를 떼긴 해도 자신에 대한 미우의 마음을 다선이 알고 있으리라고 미우는 혼자서 믿어버렸다.

"통꽃은 손대지 말거라. 씨꽃만 주워서 사용하고."

"당연하잖아요."

화가야의 꽃은 크게 두 부류였다.

통꽃과 씨꽃.

통꽃은 한 번 꽃을 피우고 나면 첫서리가 내리기 전까지는 계속 꽃을 피워냈다. 반면 씨꽃은 원래 꽃이 피는 절기만큼만 꽃이 피었다가 시든 후에 씨를 맺었다. 내년의 번식을 위해서였다.

"조심하거라. 내화원의 화원장이 눈을 부라리며 쳐다보는 것이 느껴지는구나."

"핏! 남말 하시네요. 화원장님이 내화원 담당일 때는 궁인들을 발길조차 못 하게 하셨으면서."

솔나를 지키기 위해서 그랬다. 미우의 핀잔에도 다선은 가만히 있었다.

"그나저나 지금쯤 전하께오서는 특별화원에 오셨겠지요?"

"오셨겠지. 참으로 오랜만에 들르신 걸음이 아니냐?"

"그래도 우리더러 화원까지 비워두라 하시고, 예전에 없던 일이 네요. 평소에는 그저 멀리 떨어져만 있으라 하셨는데."

"심사가 복잡하신 모양이지."

겸이 솔나의 화원을 비워놓으라고 해서 두 사람은 함께 내화원에 와 있었다.

특별화원의 겸은 백일홍 옆에 섰고 홍화는 옆에다 돗자리를 깔고 있었다.

"다선과 미우도 물리시고 돗자리까지 준비하라 하심은 어인 일이시옵니까?"

"솔나랑 다정히 앉아 있고 싶어서."

"시종장에게서 오후의 일정도 미뤄두셨다 들었사옵니다."

"오래 있고 싶어서."

겸이 돗자리 위에 앉았다.

"궁녀장도 그만 나가보시게."

"전하의 옆을 비울 수는 없사옵니다."

"괜찮아. 그만 나가보라니까. 오늘 솔나랑 다정히 오래 앉아 있다가……."

겸이 잠시 숨을 골랐다.

"오늘이 마지막일 것이네. 내 오늘을 끝으로 다시는 특별화원을 찾지 않겠어. 정말 꽃으로만 솔나를 볼 수 있을 때까지는."

홍화에게만 들리게 속삭이는 음성이어서 솔나는 듣지 못했다.

"하면 이만 물러가옵니다."

더 묻지 않고 홍화가 자리를 물러났다. 그대로 화원 밖으로 나갔다.

"오랜만이구나! 솔나야! 내 너무 오래 너를 찾지 않았구나. 오지 않는 나를 원망하였지? 응? 아니었다고?"

겸이 솔나의 꽃대에 살포시 몸을 기대었다. 백일홍 꽃대가 고개를 저었다. 유월의 바람이 스쳐 지나가서 그런 거라고 겸은 생각했다.

"한데 어찌하느냐? 이제 정말 네가 나를 두고두고 원망할 일이 생기었으니."

말을 멈춘 겸이 마른침을 삼켰다.

"솔나야! 내는 국혼을 할 예정이다. 국혼을 하고 월화관(왕후의 궁실)에 주인을 들일 것이란 말이다."

겸의 말이 떨어지자마자 백일홍 꽃대가 소스라치듯이 요동을 했다. 하지만 겸은 그것도 바람의 소행이라고 생각했다.

"국혼을 하고 왕후를 맞아들이게 되면 이제는 너를 찾지 않을 것이야. 내 힘들었던 왕자 시절에 늘 힘이 되고 용기가 되었던 널 만나러 오지 않을 것이란 말이다. 너와 함께했던 시간들, 내 인생의 가장 빛났던 그 시절을 빠짐없이 기억하며 살아갈 것이라 약조했는데 이제는 그만 다 잊어버릴 것이다."

겸이 꽃대를 안다시피 했지만 꽃대는 몸을 휘청거렸다.

"하니, 날 많이 원망하거라. 오래 미워하거라. 동빙 왕자님 그러실 줄 알았다 하며 책망하거라. 솔나야! 부디, 부디 나를 용서하지 마라. 알았지?"

백일홍 꽃대가 은밀히 몸부림을 치듯이 솟구치다가 가라앉았다. 자신의 생각에 젖은 겸은 그 모습도 보지 못했다.

"연모도 약조도 지키지 못하는 나는 못난 사내다……."

중얼거리던 겸이 까무룩 잠이 들었다. 뒤척이는 겸의 밑에서 밀짚꽃이 바스락거렸다. 넓은 용포 자락은 이불처럼 겸을 덮었고 시작되는 여름의 해살이 규칙적으로 오르내리는 잠결 위로 내려앉았다.

그제야 백일홍 꽃송이가, 이파리가, 꽃대가 활발하게 움직이기 시작했다. 온몸을 최대한 겸 쪽으로 기울여서 내리는 햇살을 막아주었다.

「원망하지 않습니다. 미워하지도 않습니다. 책망이라니 당치도 않습니다. 전하! 전하! 편히 침수 드소서. 전하!」

꽃대를 타고 눈물방울이 흘러내렸다. 자꾸 흘러내렸다. 왕포 끝자락이 표 나지 않게 젖어갔다.

보리와 아율은 함께 저자를 향해 걸어가고 있었다.

색깔 있는 옷깃을 둔 복색을 하고 너울을 쓴 채 양손에는 팔가리개를 한 아율과 단검을 숨긴 보리의 모습은 마치 귀족가의 아가씨와 아가씨를 지키는 호위무사 같았다. 검술로 다져진 보리의 전신은 평복을 입어도 무사의 기운을 숨길 수 없었다.

"오라버니! 조금만 빨리 걸어요. 저자 구경을 실컷 하고 돌아가려면 빨리 서두르셔야 한다고요."

옆에 서지도 못하고 앞서지도 못하고 주춤주춤 뒤를 따르는 보리를 아율이 재촉했다.

공식적으로 선포는 하지 않았지만 보리와 아율의 국혼이 결정되었다. 귀족 대신들은 울며 겨자 먹기로 겸의 지략을 따를 수밖에 없었다.

그리고 겸은 국혼을 하기 전, 아율에게 하고 싶은 일을 다 해보라 하였다.

광운비의 횡포에 시달리는 태양궁의 공주로 십 년, 보리의 사가에서 매화 문양을 흉한 화상 흉터로 숨기고 칩거하며 산 시간이 십 년, 다시 태양궁의 공주로 복위됐지만 왕실의 소용돌이 속에서 숨죽여 지낸 시간이 이 년 남짓.

아율이 마음껏 편할 수 있던 시간이 없었던 것을 겸이 가엾게 여긴 까닭이었는데 아율은 제일 먼저 저자 구경을 실컷 하고 싶다고 청하였다.

"공주, 아, 아니 차연아! 좀 천천히 가자꾸나."

"벌써 해가 중천이에요."

"차연아!"

보리의 걸음이 어느새 멈추었다.

"신, 아니 오라비는 누이가 이리 활달하고 적극적인 성격이리라고는 꿈에도 몰랐습, 아니 몰랐다."

한낮의 저잣거리에서 손이라도 잡아끌 듯 가까이 다가서는 아율 때문에 보리는 진땀을 흘렸다. 사가에 있을 때는 웃음소리 한 번도 조심스럽고 애틋했었다.

"해서요? 이제는 제가 싫어지셨어요?"

"그런 것이 아니라, 보는 눈이 많은데 자꾸 이러시니, 아니 이러니……."

"늘 오른 손등의 매화 문양을 숨기고 살았던 세월이에요. 잃었다고는 하나 혹시나 향기가 새어 나가지 않을까 마음 졸이며 살았던 시절이었지요. 해서 오른 손등을 꽁꽁 싸맨 두터운 천은 제 마음도 같이 옭아매고 있었지요. 말 한마디, 웃음 한 번도 혹시나 담을 넘을까 봐 두려웠던 시간들이었으니까요."

아율은 그 시절을 생각하며 물기에 젖었다. 너울이 늘어져 있어 얼굴 표정은 읽을 수가 없었다.

"그 안에는 오라버니에 대한 마음도 포함되어 있었지요. 평생을 오라버니의 누이로 살아야 할지도 모르니 매일매일 끊어내야만 했던 애절한 소망들을 오라버니는 잘 모르실 거예요. 이제 아무것도 거리낄 것도, 두려워할 것도 없어요. 이제 차연이는 오라버니와 함께 마음껏 자유롭고 행복하고 싶다고요."

"그래. 그러자꾸나."

보리가 그제야 아율의 옆으로 와서 나란히 섰다.

"오라버니! 장신구 난전이에요."

장신구 난전에는 갖가지 모양의 머리 장식, 귀걸이, 목걸이, 팔찌, 팔뚝찌가 비취, 옥, 상아 등 여러 가지 재질로 만들어져 놓여 있었다. 아율은 신기한 듯 이것을 들었다 저것을 들었다. 귀걸이는 귀에 대어보고 목걸이는 목에 걸어보면서 얼굴이 기쁨으로 활짝 열렸다.

"마음에 드는 것이 있으면 골라보려무나!"

"아니에요. 구경하는 것만으로도 충분히 좋아요."

"고르기만 하면 선물하여 주마."

"핏! 오랫동안 백수이셨으면서. 선물하여 줄 돈이나 있으시려나요?"

"여기 있는 장신구들 몽땅 다 사줄 수도 있어."

보리가 양팔을 활짝 펼쳐 보였다.

"그는 나중 혼인 때 두고 볼게요. 얼마나 멋진 빙물들을 제게 선물해 주시는지."

아율이 비취로 만든 팔찌 하나를 손목에 걸어 보리에게 보여주었다.

"곱지요?"

"곱구나."

"팔찌 말고 제가 곱다고요."

다시 보리를 침묵으로 빠뜨리는 말이었다.

"핏! 아무 말 안 할 줄 알았습니다. 어디! 입 다실 다과 파는 난전은 어디에 있나요?"

팔찌를 내려놓으며 아율이 두리번거리자 보리가 건너편을 가리켰다.

"우와! 엿 종류가 이렇게 많은 거예요?"

다과 난전에는 색색의 엿이 놓여 있었다. 꼬불꼬불 꼬아 만든 무지개색의 엿. 갖가지 꽃 모양의 둥근 엿, 수정나비 모양을 본뜬 투명한 엿.

"엿은 하나 먹어도 되죠?"

아율이 수정나비 모양의 엿을 하나 집어 올렸다. 엿을 오물거리더니 손가락 끝에 묻은 흰 가루를 털어내려고 했다. 하지만 그대로 가루를 보리의 볼에 발라 버렸다.

"공, 차연아!"

보리가 흰 가루를 털어내자 아율의 웃음이 공기 방울처럼 터졌다.

떡전에 가서는 모시송편을 하나씩 사 먹었다. 드팀전(옷감 가게)에서는 비단을 돌려 가며 구경을 했다. 지전에서는 꽃송이가 놓인 종이를 바람을 만들어 팔랑거려 보았다. 신발 난전에서는 꽃신 하나를 신어보기도 했다.

"오라버니! 어때요? 어여쁜가요?"

"그래. 아주 어여쁘구나."

보리의 칭찬에 아율이 웃는데 보리가 다가와 속삭였다.

"꽃신 말고 공주님 발이 어여쁘옵니다."

은밀히 속삭이는 말에 아율이 어깨를 움찔거렸다.

유월의 저잣거리에는 온갖 꽃들이 피어올랐고 꽃잎 위에서는 나비 떼들이 팔랑거렸다. 저자에 나온 꽃문양의 왕족에게는 아무도 날아가서는 안 된다는 나비들의 불문율 때문에 아율에게는 한 마리도 날아오지 않았다.

"오라버니! 밀짚꽃이에요."

아율이 그중의 한 꽃에게 다가갔다.

"밀짚꽃은요, 꽃잎을 만지면 바스락거리는 소리가 나고 꽃잎의 모양이 나무껍질을 종이처럼 얇게 벗긴 것 같다고 해서 달리는 바스라기꽃이나 종이꽃이라 불린대요. 그리고 그 꽃말은 '기억합니다'라지요."

아율이 자세히 꽃잎을 들여다보았다.

"저도요, 언제나 다 기억하고 살 것이에요. 오라버니의 누이로 살았던 그 시간들, 하나도 잊지 않고 다 기억하며 살 것이라고요."

"그래. 우리 늘 기억하면서 살자꾸나."

보리도 함께 꽃잎을 들여다보았다.

"거리 악사다!"

누군가가 외쳤다.

한 여인이 저자 길목에 나타났다. 머리칼은 종아리까지 흘러내리고 투명한 너울을 썼다. 한 팔에는 비파를 안고 이마와 목에는 옥으로 만든 장신구가 가득이었다.

"오라버니! 우리도 가봐요."

아율이 반색을 하며 거리 악사 쪽으로 걸어갔다. 이번에는 보리도 아율의 옆에서 걸었다.

장신구가 스르릉거리는 여인의 팔이 비파를 연주하기 시작했다. 꽃빛으로 화장한 여인의 입술은 비파 소리를 따라 노래 가락을 토해냈다.

흰나리 꽃문양의 한울왕 전하는
꽃처럼 짙은 향기 공기 중에 날렸는데
어느 날 꽃문양은 백일홍이 되었고
잃어버린 연모는 베갯잇을 적시우네

매화 향기 곱다시던 공주님은 돌아오고
태후마마 웃음소리 태양궁에 가득하네
나그네여! 묻는다면 답해주리라
꽃들의 이야기는 끝이 없다고

지금 거리 악사가 부르는 노랫가락은 겸과 아율에 대한 이야기
였다.

화인(花人)의 연모는 목숨을 바친 연모
연모가 애달프면 생도 애달파
빛나는 붉은 머리칼 끝에 춤을 추면
차라리 네 심장을 먼저 찔러줄 것을

화인이여 화인이여 그이를 보지 마오
심장의 속삭임에 귀 기울이지 마오
꽃달의 사슬에 얽매인 당신을
그이는 외면하고 사라져 가버리네

때늦은 후회는 목숨과 맞바꾸어
흩어진 꽃잎 되어 화인은 흩날릴 뿐
나그네여! 묻는다면 답해주리라
전설이 되지 못한 연모가 있었노라고

이번의 노랫가락은 겸과 솔나에 대한 이야기였다. 금기였던 화

인에 대한 노랫가락을 이제는 어디서든 들을 수 있었다. 듣고 있는 모든 사람들의 눈시울이 젖어들었고 아율은 애써 눈물을 참았다. 보리도 안타까운 탄성을 속으로 삼켰다.

"오라버니 전하!"

"전하!"

떠나 버린 솔나가 다시 돌아올 일이야 없을 텐데 잃어버린 연모를 잊지 못하는 겸은 늘 억지웃음을 지었다. 두 사람의 연모를 지켜주기 위해 국혼을 하겠노라 대신들에게 약조도 하였다. 아율과 보리는 안타까움을 감출 수 없었다.

여악사가 노래를 멈추자 둘러선 사람들이 악사의 발 앞에 철폐를 몇 개씩 던져 주었다. 여악사는 공손히 절을 하고는 떨어진 철폐를 주워 모았다.

"응?"

아율이 고개를 갸웃거렸다. 사람들이 흩어지는데도 발길을 돌리지 않고 여악사를 지켜보았다.

"차연아! 왜 그러는 것이냐?"

저자 구경에 정신이 팔려 있던 아율이 움직일 생각이 없자 보리는 이상했다.

"저이는 분명?"

보리의 궁금증도 뒤로한 채 아율이 여악사에게로 다가갔다. 챙이 좁은 아율의 너울이 너풀거렸다. 이윽고 아율이 여악사의 앞에 가서 서자 여악사는 허리를 일으켰다.

"아가씨! 혹 저에게 볼일이 있으십니까?"

얼굴은 보이지 않지만 귀족가의 아가씨로 보이는 아율에게 여악사가 물었다.

"혹, 혹 초비?"

너울 안의 아율이 여악사에게 물었다.

투두둑! 투둑!

여악사가 주워든 철폐 두어 개가 손에서 떨어져 내렸다.

⟨

아율이 열 살이었던 그때.

아율은 태양궁의 존귀한 어린 공주였고 천성이 장난스럽고 활발하였다. 하지만 궁을 나다닐 때면 포악한 광운비를 피해 늘 조심스러운 걸음이었다.

"어디에도 광운비마마가 안 보이시는 것, 확실한 거지?"

담 곁에 숨어 선 아율이 시중궁녀에게 물었다.

"네. 아니 보이시옵니다."

아율은 하늘화원에 다니러 가는 길이었다. 가는 길에 혹시나 광운비가 있을까 봐 담 곁에 숨어 서서 미리 망을 보고 있었다.

"그래. 그럼 내 먼저 달려갈 테니 얼른 뒤를 따르거라."

"네. 공주님!"

막 아율이 치맛자락을 잡아 쥘 때였다.

"아율아!"

살금살금 다가온 아루가 아율의 어깨를 두드렸다.

"아루야!"

아루 또한 아율에게 친절한 성품은 아닌지라 아율은 깜짝 놀랐다.

"네가 여긴 어쩐 일이냐?"

하지만 속마음을 내색하지 않고 다정하게 물었다.

"너, 지금 하늘화원에 가는 길이지?"

아루가 다정한 미소를 지으며 아율에게 한 걸음 다가섰다. 대답 대신 아율은 고개를 끄덕였다.

아율은 하늘화원의 연못가에서 나비들과 춤추기를 좋아하였다. 열다섯 살이 된 후에야 거느릴 수 있는 수정나비를 제외하고는 태양궁 안의 모든 나비들이 아율의 춤에 함께 날개를 팔랑거렸다.

겸은 하늘화원에서 아율이 나비춤을 출 때마다 곱다고, 어여쁘다고 칭찬을 아끼지 않았다. 하지만 오늘은 시종장과 함께 궁 밖으로 행차를 나갔다.

"나랑 같이 가자. 오늘은 하늘화원에서 너랑 숨바꼭질을 하며 놀고 싶어."

제멋대로인 아루는 아율의 대답은 상관치도 않고 팔을 잡아끌었다. 싫다고 말도 못 하고 아율은 아루가 이끄는 대로 뒤를 따랐다.

전 왕후 옥화를 시중들던 이궁녀 출신의 청천비, 아율의 모후이자 민가 출신의 후비.

대각간을 지낸 지체 높은 귀족 가문 출신의 광운비, 아루의 모후이자 현재 화가야 왕실의 실권을 장악하고 있는 후비.

광운비는 민가 출신의 청천비를 업신여기며 함부로 대하기가 예사였다. 그러다가 두 후비는 비슷한 시기에 잉태를 하여 같은 날 공주를 낳았다.

아율은 손등에 매화 문양을 타고 태어나 매화 향기를 풍겼다. 꽃문양의 왕손이 태어나는 화가야 왕실의 귀한 혈손이었다. 하지만 아루는 아무런 꽃문양을 가지지 못한 채 태어났다.

부왕은 두 공주가 태어나자마자 아율을 제일 공주로, 아루를 제이 공주로 책봉하여 선포를 하였다.

그 이후, 광운비의 포악함은 청천비와 아율에게 유독 가혹하였고 처음에는 사이좋게 지내던 두 공주도 여덟 살 무렵부터는 왕실 행사에서나 얼굴을 마주치는 지경이 되어버렸다.

그런데, 그 봄날에는 아루가 먼저 다가와 아율에게 다정하게 숨바꼭질을 청했던 것이었다. 늘 자신을 무시하던 아루가 다정하게 다가오는 것이 아율은 그저 좋았다.

그래서 아루의 시중궁녀와 아율의 시중궁녀가 서로 눈짓을 교환하며 은밀한 웃음을 나누는 것을 눈치채지 못했다. 앞장서 가는 아루까지 은밀한 웃음을 감추지 못하고 있다는 것도.

두 공주는 하늘화원에 도착하자 숨바꼭질을 하기 위해 윷을 던졌다. 아루가 술래가 되었다.

"자! 이제 달려가서 숨어. 그리고 이것."

아루가 친절한 음성으로 아율에게 무언가를 내밀었다. 매화꽃이 수놓인 팔가리개였다.

"이건 왜?"

"아율이 넌! 너의 손등에서 그렇게 매화 향기가 풍기는데 어디 숨은들 내가 찾아내지 못하겠니? 나비 떼가 죄다 너를 찾아갈 터인데. 팔가리개를 해야 온전히 내게서 숨을 것이 아니냐?"

"하지만 나비 떼들은 팔가리개를 해도 내 향기를 알아차리는데."

"절대 향기가 새지 않도록 특별히 제작했어. 너랑 숨바꼭질하면서 놀려고 조답방 궁녀에게 일부러 만들어내라 했거든."

"정말? 너무 고마워."

아율은 진심으로 감동했다. 아루가 건네준 팔가리개는 유독 두껍고 단단하였다.

아루가 나무에 기대어 얼굴을 묻었고 아율은 어디에 숨을지 궁리를 하였다.

"공주님! 연못가에 가서 숨으옵소서. 꽃이 제일 울창한 곳이니 아루 공주님께서 찾으시기 어려우실 것이옵니다."

아율의 시중궁녀가 말했다.

"그럴까?"

아율은 시중궁녀와 함께 연못가로 달려갔다. 기분이 좋아서 멀리멀리 날듯이 달려갔다. 폭죽처럼 팡팡 웃음이 터졌다.

그렇게 야광화(밤에 빛을 내는 화가야의 꽃)가 피어 흐드러진 연못에 다다랐을 때쯤이었다.

갑자기 날아온 커다란 손이 아율의 입을 막았다. 놀란 아율이 토끼 눈을 뜨고 위를 올려다보았다. 검은 옷을 입고 검은 복면을 한 남자가 아율의 입을 막고 있었다.

"읍! 읍!"

아율이 시중궁녀를 보며 몸부림을 쳤다. 하지만 시중궁녀는 악한 미소를 지으며 아율을 쳐다만 보았다.

광운비와 아루와 아율의 시중궁녀는 한편이었다. 여덟 살 이후로는 아율을 본 척도 하지 않았던 아루가 숨바꼭질을 하자며 아율을 하늘화원으로 이끌었고 연못가에 가서 숨자고 시중궁녀가 아율을 부추겼다.

"읍! 읍!"

영리한 아율은 금방 사태를 파악하였다. 다시 발버둥을 쳤다. 하지만 건장한 사내를 이길 힘이 아율에게 있을 리가 없었다.

찍!

사내는 입을 막은 아율의 공주 옷도 찢어서 벗겨냈다. 하얀 치마저고리의 아율의 몸이 대롱거렸다.

사내가 품에서 단도를 꺼냈다. 아율을 향해 높이 쳐들었다. 하지만 차마 단도를 내려치지는 못했다. 아무리 광운비가 사주를 하였다고 하지만 감히 왕실의 귀한 혈손, 매화 꽃문양의 공주에게 단도를 휘두를 자신은 없는 모양이었다.

"읍! 살려주세요! 살려……!"

아율이 드디어 정신을 잃었다. 커다란 손에 입이 막혀 숨을 쉴 수가 없었다. 아율의 어린 몸이 축 늘어지자 검은 복면의 사내는 그대로 연못 속으로 집어 던져 버렸다.

야광화 꽃잎이 충격으로 흩어지면서 아율의 몸은 연못 깊은 곳으로 가라앉기 시작했다. 아율의 채색가죽화(靴, 가죽으로 만든 신발) 한 짝은 연못가에 떨어졌다.

이번에는 검은 옷의 사내가 아율의 시중궁녀에게로 다가갔다.

"으ㅎㅎㅎㅎㅎ! 이제는 네 차례다."

"왜, 왜, 왜 이러시는 거예요? 저도 광운비마마의 사주를 받은 한편이란 말이에요."

"어리석은 것! 광운비마마께오서 너를 살려두실 줄 알았더냐? 공주를 처리하고 나면 그다음 차례는 바로 너였다."

"아악!! 살, 살려주세요!"

시중궁녀가 검은 옷의 사내를 피해 뒷걸음질을 쳤다. 하지만 몇 걸음 못 가 시중궁녀의 몸도 붙잡히고 말았다. 사내는 아율에게는 망설였던 단도를 가차 없이 휘둘렀다. 외마디 비명도 없이 시중궁녀는 숨을 거두었다.

검은 옷의 사내는 시중궁녀도 그대로 연못에 집어 던졌다. 무거운 돌이라도 달린 것처럼 시중궁녀도 연못 깊숙이 가라앉아 버렸다. 연못 수면의 파문이 잠잠해지자 검은 옷의 사내는 발길을 돌렸다.

그렇게 시간이 지나고 물길에 막힌 아율의 숨도 완전히 끊어지려던 참이었다.

어디선가 어(魚)나비 한 마리가 헤엄쳐 오기 시작했다. 아가미와 꼬리지느러미를 가진 어나비는 물의 나비였다.

한 마리, 두 마리, 세 마리.

점점 많은 어나비들이 아율의 주변으로 모여들었다. 일제히 아율을 감싸면서 꼬리지느러미를 움직이고 날개를 팔랑였다. 어나비들의 아가미에서는 물거품이 뽀글거리기 시작했다. 어나비들이 토해 놓은 둥글둥글한 물거품들이 아율의 몸을 감쌌다.

흡!

막 끊어지려던 아율의 숨이 돌아왔다. 몸을 감싼 물거품 때문에 아율은 숨을 쉴 수 있었다. 어나비들의 물거품은 아율의 몸이 가라앉지 않도록 밑에서 떠받들어 주기도 했다. 수면 밑에 뜬 상태로 정신을 잃었던 아율의 눈이 열렸다.

"어마마마……! 왕자님……!"

아율은 혼돈 속에서 그립고 그리운 청천비와 겸을 불렀다.

갑자기 어나비 몇 마리가 물 밖으로 솟구쳐 날아올랐다. 어나비들의 날개에서 물기가 떨어지면서 연못의 수면에 무지갯빛 파문을 그렸다. 어나비들이 어딘가로 날아가기 시작했다. 아율은 나머지 어나비들이 만들어내는 물거품에 싸여서 연못 수면 바로 아래쪽에 계속 떠 있었다.

잠시 후,

"공주님! 아율 공주님!"

누군가 연못가에서 은밀하게 아율을 불렀다. 어나비들이 일제히 아율의 몸을 이끌고 연못 위로 떠올랐다.

무한이었다. 아율의 궁실인 제일 류화관의 지시위부령이자 보리의 아버지.

어나비들이 날아가 무한의 옷을 잡아끌자 아율에게 무슨 일이 생긴 것을 직감하고 달려온 길이었다.

"공주님!"

비명을 지르듯이 무한의 목소리가 높아지더니 판갑옷을 입은 그대로 연못으로 뛰어들었다. 화가야의 강철로 만들어진 판갑옷의 무게가 엄청난데도 무한은 아랑곳하지 않았다.

"공주님! 아율 공주님!"

무한은 어나비들에 둘러싸여 연못 수면 위에 떠오른 아율의 몸을 단번에 건져 올렸다.

무한의 부름에 아율이 눈을 떴다.

"무한!"

"정신이 드시옵니까?"

"이게 어찌 된 일인가요?"

아율이 힘없이 물었다.

"그것이…… 응?"

말을 하려다 말고 무한이 화들짝 놀랐다.

"공주님?"

안은 그대로 아율의 오른손을 들어 올렸다. 떨어질 때의 충격으로 팔가리개가 벗겨졌는데 그 손을 자신의 얼굴에 한참을 대고 있었다.

"아율 공주님!"

"공주님!"

"아율아!"

그때였다. 멀리에서 아율을 찾는 음성들이 날아들었다.

"공주님! 송구하옵니다."

무한은 아율을 안은 채 하늘화원과 연결된 통곡의 숲으로 달리기 시작했다. 영문도 모르고 검붉은 숲 그늘에 아율과 무한이 들어섰다.

잠시 후, 아루와 아루의 시중궁녀들이 달려왔다.

"아율아! 내, 열을 다 세었다. 연못가에 숨은 게지? 찾는다!"

아루가 크게 소리 질러 물었다. 너무나도 뻔뻔한 거짓말이었다. 열을 천 번은 더 세었을 시간이 한참을 지나고 난 후에야 아루는 연못가로 왔다. 그리고 아루는 아율을 찾기 시작했다. 궁녀들이 뒤를 따랐다. 한참을 헤매었지만 아율을 찾을 수가 없었다. 어디에도 아율이 보이지 않았다.

"아율아! 이제 그만 나오너라! 내 너를 찾을 수가 없어!"

열을 더 세고 또 세었는데도 아율은 나타나지 않았다. 아율에게서 풍기는 소담한 매화 향은 오직 심어놓은 나무에서만 풍겨올 뿐이었다. 시중궁녀의 대답도 없었다.

결국 아루는 울음을 터뜨렸다. 하지만 눈물 한 방울 없이 소리로만 내지르는 거짓 울음이었고 아루의 입과 눈은 사악한 웃음을 짓고 있었다.

아율은 무한의 품에 안겨서 가증스러운 아루의 모습을 모두 다 지켜보았다.

"공주님! 잠시만 기다려 주시옵소서."

아루와 궁녀 무리들이 사라지자 무한은 통곡의 숲 가운데로 난 비밀의 길을 걸어 나가더니 곧 궤짝 하나를 가지고 왔다. 그사이 아율은 다시 정신을 잃고 있었다.

"공주님! 잠시만 기다리시옵소서. 소신이 꼭 공주마마를 지켜 드리겠나이다."

아율을 궤짝 안에다가 뉘였다.

휴!

무한은 아율이 든 궤짝을 어깨에 짊어지고 태양궁을 나섰다. 태양궁 수문의 시위병들이 무한을 보며 인사를 올렸다.

"지시위부령님! 지고 있는 궤짝은 무엇입니까?"

"아율 공주님 처소에 들어갔던 저자 물건이네. 공주님께오서 마음에 들지 않으신다며 직접 바꾸어 오라 하셨네."

"어찌 그런 일을 시위부령님께서 직접 하십니까?"

"공주마마께오서 특별히 직접 다녀오라 지시하신 일이네."

"그러십니까? 조심히 다녀오십시오."

평소 강직한 성품으로 시위부의 병사들 사이에서 신임이 깊은 무한에게 수문의 시위병들은 더 이상 따져 묻지 않았다.

무사히 태양궁을 빠져나온 무한은 저자의 음방 거리에 아율을 내려놓고 다시 태양궁으로 급히 돌아갔다.

오후 늦게 태양궁이 발칵 뒤집혔다. 아율이 연못에 빠진 지 몇 시간이 지나서야 아루가 하늘화원의 연못가에서 아율이 없어졌다고 부왕에게 고하였다.

온 궁인들이 아율 공주를 찾아 나섰다. 봄이 무르익어 매화 꽃잎이 휘날리던 어느 봄날이었다.

궁인들이 하늘화원을 샅샅이 뒤졌다. 그러다가 해 질 녘에야 아율 공주를 찾았다. 아니 공주의 채색가죽화를 찾았다. 야광화가 피어 줄을 이은 연못가, 그 구석진 귀퉁이에 아율 공주의 채색가죽화가 한 짝 떨어져 있었다.

"당장 연못을 파헤치도록 하라! 바닥이 다 드러나도록! 아율 공주를 찾아낼 때까지!"

사십사 대 한울왕 사운의 불같은 호령이 떨어졌다.

밤이 되자 반짝반짝 빛이 나던 야광화가 몽땅 뽑혀 나갔다. 아율을 뒤따르던 시중궁녀의 시신이 발견되었다. 단도에 가슴을 찔린 채였다.

다시 연못의 제일 깊은 곳까지 파헤쳐졌다. 하지만 아율 공주의 어린 몸은 어디에서도 발견되지 않았다.

제일 류화관의 궁인들이 문초를 받았고 강제 출궁을 당하였다. 류화관의 지시위부령이었던 무한은 스스로 사직을 청하였다. 공주가 실종되었던 시간에 궁을 비웠다는 이유에서였다.

아율이 완전히 정신을 차린 것은 그로부터 이 주일이나 더 지나서였다.

비록 어나비들이 물거품을 만들어 아율을 지켜주기는 했지만 너무 오랜 시간 물속에 빠져 있었던 터라 아율의 몸이 많이 상하였다. 깼다가 다시 혼절했다가를 반복하면서 이 주 가까이 침상에 누워만 있었다.

눈을 뜬 아율이 제일 먼저 느낀 것은 짙은 분 내음이었다. 어머니인 청천비에게서는 느껴보지 못한, 약간은 역겨울 만큼의 짙은 분 내음. 그리고 두 사람이 나누는 대화 소리가 들렸다.

"참말로 저분이 아율 공주님이시란 말입니까?"

듣기 좋을 만큼의 비음이 섞인 여인이 입을 열었다.

"그렇네. 몇 번을 말하는가? 태양궁 안에서는 더 이상 공주님을 지켜 드릴 수 없어 내 자네에게 부탁을 하러 온 것이라니까."

"장군께서 저를 어찌 믿으시고요?"

"내가 태양궁의 지시위부령이라고 말을 하자 왕실의 일이라면 대가 없이 무엇이든 돕겠다고 자네가 먼저 말을 하지 않았는가?"

"한낱 여인의 약조를 어찌 믿으시려고요?"

"그동안 내가 보아온 자네는 한낱 여인은 아닌 것 같은데."

"제가 장군님의 그 믿음에 보답을 해드려야 하나요?"

"어차피 공주님이나 나에게는 자네가 마지막 선택이네."

"흐응?"

정확한 답을 않고서 여인이 다시 비음을 흘렸다.

아율은 몇 번 더 눈을 깜박였다. 침상 옆으로 늘어진 휘장의 색깔이 자신의 손등의 매화와 같은 연황색이라는 것이 정확하게 눈에 들어왔다.

몸을 일으켰다. 침상에서 조금 떨어져 놓인 탁자에 무한과 몸매가 드러나는 얇은 비단옷을 입은 여인이 마주 보고 앉아 있었다.

"무한?"

잠시 상황이 파악되지 않은 열 살의 아율이 무한을 불렀다.

"공주님!"

아율의 부름에 큰 덩치의 무한이 단숨에 침상 옆으로 다가왔다. 아율의 서너 걸음 앞에서 걸음을 멈추더니 한쪽 무릎을 세워 꿇어앉았다.

"류화관의 지시위부령 박무한! 화가야 제일 공주 아율 공주님을 뵈옵니다."

"무한! 여기는 어디인가요? 그리고 저 여인은 또 누구죠?"

"하늘화원에서 공주님을 시해하려는 음모가 있었사옵니다."

"저도 기억이 납니다."

"그것이 벌써 이 주 전의 일이옵니다."

침상에 앉은 아율이 놀랍도록 침착하게 고개를 끄덕였다.

"공주님! 신의 불충을 용서하여 주시옵소서. 도저히 태양궁 안에서는 더 이상 공주님을 지켜 드릴 수가 없어서 밖으로 모시고 나왔사옵니다."

"……"

"광운비의 사주를 받은 대각간이 시위부의 병사들은 저를 비롯하여 그 누구도 앞으로는 공주님의 행차에 동행할 수 없다 단단히 선포를 하였사옵니다. 방년의 공주님들을 함부로 사내들에게 드러낼 수 없다는 당치도 않은 핑계로 말이옵니다. 아무것도 모르시는 병약한 전하께오서는 그리하라 허락을 하셨고요. 아시옵니까?"

"알고 있어요. 요즈음은 시위부령마저 나를 따르지 않았지요."

"해서 신이 아무리 애를 쓴다고는 하나 태양궁 안에서는 이제 공주님을 지켜 드릴 수가 없사옵니다. 이번 일만 해도 다행히 어나비들이 저를 찾아 날아왔고 저 또한 어나비들의 신호를 알아들어 공주님을 구할 수 있었사옵니다. 하지만 다음번에도 그럴 수 있다고는 아무도 보장할 수 없음이옵니다."

"이상하군요. 아무리 그렇다고는 하나 왜 나를 궁 밖에 이 주간이나 두었단 말인가요? 차후에야 어찌 되든지 나의 사고를 아바마마께 알리면 간단한 문제인 것을."

"그것이……."

"말해보세요."

"그것이……."

"무슨 문제죠?"

"그것이……."

"무한!"

"공, 공주님의 향기가……."

무한의 입술이 무겁게 열렸다.

"향기요? 내 향기가 왜요?"

그러다가 아율도 알아차렸다. 방 안을 감돌고 있는 향기는 역한 분 내음뿐이라는 것을.

아율이 얼른 오른손을 들어 코에 가져다 댔다. 연황색의 매화 문양은 선명하게 그대로인데 아율의 향기만은 감쪽같이 사라지고 없었다.

"이, 이게 어, 어찌 된 일인가요?"

아율이 몸을 떨었다. 그때는 딱 열 살의 어린아이였다.

"자세히는 모르겠사오나 물에 빠질 때의 충격으로 향기를 잃으신 것 같사옵니다."

"말도 안 돼. 이런 이야기는 들어본 적이 없어요."

"하지만 매화 문양만은 또렷이 그대로이옵니다."

아무 말도 없이 시간이 흘렀다.

"……이제야 알겠어요."

겨우 입을 연 아율의 시선이 멍했다.

"왜 무한이 나를 궁 밖으로 데려왔는지. 왜 나의 사고를 고하지 못했는지."

"……"

"공주의 신분을 표시할 수 있는 옷도 없고 나를 증명할 매화 향기도 사라져 버렸으니 나를 공주라 하여도 저들이 믿지 않겠군요."

"헤아리시는 바대로이옵니다."

"문양은 만들어내었다고 억지 부리면 될 것이고 외려 공주를 사칭한다 몰아세우면 두 말도 못 해보고 목이 달아나겠죠. 저들은 앉아서 쾌재를 부를 것이고. 그래서 무한은 나를 데리고 나올 수밖에 없었던 거예요. 그렇죠?"

"저들의 간악함이라면 하고도 남을 일이옵니다."

"하면, 어마마마께오서는요? 어마마마는 저에 대해 어찌 알고 계시나요?"

"하늘화원에서…… 실종되신 것으로 아시옵니다."

"아! 어마마마!"

어린 아율의 눈에 눈물이 차올랐다.

"공주님! 오 년만 참아주시옵소서. 열다섯이 되시면 공주님도 태양궁 안의 수정나비들을 거느리실 수 있사옵니다. 하오면 그 수정나비들이 공주님의 신원을 확인해 줄 것이고 그 어느 시위병보다 더 든든한 공주마마의 호위가 되어줄 것이옵니다. 아무리 광운비라고 하나 수정나비들은 공주님에게서 떼놓을 수 없사옵니다. 하오니 오 년간만 제가 궁 밖에서 따로 공주님을 지킬 수 있도록 윤허하여 주시옵소서."

"향기를 잃어버린 나를 수정나비들이라고 따르기나 할까요?"

무한이 답을 못 했다.

"어마마마, 어마마마께는 내가 살아 있다고 알려 드려야 하지 않나요?"

다시 침착함으로 돌아온 아율이 물었다.

"송구하옵니다. 마마께오서는 지금 병중이시라. 하옵고 광운비 마마의 감시가 삼엄하여 그 누구도 마음대로 세화관을 출입할 수가 없사옵니다."

"아바마마는요?"

"역시나 미령하시옵니다. 해서 태양궁은 광운비 쪽에서 완전히 장악을 하여 버렸사옵니다."

"겸 왕자님은요?"

"왕자님 또한 아직 어리신 몸. 무슨 힘이 있으시겠사옵니까?"

"내 생사조차 알릴 수 없다?"

"그렇사옵니다."

"나도 알겠네요. 내가 궁에 들어가는 것은 다시 죽으러 들어가는 길이라는 것을."

"불충을 용서하옵소서. 공주님!"

"무한, 그대는 혼자서 어찌 나를 지키려고요?"

"소신이 다 생각해 둔 바가 있사옵니다. 당분간, 아니 사람들이 공주님을 잊을 때까지 일 년간만 이 음방 거리에서 지내주시옵소서."

"지금 내가 있는 곳이 음방(기생집)입니까?"

"송구하옵니다."

"그러고요?"

"일 년간만 여기 음방에서 머무시다가 소신의 사가로……."

"잠시만요. 이제부터는 제가 말씀 올리지요."

그때, 무한의 말을 자르며 여인이 아율에게로 다가왔다. 몸매가 많이 드러나는 얇은 비단옷을 입고 짙은 분칠을 하였는데도 여인에게서는 왠지 알 수 없는 기품이 풍겼다.

"안녕하시옵니까? 공주님! 천것은 초비라 하옵니다."

왕족에 대한 예의를 갖추어 초비라고 자신을 소개한 여인이 절을 올렸다.

"이리 왕족에 대한 예의로써 공주님을 대하는 것은 이번이 마지막이옵고 앞으로는 공주님께서 저를 어머니라 그리 부르셔야 하옵니다."

초비의 입에서 뜻밖의 말이 나왔다.

초비가 들려준 내용은 이랬다.

아율은 초비와 무한 사이의 딸로 살아야 한단다. 그동안 지방 소읍에 있다가 이번에 국읍으로 데려온 것으로 사람들에게 알리겠다고 했다. 사람들의 의심을 사지 않도록 일 년 후에 무한의 집으로 데리고 가겠다고 했다.

"고귀하신 공주님께오서 천한 유녀(기생)를 어머니로 알고 부르며 지내실 수 있사옵니까?"

비음에다가 비꼬임까지 담아서 초비가 물었다.

"자네가 날 거두어만 준다 하면 오히려 내가 고마운 일이네."

아율은 아무렇지도 않은 말투로 초비를 보았다. 초비의 눈이 놀라움으로 커졌다.

그렇게 일 년이 지나고 아율은 무한과 보리의 집으로 갔다.

☾

저자 객사의 특별실에서 아율과 초비는 마주 보고 앉아 있었다. 특별실은 높은 신분의 귀족들이 은밀한 만남을 가지는 곳으로 철저하게 비밀이 보장되는 공간이었다.

보리는 두 사람이 앉은 탁자와 조금 떨어져 서서 자리를 지켰다.

"그동안 어찌 지낸 것이에요? 화재에 죽은 것으로 하고 먼 지방 소읍으로 떠났었잖아요."

아율이 반가움으로 초비의 손을 잡고 얼굴을 가까이 했다.

"줄곧 지방 소읍의 저잣거리를 떠돌며 거리 악사로 살았지요."

"미안하네요. 괜히 나 때문에 편안했던 국읍에서의 삶도 버리고."

"아니에요. 음녀(기생)로 살아가는 일상도 슬슬 따분해져 가던 참이었지요."

"국읍에는 언제 돌아온 거예요?"

"공주님께오서 위를 회복하신 후 바로 돌아왔습니다. 한데 공주님께오선 어찌 공주의 위를 빨리 찾지 못하셨나요? 수정나비를 부릴 수 있는 열다섯이 되면 태양궁으로 돌아가실 줄 알았는데."

"생일을 얼마 앞두고 무한과 부인은 귀천하였어요. 해서 태양궁으로 바로 돌아갈 수가 없었지요."

"그러셨군요. 매화 향기는 찾으신 것인가요?"

"태양궁으로 돌아가기 직전에. 한데 초비는 왜 국읍에 있으면서 나를 찾아오지 않은 것이죠?"

"음녀로 살던 과거를 지녔고 이제는 저자의 떠돌이 악사이옵니다. 감히 태양궁의 귀한 공주님을 뵐 수 있는 처지가 아니옵지요."

초비의 말투는 존칭이었다가 극존칭이었다가 했다.

"말도 안 돼요. 초비는 내 생명의 은인인데."

"그리 말씀 마옵소서. 미천한 신분이 감히 공주님의 어머니로 불리며 일 년을 살았사옵니다. 열 살, 어렸던 공주님께오서 어찌나 음전하고 영민하셨던지 그 시절이 제게도 참 좋은 시절이었지요. 해서 먼 지방 소읍을 떠돌며 살았지만 저는 언제나 공주님과 함께한 그 시절을 기억하였사옵니다."

초비의 음성에 감격이 서렸다.

"내도 초비와 함께한 시절을 기억 속에서 잊지 않았어요."

"한데 저이는 누구입니까?"

초비가 속삭이듯이 물었다. 흐트러지지 않은 정자세로 내도록 두 사람의 곁에 서 있는 보리가 신경 쓰이는 모양이었다.

"박무한 장군의 아드님이에요. 저와는 오누이로 십 년을 살았던 분이고요."

"아하!"

초비가 고개를 끄덕였다. 왜 둘이서 저자를 다니고 있었냐는 질문은 하지 않았다.

"이제 다시 입궁하려는 참인데, 함께 들어가요. 나와 같이 태양궁에서 며칠만 머물러 줘요."

"미천한 몸이긴 하나 저에게도 정해진 공사가 있사옵니다."

"오라버니 전하께 꼭 초비를 보여 드리고 싶은데."

"새털같이 많은 날, 꼭 오늘이 아니라도 시간이 있을 것이옵니다."

"내가 조급하여 그렇지요."

"하옵고 이제는 천것에게 이리하라 저리하라 하시고 존대를 마옵소서."

"어째 나를 보는 이마다 모두들 존대를 하지 말라, 반말을 하라 성화들이네요."

"이제는 태양궁의 존귀하신 공주마마이시옵니다."

"알았어요. 그리 불편하면 공대를 하지 않겠어요."

아율이 입을 다시고 초비는 그게 누군지 알겠다는 것처럼 웃음을 흘렸다.

"그렇다면 자! 이것!"

아율이 무언가를 초비에게 주었다. 왕실의 문양인 수정나비가 수놓아진 손수건이었다. 수정나비 문양은 왕실 직계 혈손 외에는 사용할 수가 없었다.

"공사가 다 마무리되거들랑 조만간 태양궁으로 꼭 찾아와 주오. 내 전하께 꼭 초비를 보여 드리고 싶으니. 이 손수건을 보이면 수문의 시위병들이 내게로 안내해 줄 것이오."

"그리하옵지요."

"초비 덕분에 내는 목숨을 건지고 신변을 보호받았소. 전하께오서 아시면 초비에게 반드시 은혜를 갚으려 하실 것이네."

"은혜라니요? 송구하오나 저는 따로 바라는 바가 없사옵니다."

"내가 꼭 은혜를 갚고 싶어 그러는 것이야."

아율의 간청에 초비가 손수건을 소맷부리에 갈무리해 넣었다.

"공주님! 실은 저도 은밀히 드리고 싶은 이야기가 있사온데."

초비가 망설이듯이 말을 꺼냈다.

"무엇이오?"

아율이 묻는데 초비는 다시 보리를 건너보았다.

"아, 아니옵니다. 천것이 조만간 꼭 공주님의 궁실로 찾아뵙지요."

솔나에 대한 이야기를 하려는 참인데 초비는 아무래도 보리가 신경이 쓰였다. 겸이 '화인열전', '화인지애'를 편찬하면서 겸과 솔나의 이야기는 전체 화가야인이 알고 있었다.

"태양궁에 들기 전까지는 여기 객사의 특별실에서 지내도록 하오."

"천것의 처지에 과분한 곳이온데요."

"이렇게라도 내 감사를 받아주었으면 좋겠소. 이 특별실에 머물면서 일을 보고 일이 끝나거들랑 꼭 내게 찾아오는 거요."

"감읍하옵니다. 공주님!"

초비가 깊숙이 고개를 숙였다. 보리가 초비에게 마주 고개를 숙였다. 두 사람 다 감사의 표현이었다.

잠시 후.

초비는 객사 이 층 특별실의 쪽문을 열고 태양궁 쪽으로 사라져 가는 아율과 보리를 내려다보았다. 두 사람은 뒷모습도 다정했다.

"오누이라? 흥! 연모를 주고받는 오누이로구만!"

초비가 비음을 흘리며 목에 건 옥 목걸이를 살살 돌렸다.

"전하께 백일홍 화인에 대한 이야기를 해드리려면 내 정체도 밝혀야 할 터. 그래도 내 또한 태양궁의 은덕을 입고 살아가는 백성이니 이는 마땅한 도리이겠지. 어쨌든 전하의 마음이 한결같으니 참으로 다행이로다. 이제 곧 백일홍의 화인도 새로운 생명을 가질 수 있겠지. 조만간 꼭 태양궁을 방문해야 되겠어."

겸의 국혼 결심을 알지 못하는 초비가 쪽문을 당겨서 닫았다.

샤르르륵!

유월의 햇살을 받은 초비의 머리가 잠시 진보라색으로 빛이 났다.

유월, 꽃달의 밤.

꽃달의 빛을 받아 붉게 빛나던 백일홍 꽃송이들이 흩어지면서 특별화원의 온실을 지나갔다. '기억합니다'라는 꽃말을 가진 밀짚 꽃 무리 위를 지났다.

겸이 잠든 내실에 내려앉은 백일홍 꽃잎들이 다시 여인의 형상을 이루었다. 솔나의 모습이 되었다.

여전히 점멸하는 등불처럼 사라졌다가 나타났다가 하는 솔나의 몸이지만 오월 꽃달의 밤보다는 나타나는 시간이 좀 더 길어졌다.

"전하!"

솔나가 숨죽여서 겸을 부르더니 머리맡으로 손을 내밀었다.

"전하의 깊은 잠 위에 온전치 못한 제 손을 내밀어보옵니다. 벼랑 끝에 선 듯 위태롭게 시리고 아린 전하의 몸 위에 제 손을 얹어보옵니다. 제발, 제 손을 잡아주세요. 전하를 향해 한숨같이 내미는 저의 손길을 이끌어주세요."

잠시 솔나의 몸이 사라졌다가 다시 나타났다.

"이 년이 넘는 시간을 오래오래 기다렸사옵니다. 서로 내민 손을 잡아줄 수 있으리라 믿으며 솔나는 그리 인내하였사옵니다. 꿈결 같은 미소를 지으며 우리가 서로에게 위로가 될 시간을 오래 꿈꾸어 왔단 말이옵니다. 하루하루 무척이나 그리웠던 그 꿈을, 영겁의 시간이 지나도 깨지 않을 그 꿈을 속으로만 간직하면서 살아내었습니다. 눈물 가운데 스러지는 전하의 잠이 되어드리겠다고, 다디단 잠이 되어 전하의 밤을 지켜 드리겠다고, 고단한 전하의 목침이 되고 서러운 전하의 손수건이 되겠노라고, 변치 않는 약조를 드리려 하였사옵니다."

겸의 잠은 깊어서 솔나의 속삭임을 몰랐다.

"하온데, 국혼이라니요? 참말로 국혼을 하시려는 것이옵니까? 솔나와의 기억은 다 접어두옵시고 정말 다른 여인의 지아비가 되겠다고 하시는 것이옵니까? 이제 다섯 달만 참으면 되는데. 다섯 달만 더 저를 기억해 주시면 되는데 정녕 저를 놓으시려는 것이옵니까? 전하! 전하! 제발 저를 기억하여 주세요. 저와의 시절을 기억하여 주세요! 국혼의 말일랑 제발 거두어주세요. 네?"

안타까운 말이지만 음성만은 나직하고 따스했다. 솔나가 겸을 안고 처음으로 이마에 입을 맞추었다.

백일홍 꽃잎이 솔나의 모습으로 변할 때는 강한 수면초 가루가 함께 흩뿌려지는 까닭에 겸은 절대 잠에서 깨어나 솔나를 볼 수가 없었다.

밀짚꽃은 꽃달의 달빛 아래 연분홍으로 피어 흐드러졌다. 서럽고도 따스한 고백을 마치고 솔나가 겸을 조용히 다독였다. 겸의 잠 위로 유월은 화살처럼 지나가 버렸다.

다음 날.

잠에서 깬 겸은 한참을 이부자리 속에 있었다. 겸의 기침이 늦자 소세 물이 들어오기 전, 홍화가 먼저 내실로 들어왔다.

"전하! 용체 미령하시옵니까? 어이하여 아직 누워 계시옵니까?"

걱정스러운 표정이었다. 겸이 자리옷을 입을 채로 몸을 일으켰다.

"아니네. 내 오늘 아침에는 기분이 참으로 상쾌하네."

"괜히 걱정하였사옵니다."

"궁녀장! 내 참으로 좋은 꿈을 꾸었네."

"무슨 꿈을 꾸셨사옵니까?"

"글쎄. 꿈의 내용은 하나도 기억나지 않네."

"한데 어찌 좋은 꿈인지 아시옵니까?"

겸이 정말로 오랜만에 기분 좋게 일어났다. 늘 불면의 밤을 뒤척이면서 억지로 몸을 일으키고는 했었다.

"그냥 느낌이 그러네. 꿈에 대한 내 기억이 그래."

"어떤 느낌이신지 여쭈어도 되겠사옵니까?"

"아주 따뜻하고 포근하였네. 상큼하고도 충만하였지. 마치 제일 행복했던 기억이 꿈이 되어 찾아온 것처럼."

"간만에 잠도 푹 주무셨겠사옵니다."

"응. 마치 모후마마께오서 나를 안고 다독이는 듯했어. 자장가도 막 들리는 듯했다니까."

"자장가요?"

홍화가 어린 조카를 보듯 겸을 보았다.

"뭐라고 뭐라고 속삭이는데 그렇게 평온할 수가 없었어."

"매일 밤이 어젯밤 같으면 좋겠사옵니다. 전하가 평온하시오니 저 또한 이렇게 좋을 수가 없사옵니다."

"오늘은 좋은 일이 많을 것 같아."

겸이 기지개를 한 번 켰다.

"소세물 대령하올까요?"

"응."

홍화가 내실 밖으로 나가자 겸이 완전히 일어났다. 열린 문 사이로 들어오는 햇살이 맑았다.

밀짚꽃의 꽃말은 <기억합니다>.

5.
나의 연모는 변치 않는다

아율과 보리는 겸과 함께 내화원을 산책하고 있었다. 한낮에만
우는 향조가 울었다. 향조는 꼬리가 일곱 개였다. 거리를 두고 뒤
에서는 홍화와 김욱 대감도 함께였다. 궁인들은 내화원 출입구에
세워두었다.

"공주! 이틀 전에는 이랑강 강변에 가서 이랑비를 맞고 왔다
고?"

겸이 손가락을 벌려 피어난 꽃송이 위를 스치듯 지나갔다.

"좋았겠구나. 나는 태양궁에서 이랑비 내리는 모습만 보았는
데. 음! 아무래도 내가 손해 보는 일을 한 것 같아."

"오라버니 전하! 손해 보는 일이라니요?"

"국혼을 하기 전에 하고 싶은 일들을 마음껏 하라 태양궁 출입
패까지 따로 만들어주었더니, 저자 구경에, 이랑비 구경에, 바닷
가 산보에, 뱃놀이에."

겸이 잠시 말을 끊더니 보리를 쳐다보았다. 감정이 섞인 눈빛이었다.

"도통 궁 안에서는 공주를 볼 틈이라고는 없으니. 내는 너랑 십 년을 헤어져 살았다가 네가 궁으로 돌아온 뒤에도 왕실을 안정시키느라 여유가 없었지. 이제 조금 숨을 고르나 싶었는데 공주는 박 장군에게만 마음이 팔려 언제나 내는 뒷전이고. 아아! 외로워라, 이 내 몸은. 뉘가 함께 돌아갈꼬?"

"전, 전하! 송구하옵니다."

보리가 대신 고개를 숙였다.

"송구하다, 송구하다! 언제나 송구하다는 소리! 공주야! 어떠냐? 국혼 전까지 참말 박 장군을 지방 소읍으로 발령 내려주랴?"

"지방 소읍이라니요? 아니 되옵니다. 오라버니 전하!"

아율이 정색을 하며 울상을 지었다.

"하하하하! 농이다, 농! 어찌 둘이 그렇게 한 짝으로 놀리는 말에 속아 넘어가는 것이냐?"

겸이 오른손을 내밀어 보리의 손을 잡고 왼손으로는 아율의 손을 잡았다.

"연모를 잃은 마음이 얼마나 아프고 절절한지는 그 어느 누구보다도 내가 잘 알고 있다. 해서 내 너희 둘의 연모는 어떻게 해서든 꼭 지켜낼 것이야. 마음껏 하고 싶은 일도 하고 가고 싶은 곳도 가고 그리 정답게 지내도록 하려무나. 내가 언제든 든든히 두 사람의 뒤를 지켜줄 것이야."

"전하!"

"오라버니 전하!"

"그래도 이레에 한 번 정도는 나와도 시간을 가져다오. 내도 이 화가야 왕실에 핏줄이라고는 공주 하나뿐이지 않느냐? 알았지?"

보리와 아율이 동시에 고개를 끄덕였다.

"내는 그만 온실에 가볼 터이니 공주와 박 장군은 산보를 더 하도록 하여라."

겸이 홍화와 김욱을 거느리고 온실 쪽으로 가버리자 울창한 꽃 무더기 속에 보리와 아율만 남겨졌다. 그러자 아율이 냉큼 다가와 보리의 팔에다가 자신의 팔을 걸쳤다. 보리가 아율의 비단 소맷자락을 부드럽게 펴주었다.

"제가 너무 오라버니 전하의 성심을 헤아려 드리지 못했네요."

아율의 목소리에 미안함이 담겼다.

"연모를 잃은 마음을 이야기할 때 오라버니 전하의 표정을 보셨나요?"

"네. 참으로 아리고 시려 보였습니다."

"장군과 저의 국혼을 추진하느라 오라버니 전하께오서 국혼을 하시겠다 약조하신 것도 아시지요?"

"네."

"요즈음은 특별화원에도 자주 가시지 않으시고. 마음이 많이 시끄러우신 모양이에요."

"전하의 말씀이 아니더라도 공주님께서 더 자주 찾아뵙고 시간을 보내주세요. 정말 화가야 왕실에 두 분뿐이신 꽃문양의 혈손이지 않으십니까?"

"글쎄요? 잃어버린 연모로 상처 입은 마음을 다른 무엇으로 채

워 드릴 수 있을까요? 한 번씩 오라버니 전하께오서 특별화원 쪽을 보시며 슬픈 눈빛을 지으실 때면 제 마음도 철렁하며 같이 미어진답니다."

"백일홍의 화인 때문에 왕후마마를 맞으시라 간청을 드려도 물리치고만 계시더니, 국혼을 하시겠다니 큰 결심을 하셨지요."

"그것이 저 때문이니 마음이 더 아픕니다."

아율이 저고리 앞섶을 쓸어내리자 보리가 아율의 팔을 위로하며 토닥여 주었다.

"오라버니 전하께오서 저의 연모를 지켜주신 것처럼 저 또한 오라버니 전하의 연모를 지켜 드릴 방법이 없을까요?"

"이미 생과 사로 갈라져 버린 연모인데요. 하고, 이번 주 내로 전하의 국혼이 선포될 것이라고 지금 궁 안에 소문들이 자자합니다."

"잃어버린 연모를 가슴에 품고 국혼이라? 오라버니 전하는 결코 행복하시지 못할 것이에요."

슬픈 눈빛을 한 아율이 보리의 어깨에 머리를 기댔다. 보리가 아율의 까만 머리를 쓰다듬어 주었다.

"곧 전하와 공주님의 국혼이 정식으로 선포될 모양인데 이대로 두고만 볼 요량이십니까?"

귀족들만 따로 모여 회의를 가지는 지회실(枝會室)에서 대나마 정석현이 일찬 이경구를 보며 울화통을 터뜨렸다.

며칠 내로 겸이 교지를 내려 겸과 아율의 국혼을 공식적으로 선포할 예정이었다. 겸의 금혼령이 내려진 후 처녀 단자가 올라오게 될 것이고 아율은 그런 절차 없이 보리가 바로 국혼 내정자로 함께 선포된다.

아율의 국혼 상대로 보리가 내정된 것에 대부분의 귀족들이 수긍을 하였지만 이경구와 정석현은 아직까지도 불만을 감추지 못하고 있었다. 두 사람 다 부마로 들이기에 적당한 연배의 아들을 두었고 부마 자리에 욕심을 버리지 못한 탓이었다.

"두고만 볼 수 없지."

이경구의 수염 끝이 파르르 떨렸다.

"하면 무슨 좋은 방도라도 있습니까?"

정석현이 이경구의 가까이로 몸을 하며 눈을 크게 떠보였다.

"이대로 전하의 지략에 넘어가 드릴 수는 없는 법. 전하께오서 일부러 공주님과 박 장군의 자리를 만들었고 거기에 아한 대감을 동행해 간 걸 대감도 아시겠지요?"

"귀족회의에 참석한 이 중 누가 그걸 모르겠습니까?"

"한직으로 물러났던 아한 공이 국읍으로 돌아오면서 이런 식으로 전하를 도울 줄이야."

이경구가 주먹을 움켜쥐었다.

"매번 전하의 뜻을 도와 귀족들의 기득권을 저지한 게 어디 한두 번이었는가? 한데 부마위의 자리까지 이런 식으로 앗아갈 줄이야 내도 몰랐네."

"저는 아한 공이 왕실의 소속인지, 귀족회의의 소속인지도 때론 헷갈립니다."

"맞네. 아한 공에게도 부마 자리에 맞춤한 아들이 있지 않은가?"

겸의 배동이었고 지금은 사간부의 주사로 있는 김욱의 아들 김
도현을 일컫는 말이었다.

"원래부터도 그 대감이 욕심이라고는 없는 사람이네. 해서 정
치에서도 따로이 파에 섞이지 않고 중용을 지키고 있고. 김두연
대감이 지방 소읍으로 퇴직하자마자 새로운 적수가 등장했음이
야."

"김씨 일문들이 아주 귀족회의와는 척을 질 모양입니다."

정석현이 이번에는 수염을 쓸어내렸다.

"어쨌든 두고만 보지 않겠다고 했으니 무언가 방도가 있는 것이
지요?"

이경구에게 묻는 정석현의 눈빛이 간교했다.

"박 장군 그자가 태양관의 호위를 맡고 있지 않은가?"

"암요."

"게다가 위시위부령이고?"

"시위부에서도 최고 지위인 위시위부령이니 전하의 안위는 그
자의 소관이고 책임이라고 할 수 있지요."

"하면, 전하의 안위에 문제가 생기면 어떻게 되겠는가?"

"네?"

정석현이 지나치게 놀라는 척을 했다.

"일찬 대감! 지금 설마하니 전하의 안위를 해하를 일을 하자는
말입니까?"

"어허, 이 사람! 어리석기는! 현 왕실에 꽃문양의 혈손이라고는
전하뿐이신데 내가 미치지 않고서야 어찌 그런 불경한 마음을 먹
겠는가?"

"하지만 지금 분명 전하의 안위에 문제가 생기게 하신다고?"

"생기는 것이 아니라 생기는 척만 하자는 것이지."

"생기는 척이라? 아! 거짓을 꾸미자는 말씀이시군요."

"그렇지."

"생각해 두신 바가 있는 모양입니다."

"암. 이리 더 가까이 다가와 보시게."

이경구가 정석현의 귀에 대고 무슨 말인가를 속삭였다.

"오호라! 그리만 되면 공주님과 박 장군의 국혼은 확실히 무를 수 있겠군요."

"당연하지!"

"사람은 어찌 쓰시려고요?"

"내 벌써 궁 밖에서 사람도 다 수소문해 두었지. 크흐흐흐흐흐!"

"크하하하하."

이경구와 정석현의 웃음이 지회실을 넘어 나왔다.

붉은 백일홍 솔나의 화원.

다선은 오늘도 연못가 백일홍 앞에 서 있다. 저번 날, 벡일홍 꽃대 속에 서 있는 솔나를 보고 난 후, 다시는 그런 일이 없었지만. 다선은 간절한 마음으로 백일홍을 바라보았다.

"솔나님! 혹 거기 계시는 겁니까?"

간절한 음성의 다선이지만 백일홍꽃은 아무런 움직임이 없었다.

"내 부족한 안력이 곡두(신기루)나 환시를 본 것입니까? 그것이 아니라면 화인의 부활에 관한 전설이 진정인 것입니까? 제발 거기 계시다면 꽃대 한 번만이라도 흔들어주세요."

하지만 백일홍꽃은 여전히 요지부동이었다.

"화원장님! 또 백일홍 앞에 서 계십니까?"

"미우 너는 또 그 소리! 네가 그 말을 하지 않으면 하루가 지나가지를 않는구나."

"나만 타박하시지 말고 화원장님일랑 여기에 그만 서 계세요."

"내가 여기 서 있다고 너한테 피해 가는 것이라도 있다냐?"

"특별화원 일은 저 혼자서 다 한답니까? 백일홍만 쳐다보고 서서는."

"알았다. 내 무슨 일을 하라고 이리 재촉인 것이냐?"

"원래 전하의 꽃문양이었던 흰나리를 좀 심자 하셨잖아요? 국혼에 즈음하여 전하께 보여 드린다고요. 오전 내도록 저 혼자 심고 있었어요."

오늘 중으로 겸의 국혼이 선포된다고 하였다. 특별화원 안에 겸의 원래 꽃문양인 흰나리를 심어 국혼을 축복해 주려는 다선의 생각이었다.

'솔나님! 제가 전하께 알현을 청하여야 할까요? 솔나님의 부활에 관한 전설을 말씀해 드려야 할까요?'

미우를 따라 돌아서면서 다선은 혼자서 생각했다.

'하기사, 부질없네요. 귀족회의 대신들이 가만있지도 않을 것이고. 설마 부활한다 하시더라도 결코 솔나님의 자리는 전하의 곁이 될 수 없을 것이에요. 화인의 부활이라! 그래요. 전설은 전설일 뿐인데! 그저 저의 어리석은 마음이 또 기대만 늘렸네요.'

다선의 몸이 완전히 돌아섰다. 그제야 백일홍 꽃대가 흔들리면서 눈물방울이 한 가닥 꽃대를 타고 떨어졌다.

객사 '열화관'.

국읍 저자에서도 가장 유명하고 분주한 객사 열화관에서 초비는 한 여인을 만나고 있었다.

"하면 언니, 객사를 새로 운영하시겠다는 말이에요?"

"그래. 내 그동안 거리 악사로 모아둔 돈이 쏠쏠하니 있구나."

연시가 초비를 쳐다보았다. 초비의 건너편에 앉은 연시는 옛적 초비가 음방을 운영할 때에 함께 일했던 유녀 출신이었다.

초비가 아율에게 말했던 공사라는 것이 바로 이것이었다.

옛적 초비의 음방에 함께 있었던 유녀들은 모두 은퇴하여 대부분 객사에서 손님 시중드는 방모 일을 하고 있었다. 초비는 그들을 다시 불러 모아 객사를 개장할 계획 중이었다.

"지금 국읍의 저자에 객사가 차고 넘치는데, 운영이나 잘 되겠소?"

"걱정 말거라. 내 점포 운영 지략이야 네가 누구보다 잘 알 터."

"하긴!"

연시는 유녀 시절의 화려함이나 교태라고는 찾아볼 길이 없었다.

"언제쯤이나 개장할 생각이요?"

"이미 건물 계약은 마쳤고 지금 내부를 공사하는 중이니 일주일은 넘어가지 않을 것 같구나."

"내도 열화관 객장한테 그만두겠다 말미를 청하여야 하는데."

연시는 이곳 열화관에서 손님을 시중하는 방모로 일하고 있었다.

"빠르면 빠를수록 좋아."

"글쎄, 객장이 그만두어라 허락할지도 모르겠고."

"돈으로 묶인 관계에 무슨 상관이냐? 필요하다면 내 너의 세경의 몇 배라도 치를 각오가 되어 있어."

"언니도, 참!"

연시가 기분 좋은 표정을 지었다.

"그 말이 정말 사실이야?"

"암! 우리 주인 대감께 똑똑히 들은 말인데."

"사실 나도 우리 대감마님께서 금혼령에 대비하라 말씀하시긴 했어."

"아마 지금쯤 광화관에서 귀족회의가 소집되어 있을걸."

초비와 연시의 바로 뒤편에서 두 남자가 대화를 나누고 있었다. 하고 있는 모양을 보아하니 귀족가의 집사들 같아 보였다.

"해서 오늘이 전하의 국혼 선포일이란 말이지?"

"아니, 오늘은 광화관에서 교지만 내릴 것이고 내일 국혼 선포와 동시에 금혼령을 내리시겠지."

"하면 그 백일홍꽃의 화인은 어찌 되는 것인가?"

"예끼! 이 사람은! 죽어버린 꽃 따위야 무슨 상관이 있는가?"

"전하께오서 특별화원에 그 꽃을 심어두시고 여전히 아끼시고 지키신다던데."

"설령 그 화인이 살아 있다 해도 신분도 알 수 없는 출신을 귀족들이 왕후마마로 받아들이기나 하겠는가? 어림도 없는 일이지. 두루 사정을 살피신다면 전하께오서도 이제 잃어버린 연모야 말끔히 끊어내시는 것이 맞겠지."

"전하만 아니 되셨네. 그리 애끓는 연모를 잃어버리셨으니."

"왕후마마를 맞으시면 그 마음도 깨끗이 잊으시겠지."

"하기야……."

두 남자는 대화를 마치더니 국밥을 먹기 시작했다.

하지만 연시의 맞은편에 앉은 초비의 낯빛은 갑자기 창백하게 질렸다.

"연시야! 너도 혹시 국혼에 대해 들은 이야기가 있니?"

초비가 몸을 반쯤은 일으켰다.

"언니는! 아무리 떠돌이 악사기로서니 소문도 못 들었소? 오늘 전하의 국혼이 결정될 거라고 벌써 기대들이 자자한데."

"연시야! 내 오늘은 이만 가고 일간 다시 들르도록 하마! 너도 객장에게 일을 그만두겠다고 꼭 말해놓아라."

"알았소. 초비 언니! 한데 뭘 그리 서두르는 게요?"

연시의 마지막 물음은 듣지도 못하고 초비가 재빨리 열화관을 달려 나갔다.

그렇게 초비가 달려간 곳은 태양궁이었다. 어찌나 급하게 달리는지 초비의 목에 걸린 옥 목걸이가 제멋대로 춤을 추었다.

"이보시오. 내는 공주님을 꼭 봬야 한다니까요."

"아! 공주님께오서 아무나 막 만날 수 있는 분이시오? 괜히 귀찮게 하지 말고 저리 비켜나라니까."

초비가 태양궁 안에 들어가기 위해 간청을 했지만 수문의 시위병들은 꿈쩍도 안 했다. 이미 초비의 옷차림으로 떠돌이 악사라는 것을 알아차린 탓이었다.

"급히 전할 용건이 있어요."

"공주님께서 자네 같은 사람의 이야기에 귀 기울일 만큼 그리 한가하고 편한 분이 아니라니깐."

"제발 부탁이요."

"내도 제발 부탁이니 저리 물러나시오."

초비는 알고 있었다. 화인의 부활에 대해.

다른 사람을 위해 목숨을 바친 화인은 사람의 몸이 아니라 꽃으로 변해서 죽는다. 하지만 목숨을 바친 상대가 삼 년간만 그 화인을 잊지 않으면 꽃으로 변해 죽은 화인은 다시 사람의 몸으로 부활할 수가 있다.

상대의 마음이 연모이든, 우정이든, 측은함이든 무엇이든지 상관없다. 그저 삼 년간만 그 꽃을 잊지 않고 찾아주면 화인은 다시 사람의 몸이 되는 것이다.

하지만 연모의 마음일 경우, 상대의 연모가 변해 버리면 화인은 다시 부활할 수가 없었다. 그대로 꽃 속에 갇혀 영원한 시간을 떠돌아야 했다.

겸은 이미 이 년 칠 개월간이나 솔나에 대한 연모의 마음을 지켰다. 이제 오 개월만 더 지나면, 올해 십이월 첫날이 되면, 솔나는 다시 사람으로 부활하는 것이었다.

그 소식을 알려주고 싶어서라도 다시 국읍으로 돌아왔고 때가 되기를 기다렸다.

겸의 마음이 절대 변치 않을 거라 믿었는데. 그리 믿었는데. 저

번 날 아율 공주님을 만났을 때 이 이야기부터 먼저 들려 드리는 건데…….

아율이 건네주었던 손수건은 생각하지도 못하고서 초비는 그저 발만 굴렸다.

태양관의 내실.

겸과 아율과 청천비가 앉아 있고 조금 떨어져 보리가 서 있었다.

"전하! 지금 국혼 선포 교지를 작성하러 가신다고요?"

가여운 눈빛을 지으며 청천비가 물었다.

겸과 청천비는 아율을 잃었던 시간을 함께 아파하고 함께 위로하였다. 아율을 따라 죽어버리려 했던 청천비는 겸만은 지키겠다는 일념으로 겨우 한스러운 생명을 유지하였었다.

그런 겸이 피 같았던 연모를 잃었고 이제는 그 연모를 끊어내고 국혼을 선포하려고 한다. 가엽고 가여운 마음이 청천비의 눈에 스며들었다.

"이제는 더 국혼을 미룰 핑계도 없음이에요."

이 년의 국상도 끝났고 사십오 대 한울왕으로서의 지위도 어느 정도 견고해졌다. 아율과 보리를 위해 국혼도 이미 약속해 버렸다.

"태후마마! 공주! 왕실의 경사에 왜 그런 처연한 눈빛들을 짓고 계세요? 그만들 웃어주세요. 국혼을 선포하려는 한울왕의 발걸음을 무겁게 하시려는 것입니까?"

"전하!"

"오라버니 전하!"

겸이 미소를 짓는데 청천비와 아율은 여전히 서글픈 표정이었다.

"되었습니다. 제 잃은 연모 때문에 이 나라 국모의 자리를 너무 오래 비워두었네요. 이제는 다 때가 되었음이에요."

겸이 결연히 일어섰다. 아율과 청천비는 굳은 표정으로 겸의 뒷모습을 지켜보았다.

잠시 후.

겸은 광화관의 왕좌에 앉아 있었다. 계단 아래 양쪽으로는 궁내 사관 두 명이 앉아서 겸의 교지를 기다리고 있고 늘어선 귀족 대신들의 입에는 웃음이 걸렸다. 각자의 딸이 왕후가 되는 단꿈에 젖어서 귀족들은 서로서로 눈치를 살폈다.

겸은 왕좌에 새겨진 백일홍꽃을 어루만지고 또 어루만졌다. 단상 아래의 귀족들은 겸의 입이 열리기만을 기다리는데 겸의 입술은 쉬이 열릴 생각을 하지 않았다.

'솔나야! 너의 꽃대를 만질 때마다 내 손은 소름이 돋아나는 듯하였다. 왕포에 내려앉은 수정나비들은 나를 따라 날개를 떨었지. 내미는 나의 손을 네가 잡아주지 못해도 지금 내 옆에 네가 없다는 것이 꿈인 듯이 나는 믿기지가 않는다. 너를 그리 허무하게 보내 버린 나는 평생을 속죄하여도 용서받지 못할 죄인인데, 영원히 이 형벌에서 벗어나고 싶지도 않았다. 너에게 기대면 안식처럼 편안하게 잠들 수 있겠다는 나의 헛된 소원은 매일 밤마다 나를 괴롭히는 불면의 이유였다. 너의 작은 미소 한 번에도 아이처럼 설레었던 나의 입가는 이제 웃음을 잃어버렸는데 다시는 내게 미소 한 번 주지 않는 너를 원망도 많이 하였다. 입안이 싱그러운 수정과와도 같이 부르면 부를수록 아린 너의 이름은 이렇게 내 가슴에 인이 되어 새겨져 있다. 한데, 국혼이라니! 국혼이라니!'

고뇌에 젖은 겸의 얼굴이 찌푸려 있지만 귀족 대신들은 상관없었다. 빨리 국혼이 선포되고 자신의 딸들 중 누군가가 왕후가 된다면 그만이었다. 물론 자신의 딸이면 더할 나위 없는 좋은 일일 것이었고.

"전하! 속히 국혼 교지를 내려주시옵소서."

이경구가 읍소를 했다. 이미 충분히 먹을 갈아둔 궁내 사관이 붓을 움직일 준비를 했다.

"전하!"

정석현이 다시 재촉을 했다.

"나, 화가야 태양궁의 사십오 대 한울왕은 제비꽃 해 여름의 두 번째 달······."

드디어 겸의 입이 열렸다. 화가야에서는 연수를 세는 단위도 꽃 이름이었다.

'솔나야! 나를, 이런 나를 절대, 절대 용서하지 말거라!'

마음속의 말을 삼키며 입을 앙다물던 겸이 드디어 국혼 교지를 내렸다.

"한울왕은 제비꽃 해 여름의 두 번째 달 이십 일 이와 같이 교지를 내리노라! 온 나라와 왕실, 그리고 귀족회의 앞에 명하노니, 오늘부터 한울왕의 국혼을······."

'드디어 국혼!'

'드디어 국혼 선포다!'

여름의 두 번째 달, 칠월. 드디어 겸의 국혼 선포가 내려졌다. 늘어선 귀족들의 입술이 벌어지면서 얼굴에 희색이 돌았다.

☾

칠월의 마지막 날, 꽃달의 밤.

류화관의 아율은 잠에 들지 못하고 궁실의 뜰을 서성이고 있었다.

"드디어 꽃달의 밤이다! 과연 이 밤은 어떻게 지나갈 것인가?"

혼자서 되뇌이는 아율의 음성이 밤공기 속에서 시렸다.

사가에 있는 보리도 별채의 마당을 걸어 다니며 밤을 지내고 있었다.

"꽃달의 밤! 드디어 그 밤이 되었구나!"

보리의 시선도 무지개색으로 빛나는 꽃달에 박혀 있었다.

'붉은 백일홍 솔나의 화원' 연못가.

심겨 있던 백일홍 꽃잎이 하늘로 솟구치기 시작했다. 오늘따라 유난히도 반짝이는 꽃달의 빛이 솟구친 백일홍 꽃잎을 만났다.

다선과 미우가 심어놓은 흰나리꽃 위를 백일홍 꽃잎이 지나갔다. 흰나리(백합)의 꽃말은 변치 않는 연모. 붉은 백일홍의 꽃말은 인연.

인연의 꽃잎이 변치 않는 연모의 꽃잎 위로 지나갔다.

사람의 눈에는 보이지 않게 투명하게 변한 백일홍 꽃잎은 그대로 겸이 있는 태양관의 내실로 날아갔다. 내실로 백일홍 꽃잎이 스미듯이 떨어져 내리는데 내실에는 겸 혼자 있는 것이 아니었다.

창백한 안색으로 비단 이불을 덮고 있는 겸.

그리고 겸을 둘러 있는 어약사와 어약녀들! 그리고 알싸한 약 냄새!

백일홍 꽃잎이 날아오면서 흩뿌려진 수면초에 취한 이들은 모두 깊은 잠에 빠져 있었다. 내실뿐만이 아니라 겸의 궁실인 태양관 전체가 수면초에 취했다. 솔나가 아무리 떠들고 걸어 다녀도 절대 깨지 못할 만큼 깊이, 아주 깊이.

"전하! 혹여 어디가 미령하신 것이옵니까?"

놀란 솔나가 얼른 겸의 곁으로 다가갔다. 창백한 겸의 안색만큼 솔나의 안색도 창백했다.

"어이하여 이리 창백하시옵니까? 이 많은 약사와 약녀들은 또 어인 일이고요?"

겸을 향해 내미는 솔나의 손이 잠시 사라졌다. 하지만 또 오뉴월의 꽃달의 밤에 비해서는 나타나 있는 시간이 훨씬 길어졌다.

"전하! 어디가 이렇게 불편하신 것이옵니까? 혹여 국혼 때문에 이리 미령하신 것이옵니까?"

국혼을 선포하던 날, 드디어 국혼이 선포될 것이라는 이야기를 다선과 미우를 통해 들었었다. 하지만 그 후로는 한 번도 두 사람이 겸에 대해 이야기를 나누는 것을 듣지 못했다. 사소한 것 하나도 들을 수 없었다. 어쩌면 솔나를 위한 다선의 배려일지도 모르겠다.

"전하! 솔나는 되었사옵니다. 이리 긴 시간 전하의 마음을 받은 것만으로도 솔나는 정말 괜찮사옵니다. 영원히 백일홍꽃 속에 갇혀 끝이 없는 시간을 떠돌게 되더라도 꽃달의 밤이면 이리 날아와 잠든 전하를 바라보며 살아가는 것만으로도 저는 되었사옵니다."

겸의 연모가 변해 버렸다. 겸이 국혼을 선포하고야 말았다. 이제 솔나는 영원히 꽃 속에 갇혀 살아가야 할 것이었다.

겸의 머리에 서리가 내려앉고 꼿꼿하던 겸의 허리가 굽어지고 가늘고 고왔던 겸의 손가락이 온통 주름으로 덮여 가도록 솔나는 변치 않는 꽃의 모습으로 살아가야 할 것이었다.

그리하여 어느 날, 죽음이 겸을 데려가고 나면 죽음보다 더한 그 시간을 혼자 남은 솔나는 또 모질게 살아내야 할 것이었다.

게다가 솔나를 향한 겸의 마음이 변해 버렸으니 어쩌면 다시는 꽃달의 밤에라도 사람의 몸으로 변하여 겸을 보지 못할지도 모르겠다.

겸과의 추억이 아스라하게 떠올랐다.

맨 처음 만났던 날, 화인의 투명한 몸이었던 솔나는 수정나비 떼를 거느리고 내화원에 들어서던 겸을 보았다.

일 년간 꽃 속에 숨어 있는 솔나를 찾아와서 기쁨과 슬픔을 모두 이야기하던 겸.

스무 살이 되자 화가야 밖으로 외유를 나가며 솔나라는 이름을 붙여주었던 겸.

꽃가루에 발진을 일으키는 꽃가루 염증병에 걸려서 솔나를 찾지 못했던 겸.

칼날의 의식을 치르고 멍투성이 인간이 되었지만 그런 솔나를 자신의 궁실로 데려왔던 겸.

해당화 만발한 바닷가에서의 첫 입맞춤.

자귀꽃 아래에서 자신의 마음속 왕후는 오직 솔나뿐이라며 고백하던 겸.

기약 없는 이별을 앞둔 밤, 서러움과 한숨으로 안았던 서로의 체온.

솔나가 통곡의 숲의 요녀라 생각한 겸이 내뱉었던 칼날 같았던 말들.

날아오는 독화살을 대신 맞은 자신을 안고 눈물 속에 침수되던 겸.

그제야 솔나를 기억해 내고 통곡 속에 솔나를 보내야 했던 겸.

솔나가 손을 내밀어 겸의 얼굴 위를 쓸어보았다.

힘없이 감긴 겸의 눈을, 보기 좋게 솟은 겸의 콧대를, 하나의 꽃빛인 겸의 입술을, 창백하게 질린 겸의 뺨을.

안타깝고 안타깝게 솔나의 손길이 지나다녔다.

"전하! 영원의 시간을 꽃 속에 갇혀 떠돌며 살더라도 한 가지는 약조 드리겠사옵니다. 전하를 향한 저의 연모만은. 흰나리의 꽃말처럼, 백일홍의 꽃말처럼, 결단코 변치 않을 것이옵니다. 이제 다시는 전하를 뵙지 못하더라도 솔나는 매일매일 전하의 강녕과 행복을 기도하며 살아내겠사옵니다. 어느 날 전하의 기억 속에서 그저 그런 꽃 한 송이가 있었지 하고 희미하게 잊혀지더라도 저의 연모만은 변치 않고 전하의 곁을 지키겠사옵니다. 하오니 부디 안녕히! 부디 평안히! 부디 강녕하시기를!"

겸의 얼굴에서 손을 뗀 솔나가 몸을 일으켰다. 바스락대는 솔나의 치맛자락 소리에도 내실 안 누구도 미동조차 하지 않았다.

솔나가 까무러치듯 잠에 든 겸을 보더니 한 번 절을 올렸다.

'전하! 부디 내도록 평안하시를!'

엎드린 채로 솔나는 간절히 기원했다. 그런 후 몸을 일으키더
니 두 번째의 절을 올렸다.

'전하! 부디 오래오래 강녕하시기를!'

엎드린 채로 솔나는 또 아리게 기원했다.

솔나가 몸을 일으키더니 왕족에 대한 예의로 세 번의 절을 올
렸다. 이제는 마지막이 될지도 모를 절을.

'전하! 부디 왕후마마와 함께 진실로 행복하시기를! 흐…… 으
으윽!'

결국 솔나의 울음이 터지고 말았다. 한 손으로 입을 틀어막고
소리를 막아보지만 서러운 솔나의 울음이 겸의 내실을 낮게 채웠
다.

'전하! 전하! 흐으으으윽!'

솔나는 얼마나 울었는지를 모르겠다. 시간이 쏜살처럼 사납게
지나갔다. 엎드린 솔나의 얼굴 밑이 눈물로 흥건하게 젖어버렸다.

그러다가 솔나는 그만 엎드렸던 몸을 일으키려고 했다.

살랑!

그런데 그때, 울먹이는 솔나의 어깨에 가벼운 손길 하나가 얹혔
다. 모두가 잠든 내실에 솔나 혼자만 깨어 있었는데 누군가의 손
길이 솔나의 어깨에 얹힌 것이었다.

소스라치게 놀란 솔나가 엎드렸던 몸을 일으켰다.

아! 아!

자신의 어깨에 머문 손길의 주인을 확인한 순간, 솔나의 놀란
입술이 다물어질 줄을 몰랐다.

　흰나리(백합)의 꽃말은 <변치 않는 연모>.

6.
비밀은 흐드러진다

'아! 아!'

세 번째의 절을 올리고 엎드린 채 흐느끼던 솔나가 몸을 일으켰다.

'말도 안 돼!'

솔나의 눈앞에 겸이 앉아 있었다. 창백한 병색에 수면초에까지 취해서 절대로 눈을 뜰 일이 없을 겸이 솔나의 앞에 떡하니 앉아 있는 것이었다.

솔나와 똑같이 두 눈에 눈물을 담고, 솔나와 똑같이 입술에는 아픔을 담고, 솔나와 똑같이 손에는 망설임을 담고 겸이 이부자리에서 일어났다.

거짓말!

솔나의 아린 눈이 미친 망상을 보는 것이 틀림없었다. 솔나의 간절한 기원이 헛된 신기루를 만들어낸 것이 틀림없었다.

전하?

정말 겸이 일어나 앉은 건지 확인하려고 솔나가 겸에게로 손을 내밀었다. 분명히 허상이고 신기루이니 만져질 까닭이 없을 것이었다. 그런데 아니었다. 망설이면서, 떨리면서 내민 솔나의 손끝에 겸의 얼굴이 잡혔다. 눈물에 온 얼굴이 젖고도 모자라서 앞섶까지 축축해진 겸의 얼굴이 만져졌다.

"전하!"

솔나가 애달프게 겸을 불렀다.

"솔나야!"

겸의 입에서는 솔나의 이름이 비명처럼 터졌다. 더 이상은 말을 못 하고 솔나를 잡아당겨 겸의 품 안에 가두었다.

"으흐흐흐흑!"

"흐으으으윽! 흐으윽!"

아무 말도 못 하고 겸과 솔나가 눈물만 흘렸다. 안고 있던 솔나의 몸이 잠시 사라졌다가 다시 나타나는데도 겸은 팔을 풀 생각을 안 했다.

"꿈이 아니지? 거짓말도 아니지? 정말 솔나인 게지?"

"전하! 네, 솔나이옵니다. 제가 참말 솔나이옵니다."

겸이 안은 솔나의 어깨를 단단히 그러쥐었다.

"보고 싶었다. 너무나도 보고 싶었어."

"저도 전하가 많이 그리웠사옵니다."

"매일매일 너의 꽃 앞에 서서 너를 바라보았는데 너는 어찌 한 번도 내게 말을 하지 않은 것이냐?"

"꽃달의 밤에만 잠시 사람의 몸으로 변했고 그마저도 온전치 않은 몸이온데 전하께 무슨 말씀을 아뢸 수 있겠사옵니까?"

"꽃달의 밤마다 이렇게 나를 보러 왔던 것이냐?"

"아니옵니다. 사람의 몸으로 변하기 시작한 것도 얼마 되지 않았사옵니다."

"하면, 그동안은?"

"그저 백일홍 속에 갇혀 있었사옵니다."

겸이 잠시 솔나를 자신의 몸에서 떼어내었다.

"답답하였지? 많이 답답하였지? 내도 다 들었다."

"아니옵니다. 결코 그렇지 않사옵니다. 전하를 만나 뵙기를 고대하고 기다리며 항상 행복한 마음으로 그 속에 있었사옵니다."

"그래, 그래."

겸이 고개를 끄덕이더니 다시 솔나를 욱여싸 안았다.

"놓지 않을 것이다. 이제는 절대로 너를 놓지 않을 것이야."

"네. 놓지 마옵소서. 이제는 영원히 저를 놓지 마옵소서."

솔나의 목덜미 위로 겸의 얼굴이 떨어졌다. 겸의 더운 눈물방울이 폭포수처럼 솔나의 어깨를 적셨다.

겸의 가슴에 얼굴을 묻고 솔나도 눈물을 흘렸다. 감추어두었던 비밀이 터지듯이 솔나의 눈물방울도 겸의 가슴을 적셨다.

"고맙구나. 솔나야! 이리 다시 돌아와 주어서 고맙구나."

"감사하옵니다. 전하! 잊지 않고 기다려 주셔서 저 또한 감사하옵니다."

"오냐. 그래, 그래."

겸과 솔나가 눈물 속에 서로 아롱졌다.

그 시각, 아율은 류화관의 내실에서 꽃달을 올려다보았다. 밤이면 잠이 드는 수정나비들이 오늘 밤은 아율의 곁에서 날개를 팔랑거리고 있었다.

"오라버니 전하! 이제는 행복하신 겁니까? 이제는 영원히 행복하실 수 있는 것이옵니까?"

수정나비들이 아율에게 겸과 솔나가 만났다고 이야기를 해주었다.

사가의 보리도 태양궁 쪽을 향하여 목을 늘이고 별채 마당에 서 있었다. 별채 마당에도 온통 매화꽃이 피어 흐드러졌다.

"전하! 행복하옵소서. 부디 전하의 간절한 염원이 이루어져 이 밤일랑 마음껏 행복하시옵소서."

태양궁의 사정을 알 수가 없는 보리는 기도라도 하는 듯 고개를 숙였다.

☾

며칠 전, 광화관에서 겸이 막 국혼 선포 교지를 내리고 있을 때였다.

"화가야 태양궁의 사십오 대 한울왕은 제비꽃 해 여름의 두 번째 달 이십일, 이와 같이 교지를 내리노라! 나는 온 나라와 왕실, 그리고 귀족회의 앞에 명하노니, 오늘부로 화가야 사십오 대 한울왕의 국혼을……."

선포하노라! 란 말만 남았을 때였다. 갑자기 귀족회의장의 바깥이 시끄럽게 웅성거렸다.

"전하! 전하! 전하!"

회의실 밖에서부터 다급한 음성이 겸을 불렀다. 아율의 음성이었다. 겸을 비롯한 귀족 대신들의 눈이 동시에 입구 쪽으로 돌아갔다.

"무슨 일이냐?"

뜻밖의 음성에 놀란 겸이 시종장에게 물었다.

"그, 그것이 공주님께오서 급히 전하를 뵈어야 한다고……."

문밖을 살피고 온 시종장이 사정을 아뢰었다.

"그래? 하면 속히 문을 열어보라."

문이 열리고 무릎을 꿇고 앉은 아율의 모습이 보였다. 얼마나 급하게 달려왔는지 옷매무새랑 머리 모양이 엉망으로 흐트러져 있었다. 급하게 오르내리는 숨결로 아율의 가슴도 들썩거렸다. 하지만 아직도 붓을 들고 있는 궁내 사관을 보면서 국혼 선포가 마무리되지 않았음을 보며 아율은 안도의 한숨을 내쉬었다.

"전하!"

"공주! 공주가 귀족회의장에는 이 어인 일이냐?"

의아하다 못해 놀란 겸이 단상 위에서 내려섰다. 귀족들도 웅성웅성 시끄러워졌다.

"전하! 화가야의 유일 공주 아율! 전하께 급히 아뢰올 말씀이 있사옵니다. 하여 이리 무법하게 전하를 뵙기를 청하오니 소녀의 말씀을 들어주옵시고 이 무법한 일에 대해서는 차후에 벌을 받도록 하겠사옵니다."

"이곳이 비록 귀족 대신들의 회의장이긴 하나 여기 든 일로 하여 공주가 벌을 받을 만한 사안은 아니로구나."

겸이 다정하게 말하자 귀족들도 고개를 끄덕였다. 태후나 왕후

혹은 공주가 간혹 귀족회의장에 드는 일은 분명 흠이 아니었다.

"하나 지금은 국혼 교지를 작성 중이니 조금만 있다가 너의 용무를 보도록 하려무나."

겸이 따스한 음성으로 아율을 달랬다.

"아니 되옵니다. 전하! 결코 아니 되옵니다. 잠시만, 아주 잠시만 소녀에게 시간을 허락하여 주시옵소서."

아율이 앞뒤도 없이 겸을 졸랐다.

"지금 막 국혼 선포 교지를 작성하는 중이라는데도."

"간청 드리옵니다. 전하! 제발 잠시만 소녀한테 먼저 말미를 허락하여 주시옵소서."

아율의 간청이 너무나도 애절하였다. 도대체 영문을 알 수 없는 겸이었지만 그제야 흔쾌히 단상 아래로 내려섰다.

"공주가 참으로 급한 일이 있는 모양이오. 잠시 휴회를 선언하노니 공들도 잠시 휴식을 취하고 있으시오."

아율의 가까이로 다가서며 겸이 휴회를 선언했다.

"네."

"알겠사옵니다. 전하!"

귀족 대신들이 순순히 고개를 숙였다. 얼마 전, 겸의 지략에 넘어가 공주의 국혼을 허락하고 말았다. 아율의 일에 있어서만은 겸과 정면으로 대치해 보아야 좋을 일이 없다는 것을 알았다. 게다가 이미 좋은 방도도 그들 중 일부는 생각해 두었다.

겸이 아율을 따라간 곳은 광화관의 내실이었다. 귀족회의가 길어지거나 겸이 잠시 업무를 쉬려고 할 때 찾는 휴식 공간이었다. 그리고 거기에는 초비가 와서 기다리고 있었다.

초비는 한참을 태양궁 수문의 시위병을 어르다가 드디어 아율의 손수건이 생각났다. 손수건을 내밀자마자 시위병은 그제야 초비를 아율의 류화관으로 안내했다.

막 겸의 궁실에서 돌아오던 아율은 초비를 류화관 앞에서 마주쳤다. 솔나의 일로 겸을 보아야 한다는 초비의 다급한 말을 듣고 함께 광화관으로 달려왔다.

"너는 누구냐?"

"천것, 초비라 하옵니다."

의자에 앉은 겸이 자신을 보자 초비가 공손하게 고개를 숙였다.

"오라버니 전하! 제가 말씀드렸었지요? 전 위시위부령 무한의 집으로 가기 전 일 년간 머물렀던 음방이 있었다고. 바로 그곳의 주인인 초비입니다."

"황공하옵니다. 전하! 천하고 불민한 이 몸이 감히 태양궁의 귀한 공주님께 어머니라 불리며 살았사옵니다. 저의 불경을 벌하여 주시옵소서."

초비가 고개를 더 조아렸다.

"아니다. 그대가 참으로 공주를 지켜주었던 그 여인인가? 모든 상황이 어렵고 좋지 않았을 터인데. 너의 결단과 용기가 화가야 왕실에 복락을 지켜주었구나. 내, 그대를 보게 되면 꼭 은혜를 갚으리라 단단히 벼르고 있었는데."

"송구한 말씀 거두옵소서. 망극하옵니다."

"아니. 그대가 없었다면 내는 이리 잃어버린 공주를 찾을 수 없었다. 그대야말로 화가야 왕실의 은인이지 않겠는가?"

"전하! 황공하옵니다."

"한데 공주! 이이를 뵈는 일이 귀족회의를 휴회할 만큼 급한 일이었더냐?"

여전히 어리둥절한 채 겸이 물었다.

"아니옵니다. 전하! 그것이 아니오라 초비가 급히 아뢰올 말씀이 있다 하여서."

"급히 아뢸 말씀? 무슨?"

"백일홍의 화인, 그분에 관한 이야기라 하였어요."

"뭐! 솔나에 대한 이야기라고? 무엇이냐? 도대체 무슨?"

이제는 겸이 더 급해서 재촉하듯이 초비를 보았다. 벌떡 몸을 일으켰다.

"전하! 천것이 말씀드리겠사옵니다. 천것은 전하께 백일홍 화인의 비밀에 대해 들려 드릴 말씀이 있어 무법을 저질렀사옵니다."

"무, 무슨 말이냐? 얼른, 본론부터 얼른 말해보거라. 어서!"

겸의 심장이 마치 밖으로 튀어나올 것만 같았다.

"전하께오서 '화인열전'을 편찬하셨지요?"

"그래."

격한 음성으로 겸이 대답했다.

"혹여 그중 이런 이야기를 기억하시옵니까?"

"무슨?"

"화인의 숲에 범 사냥을 나온 귀족가의 도련님을 연모한 화인이 죽음을 무릅쓰고 칼날의 의식을 거친 후 남장을 하고서 무관인 그 도련님을 모셨다는?"

"알고말고. 방물장수 할멈이 들려주었던 이야기 중 가장 슬픈 이야기였는데. 그 화인을 남자로 알았던 귀족가의 도령은 자신의 수하로 삼아 어디든지 데리고 다녔다지. 하지만 어느 해 봄날, 왕실의 범 사냥에서 잘못 날린 독화살이 귀족가의 도령을 향해 날아왔고 그때 그 화인이 화살을 대신 맞아 죽었다는 이야기가 아닌가?"

자신과 솔나의 이야기와 똑같아서 겸은 그 이야기가 가슴이 저미도록 슬펐다.

"하면 혹, 그 뒷이야기도 아시옵니까?"

"응? 뒷이야기? 그것으로 끝난 이야기인 줄 아는데."

아율도 그렇게 알고 있었다. 그래서 겸과 아율이 함께 고개를 갸웃거렸다.

"아니옵니다. 끝이 아니옵니다. 원래 남을 위해 목숨을 버린 화인은 죽으면서 꽃으로 모습이 변하지요."

"알고 있네. 그 아이도 그랬으니."

겸을 대신해서 독화살을 맞고 죽었고 그 후 다시 백일홍으로 변해 버렸던 솔나가 겸에게는 어제 일처럼 생생했다.

"그래서 귀족가의 도령은 그 꽃을 심어두고 아껴 보았사옵니다."

"나처럼 말인가?"

"네. 당시에는 화인에 대한 이야기가 금기인지라 귀족가의 도령은 어떻게 된 사연인지도 모르고 꽃을 바라보며 지내었사옵니다. 왠지 그 꽃만 바라보면 눈물이 나고 서글퍼서 오래오래 그 꽃을 두고 지켜보았사옵니다. 한데, 그렇게 삼 년이 흐른 후 그 꽃은 다시 사람의 몸을 지니게 되었사옵니다."

"뭐라고? 삼 년? 게다가 다시 사람이 되었다고? 금시초문인데?"

다선이나 방물장수 할멈도 그런 이야기는 한 적이 없었다.

"화인들 사이에서도 전설처럼 내려오는 이야기이지요. 본 사람이 없으니 믿는 사람도 없는 전설 말이옵니다."

"한데 너는 어찌 알고 이런 이야기를 내게 하는 것인가?"

삼 년이라는 말에 더 떨리면서도 겸이 다시 물었다.

삼 년? 하면 혹시나 솔나도 이제 오 개월만 지나면?

"화인이 다시 사람의 몸으로 부활한 후 두 사람은 혼인을 하였사옵니다. 도령의 집안에서는 신분도 모르는 여인을 취하였다 하여 그 도령을 파문을 시키고 말았습지요. 하지만 뜻을 꺾지 않고 결혼한 두 사람은 먼 지방 소읍으로 가서 숨어 살면서 여식을 하나 낳았사옵니다."

"너의 말은 참으로 허무맹랑하다. 어찌 그런 일이 있을 수가 있느냐? 화인이 사람이 되는 것도 참으로 어려운 일이거늘 한 번 죽은 이가 다시 살아나다니?"

"믿으셔야 하옵니다. 전하. 바로……."

여기에서 초비가 잠시 말을 멈추었다. 고개 숙인 자세로 겸을 한 번 쳐다보고 다시 아율도 쳐다보았다. 그러더니 초비는 갑자기 묶었던 머리를 풀었다. 하나로 묶어 단을 드리웠던 초비의 머리가 실타래처럼 풍성하게 흩어져 내렸다. 그러더니 잠시 후, 초비의 머리색이 연보라색으로 차츰 변하며 반짝이기 시작했다.

"앗!"

"아니!"

겸과 아율이 탄성을 내질렀다.

"그 두 분을 부모로 하여 태어난 이 천것이 바로 그 여식이옵니다."

놀라움으로 겸과 아율의 입이 벌어져 있는데 초비가 작은 분통 하나를 내밀었다.

잠시 후, 겸이 다시 귀족회의실로 들어섰다. 겸의 얼굴은 화선지처럼 창백하게 질려 있었다.

"교지를 계속 내리겠노라. 국혼을, 국혼을……."

단상에 올라서서 말을 하던 겸이 말을 마무리하지 못했다. 갑자기 왕좌에 새겨진 백일홍 꽃잎 위에 겸의 몸이 축 늘어졌다.

"전하!"

"전하!"

"궁내 어약사를 얼른! 얼른 어약사를 부르라. 전하! 전하!"

"어서 전하를 모시거라! 어서!"

쓰러져 누운 겸의 얼굴이 열이 올라 불타오르는 듯 붉었다. 귀족들이 겸이 쓰러져 누운 단상 위로 뛰어 올라왔다. 귀족회의장이 발칵 뒤집히며 난리가 났었다.

☾

여기까지 겸의 이야기가 끝이 났다. 태양관 안은 모두 수면초에 취해 잠이 들었고 겸과 솔나는 내실에서 나와 태양관의 소실에서 같이 있었다.

소실은 겸이 아무의 방해도 받지 않고 휴식을 취하는 곳이다.

세 개의 문을 거쳐야 들어갈 수 있었다. 마주 보고 누운 솔나를 꽉 껴안은 겸이 다시는 떨어지지 않을 것처럼 솔나에게 몸을 붙이고 있었다.

"해서요? 전하께서는 어이하여 쓰러지신 것이옵니까? 그리고 이제는 괜찮으신 것이옵니까?"

솔나가 걱정스럽게 물었다.

"초비가 내게 내민 분통은 거짓 병증을 일으키는 약이었다. 그것을 먹자마자 온몸에 열이 오르며 등창 같은 것이 생기더구나. 아! 괜찮다. 전혀 아프지는 않으니."

겸이 미소를 지었다.

"궁내 어약사들은 원인을 알 수 없다 고개를 내저었다. 그때 아율이 사가에서부터 알던 약사라며 초비를 태양궁으로 불러들였지. 초비가 올 때마다 거짓 병증을 일으키는 가루를 계속 먹게 하니 나의 병증은 지금까지 유지가 되고 있는 것이란다."

"그러셨군요."

"다른 병도 아니고 등창이 돋는 병이라 내의 국혼은 뒤로 미룰 수가 있었다. 이리 발진투성이의 한울왕에게 딸을 주려고 할 귀족은 없을 터이니."

"하면 국혼 선포는 하시지 못하셨사옵니까?"

"당연하지 않으냐? 이리 너를 다시 만나게 될 것이라고 믿었는데."

"한데 오늘 밤 어찌 전하는 잠에서 깨셨사옵니까? 제가 나타날 때는 강력한 수면초 가루가 함께 흩뿌려져서 절대 잠에서 깰 수가 없는데요."

"초비는 내게 꽃달의 밤이면 네가 반드시 찾아올 것이라며 또 다른 가루통도 주더구나. 네가 나타날 때 흩뿌려지는 수면초에도 잠에 들지 않는 약초라면서."

초비 덕분에 오늘 밤, 겸과 솔나가 만날 수 있었던 것이었다.

"아무리 거짓 병증이라고는 하나, 등창이라니요? 많이 아프실 것이옵니다."

"괜찮아. 내는 정말 아무렇지도 않아. 그 병증 때문에 내가 다시 너를 만나고 또 안을 수도 있는 것이 아니냐?"

솔나의 정수리에 겸의 웃음이 떨어지는데 솔나의 몸이 잠시 사라졌다가 다시 나타났다.

"송구하옵니다. 전하! 이리 온전치 못한 몸이오라."

"아니다. 괜찮다. 이리 돌아와 준 것만으로 어찌 되었든 내는 다 괜찮아."

"전하!"

"초비가 그러더구나. 네가 완전한 몸이 될 때까지는 너에게 입맞춤 한 번도 건네어서는 안 된다고. 아직까지는 사람의 숨결이 닿아서는 안 된다고. 나를 아주 고문할 모양이다만 그래도 나는 밤새 이대로 너를 안고만 있어도 좋다."

"참말이시옵니까?"

솔나가 고개를 들어 겸을 보았다. 저 고운 입술에 숨 한 번이라도 스칠 수 있다면! 하지만 겸은 곧 고개를 저어 헛된 욕심을 지워 버렸다.

"멍투성이의 모습과는 사뭇 달라진 얼굴이구나! 정말 꽃과 같이 화사하고도 어여뻐. 하지만 내가 너를 마음에 품은 것이 얼굴

때문이 아니니 그는 상관이 없긴 하지만."

애써 생각을 다른 데로 돌리는 겸이었다.

"꽃달이 지기 전까지는 이리 전하의 곁에 머물겠사옵니다."

"그래. 그리고 내일이면 너의 거처도 바뀌게 될 것이다."

"네?"

"아니다. 내일 어디 두고 보려무나."

솔나가 작게 웃음을 지으며 겸의 품으로 더 파고드는데 또 잠시 몸이 사라졌다가 나타났다.

겸이 그런 솔나의 몸을 더 꽉 안아주었다.

'그래. 어차피 잠들기는 그른 밤이로다! 어디, 내가 아는 꽃 이름이 뭐 뭐가 있었나?'

솔나는 듣지 못하는 마음속 말로 겸은 자꾸 생각을 모으려고 노력했다. 솔나의 몸에서 풍기는 백일홍 체향 때문에 겸은 아주 미쳐 버릴 지경이었다.

개나리, 해바라기, 바람꽃, 체꽃, 물망초, 매화, 흰나리, 밀짚꽃, 토끼풀, 금잔화, 나팔꽃, 초롱꽃, 복수초, 백일홍, 수선화, 금불초, 앵초, 과꽃, 원추리, 등꽃, 능소화, 개미취, 수국, 자귀꽃, 민들레, 바위취…….

'또 뭐가 있지?'

솔나를 안은 겸이 끊임없이 꽃 이름을 되뇌었다. 제발 이 밤이 이렇게 무사히 지나가기를.

겸의 일생일대 가장 행복한 고통의 밤이 그렇게 지나갔다. 찬란한 무지개색으로 빛나는 칠월 꽃달의 밤이 스쳐 가고 있었다.

팔월이 되었다.

여전히 등창으로 고생하는 겸은 내실에 이부자리를 펴고 모로 누워 있고 그 앞에는 청천비와 아율이 앉아 있었다.

보리도 저만큼 뒤쪽에 무릎을 꿇고 앉았다.

"전하! 어찌 이리도 미령하신 것입니까? 제발 기운을 차려보세요."

아무것도 모르는 청천비는 애가 탔다.

"태후마마! 그만 애달파 하시고 심려를 놓으세요."

창백하게 질린 겸이 청천비를 다독였다.

"이 나라의 지존께오서 이리 병중에 드셨는데 어찌 심려를 놓겠습니까? 부디 빨리 자리를 털고 일어나세요."

"걱정하실 정도는 아니라니까요."

겸이 재차 청천비를 다독였다.

"공주! 전하께오서 쉬실 수 있도록 어약사와 약녀들은 물리고 공주가 전하를 좀 보살펴 드리도록 하거라."

"네. 어마마마!"

"한데 공주 너는 어찌 그리도 무사태평한 얼굴인 것이냐? 그리 우애 넘치는 사이에 전하가 걱정도 아니 되는 것이야?"

자신에 비해 너무 태평해 보이는 아율의 얼굴이 청천비는 이상했다.

"소녀도 걱정을 하고 있습니다."

"그래?"

청천비의 미심쩍은 눈빛이 잠시 아율에게 멈추었다. 보리와의 국혼 때도 자신은 아무것도 모르고 넘어갔는데 혹시나 이번에도 무슨 사연이 있는 것인가 의심하는 눈빛이었다. 하지만 청천비의 그 눈빛은 짧게 끝나고 말았다.

청천비가 태화관으로 돌아가고 어약사와 어약녀들도 모두 물리고 이제 내실에는 겸과 아율 그리고 보리만 남았다.

"공주 그리고 박 장군, 이리 가까이 다가와 보게."

언제 아팠냐는 듯이 몸을 일으킨 겸이 아율과 보리에게 손짓을 했다.

"초비라는 여인의 말은 사실이었어. 내 어젯밤 꽃달이 뜬 시간에 솔나를 다시 만났어."

"소녀는 이미 수정나비들에게 들었어요. 경하드려요, 오라버니 전하!"

"전하! 드디어 염원을 푸시게 되었사옵니다. 경하드리옵니다."

아율과 보리가 진심으로 기뻐하며 축하의 인사를 건넸다.

"한데 아직 솔나의 몸이 온전치 않아. 나타났다가 사라졌다가 보였다가 안 보였다가를 반복하더구나."

"그렇사옵니까?"

"가을 세 번째 달의 꽃달의 밤이 지나고 겨울의 첫 번째 달이 되면 완전한 사람의 몸이 된다고 했어."

가을 세 번째 달은 십일월, 겨울의 첫 번째 달은 십이월이었다.

"네."

"공주야! 너는 초비라는 여인을 계속 태양관으로 데리고 오거라. 그래야 등창의 병증을 핑계로 그때까지는 국혼 선포를 미룰 수 있을 것이 아니냐."

"그 후에는 어쩌시려고요? 혹?"

솔나를 왕후로 맞이하려는 것이냐고 물으려다가 아율은 그만
두었다. 그런 일이 결코 이루어질 리가 없었다.

"그리고 박 장군 그대는 특별화원에 좀 다녀와야겠네."

"붉은 백일홍 솔나의 화원에 말이옵니까?"

"그래. 백일홍을 태양관으로 옮길 것이네. 여기 내실의 쪽문에
이어 붙여 온실을 하나 만들고 거기에다 심어두려고 해. 그래야
사람의 손길도 타지 못할 것이고 언제든 마음 놓고 그 아이를 만
날 수 있지 않겠는가?"

"병중이신 전하께오서 갑자기 백일홍을 옮기겠다 하면 귀족회
의에서 또 말들이 많을 것인데요. 국혼까지 약조하신 마당에……."

보리가 걱정스럽게 고개를 흔들었다.

"그래요. 오라버니 전하! 병중이신 전하께서 무어라 핑계하시
고 백일홍을 옮기시려구요?"

아율 또한 보리의 역성을 들었다.

"그러냐? 하면 이 일을 어쩌면 좋으냐?"

겸이 묻고 보리와 아율은 같이 생각에 잠겼다.

"전하! 궁녀장 홍화이옵니다."

세 사람이 앉아서 고개만 갸웃거리는데 내실 밖에서 홍화가 겸
을 뵙기를 청했다.

"들어오시게."

겸 대신 아율이 대답하고 겸은 재빨리 다시 자리에 누웠다.

"전하! 그에 대한 해결책은 제가 드릴 수 있을 것 같사옵니다."

"무슨 해결책 말인가?"

제풀에 뜨끔한 겸이 병중이라는 것도 잊고 씩씩한 목소리로 물

었다.

"송구하옵니다. 아무래도 내실 안의 동태가 이상하여 잠시 이야기 소리를 엿들었사옵니다."

"내실 안의 동태가 이상하다니?"

이번에는 아율이 물었다.

"전하께오서 궁내 어약사도 고치지 못하는 병증으로 앓아누우셨는데 공주님이나 대장군이나 다들 너무 태평한 얼굴들이시라."

"이런! 이런!"

겸이 어깨를 으쓱하더니 다시 몸을 일으켰다. 아픈 기색이라고는 하나도 없이 멀쩡했다.

"궁녀장이 언젠가는 알게 될 것이라 생각을 했지만 그래도 이리 빨리 들키게 될 줄은 몰랐네. 역시 이모님이셔."

겸의 입술이 휘면서 부드러운 웃음을 흘렸다.

"이제는 어찌 된 영문인지 여쭈어도 되겠사옵니까? 전하!"

홍화가 겸을 재촉했다.

겸의 이야기가 끝나자 홍화의 얼굴에는 알 수 없는 표정이 걸렸다. 웃는 것 같기도 하고 슬픈 것 같기도 하고 묘한 표정이었다.

"되었습니다. 앞으로는 제가 다 돕겠사옵니다."

"돕다니? 다? 무엇을?"

"전하께오서 백일홍 화인을 왕후마마로 맞을 수 있도록 돕겠사옵니다. 그리고 백일홍을 태양관의 내실 쪽으로 옮기는 일도 제가 나서서 추진하겠사옵니다."

내실에 앉아 있던 모두가 깜짝 놀랐다. 마음에 품어보기만 했을 뿐 아무도 감히 상상조차 못 해본 일을 홍화가 말한 것이었다.

백일홍 화인 솔나를 왕후로? 설마! 어림도 없는 일이었다.

"왕후라고? 뭐 좋은 지략이라도 있는 것인가? 이미 아율의 국혼으로 내 큰 노림수를 한 번 써먹은 터라 솔나가 다시 살아났다는 것도 어찌 말해야 할지조차 잘 모르겠는데."

"그분의 신분이라면 가능한 일이옵니다."

기대감으로 겸의 얼굴에 열이 올랐다.

"신분이라니?"

"삼 년 전, 그분은 반인반화의 몸이셨지요. 해서 전하께도 고하지 못했사오나 그분께는 왕후의 지위에 어울리는 신분이 있사옵니다."

"왕후의 지위에 어울리는 신분? 혹 궁녀장이 솔나의 태생과 뿌리에 대해 알고 있다는 말인가?"

"그렇사옵니다."

"무언가? 아니 누군가? 솔나와 관계있다는 가문과 태생이?"

"송구하오나 지금은 아뢸 수가 없사옵니다."

"귀족회의에서 알면 궁녀장의 입장이 난처할 터인데."

"상관없사옵니다."

"도대체 궁녀장이 왜?"

"……"

"아! 혹 저번에 말한 마음의 빚이라는 것 때문에? 하지만 어떻게 말인가? 도저히 방법이 보일 것 같지 않은데."

"한 가지씩 천천히 물으옵소서, 전하! 네. 그분에게는 전하께 어울리는 신분이 있사옵니다. 또 제가 꼭 갚아야 할 마음의 빚이 있사오니 더 이상은 하문하지 마시옵고 저를 믿고 맡겨주시옵소서. 전하께 절대 실망을 드리지 않겠사옵니다."

홍화의 눈빛이 빛났다.

겸의 내실을 물러 나온 아율과 보리는 소실로 들어갔다. 물론 방문 시중드는 궁녀 말고는 아무도 모르게 은밀하게.

소실로 들어선 아율이 이리저리 방 안을 둘러보았다. 그러다가 소실의 침상 위에 떨어져 있는 붉은 백일홍 꽃잎 몇 개를 발견했다. 물론 보리의 눈에는 안 보였다.

"공주님! 무엇입니까?"

아율이 꽃잎을 주워 올려 들여다보자 보리가 물었다. 보리의 눈에는 그냥 손짓만 하는 걸로 보였다.

"그분의 꽃잎이에요. 붉은 백일홍 꽃잎."

"제 눈에는 아무것도 안 보이는데요."

"아마도 오라버니 전하와 저는 화인의 피를 이어받은 꽃문양의 혈손이라 그런가 봐요."

"신기하네요. 일반인들은 볼 수 없는 화인의 꽃잎이라니."

아율은 여전히 손바닥을 펼치고 있었다.

"어제 꽃달의 밤에 오라버니 전하와 그분은 침상에 나란히 누워 잃었던 연모를 마음껏 추억하였나 보네요. 아마 떨어진 꽃잎은 오라버니 전하가 쓸어내렸던 그분의 머리카락이겠지요. 오라버니 전하의 손길에 몇 가닥 떨어져 내렸나 봐요."

아율이 손가락을 비볐다.

"행복하고도 들뜬 꽃달의 밤이었겠네요."

"하지만 앞으로의 일이 큰일이에요."

"뭐가 말이시옵니까?"

"이제 더 이상 화인의 이야기가 금기는 아니지요. 하지만 태양궁의 왕실에 화인의 왕후를 들이는 일은 또 따른 이야기예요. 궁녀장이 무슨 생각으로 그런 말을 했는지는 모르겠지만 결코, 결단코 쉽지 않은 일이 될 것이에요."

"하긴 갑자기 궁녀장마마가 왕후마마를 거론하기에 놀라기는 했습니다."

"오라버니 전하가 그분을 꼭 곁에 두시겠다고 할 줄은 알았지만 갑자기 왕후마마라니? 가능할까요?"

"그래도 궁녀장마마가 허튼소리를 할 사람은 아니지요."

"그건 그러네요."

"전하께 결코 실망을 드리지 않겠노라 했으니 좀 두고 볼 일이네요."

사사로이는 겸의 이모가 되는 궁녀장 홍화.

처음 솔나와 겸의 연모를 알았을 때 그 둘을 돕고자 나섰지만 소극적인 대응으로 결국은 솔나의 죽음을 지켜보기만 해야 했다. 그리고 그때는 솔나가 아직 꽃달의 사슬에 묶여 있던 때라 어떻게 할 수도 없었다.

"어젯밤 소실의 작은 이 침상이 얼마나 달콤하셨을까?"

아율이 하얀 비단 주렴이 늘어진 침상의 기둥을 어루만졌다.

"서로의 백일홍 꽃향기에 취해 어지럽고도 향긋하셨겠지요."

겸의 손등의 변해 버린 꽃문양도 백일홍, 솔나도 백일홍의 화인이었다.

"우리는 언제쯤 서로의 체향을 느끼며 함께 침상에 누워 온기를 나눌 수 있을까요?"

아율이 침상 기둥을 만지는 그대로 보리 쪽으로 고개를 돌렸다.

"공주님께오선, 흠! 방년의 공주마마께오서 어찌 그리 낯 뜨거운······."

벌겋게 달아오른 보리가 헛기침을 내뱉었다. 하지만 보리의 모습에는 아랑곳없이 아율이 조용히 다가와 보리의 품에 안겼다.

살랑!

아율의 매화 향이 조용히 보리의 전신을 감싸 돌았다.

"장군! 연모의 마음이란 때론 눈을 멀게 하고 때론 귀를 멀게 하고 때론 말을 잃게 하지요. 또 꽃같이 어여쁜 여인을 독화사(독뱀)같이 잔인하게도 만든다지요. 저의 연모는 저를 담대하게 만드는 마음이에요. 내도록 숨기고만 살았던 마음, 하지만 이제는 작은 것 하나도 숨기지 않을 것이에요. 지나가는 말 한마디도 참지 않을 것이에요. 장군의 마음도 저랑 똑같지 않으신가요?"

이제 국혼이 결정되었으니 더 이상 아율은 보리를 오라버니라 부르지 않았다.

"네. 공주님! 신 또한 같은 마음입니다. 공주님을 향한 작은 떨림 하나도 이제는 참고 싶지 않은 저는 어젯밤의 이 침상이 부럽고도 부러운 사내일 뿐이지요."

아율을 안은 보리가 부드럽게 아율의 머리를 쓸어내렸다. 어젯밤 겸이 솔나에게 그렇게 한 것처럼.

"장군! 사실은, 걱정스럽기도 해요."

아율이 보리의 단단한 가슴에 얼굴을 묻었다.

"무엇이 말입니까?"

"정말 오라버니 전하가 그 화인을 왕후로 맞을 생각이 있다면 그리고 그것을 궁녀장이 돕는다면 장군과 저의 국혼은 내후년 봄이나 되어야 이루어지겠지요. 왕실에서 국혼을 일 년에 두 차례나 겹쳐 하는 것은 법이 아니니."

"네. 저희의 국혼은 내년 한 해를 또 넘겨야겠지요."

"이제 정말 장군과 함께할 수 있겠다 많이 설레었는데."

"그 마음이 또한 신의 마음입니다."

"하지만 오라버니 전하가 연모를 찾으실 수 있다면, 그 백일홍 화인을 왕후로 맞을 수 있다면 왕실에 이보다 더 큰 경사는 없을 터. 저는 기꺼운 마음으로 지켜보겠어요."

"신 또한 마찬가지입니다. 국혼이 언제 이루어지든 변함없이 공주님 곁을 지키겠습니다."

"참말이시지요?"

"네."

"장군은 그 화인을 보았었지요? 어떤 모습이었지요? 참말 서책에서처럼 그런 모습이었나요?"

"그때는 칼날의 의식을 지낸 지 얼마 안 돼서 멍투성이의 가여운 모습이었습니다. 하지만 양 볼과 입술은 정말 붉은 백일홍 꽃잎처럼 고운 모습이었고요. 마치 이 세상 사람이 아닌 것처럼."

"하긴 그랬었지요. 사람이 아닌 화인이니까."

겸이 편찬한 '화인지애(花人至愛)' 서책에서도 나오는 내용이었다.

"장군의 곁에서 함께 살아갈 날이 아직도 우리에게는 멀기만

하네요. 그래도 우리의 연모를 지켜주려 한 오라버니 전하께 감사한 마음으로 흐르는 시간을 지켜보겠어요. 그래도 내후년이면 서로에게 너무 늦은 나이이지요?"

내년까지 넘기고 국혼을 하면 보리가 서른, 아율이 스물다섯이 된다. 보통 남자는 스물두 살 전후로, 여자는 스무 살 전후로 결혼을 하는 화가야의 풍습에 비하면 늦어도 한참 늦은 나이였다.

"언제가 되어도 신은 상관이 없습니다."

보리가 아율을 따뜻하게 안아주었다.

"공주님의 머리가 가을 갈대처럼 하얗게 새어버린다 할지라도, 공주님의 허리가 세월의 무게로 휜다 할지라도 언제든 어떤 모습이시든 신은 공주님을 연모하고 또 연모할 것이옵니다."

"그 마음에 두고 저에게 약조하시는 것이지요?"

"변할 수 있는 마음에 하는 약조는 진정한 약조가 아니지요. 꽃을 두고 한 약조는 꽃이 질 때 함께 시들고, 달에 두고 한 약조는 달이 떨어질 때 함께 잊히고, 물에 두고 한 약조는 물이 흘러가 버리면 함께 지나가지요. 하니 신은 이 연모의 마음을 바위에 두고 맹세하겠습니다. 천 년이 지나도 굳건한 바위처럼 변치 않는 저의 마음을요."

"저 또한 인을 새기듯 그리하겠어요."

아율이 보리의 허리를 감아 안았다.

"오라버니 전하께서 마음껏 행복하시고 강녕하시기를."

"전하께오서 마음껏 행복하시고 강녕하시기를."

자신들의 연모는 뒤로한 채, 겸과 솔나의 행복을 간절하게 빌었다.

붉은 백일홍 솔나의 화원.

아니, 이제는 붉은 백일홍 솔나의 화원이라고 부를 수도 없었다. 붉은 백일홍이 뽑혀 나가고 허전해진 연못가에서 다선이 넋을 잃고 서 있었다.

멍한 다선의 눈치를 살피며 미우가 혼자서 좋알거렸다.

"아니, 뭐, 전하의 등창 병증이 그리 심각하시니 백일홍 꽃을 보는 것만으로도 치유가 될 수 있다면 우리야 더할 나위 없이 좋을 일이지만……."

홍화가 태양관의 시위병들을 거느리고 화원엘 찾아 왔었다. 겸의 등창이 나을 기미를 보이지 않는데 심신의 안정이 제일 필요한 것이라고 했다. 겸이 아끼며 두고 보았던 백일홍을 태양관의 뜰에 갖다 심으면 겸에게 위로가 되어 치료에 도움이 될 것이라면서 꽃을 뽑아 가겠노라 하였다.

다선이 잘 지키고 돌보겠노라 애원을 했지만 소용이 없었다. 태양관 시위병들의 손에 붉은 백일홍은 그 뿌리를 드러냈고 병사들의 시위를 받으며 특별화원을 떠나 버렸다.

태양관의 위시위부령인 보리의 호위까지 받으면서.

겸이 내린 명이 아니고 겸의 병증을 염려한 홍화의 생각이라 귀족들이 아무도 반대를 못 했다. 게다가 백일홍이 태양관으로 오고부터 겸이 등창의 병증에도 불구하고 귀족들과의 업무도 정상적으로 보고 있으니 더 말을 못 했다.

"특별화원을 만들어 지키라 할 때는 언제고 이제 와서 연못가를 휑하니 만들어 버리다니 남겨진 우리는 어쩌란 말일까요?"

미우도 백일홍을 볼 때마다 솔나를 보듯 기쁘고 반가웠다. 그래서 뽑혀 나간 자리가 썩 편치만은 않았다.

"화원장님! 그래도 화원이 없어지는 것도 아니니 우리 함께 힘을 합쳐서 화원을 더 열심히 가꾸어보아요. 이제는 꽃의 궁실인 내화원에도 비할 수 없을 만큼 우리들의 특별화원도 화사해졌잖아요."

"특별화원이라니? 어디가 말이냐?"

다선이 비웃듯이 웃었다.

"어디긴요? 우리가 서 있는 여기지요."

"솔나님이 있었기에 특별했던 이 화원이다. 솔나님과 함께였기에 특별했던 이곳이란 말이야. 한데 솔나님이 떠나 버린 지금 여기가 무에 특별화원이란 말이냐?"

"화원장님이 그대로고 제가 그대로고 나머지 꽃들도 그대로예요, 백일홍 한 송이 없어졌다고 해서 무에가 달라진단 말씀이에요?"

너무도 애통해하는 다선이 보기 싫어 미우가 억지소리를 했다.

"내게는 전부였다."

다선의 음성이 무너졌다.

"내게는 솔나님이 세상이었단 말이다."

"넋 놓고 보고 있다고 돌아올 것도 아니네요. 이만 온실에 들어가서 점심 식찬이나 드세요."

미우가 팔을 잡아끄는데 다선이 그 손길을 뿌리쳤다. 매섭고도 무정했다.

"화원장님!"

미우의 얼굴색이 한순간 흙빛으로 변했지만 금방 표정을 바꾸었다.

"식사라도 제대로 하셔야 그리워라도 하며 살아내죠. 이만 들어가세요. 보세요. 제가 일부러 화원장님 드리려고 전병도 구웠어요."

그제야 다선의 코 안으로 고소한 전병 냄새가 밀려왔다.

"일단 드셔 보세요. 식찬방 궁녀들 눈치 봐 가며 얻어 온 거니까."

한 손에 전병 접시를 든 미우가 다시 다선의 팔을 잡아끌었다.

"글쎄. 귀찮다는데도."

하지만 다선은 다시 미우의 팔을 뿌리쳤다.

휙!

그 바람에 전병이 담긴 접시가 날아가면서 연못가 향석(香石)에 부딪쳐 요란한 소리를 내며 깨어졌다.

"아! 미우야! 그게 아니고……"

놀란 다선이 미우에게로 다가가려고 했다.

툭! 후투툭!

하지만 눈물을 쏟아내는 미우를 보며 다선의 발걸음이 멈추었다. 오랜 시간을 미우와 함께 있었지만 언제나 웃음을 보이며 해사했다. 작은 흐느낌 한 번도 다선에게는 보여준 적이 없었다.

그런 미우가 울고 있었다.

흐르는 눈물을 닦지도 못한 채 미우가 깨어진 접시 조각과 흙묻은 전병을 주워들었다.

"미우야!"

다선이 다가가 미우의 어깨를 잡았다. 이번에는 미우가 다선의 손길을 사납게 뿌리쳐 냈다.

"미안해. 내가 일부러 그런 건 아니야."

다선이 사과를 했지만 미우는 아무 말 없이 전병만 주워들었다. 어찌나 눈물을 흘리는지 미우의 저고리 앞섶이 축축했다. 아프게 물린 미우의 입술 끝에서는 슬픔이 묻어났다.

"미우야! 저기……."

"됐어요."

다가오는 다선을 미우가 다시 뿌리쳤다.

"그러니까 그냥 내는 식찬 생각이 없다고……."

다선이 변명을 하려고 했다.

"그래요."

주워 담던 전병을 다선에게 던지며 미우가 몸을 일으켰다. 흙이 묻은 전병이 다선의 가슴팍에 부딪쳤다가 떨어졌다.

"허구한 날 연못가에 앉아서 떠나 버린 솔나나 생각하면서 혼자 사세요. 멀어버린 눈으로 아무도 보지 말고, 아무에게도 마음 같은 거 주지 말고 외롭게 사시라고요."

언제나 다선에게 다소곳하기만 한 미우였는데 목소리가 어찌나 큰지 연못가가 쩌렁쩌렁 울렸다.

"지난 세월 한결같이 화원장님 옆에 있었던 건 난데, 언제나 화원장님의 눈이 되어드린 건 난데, 나는요? 나 같은 건 하나도 안 보이세요? 백일홍만 보면 반짝반짝 빛나는 그 눈빛은 나에게는 절대로 아껴야 하는 그런 눈빛인 거예요?"

"미우야! 내는……."

"내가 거지예요? 내가 비렁뱅이냐고요? 화원장님 마음 한 자락 얻어보려고 구걸이라도 하는 것처럼 왜 이렇게 저를 비참하게 만드세요?"

"실수였다. 왜 그렇게 화를 내는 것이냐?"

"좋아요. 없어져 드릴게요. 사라져 드릴게요. 보기 싫은 저는 화원장님 눈앞에서 싹 사라져 드릴 테니 떠나 버린 꽃이나 안고 추억에 젖어서 혼자 살아보세요."

"미우야! 도대체 무슨 말이냐?"

"무슨 말이긴요? 못 들으셨어요? 이대로 화원장님 앞에서 싹 없어져 드리겠다구요. 그러니 화원장님일랑 떠나 버린 꽃이나 붙잡고 살아가시라구요."

"미우야!"

"이제 두 번 다시 난폭 궁녀에 잔소리쟁이인 저는, 귀찮고 번잡스러기만 한 저는, 안 보셔도 될 겁니다."

휙!

눈물에 젖은 미우의 눈이 사납게 돌아갔다. 떨어져 깨져 버린 접시 조각과 전병을 그대로 두고 미우는 화원을 뛰쳐나갔다.

잡지도 못하고 연못가에 멀거니 서서 다선은 할 말을 잃었다.

☾

팔월, 꽃달의 밤.

수선화가 만발히 피어오른 언덕가에서 보리와 아율이 산보를 하고 있었다.

"장군! 온 언덕에 수선화가 만발히 피었네요."

아율이 나팔 모양으로 벌어진 수선화 꽃잎을 살짝 건드렸다.

"이제 궁 밖으로 밤 산보까지 나오시면 어떡하십니까?"

아이고! 보리가 한숨을 삼켰다. 아율의 당돌함이 끝도 없이 보리를 놀라게 했다.

"이것도 오라버니 전하가 허락하신 일인데요."

"도대체 전하께오선 무슨 생각으로?"

"오늘 밤은 꽃달의 밤이잖아요. 오라버니 전하가 그분과 만나는, 수선화의 꽃말처럼 비밀이 열리는 밤이죠."

"그래서 전하께오서 공주님의 은밀한 밤 산보를 허락하셨단 말씀이십니까?"

"오라버니 전하가 애틋한 연모를 만나는 밤. 하니 소녀의 애틋한 마음을 헤아리시어 장군을 보고 오라 보내주신 거지요."

아율이 기분 좋은 웃음을 삼켰다.

"아이고! 이제 저는 모르겠습니다. 궁에서 누가 알기라도 하는 날이면……"

"아무도 모릅니다. 궁 밖을 나올 때마다 오라버니 전하의 특별 통행패를 들고 다니는데 누가 뭐라 하겠습니까?"

"순 떼쟁이 같으시니라고. 사가에서 함께 지낼 때는 이런 분이신 줄 저는 참말 몰랐습니다."

"저기 커다란 바위가 있네요."

언덕 너머에 단단하고도 큰 바위가 하나 솟아 있었다.

"바위는 왜요?"

"저에 대한 연모의 마음을 바위에 대고 약조하시겠다면서요?"

"후후후!"

아율이 하는 말이 무슨 말인지 알고 보리가 웃음을 터뜨렸다. 떼쟁이라서 연모의 마음이 변하신 거냐 보리에게 짓궂게 묻는 말이었다.

"떼쟁이가 아니라 심술쟁이, 떡대라도 제 마음은 그대로입니다."

"피!"

아율이 일부러 입을 비죽이자 보리가 다가와 아율의 손을 잡았다. 그러더니 한 가닥 한 가닥 서로의 손가락이 다정하게 얽혔다.

"어떻게 잡은 손인데, 신이 이 손을 놓아 드릴 것 같사옵니까?"

"놓고 싶어 한다고 허락이나 할 줄 알고요?"

아율이 깍지 낀 손을 더 힘주어서 잡았다. 서로 가까이로 몸을 붙여서 걸었다.

"초비는 저잣거리에 객사를 연다고 하더군요."

"아! 바쁜 일이라는 것이……?"

초비를 처음 만났던 날, 공사가 있어 당장은 태양궁엘 들를 수 없다고 하던 초비의 말을 보리는 기억해 냈다.

"이미 건물은 준비가 다 되었고, 며칠 내로 객사 개장을 할 것 같아요."

"공주님도 가보셔야겠군요."

"당연하죠. 오라버니 전하께오서 왕실 지정 객사로 임명하겠다고까지 하셨는데요. 앞으로 물심양면 제가 초비의 객사를 도와줘야겠지요."

"객사에 들르실 때 저도 함께 가시지요."

"하면 장군께서는 같이 안 가시려 했나요?"

아율이 보리를 쳐다보며 아이처럼 웃었다.

"이래뵈도 신도 공사가 다망한 태양관의 위시위부령입니다."

"그 태양관의 주인께오서는 저의 말이라면 뭐든지 가하다 하시
는 저의 오라버니이신데요."

"하면 저는 공주님을 한 번이라도 이길 수가 없겠습니다."

"저를 이기시려 하셨습니까?"

"아니요."

발을 멈춘 보리가 진지한 눈빛을 하고 아율의 몸을 잡아 세웠
다. 키는 다르지만 서로에게 못 박힌 시선이 아련하게 서로를 바
라보았다.

"공주님의 지아비가 되더라도 평생을 공주님으로 섬기며 살겠
습니다."

"공주님으로 섬기겠다니요? 당치도 않아요. 저의 귀한 낭군님
이 되실 분인데. 그런 마음은 저에게 없습니다."

"이 바라는 마음은 언제나, 처음부터 저의 것이었사옵니다."

"……하면 소원을 하나 말해도 될까요?"

"무엇이든지 말씀하옵소서."

"오늘의 고백."

"오늘의 고백이요?"

"매일매일 저에게 연모의 마음을 고백해 주세요. 장군의 진심
을 다하여."

"지금까지로 부족하셨사옵니까?"

"부족한 정도가 아닌데요. 저는 매일매일 오늘의 고백을 원하네요."

"알겠사옵니다. 매일매일 신의 마음을 아껴가며 공주님께 고백을 전하옵지요."

보리가 뒤에서 아율을 안았다. 어깨에 보리의 고개가 얹히자 아율이 보리의 볼에 볼을 붙였다. 수선화를 품은 비밀의 밤바람이 두 사람의 겹친 그림자 위로 살랑였다.

굳건하게 버티고 선 바위가 보리와 아율을 내려다보았다.

태양관의 소실.

수면초 때문에 모두 잠이 든 태양관의 밤에 겸과 솔나만 깨어 있었다.

"왕후마마라고요? 참말로 궁녀장마마가 그런 말씀을 하였사옵니까?"

"그렇다니까. 너에게 그 지위에 어울리는 신분이 있다 하면서."

"저에게 무슨 신분이요?"

솔나가 고개를 갸웃거렸다.

"글쎄다. 내도 모르겠구나. 지나가는 말처럼 다선에게 물어봤더니 너의 부모님에 대해서는 아는 것이 없다고 하더구나. 그저 너의 어머니가 화인이셨고 두 분이 한날한시에 돌아가셨다고만 하였어."

"저도 아는 바가 없사옵니다."

아버지의 신분에 대해서는 한 번도 들어본 적이 없었다. 어머니의 꽃의 전달자였던 다선의 아버지도 그것만은 모른다고 하였다.

그런데 자신에게 신분이라니? 도대체 무슨?

"궁녀장이 더 이상 아무것도 묻지 말고 믿어만 주십사 하더구나."

"아! 하긴, 저도 그런 말을 들은 적이 있었사옵니다."

"누구? 궁녀장한테서?"

"제가 반인반화로 살던 삼 년 전, 꽃달의 사슬이 끝나서 본래 모습을 되찾고 나면 저에게 어울리는 신분을 찾아주겠다 하였사옵니다. 그러면 더 이상은 숨은 여인으로 살지 않아도 될 것이라고. 제가 핏줄의 근원도 모른다고 하자 꽃달의 사슬만 끝나면 반드시 좋은 일이 생길 것이라고도 장담하였구요."

"나한테는 이번에 처음 그 얘기를 했는데. 더 묻지 말라 하니 물을 수도 없고 참으로 궁금한 일이로구나. 그나저나 궁녀장이 너한테 마음의 빚이 있다고 하던데 그건 또 무슨 말이냐?"

"마음의 빚이요? 궁녀장님이 저에게요?"

"응."

"양화관에 와서 처음으로 알게 된 궁녀장님이온데요? 저는 전혀 모르는 이야기이옵니다."

"그래? 참 기이하구나. 궁녀장이 허튼소리를 하는 사람이 아닌데."

"국사가 다망하시온데 저에게까지 신경을 쓰지 마시옵소서. 그저 전하의 곁이면 만족할 뿐, 왕후마마의 자리라니요? 그런 고귀한 자리에 대한 욕심까지는 저에게 없사옵니다."

"이전에도 말했지? 그 욕심은 나의 것이라고. 그리고 내 마음의 진정한 자귀꽃은 너에게만 주겠다고 분명히 약조하지 않았느냐?"

"저도 분명히 말씀드리옵니다. 저는 결코 그런 욕심이 없사옵니다. 그저 전하의 곁에서 이름 없는 여인으로 살아가도 아무 상관이 없음이에요."

"알았다, 알았어. 귀한 꽃달의 밤을 결말 없는 이야기로 허비할 수는 없구나. 한데, 어떠냐? 새로 거하는 곳은 맘에 드는 것이냐?"

겸의 병증에 안정을 준다는 이유로 백일홍을 태양관으로 옮겨왔다. 그런 후 겸의 내실의 쪽문과 맞닿아 작은 옥벽의 온실을 짓고 그곳에 백일홍을 심었다. 이제 겸은 자신의 내실에서 언제든 쪽문만 열면 솔나의 백일홍을 볼 수가 있었다.

"더없이 좋사옵니다. 언제든 전하를 뵐 수가 있으니."

"내도 그렇다. 항상 네가 곁에 있으니 저절로 힘이 솟아난단다."

"한데 전하! 자꾸 국혼 선포를 늦추시면 어찌시옵니까? 올해 전하의 국혼을 치르셔야 내년에는 공주님의 국혼을 치를 것인데요."

"네가 완전한 사람의 몸이 되면 나의 국혼을 선포할 것이다."

"그때는 이미 겨울의 첫 번째 달이옵니다. 한 해가 저물어가는 시절이지요. 저야 왕후마마가 될 까닭도, 욕심도 없사오니 이만 국혼을 선포하시고 금혼령을 내리시옵소서."

"아니. 내는 홍화 이모님의 말을 믿어볼 테다."

"전하!"

"듣기 싫어. 또 쓸데없는 이야기로 돌아가는구나."

"하면, 전하! 정히 전하의 국혼을 미루시려면 공주님의 국혼이라도 올해 치러주셔야 하는 것이 아니옵니까?"

"공주의 국혼을?"

"공주님께오서 미천한 저와 동갑이오니 해를 두 번이나 넘기면 벌써 스물다섯이옵니다."

"음! 내 그 생각을 못 하였구나."

"공주님의 연모를 지키시려 국혼까지 결심하신 전하께오서 어찌 거기까지는 헤아리지 못하셨사옵니까?"

"이리 너를 안고 있으니 내가 말짱한 반편이가 된 모양이구나."

"이리도 현명한 반편이도 있답니까?"

"네가 나보다 낫구나. 그래. 아율의 국혼이라니? 한 번 깊이 생각해 보아야겠어."

아직까지 투명한 몸이긴 하지만 이제 나타나는 시간이 아주 길어진 솔나가 겸의 품으로 파고들었다.

겸은 오늘 밤은 또 얼마나 많은 꽃 이름을 외워야 하나 걱정을 하며 솔나의 몸을 끌어안았다.

팔월 꽃달의 밤. 행복한 비밀의 밤이 지나고 있었다.

수선화의 꽃말은 <비밀>.

7.
숨겨진 보화와 같이

　보리와 아율은 겸과 함께 또 내화원을 산책하고 있었다. 드러
내 놓고 보리와 아율을 만나게 해줄 수가 없어서 언제나 두 사람
이 만나는 곳은 겸과 동행하여 겸의 내실이나 서고 혹은 내화원
이 고작이었다.

　늦은 밤, 남몰래 궁을 드나드는 밤 산보를 제외한다면.

　"아까시가 만발하게 피어올랐구나."

　하얗게 흐드러진 아까시가 왼쪽에 피어 있었다.

　"아까시 단내가 진동을 하네요."

　"저리 단내가 풍겨 나오니 숨겨둘 수도 없는 꽃이지."

　"꽃을 어이하여 숨겨둔단 말이에요? 꽃이란 자고로 향기와 태
로 사랑을 받는…… 아!"

　겸의 말이 솔나를 가리키는 것인 줄 알고 아율이 입을 가렸다.

　"한데 공주! 어째 등 뒤가 서늘하구나! 꼭 박 장군이 나를 째

려보고 있는 것 같은데."

"오라버니 전하! 그럴 리가요?"

"아니다. 둘이 걷고 싶은데 내가 이리 곁다리처럼 끼어 있으니 분명 나를 번거로워하고 있는 게 분명해."

"뒤에서 조용히 따라오고 있는데요."

"하면 뒤에서 따르지 말고 이리 와서 공주의 옆에 서라고 하려무나."

"네? 소녀의 옆에요?"

"그래."

"보는 눈들이 있는데."

각 궁실의 궁녀장들이 뒤에 서 있었다.

"무슨 상관이냐? 내가 오라고 한 것인데."

여기까지 말을 하고 겸이 고개를 돌려 보리를 보았다.

"박 장군은 이리 공주의 옆에 와서 서라."

보리가 두말없이 아율의 옆에 와서 섰다.

"어떤가? 두 사람의 국혼을 좀 앞당기면?"

보리가 나란히 서자마자 뜬금없이 겸이 물었다.

"저희의 국혼을 말이옵니까?"

의아한 보리가 물었다.

"그래. 벌써 가을의 첫 번째 달, 구월이네. 내 생각에는 다음 달쯤에 치렀으면 하는데."

"하나, 겨울의 첫 번째 달이 되면 전하의 국혼을 선포할 예정이지 않사옵니까?"

"그러니 두 사람의 국혼은 먼저 치르자고 하는 것이네. 내야 국혼을 선포하고 나면 내년 봄은 되어야 국혼을 치를 수 있지 않겠는가?"

보리와 아율은 둘 다 말이 없었다.

"좋으면 좋다고들 하지. 애써 참지 않아도 되느니."

겸이 놀리듯이 두 사람을 보았다.

"그리 준비하여도 되겠지? 어떠하냐? 공주?"

겸이 다시 물었다.

"모르겠어요. 오라버니 전하 좋으실 대로 하세요."

"내 좋으실 대로라? 하면 나는 공주를 영원히 내 곁에 끼고 살고 싶은데. 그래도 괜찮으냐?"

"아니요."

아율이 정색을 하며 답을 했다.

"하하하하하하! 공주야! 빈말이라도 그러시라 하면 설마하니 내가 그리할까 봐? 박 장군의 생각은 어떤가?"

"황공하옵니다."

"좋다는 말이로군. 그래. 하면 내도 그리 알고 준비를 해보지."

"오라버니 전하! 잠시만요!"

"공주! 왜 그러느냐?"

"오라버니 전하! 소녀를 한 번만 안아주시겠어요?"

"다 큰 공주가 웬 어리광이라더냐? 게다가 박 장군도 있는 자리에서."

"그저 한 번 안아주세요."

아율이 겸에게로 한 발짝 다가갔다.

"알았다. 이리 오거라."

겸이 아율을 살며시 안아주었다. 포근한 혈육의 정이 넘치는 포옹이었다.

"오라버니 전하! 이제 행복하신 거지요? 이제 마음껏 평안하신 것이지요?"

"그래. 공주!"

"감사해요. 이리 소녀를 지켜주시고 아껴주시고 또 사랑해 주시고……."

잠시 아율이 말을 쉬었다.

"무엇보다 소녀의 연모를 지켜주시어 감사해요. 진즉에 드리고 싶은 말씀이었는데 연모를 잃어버린 오라버니 전하께 이 말씀을 차마 올릴 수가 없어서."

"누이를 위하는 오래비의 마음에 무슨 감사를 붙이느냐? 너 또한 나의 연모를 지켜준 고마운 사람이지 않니?"

"그런 분이 소녀의 오라버니라서 그것이 제일 많이 감사한데요."

"그래, 그래. 변치 않는 우애로 언제까지나 이렇게 함께하자꾸나."

"네."

"우리 공주 참으로 많이 자랐구나. 이제 정말 완숙한 여인이 되었어."

"오라버니 전하도 태양궁에서 제일가는 헌헌장부이시잖아요."

"하하하하! 뭐냐? 꼭 고슴도치 가족끼리 나누는 대화 같구나."

"고슴도치여도 좋고 하마여도 좋아요. 오라버니 전하의 누이라는 이름으로 살수 있다면 어떤 이름이어도 소녀도 좋아요."

"그래. 그래. 고맙구나."

겸이 아율의 등을 다독거려 주었다. 쳐다보는 보리의 입가에 미소가 흘렀다.

태양궁의 제일 넓은 궁실인 광화관.

겸이 또 비상소집으로 귀족회의를 열었다. 귀족들은 또 무슨 일인가 싶어서 어이쿠야를 연발하며 광화관으로 모였다.

"오늘 공들을 이리 소집한 이유는……."

힘겹게 단상 위에 앉은 겸의 입술이 열렸다. 억지로 힘든 척을 하고 있었다.

"또 국혼 문제이옵니까? 전하!"

일렬로 선 줄에서 한 발 앞서 나온 이경구가 마땅찮은 표정을 지으며 단상을 바라보았다.

겸이 사십오 대 한울왕에 즉위하고 이 년간, 정시 회의가 아닌 특별회의가 많이도 열렸었다. 안건은 언제나 왕실과 민가의 국정에 관한 일이었다. 하지만 요 근래 유달리 많아진 특별회의에서 겸이 내민 안건은 언제나 국혼에 관한 것이었다.

겸의 국혼, 아율의 국혼.

왕실의 미결혼한 두 명의 왕족. 국혼! 국혼!

"그렇소. 국혼 문제요."

겸은 지금 등창의 병중에 걸린 중이었다. 그렇다면 혹시 아율 공주의?

"내 등창의 병중이 깊어 올해에 나의 국혼은 힘이 들 것 같소. 해서 공주 아율의 국혼을 먼저 치렀으면 하오만."

역시나 귀족들의 짐작이 맞았다.

"전하! 비록 전하의 병증이 깊다고는 하나 생사를 오가는 일도 아니옵고 조금이라도 차도가 있으시면 국혼은 언제든 가능하옵니다. 한데 전하의 병증이 언제 나을 줄 알고 공주님의 국혼을 먼저 결의하겠사옵니까?"

"아니. 내 이 병증이 쉬이 나을 것 같지가 않네."

"일전 오 년은 간다는 꽃가루 염증병도 일 년 만에 떨쳐 내셨던 전하이옵니다."

"지금 화가야 왕실에 꽃문양의 남자 혈손은 나뿐이오. 하니 내가 설령 병증에서 회복한다고 해도 약해진 몸으로 왕실의 후사를 도모할 수는 없을 것 같소."

"화가야의 군주께오서 어찌 그리 약한 말씀을 하시옵니까?"

"약해서가 아니라 왕실의 안위를 걱정해서 하는 말이오. 사직이 든든히 서기 위해서는 무엇보다 왕실의 번성이 중요한 법이지 않소?"

"하오나 공주님을 통한 왕손은 직계 혈손이 아니옵니다."

"그렇게라도 왕손이 이어지면 내가 든든할 듯하여 그러니 공들은 나의 근심을 어여삐 여겨주시오."

"불가하옵니다."

"내년에 나의 국혼이 이루어진다면 아율의 국혼은 또 해를 넘겨야 하오. 하면 공주의 연치가 이십오 세. 여인으로서는 너무 늦은 나이가 아니요?"

"이십 세가 되어서 늦게야 찾은 공주님이옵니다. 국혼이 조금 늦는다 하여 무슨 허물이 있겠사옵니까?"

"하면 공들의 여식 중에 스물다섯에 혼례를 올린 이가 있소? 아니면 스물다섯의 나이에 아직도 미혼인 몸이라도 있소?"

대신들은 꿀 먹은 벙어리였다. 귀족 가문에서는 조혼(早婚)을 선호하였다.

"공들은 그리 아시오. 왕실에서 국혼을 일 년에 두 번이나 치를 수는 없는 법. 공주 아율의 국혼을 먼저 치른 후 내년 첫째 달에 라도 과인의 국혼을 치르도록 하겠소."

"전하!"

"아! 머리가 왜 이렇게 울리는 것인가?"

겸이 갑자기 어지러운 척을 했다.

"등창의 병증 때문에 내는 더 이상 공들과 실랑이를 벌일 수 없으니 그리들 알고 물러가도록 하시오."

옆으로 물러나 있던 태양관의 시종장이 얼른 다가와 겸을 부축했다.

"병중인 한울왕을 상대로 자꾸만 논의를 일으키는 것도 작게 는 불경이라 할 수 있을 터. 내 형편을 너그러이 살펴주어 공들은 더 이상 의문이 없기를 바라오."

겸이 시종장의 부축을 받으며 단상을 내려섰다. 그렇게 귀족회 의는 끝이 나고 귀족들은 뿔뿔이 흩어져 돌아갔다.

"이 년 후면 공주님께오서 벌서 이십오 세가 되시네."

김욱이 함께 걸어가는 귀족들을 바라보았다.

"그렇지요. 혼인의 시기가 늦어도 많이 늦은 것이라고 볼 수 있 을 테지요."

"부마 자리가 인품이나 학식이나 모자람이 없는 사람이니 전하의 하명이 크게 부당하지도 않은 것이오."

"몇 년 만에 있는 왕실의 경사인가? 다들 기쁜 마음으로 준비하세나."

김욱이 양손을 벌려 귀족들을 다독였다.

"네."

"아무렴요! 그것이 신하의 도리일 테지요."

김욱을 위시하여 멀어져 가는 귀족들이 너도나도 아율의 국혼에 대한 덕담을 나누었다. 하지만 그 모습을 바라보는 이경구와 정석현은 한없이 불편해 보였다.

"일찬 대감! 서두르셔야겠습니다."

정석현이 이경구를 보았다.

"내도 이미 생각하고 있네."

이경구의 입술 끝이 험하게 물렸다.

"공주님의 국혼이라? 전하! 결코 전하의 뜻대로만 되지는 않을 것이옵니다."

이경구가 태양관 쪽을 바라보며 결의를 다졌다.

매화꽃이 대문간에 늘어진 보리의 사가.

아율이 차연으로 살 때 지내었던 별채의 마당에 보리와 아율이 서 있었다.

"몇 년 만에 와 보는 걸음인가요?"

별채를 삥 둘러보며 아율이 감격스러운 마음을 감추지 못했다.

"삼 년이 다 되어가지요. 하지만 여기에서 지내시던 시절 모습 그대로 하나도 건드리지 않았사옵니다."

"저에게도 어제 일처럼 생생하네요."

별채에 앉아 대문이 열리는 소리가 들리고 곧 익숙한 보리의 철갑옷 소리가 들려오면 아율은 이미 방문을 열고 나와서 마루에 서 있고는 했었다.

"장군! 그런데 별채에 매화는 언제 이렇게 심으셨어요?"

"공주님 그리울 때마다 하나씩 심었습니다."

"제가 이리도 많이 그리우셨어요?"

별채 마당에는 어림잡아도 열 그루는 넘는 매화가 심어져 있었다. 키가 작고 가지도 많이 펴지지 않는 작은 뜨락용 품종이었다.

"그리운 마음을 그대로 다 심었다면 화가야 전국에 매화를 심었어도 모자랄 지경이었지요."

"장군께서 그런 말을 하실 때도 있네요."

"드디어 국혼 날짜도 잡혔습니다. 이제 공주님께오서는 어엿한 저만의 공주님이시지요."

"듣기 싫지 않은 말인데요. 또요?"

"아무에게도 보여주기 싫고, 누구하고도 나누기 싫은 저만의 여인이지요."

"또요?"

"쳐다보기도 아깝고 한 번 잡아보기도 애틋한 저만의 연모이고요."

"오늘의 고백이네요."

"네."

이제는 극존칭을 사용하지 않지만 타고만 무관 체질인 보리는 우직하기가 사철 물이 오르는 청솔나무 같았다.

"오라버니 전하께오서 어찌 사가에까지 밤 나들이를 허락하신 걸까요?"

"그러게요. 제가 국혼 전까지는 태양관에서 계속 숙직을 하겠다 청을 드렸는데."

"장군과 저의 국혼에 대해 아직까지도 못마땅해하는 이들이 있다고 들었어요."

"저도 전하께 그리 아뢰고 숙직을 말씀드렸었습니다."

"오라버니 전하께오서도 알고 계시니 다 생각해 두신 바가 있는 것이겠지요."

"숙직 시위병들에게도 단단히 일러두고 주의시켰습니다."

"걱정하지 않아요. 게다가 이제 오라버니 전하의 곁에는 백일홍 화인, 그분이 있잖아요."

"꽃달의 밤에만 사람으로 변하시는 것 아니었나요?"

"그건 그렇죠. 하지만 백일홍의 화인은 하루 종일 잠을 자지 않는다고 하더군요. 그리고 이제 부활의 시기가 다 되어서 꽃의 힘도 부릴 수 있다고 했어요."

"꽃의 힘이라니요? 그것이 무엇인가요?"

"거기까지 저는 잘 모르겠어요. 백일홍 화인이 오라버니 전하께 자신이 굳건히 지켜 드리겠노라 말을 했다 들었어요."

"그래요. 그 말이 사실이라면 저 같은 시위부령보다 훨씬 든든하겠습니다."

"그러니 장군도 그만 마음을 놓으세요."

"그럴까요?"

구월의 달빛이 내리는 별채의 뜨락은 매화 꽃잎 위에 부딪쳐서 연황색으로 번져 났다. 전신을 따스하게 감싸는 연노란 기운이 다정했다.

"서운하지는 않으신가요?"

아율이 보리의 두 손을 잡으며 마주 섰다.

"무엇이요?"

"국혼 후에는 태양궁에서 사셔야 하잖아요."

"공주님과 함께하는 생활인데 서운할 게 무엇입니까?"

꽃문양의 적통 혈손이라고는 공주 아율과 사십오 대 한울왕 겸, 두 사람뿐인 화가야 왕실.

겸이 국혼 후에도 보리와 함께 공주의 궁실인 류화관에서 지내어 달라고 청을 하였다. 아이들이 태어나고 자란 후에는 어떻게 될지 알 수 없지만 아율과 보리는 둘 다 좋다고 하였다.

"사가는 집사 정 씨 가족이 잘 돌보고 있겠다고 약조하였습니다."

"그래요. 언제 돌아올게 될지 모르는 곳이니까."

"아까 공주님을 뵈면서 눈물 흘리던 정 씨 가족들의 모습 기억나십니까?"

"네. 저도 눈물을 삼켰는데요."

아율이 팔을 쓰다듬었다.

"공주님과 저의 국혼 선포에 제일 기뻐했던 이들이 바로 정 씨와 그 가족이 아닐까 싶네요. 그이들도 저와 같이 공주님이 많이 그리웠던 모양입니다."

"십 년을 함께 살았던 가족이잖아요."

"가족이라 말씀해 주시니 감사합니다. 한데 추우십니까?"

보리가 팔을 쓸어내리는 아율 곁으로 한 걸음 다가섰다. 시린 강철검의 기운이 일렁이듯이 가까이 왔다.

"가을이 익어가는 모양인지 밤바람이 꽤 서늘하네요."

보리가 아율의 어깨에 팔을 둘렀다. 그런 후, 고개를 자신 쪽으로 기대게 했다.

"제게 기대시지요. 제 가슴에는 언제나 공주님을 위한 봄이 피어나고 있습니다."

달콤한 보리의 말에 아율이 보리의 허리를 감싸 안았다.

"변치 말고 계속 봄만 선물해 주시기예요."

"네. 오직 공주님만을 위한 봄이니까요."

그렇게 하나의 그림자가 된 두 사람은 달빛에 취해 꿈을 꾸듯이 서 있었다.

이렇게 내도록 행복하기를.

이렇게 내도록 연모가 변하지 않기를.

이렇게 내도록 서로가 서로에게 오직 하나이기를. 봄이기를.

태양궁의 특별화원. 이제는 붉은 백일홍이 없는 '붉은 백일홍 솔나의 화원'.

다선은 못마땅한 눈빛을 하고 앞쪽에 앉아 있는 미우를 쳐다보았다. 요즘 들어 부쩍 손길이 서툰 미우의 모습이 영 내키지 않았다. 꽃 사이 잡초를 매라고 얘기했더니 조심하지 않고 자꾸 꽃 뿌리를 건드리고 있었다.

"미우야! 그렇게 하면 꽃 뿌리가 다치잖니?"

다선이 쓴소리를 해 보지만 미우는 움직임이 없었다.

"내게 마음이 상했다 해서 꽃을 다치게 하면 되겠니? 어째 아직도 손놀림이 그런 것이야?"

미우는 여전히 꼼짝을 하지 않았다.

"일을 그리할 양이면 호밀랑 차라리 나를 다오. 눈이 잘 안 보이긴 해도 너보다는 내가 낫겠다."

하지만 아무리 채근을 해도 미우는 요지부동이었다.

"미우야! 미우야! 미우야!"

저번 날, 전병 접시를 던져 버린 일로 아직까지도 토라져 있는 모양이었다. 이름을 몇 번이나 부르면서 다선의 목소리가 점점 높아지는데도 아랑곳이 없었다.

"미우야!"

다선이 거의 열 번 가까이 이름을 불렀을 것이었다. 결국은 호미질을 멈추고 미우가 벌떡 몸을 일으켰다. 다선을 향해 돌아서는데 치맛자락이 사납게 펄럭였다.

"화원장님!"

다선의 목소리는 비교도 안 되게 높은 미우의 목소리에는 짜증이 배였다.

"제발 좀요!"

다선을 향해 다가오면서 손을 앞으로 펼친 미우가 아래위로 손바닥을 흔들었다.

"제 이름은 가비라고요. 가비. 벌써 몇 번을 말씀드렸어요?"

"가비라니? 미우! 너 지금 뭐라고……?"

"화원장님! 미우는 내화원으로 가고 제가 특별화원에 온 게 벌써 이레가 넘었어요. 자꾸만 저를 보고 미우라 부르시면 저더러 어떡하라는 것이에요?"

어쩐 이유인지는 모르지만 일주일 전, 내화원에서 일하던 가비에게 미우가 찾아와서 궁실을 바꾸자고 하였다. 얼굴 살이 토실토실하고 배가 나온 내화원의 화원장이 몇 번이나 청을 하였지만 꿈쩍도 하지 않던 미우가 제 발로 먼저 찾아온 것이었다.

심술궂게 생긴 내화원의 화원장과 지내면서 가비는 특별화원으로 오게 되기를 소원하고 또 소원하였다. 내화원의 화원장이 미우를 데려오려고 애를 쓴다는 것을 안 이후로는 더 미우가 마음을 바꾸기만을 기다리고 또 기다렸다.

비록 눈이 멀어버리긴 했지만 꽃만큼이나 고운 꽃의 남자 다선의 인기는 궁녀들 사이에 여전하였다. 이제는 오히려 눈이 멀었다는 비극이 하나의 신비로움으로까지 합쳐져서.

그리고 드디어 다선이 있는 특별화원으로 오게 되었다.

그런데 특별화원으로 오고부터 단 한 번도 다선에게서 자신의 이름을 듣지 못했다. 자신의 이름은 가비라고, 앞으로 다선을 도와 특별화원을 잘 보살피겠노라고 몇 번을 거듭 말하였는데도 다선은 자꾸만 자신을 미우라고 부르고 있었다.

그런 다선의 행동 때문에 가비의 설레었던 마음과 다선을 흠모했던 마음이 이제는 오히려 짜증이 되어버렸다. 보답 받지 못하는 마음은 늘 뾰족하게 가시를 내밀게 마련이니까.

"자! 이제 제가 똑바로 보이세요? 가까운 것은 희미하게나마 보이신다면서요? 저는 미우가 아니라 가비예요, 가비. 내화원의 화궁녀로 일했던. 보이세요?"

가비가 허리를 숙여 다선과 눈을 맞추듯이 하며 자신의 얼굴을 보여주었다.

"아!"

그제야 다선도 깨달았다.

전병 접시 사건의 오후 나절, 내화원의 화원장이 다선을 찾아왔다. 미우가 내화원으로 오겠다고 자청을 했단다.

화원을 담당하는 궁녀장의 허락 내지까지 들고 왔다. 하긴, 붉은 백일홍이 없는 특별화원은 이제 더 이상 특별화원이 아니니까.

"미, 미안하구나. 가비야! 내가 또 잊었다."

"잊는 것도 어디 한두 번이지요."

"네가 좀 이해하렴. 미우랑 지낸 시간이 너무 오래지 않니? 미우라는 이름이 입에 배여 그런 모양이니. 정녕 미안하게 되었구나."

"어휴! 한 번만 더 미우라 부르시면 저도 그만 다른 화원으로 가버릴 거예요."

가비가 샐쭉하니 토라지더니 잡초를 손보던 곳으로 다시 돌아갔다.

다선은 가지치기를 멈추고 생각에 잠겼다.

"우와! 화원장님! 올봄 들어 첫 번째 꽃송이가 터졌어요. 너무 고와요."

"그래. 보이진 않지만 아주 고울 것 같구나."

미우가 다선의 손을 잡아끌었다. 새봄을 밀고 올라온 민들레꽃 한 송이를 건드리며 미우가 민들레처럼 웃었다. 그 웃음소리가 꼭 민들레 홀씨가 터져 나는 것 같아 다선도 오랜만에 함께 웃었다.

"화원장님! 비가 오는 것 같아요. 빗방울 돋는 것 느껴지시죠? 얼른 온실로 들어가요."

"네 몸이나 가리렴. 비 맞는 것도 싫어하는 녀석이."

"저는 괜찮아요. 튼튼하잖아요."

가는 빗방울이 떨어지기 시작하는데 미우는 자신이 비 맞는 것은 아랑곳없이 다선에게 손을 우산으로 만들어 씌워주었다. 작은 미우의 손바닥이 그 어느 우산보다도 넓게 비를 가려주었다.

"화원장님! 화원에 부는 바람은 향기도 특별한 것 같아요. 이랑풍의 바람 향기보다 훨씬 좋은 향이 나요."

바람을 따라 꽃잎이 섞여 부는 화가야의 꽃바람, 이랑풍을 이야기하며 미우가 팔을 벌리고 한 바퀴 돌았다. 희미한 눈길 끝에도 동그랗게 퍼지는 미우의 치마가 꽃송이처럼 예뻤다.

"그건 모양이 미우니까 제가 먹을게요. 화원장님은 여기 예쁜 걸로 드세요."

"내는 사내인데 미운 모양을 내가 먹어야지."

"제 이름이 미우잖아요. 그러니까 미운 모양은 제가 먹는 거죠. 쿠쿠쿠!"

"뭐라? 미우니까 미운 것을 먹는다고? 하하하하하!"

미우의 재미난 말에 다선이 웃음을 터뜨렸다. 간식 하나를 먹을 때도 미우는 늘 크고 좋은 것, 예쁜 모양의 것은 다선에게 골라주었다.

"눈이 내리면 꽃들도 다 시들어 버리겠죠? 꼭 추운 눈밭에 동생

들을 내놓은 것처럼 제 마음도 시려요. 제가 이런 생각을 하게 될 줄은 몰랐어요. 꽃이 사람보다 좋다는 말이 무슨 말인지 알겠어요."

내일이면 첫눈이 내린다는 소식에 미우가 우울한 표정을 지었다. 다선 또한 같은 마음이라 그런 생각을 하는 미우가 기특하였다.

"미우야!"

다선은 가비가 듣지 못하게 나직한 목소리로 미우의 이름을 불렀다. 미우의 윤곽이 희미한 다선의 눈 안에 그만큼 희미하게 그려졌다.

"미우야!"

다신 한 번 그 이름을 불러보았다.

그런데, 이상했다.

아팠다.

심장이.

"뭐, 뭐야? 도대체⋯⋯?"

다선이 설핏 놀랐다. 그러더니 여릿하게 아파오는 심장을 살며시 눌렀다.

보리와 아율은 류화관의 뜰을 산책하고 있었다. 꽃송이들은 모두 가을의 색으로 바래었다. 투명하게 반짝이는 수정나비들은 아율과 보리의 중간에서 날개를 팔랑였다.

일주일만 지나면 드디어 두 사람의 국혼이었다.

"내일부터 국혼 때까지 당분간은 못 뵙겠네요."

아율의 입이 아쉬운 듯 열렸다.

"그렇겠습니다."

"그런데 왜 귀족회의에서는 아무런 움직임이 없는 것일까요?"

"아한 김욱 대감이 대신들 사이에서 힘을 모아주고 있다 알고 있습니다."

"그렇다고 해서 가만히 있을 저들이 아닌데요."

부마 자리를 탐내던 교활한 눈빛들.

없는 핑계를 만들어서라도 자신의 류화관을 찾아와 눈도장을 찍기에 여념이 없는 대신들을 아율은 떠올렸다.

"지금까지 조용한데 무슨 일이 있겠습니까? 아한 김욱 대감이 워낙 신망이 투터운 분이지 않습니까?"

"조용한 그것이 오히려 더 불안하네요."

"태양관의 경계를 더 강화하라 지시위부령에게 일러두었습니다. 시위 인원을 충당하고 이교대로 하던 번을 삼교대로 바꾸라 지시하였지요."

"아무리 부마 자리에 미련이 있더라도 저들이 설마 오라버니 전하를 상하게 하는 극악무도한 일이야 벌이지 못하겠지요. 하나 장군의 직위가 위시위부령이니 저들이 혹시 그 일을 노릴까 걱정입니다."

영리하고 지혜로운 아율이 상황을 제대로 파악하고 있었다.

"심려 놓으십시오. 다 괜찮을 것입니다."

"그래야지요."

아율이 수정나비 한 마리를 손바닥에 앉혔다. 수정나비의 입에서 꿀 한 송이가 떨어지자 다른 쪽 손가락을 들어서 비벼 스미게 했다.

국혼을 앞둔 부마.

태양궁의 모든 직위를 내려놓고 사가에서 근신을 시작하게 된다. 일주일간 왕실에서 내린 물품들로 몸과 마음을 정결하게 준비하고 궁에서 나간 사간궁녀들과 함께 국혼에 대한 절차와 예법을 익힌다. 궁내 법도와 생활에 대한 것들도 교육받고 왕실 종친들의 품계와 얼굴을 익히며 왕실의 일원이 될 준비를 한다.

여인이 왕실의 일원이 되는 국혼을 준비하는 기간이 한 달인 것을 감안하면 남자인 보리는 아주 짧은 기간이라고 할 수 있다. 겸이 되도록 검소하고 간략하게 국혼을 준비하라고 명을 내린 탓도 컸다.

"그 당분간이 지나면 영원히 공주님과 함께할 것입니다."

"영원히요?"

"네. 죽음의 강물이 공주님과 저, 두 사람 사이를 갈라놓을 때까지요."

"준비하는 기간이 많이 고되실 것이에요."

"아무리 고되어도 공주님께 가는 길입니다. 신은 끄떡없습니다."

"제 나이 세 살 때, 정식으로 공주 책봉식이 있었지요. 지금 생각해도 온몸이 저리고 오금이 뻣뻣해 오는 느낌이에요. 그 많던 직위들과 이름, 품계와 절차, 아이구!"

"그리도 힘드셨습니까?"

아율이 고개를 젓자 보리가 귀엽다는 듯이 보았다.

"늘 검소하시고 소박하시던 모후마마께오서 눈이 부시도록 아름답게 치장을 하셨던 것만 빼고는 기쁜 기억이라고는 한 자락도 없는 시간이네요."

화가야 제일 공주의 모후였던 당시의 청천비.

어찌나 그 모습이 예뻤던지 아율은 어머니가 저대로 날개를 달고 하늘로 올라가 버리면 어떡하나 심각하게 고민을 했었다.

"서한을 적어 보내겠습니다. 꼭 답신을 주시기예요."

"공주님! 겨우 일주일인데요."

"겨우 일주일이라니요? 저에게는 천 년처럼 먼 시간이네요."

"게다가 궁에서 나온 사간궁녀들이 일주일간은 잠자리 시중까지 다 살핀다고 들었습니다. 공주님의 서한에 답신을 해드릴 시간이 있을지 모르겠습니다."

"없으면 만들어서라도 보내셔야지요. 그리 아니하시면 화가야 왕실에서 최초로 소박을 맞으신 부마위가 되실지도 몰라요."

"소박이요? 하하하하하! 사내도 소박을 맞습니까? 게다가, 부마위가요?"

"말이 그렇다는 거지요."

"하면 소박을 놓으시든지요. 하하하하!"

"장군! 정말! 호호호!"

당돌하고 거침없는 아율 때문에 늘 진땀을 빼기만 했던 보리가 처음으로 아율을 놀려보았다. 서로의 마음이 느껴지는지라 보리도 아율도 거리낌 없는 웃음을 터뜨렸다.

선과 악은 손과 발을 묶어 함께 다니는 적군이다. 선 없이 악이 없고 악이 없이는 선이 없다. 하지만 손과 발을 묶어 함께 다니면서도 선은 끊임없이 악을 찌르려 하고 악도 쉴 새 없이 선을 목 조르려 한다. 서로를 죽이고 싶으면서도 손발이 묶였기에 함께 다닐 수밖에 없는 적군. 그것이 바로 선과 악인 것이다. 그래서 그 둘은 인간의 역사와 함께 늘 공생하여 왔다.

꽃으로 가득한 화가야. 화가야의 궁궐 태양궁. 그곳도 예외는 아니라 악은 소리 없이 숨어서 언제든 선의 목을 조를 준비를 하고 있었다. 그리고 그 악의 중심에 이경구와 정석현이 있었다.

지회실 안에서는 이경구와 정석현이 밀담을 나누고 있었다.

"오늘도 공주님께오선 그자와 함께 류화관을 산책 중이시란 말이지?"

"네. 제가 같이 들어가시는 모습을 분명히 보았습니다."

조금 전, 정석현은 보리와 아율이 류화관 뜰을 산책하는 모습을 보았다.

"일주일 후가 국혼이네."

"누구보다 제가 잘 알고 있음이지요."

이경구의 말에 정석현이 애가 닳아서 대답을 했다.

"모두들 단꿈들을 꾸고 계실 시간이네그려."

민가 가문 출신의 태후인 청천비는 권력에는 도무지 관심이 없는 사람이었다. 그리고 한울왕인 겸은 국혼을 미루고만 있어 귀족들은 도대체 왕실에서 외척으로 득세를 할 기회가 없었다.

그런 상황인데 이제 아율마저 보리와 국혼을 한단다. 청렴한 무관 가문의 보리가 대신들의 권력 다툼에 한배를 탈 일은 절대 일어나지 않을 것이었다. 귀족 대신들은 손을 놓고 날로 강력해지는 왕권을 두고 볼 수밖에 없는 상황이 되고 말았다.

겸은 그저 보리와 아율의 연모를 지켜주고 싶을 뿐, 그럴 의도까지는 없었다. 하지만 보리와 아율의 국혼은 예기치 않게 귀족 세력들을 견제하는 역할까지 하게 되었다.

"일찬 대감! 어찌 이리 한가로우십니까? 대감도 그저 달콤한 꿈을 꾸고 계시는 것은 아니실 텐데요."

정석현은 애가 닳고 닳아 단내가 날 지경이었다.

"내가 한가해 보이는가? 그리고 나는 나오지도 않는 꿈을 내가 왜 꾸겠는가?"

"그럼 어찌 이리 잠잠하신 것입니까?"

"원래 추락이라는 것이 제일 높이 올라갔을 때가 제일 아찔한 법이지."

"그 말씀은?"

"기다려 보게나. 오늘 밤 궁이 발칵 뒤집히게 될 테니. 그리고 공주님은 죄인이 돼버린 전 부마위를 눈물 가운데 지켜보시게 될 것이네."

"옳거니. 준비가 다 끝나신 것이로군요."

"준비야 진즉에 끝났지."

"하면 왜 지금까지 아무 말씀이 없으셨습니까?"

"언제가 제일 좋을까 때를 기다렸을 뿐이네."

"괜히 저만 혼자 애를 태웠습니다."

"대나마는 이리 안달이라 안 된다는 것이네. 아한 대감에게 생각이 빤히 읽혀 버리니. 진즉에 내가 대감하고 일을 도모했다면 시작도 해버리기 전에 아한 대감에게 들통이 나버렸을 것이야."

"본시 그리 생겨 먹은 걸 어쩝니까요?"

대나마가 억울하다는 듯이 상을 찡그렸다.

"다들 달콤한 꿈을 꾸며 행복한 잠을 자는 오늘이 딱 좋은 날이네. 내일이면 사간궁녀들이 박 장군의 사가로 입가(入家) 한다고 하니 말일세."

"그럼 오늘 밤은 발 뻗고 편하게 자겠습니다."

"그러게나. 이왕이면 단꿈을 꾸시면서."

"대감만 믿지요."

음흉한 웃음을 흘리며 정석현과 이경구가 태양궁을 나갔다.

밤이 깊었다.

완전히 깜깜해진 밤이 태양궁을 깊이 감싸고 있었다.

어둠 속에서 조용하고도 날렵한 발소리들이 울리기 시작했다. 검은 옷을 입고 검은 복면을 한 사내들의 절도 있게 내딛는 발걸음이 겸의 궁실인 태양궁을 향해 가고 있었다.

어찌 된 영문인지 사내들이 지나는 길목에는 시위병의 모습이 하나도 없었다. 마치 시위가 비는 장소를 알고서 이동하는 것 같았다.

이윽고 태양관이 보였다. 온통 검은 사내 중 하나가 품에서 주머니를 꺼내 태양관 입구를 향해 던졌다.

피시시시!

검은 밤과 똑같은 검은 연기가 피어올랐다. 아무런 냄새도 나지 않으니 시위병들은 연기가 피어오르는지도 몰랐다.

곧, 시위병들이 창을 떨어뜨리며 정신을 잃고 쓰러지기 시작했다.

주머니를 던진 사내가 뒤쪽의 어둠을 향해 손짓을 했다. 금방 검은 옷을 벗어버린 다른 사내 둘이 시위병의 복장을 하고 태양궁 입구로 다가왔다. 쓰러져 누운 진짜 시위병들을 끌고 가 어둠 속에 감추었다. 옷을 바꾸어 입은 후 자신들이 시위병인 것처럼 입구에 가서 섰다.

검은 복면의 사내와 시위병 복장의 사내들이 서로 쳐다보며 고개를 끄덕였다.

검은 복면의 사내는 혼자서 태양관 안으로 들어섰다.

내실 입구의 궁인들도 정신을 잃고 쓰러지고 이윽고 내실 앞까지 간 사내는 다시 주머니 하나를 던졌다. 이번에는 색깔도 없는 연기가 주머니에서 피어올랐다. 수침 궁녀도 없이 방문 시중을 드는 일궁녀 둘만 서 있다가 연기에 취해 쓰러졌다.

스르르르!

잠시 후, 겸의 내실의 방문이 조용히 열렸다. 검은 복면의 사내는 연기보다도 조용히 내실 안으로 들어섰다.

나직하게 칼 울음이 나더니 사내가 허리춤에서 칼을 뽑아 들었다. 비단 이불을 덮고 누운 겸을 한 번 쳐다보았다. 미동도 없이 누워 있었다.

사내는 천천히 겸에게로 다가갔다. 그러면서 일찬 이경구와 나눈 대화를 생각했다.

"결코 전하의 용체가 상해서는 아니 되느니라."

"명심합지요. 칼 하나로 사람을 죽이기도 하지만 열 번의 칼질로도 흠집 하나 나지 않게도 할 수 있는 것이 저의 실력입니다."

"그 실력을 믿으니 자네를 청한 것이 아닌가? 한데 자네 혼자 들어가서는 시위병들이 없다는 것을 지나는 수침군사가 볼 수 있을 텐데."

"시위병 역할을 할 이들과 삼인 일조로 움직일 것입니다."

"뒤탈이 있어서는 아니 되네."

"걱정 마십시오. 입이 무거운 자들로 선발해 두었으니."

"다시 한 번 말해두지만 절대 전하의 머리털 하나라도 상해서는 아니 되네. 만약 일이 잘못될 시 자네의 목도 안전치는 못할 것이야."

"그림자 검객이라는 별칭은 괜히 얻게 된 것이 아니지요. 그저 오늘 밤의 일은 시위부령이 옷을 벗는 일로만 끝날 수 있을 것입니다요. 크크크크!"

"크크크크! 알았네. 내 자네를 믿고 기다리지."

'자! 이제 어떡한다? 살며시 옷자락 하나 베는 걸로 마무리해 볼까나?'

검은 복면의 사내가 드디어 겸의 옆에까지 와서 섰다. 연기에 취한 겸은 여전히 아무것도 모르고 누워 있었다.

사내가 검을 높이 쳐들었다.

부스럭! 부스럭!

그때, 윗목에 놓인 병풍 뒤에서 이상한 소리가 났다. 처음에는 소리를 무시했던 사내는 소리가 계속 이어지자 검을 내리고 병풍 쪽으로 다가갔다. 겸의 손등의 꽃문양인 백일홍이 온통 피어서 흐드러진 병풍이 이상한 소리를 내며 움직이기까지 했다.

확!

사내가 병풍을 거칠게 열어젖혔다.

'으흑! 이, 이게 뭐야?'

병풍이 젖혀지는 순간, 놀란 사내가 숨을 삼켰다. 병풍 뒤에는 이상한 형상이 하나 있었다. 어둠 속에서 투명하게 빛나는 이상한 형상은 붉은 것을 뚝뚝 떨어뜨리고 있었다. 마치 투명한 몸체의 사람이 온몸에서 피를 흘리는 것 같았다.

"으악!"

처음 보는 기괴한 모습에 사내가 뒤로 넘어지며 엉덩방아를 찧었다.

"무, 무엇이냐?"

사내가 묻지만 답이 없었다. 그리고 다음 순간, 차가운 기운 하나가 사내의 목에 와 닿았다.

"누가 보낸 것이냐?"

복면 사내의 머리 위에서 물음이 하나 떨어졌다. 더 놀란 복면 사내는 천천히 고개를 뒤로 돌렸다. 복면 사내의 목에 철검을 겨눈 누군가가 사내의 뒤에 서 있었다.

연기에 취해 잠든 줄 알았던 겸이었다.

홍화는 궁녀장실의 탁자에 턱을 괴고 앉아 있었다. 오후 나절에 겸과 나누었던 대화를 떠올렸다.

"아율 공주의 국혼 날까지 내실 앞에서는 따로 수침을 들지 말아주게."

"지금이야말로 수침에 신경을 써야 하는 시기이온데요."

귀족 대신들이 아직까지 보리와 아율의 국혼에 불만이 있다는 것은 말하지 않아도 서로 다 아는 일이었다.

"걱정 말게. 다 생각해 둔 바가 있으니."

"시위병들도 물리시더니 수침궁녀까지 물리시면 어찌하시옵니까?"

"그 어느 시위병보다도 든든한 힘이 내게 있어."

"혹 백일홍 화인을 말하시는 것이옵니까?"

겸이 고개를 끄덕였다.

"잠도 자지 않고 먹지도 않고 꽃 속에 들어 있다 하였사옵니까?"

"그렇네. 아직까지는 꽃의 몸이라서."

"한데 위급한 순간에 전하를 지킬 수 있사옵니까?"

"암. 게다가 솔나가 아니더라도 내가 준비해 둔 방비가 또 있어."

"무슨 다른 방비가요?"

"하하하! 글쎄, 궁녀장은 걱정을 하지 마시게. 화가야 왕실에 꽃 문양의 남자 혈족이라고는 나뿐이니. 귀족들이 설마하니 내 목숨까지 노리는 망극한 일을 벌이지는 않을 것이네."

"예비 부마위의 직위가 시위부의 대장이니 더 걱정이옵니다."

"글세, 염려를 그만 내려놓으시라니까. 오히려 시위를 허술하게 풀어두어야 저들도 움직이지 않겠는가?"

"일부러 허술하게 풀어두신다고요?"

"그렇네. 틈을 내주어 저들이 움직이게 하겠다는 말이네."

"다른 방비라는 것은 믿을 만한 것이옵니까?"

"절대적으로."

"알겠사옵니다. 그리 알고 국혼 날까지는 일찍 물러나 있겠사옵니다."

그렇게 말한 후 보라색의 노을이 짙어지자마자 궁녀장실로 돌아왔었다. 겸의 영민함을 믿으니 겸이 시키는 대로 따른 것이었다.

"제발 국혼 날까지 아무런 일이 없어야 할 터인데."

홍화가 자신의 손에 얼굴을 더 깊이 파묻었다.

이경구의 집에서는 그가 보료에 앉아서 소식을 기다리고 있었다. 주먹을 쥔 손으로 애먼 좌탁을 내리치며 애를 태웠다.

"왜 아직 소식이 없는 것이야?"

그때, 탕탕탕! 요란하게 대문 두드리는 소리가 들렸다.

"드디어! 왔구나!"

이경구가 반색을 하며 벌떡 몸을 일으켰다. 이경구가 나선 뜰에도 아까시가 만발했다.

아까시의 꽃말은 <숨겨진 연모>.

8.
국혼의 초야

　오늘 보리와 아율은 국혼을 하였다.

　아율은 류화관 자신의 방에 고즈넉하게 앉았다. 연지 곤지를
찍고 족두리를 늘어뜨리고 온통 매화가 수놓인 붉은색 활옷을
입었다. 활옷의 봉띠에는 긴 천이 감겨서 묶여 있었다. 공주의 국
혼식 때 입는 옷이었다.

　이상하게도 겸의 내실을 침범했던 자객의 일은 아무도 알지 못
한 채 지나가 버렸다. 심지어 아율도, 보리도 알지 못했다.

　"초야의 신방에 부마위 드시옵니다! 공주님께오선 왕실의 예로
맞으옵소서!"

　신방 밖에서 궁녀의 목소리가 날아들었다. 아율의 양옆으로 앉
아 있던 이궁녀 둘이 아율의 활옷의 봉띠에 감겨 있던 천을 풀었
다. 그리고는 늘어진 천을 들어 방문 앞에까지 길게 늘어뜨렸다.
그리고 긴 천 위에는 맨드라미 꽃송이가 줄줄이 놓였다.

문이 열렸다.

양옆으로 궁녀들의 부축을 받으며 보리가 방으로 들어섰다. 매화가 수놓아진 황금관을 쓰고 관 양쪽으로는 붉은 술이 흔들거렸다. 하나로 올려 묶은 머리에는 옥으로 만든 동곳을 찔렀다. 동곳은 기혼자의 징표였다.

역시 매화가 수놓인 안대로는 눈을 가리고 양쪽 소매가 붙어 있고 뒤에서 끈으로 묶는 겉옷을 입은 보리는 꼼짝도 할 수가 없는 지경이었다.

보리가 아율의 봉띠에서 늘어진 천을 밟으며 아율 쪽으로 다가왔다. 궁녀들의 부축을 받는 조심스러운 발걸음이었다. 다가오는 보리의 발밑에서 맨드라미 꽃송이들이 이리저리 스쳤다. 온통 붉은 기운으로 가득한 신방이었다.

드디어 보리가 아율의 앞에 와서 섰다.

"재배로 서로 맞이하옵소서!"

보리가 걸어온 긴 천을 아율의 봉띠에서 빼어낸 이궁녀가 아율을 도와 두 번의 절을 올렸다. 그러자 그 화답으로 보리도 두 번의 절을 올렸다.

"원앙의 예로 마주 보고 앉으옵소서!"

주안상을 사이에 두고 보리와 아율이 마주 보고 앉았다. 두 사람을 돕던 네 명의 궁녀들이 맨드라미 꽃송이를 두 사람 주변으로 뿌려놓았다.

"소인들은 이만 물러가옵니다. 공주님께오서는 부마위를 도와 신방을 도모하시옵소서!"

궁녀들이 뒷걸음을 쳐서 신방을 나갔다. 서로 웃음을 주고받으며 방문을 나가자 보리와 아율 사이에는 침묵만이 남았다.

화가야 왕실의 국혼은 절차와 하례가 복잡했다. 원래는 궁녀들이 신방에서 모든 절차를 함께 지켜보며 도와주었다. 하지만 겸이 자신의 대에서부터 왕실의 모든 예식을 간단하게 하겠다면서 아율의 국혼을 최소한으로 간략하게 진행하라고 하였다.

눈을 가리고 팔까지 결박당한 보리는 멀뚱하게 앉아 있었다.

"공주님!"

보리가 아율을 불렀다. 하지만 아무런 답이 없었다.

"공주님!"

보리가 다시 불렀다. 하지만 여전히 답이 없었다.

"공주님!"

보리가 또다시 불렀다.

"그리 부르시는 동안은 답을 하지 않을 것이에요."

아율이 일부러 토라진 음성으로 말을 했다.

"네? 하면 어찌 부르란 말씀이세요?"

"이제는 장군의 여인이 되었으니 그저 공주, 하고 낮춰 부르세요."

"네. 공주!"

보리가 바로 수긍을 했다.

"공주! 이만 안대와 겉옷을 풀어주시지요."

보리가 입가를 길게 늘이며 아율에게 청을 했다.

공주의 신방에 드는 부마는 그 어느 무엇보다 제일 먼저 공주를 봐야 한다. 그래서 안대로 눈을 가린다. 그리고 왕족인 공주보다 부마가 더 높은 위를 가질 수는 없다. 그래서 첫날밤의 움직임도 공주도 먼저 주도할 수 있도록 부마가 팔을 움직일 수 없게 겉옷을 입혀두는 것이었다.

"언제까지 답답하게 앉아 있어야 합니까?"

"잠시만 더 기다리세요."

아율은 안대도, 겉옷도 풀어줄 생각이 없는 것 같았다.

"어찌 이러십니까?"

"천천히 낭군님의 모습을 바라보는 중입니다. 이제는 이 천지 간에 오직 아율만의 사내가 되셨으니까요."

"저도 이 밤에 공주를 마음껏 보고 싶습니다."

손끝이 떨리도록 감미로운 보리의 음성이 흘러나왔다.

"풋!"

그제야 아율이 주안상을 지나 보리 앞으로 다가앉았다. 그리고 부드럽게 보리의 눈에 묶인 안대를 풀었다. 늘 반으로 묶던 머리를 하나로 올려 묶은 보리의 얼굴이 확연히 드러났다.

날카롭지만 다정한 보리의 눈빛이, 굳건하지만 부드럽게 웃는 보리의 입술이 가만히 아율을 들여다보았다.

동그랗게 쌍꺼풀이 진 아율의 눈빛이, 야무지지만 한순간 어리게 풀린 아율의 입술이 보리를 올려다보았다.

"제가 잘 보이십니까?"

아율의 음성이 낮게 떨렸다.

"아주 잘 보이지요."

보리의 음성도 약하게 떨렸다.

잠시 웃음을 나누었다. 그러다가 아율이 보리의 뒤로 돌아가 앉았다. 보리의 등 뒤에서 묶인 겉옷의 끈을 풀었다. 아율이 겉옷의 옷깃을 보리의 가슴 쪽으로 넘겨주자 소매가 붙어 있던 겉옷이 벗겨졌다.

이제야 보리의 손이 자유롭게 되었다. 그리고 손이 자유롭게 되자마자 보리가 아율을 당겨서 품에 안았다. 아율의 손등에 놓인 매화 문양에서 어지러운 매화 향기가 피어올랐다.

"꿈은 아니겠지요?"

보리의 음성이 감격에 젖었다.

"아니요. 꿈이 아닙니다."

"아무것도 믿어지지가 않는 밤이네요."

"어디 한번 꼬집어 드릴까요? 후훗!"

아율이 개구쟁이처럼 웃었다.

"꼬집어보시지요."

그럼에도 보리가 볼을 내밀자 아율이 아프지 않게 보리의 볼살을 한 번 쥐었다가 놓았다.

"아얏!"

하지만 보리가 비명을 내질렀다.

"이를 어째? 아프셨어요?"

아율이 바짝 붙어 보리의 볼을 만졌다.

"괜찮습니다. 이리 고운 약손이 곁에 있는데요."

자신의 볼을 만지던 아율의 손을 보리의 큰 손이 올라와 감싸 쥐었다.

"초야부터 장난으로 속이시기예요?"

아율이 눈을 흘겼다.

"공주의 끝없는 장난에 속아서 당황스러웠던 것은 항상 나였던 것으로 기억합니다만."

"피!"

아율이 입술을 뾰족 내밀자 보리가 귀엽다는 듯이 한 손가락으로 입술을 쓸어주었다. 보리의 품에 푹 안긴 채 아율은 보리의 가슴을 쓸어내렸다.

"공주!"

"네!"

"초야에 들기 전, 내가 꼭 하고 싶었던 일이 있었어요."

"무언데요?"

"해도 되겠습니까?"

"무엇이든지요."

아율이 고개를 끄덕이자 보리가 갑자기 아율의 앞으로 가서 앉았다. 그러더니 활옷 차림의 아율을 업어버렸다.

"어머! 무얼 하시는 거예요?"

아율이 보리의 목을 감싸 안으며 비명을 내질렀다.

"무엇이든지 해도 된다 했지요?"

아율이 고개를 끄덕였다.

"사가에 있을 때의 일이에요. 그때 공주의 나이 열일곱 살은 되었을 것이에요."

"그런데요?"

아율의 눈이 호기심으로 동그랗게 뜨였다.

"사가의 어머니께서 작고하시기 전, 공주에게 만들어준 비단공이 있었지요."

"기억합니다. 별채의 연못가에서 늘 그 공을 가지고 심심파적을 하였으니까요.”

“한 번은 그 공을 연못가에 빠뜨리셨지요?”

“그래요. 기억나요. 그때가 열일곱 살 때가 맞을 것이에요.”

“물을 너무도 무서워하는 공주께오서 연못 안에 들어갈 생각도 못 하고 발만 동동 굴리면서 울고 서 있었지요? 그것도 기억나십니까?”

“그럼요. 잊을 수가 없지요.”

“그때 별채의 출입문 앞에 신이 서 있었지요. 얼른 달려가 공주의 눈물을 닦아주고 싶었는데.”

“그런데 왜 아니하셨어요?”

“이미 공주가 내 배다른 누이가 아닌 화가야 왕실의 고귀한 혈손이시라는 것을 알게 되었던 때라 그럴 수가 없었습니다.”

“그래서 말없이 비단 공만 건져 주셨던 것이에요?”

그때의 일은 아율도 똑똑히 기억하고 있었다.

“사실은 꼭 안고서 위로를 해주고 싶었는데 그렇게 하지를 못했어요.”

“그러셨군요.”

“그리고 또 그런 생각도 했었어요. 공주가 연못가를 산책할 때면 물을 너무도 무서워하는 공주이시니 이리 업고서 다독이며 함께 거닐어주고 싶다고.”

“눈물 한 자락도 못 닦아주시던 분이 그리 야무진 꿈을 꾸셨더이까?”

아율이 다시 보리를 놀렸다. 그러자 보리가 아율을 등에서 내려놓았다.

"꿈을 꾸었기에 오늘 이런 날을 맞은 것이 아닙니까?"

보리가 아율의 양쪽 어깨를 감싸 안았다.

"감축드리옵니다."

아율이 다시 장난스럽게 고개를 숙였다.

"언제까지 장난만 치시려고요?"

"어머!"

장난스럽게 고개를 숙인 아율의 허리를 보리가 꺾어질 듯 끌어 안자 아율이 작은 비명을 내질렀다.

"시간 한 끝자락도 아쉽고 애틋한 초야인데 공주께서는 괜히 장난만 늘어놓으시려고요? 아! 하긴 초야도 아니네요."

"초야가 아니라니 무슨 말씀이에요?"

"삼 년 전, 사가에서 공주님을 보내던 마지막 밤, 비록 입맞춤 만 남기고 공주님 방을 나왔지만 저의 마음으로는 이미 초야를 열 번도 넘게 치렀습니다."

"뭐라고요? 장군답지 않게 엉큼하시기는."

두 사람의 몸이 빈틈없이 밀착했다. 보리가 다시 입가를 올리 며 웃었다. 녹아드는 것처럼 사근사근한 미소에 아율의 심장이 두서없이 뛰놀았다. 아율의 볼이 붉게 물들었다.

"공주! 맨드라미 꽃송이의 꽃말을 아십니까? 왜 초야에 이 꽃 송이를 뿌려두는지?"

"모, 몰라요."

아율의 볼이 이제는 아주 불타오르는 중이었다. 끊임없이 흔들 리는 눈동자가 갈 곳을 몰랐다.

보리가 펴놓은 비단 이불 위로 아율의 몸을 눕혔다. 수정나비가 수놓인 이불이 사락거리면서 비단 스치는 소리를 냈다.

"맨드라미의 꽃말을 알려 드릴까요?"

자신의 팔 안에 아율을 가둔 보리가 여릿한 웃음을 흘리며 쳐다보았다.

"필, 필요 없어요."

하지만 평소의 모습은 어디로 가버렸는지 붉어진 낯빛의 아율은 보리를 쳐다보지도 못했다. 모아 쥔 손이 비비 꼬이면서 몸을 뒤척였다.

"맨드라미의 꽃말은 불타는 정열이라고 하더군요."

"아이참, 정말!"

아율이 자신을 가둔 보리의 가슴을 퍽 하고 쳤다. 그러자 보리가 그 손을 잡은 채로 옆에 놓인 촛불을 불어서 껐다.

초야의 방 안에 까맣게 어두움이 내렸다.

아율의 입술에 보리의 입술이 내렸다. 아율의 숨결 속에 보리의 숨결이 섞여들었다. 저고리의 띠를 푸는 보리의 손바닥이 아율의 손등을 스쳤다.

아율의 전신을 헤집는 보리의 입술은 부드럽지만 열정적이었다. 화답하듯 얽혀드는 아율의 손짓도 열이 올랐다.

달뜬 숨결과 함께 초야의 밤이 지나갔다.

태양관의 내실에서는 겸과 홍화가 마주 보고 앉았다.

"네? 태양관 내실에 자객이 들었다 하셨사옵니까?"

몸을 숙이고 있던 홍화가 놀라서 고개를 들었다.

"그리 말했네."

"용체가 상하신 곳은 없으시옵니까?"

"보시다시피."

"도대체 어찌 된 일인지 전후 사정을 여쭈어도 되겠사옵니까?"

"모두 다 수정나비들과 솔나 덕분이네."

"수정나비와 백일홍 화인이요?"

"내, 일부러 수침궁녀들과 수침시위병들을 다 물리고 태양관의 내실의 경비가 허술한 것처럼 보였지."

"알고 있사옵니다."

"아니나 다를까, 깊은 밤중에 자객이 내실로 숨어들었어. 태양 관까지 오는 걸음은 일찬 이경구 대감이 도와주었고 내실에서는 수면초 가루로 모든 궁인들을 잠재웠다네."

"일찬 대감이 도왔단 말이옵니까?"

홍화의 물음에 고개를 끄덕인 겸이 계속 말을 이었다.

"낮에는 수정나비들 때문에 아무도 나를 해할 마음을 먹을 수가 없지."

아직 겸이 왕자이던 시절, 폐위된 열리관의 후비인 광운비가 독화살을 써서 겸을 죽이려 했을 때도 수정나비들의 힘으로 겸은 첫 번째 화살을 피할 수가 있었다.

"해서 나는 저들이 밤 시간을 틈타 움직일 거라 믿었어. 해서 수면초 가루에도 잠이 들지 않는 각성제 가루를 침상에 넣어두었 고 내실의 병풍 뒤에는 수정나비들을 배치해 두었지."

"수정나비들도 밤이 되면 자신들의 보금자리로 돌아가지 않사 옵니까?"

"내가 국혼 날까지는 밤 시간에도 내실에 함께 있어달라 청을 하였네."

"전하께서 준비하셨다던 다른 방비가 수정나비였사옵니까?"

"그보다 든든한 방비가 어디에 있겠는가? 그래서 자객이 들어
온 것을 제일 먼저 알아차린 것이 수정나비들이었지. 수면초 가루
에 취하지 않은 나도 잠에 빠지지 않고 있었고."

홍화가 고개를 끄덕였다.

"내가 또한 솔나에게 꽃의 힘이 있다고 하였지요?"

"네."

"자객이 들어오자 솔나의 백일홍 꽃잎이 하나하나 흩어져 병풍
뒤로 날아갔네. 그런 후 병풍 뒤에 숨어 있던 수정나비들이 사람
의 형체를 만들고 백일홍 꽃잎은 피를 흘리는 것처럼 수정나비들
의 몸에서 떨어져 내렸지."

"……."

"모두가 잠들었으리라 생각하고 내게 검을 겨누던 자객은 알
수 없는 형체를 보고 질겁을 하고 놀라더군. 그때 내가 자객에게
검을 겨누고 누구의 짓이냐 물어보았어."

"쉽게 털어놓지 않았을 듯하옵니다."

"쉽지 않았지. 한데 수정나비들과 백일홍 꽃잎이 한데 뭉쳐 계
속 위협을 해대자 생명의 위험을 느낀 자객이 결국은 배후를 실
토하더군."

"그것이 일찬 대감이옵니까?"

"대나마 정석현 공과 함께 도모를 하였다 하더군."

"한데 어찌 아무런 추국도 없이 넘어갔사옵니까?"

"자백도 받아내었고 낙인을 찍은 연판장도 따로 받아놓았네.

내를 해하려 한 일이 아니고 부마위를 폐하려는 목적으로 벌인 일이라 내가 용서를 하였어요."

"천부당만부당하신 말씀이옵니다. 감히 왕실을 능멸하려 한 저들을 그리 용서하시고 마셨단 말씀이옵니까?"

"흥분하지 마시게, 궁녀장."

"어찌 흥분을 금할 수 있겠사옵니까? 당장 저들을……."

"내게는 아직 솔나의 문제가 남아 있네."

"백일홍 화인과 이 일이 무슨 상관이옵니까?"

"내는 솔나를 왕후의 위에 올리겠다는 궁녀장의 말을 굳게 믿고 있네. 솔나에게 거기에 합당한 신분이 있다는 말도."

"사실이옵니다. 전하!"

"하지만 많은 난관들이 있을 것이네. 특히 귀족 대신들의 반발이."

"아무리 그래도."

"내는 그때 일찬과 대나마가 나의 힘이 되어줄 수 있을 거라 믿어. 그들의 낙인이 찍힌 연판장 또한 큰 비책이 될 것이고."

"하면?"

"두 발 나아가기 위해서 한 발을 먼저 물러나 준 것이네. 하니 궁녀장도 그리 알고 계시게."

겸의 입술이 굳건하게 맞물렸다. 언제나 겸의 지략은 대단했다. 홍화가 존경의 마음으로 몸을 숙였다.

국혼식 다음 날.

나란히 누운 보리와 아율의 머리 위 등창에 새벽 기운이 스며

들었다.

아율은 얼굴 위에 따갑게 내려앉는 시선을 느끼면서 눈을 떴다. 어스름 새벽을 등지고 보리가 아율을 내려다보며 앉아 있었다.

"깨셨습니까?"

보리가 다정하게 웃으며 아율의 볼을 쓸어내렸다.

"장군!"

아율이 황급히 몸을 일으키려 하자 보리가 몸을 눌러 가만히 누워 있게 했다.

"그냥 누워 계세요. 내는 그만 부마실로 돌아가야 할 터이니."

"조금만 더 계시면 아니 되어요?"

"밤새 여기 머물렀다는 것만 알아도 궁인들이 흉을 볼 것입니다."

"초야에 한방에서 잠든 것이 무에가 흉이라고요?"

"잠을 아니 잤으니 하는 말입니다."

보리가 아율의 볼을 건드리며 짓궂게 웃었다.

"장군도 참! 저는 많이 잤습니다."

"하하하! 그러셨습니까?"

"자꾸 짓궂은 말로 놀리실 요랑이십니까? 왜 잠은 아니 깨우고 들여다보고만 계셨어요?"

아율이 얼른 몸을 일으켰다.

"자는 모습이 너무 예뻐서."

"제가 자는 모습만 예쁩니까?"

"아니요."

보리가 아율을 당겨서 안아주었다.

"자는 모습도 예쁘고 깨어 있는 모습도 어여쁘시지요. 웃어도 고우시고 화를 내도 고우시지요. 걸어 다녀도 귀하고 가만히 서 계셔도 귀하십니다. 이리 가도 떨리고 저리 가셔도 떨리지요."

"저도 그렇습니다. 쳐다보셔도 설레고 딴 데를 보셔도 설레고 가까이 오셔도 두근거리고 멀리 계셔도 두근거리지요."

"매일매일 초야의 마음으로 살겠습니다. 매일매일 초야의 마음으로 설레이겠습니다."

"저 또한 매 순간 초야의 기다림으로 장군을 기다릴 것입니다."

"그러면 저는 매일 초야의 신방에 들듯이 공주님께 올 것입니다. 오늘의 고백입니다."

보리가 아율의 이마에 입을 맞추었다.

"정말 나가보아야겠습니다. 의관을 갖추고 태후마마와 전하께 아침 문후를 드려야지요."

"저도 서둘러 준비하겠어요."

보리가 몸을 일으키자 초야의 부마복 비단 자락이 스쳤다.

놓기 싫은 아율의 손을 끝까지 붙들고 있다가 미끄러지듯 손이 떨어지자 아쉬운 마음을 뒤로하고 보리가 아율의 방을 나갔다.

"궁녀장마마님! 궁 밖에서 서찰이 왔습니다."

다가온 이궁녀가 품 안에서 서찰을 꺼내 들었다. 봉투의 입구에 찍힌 낙인을 보면서 홍화가 조심스럽게 서찰을 받아 들었다.

"은밀히 전해 받은 것이 확실한 것이지?"

"네. 조용히 만나 품 안에 넣고 은밀히 왔습니다."

"알았다. 이만 가서 볼일을 보거라."

"네. 마마님!"

이궁녀가 돌아 나가자 홍화가 자신의 방으로 돌아갔다. 빨갛게 불타오르는 맨드라미 꽃송이를 잠시 쳐다보았다.

－부탁하신 분의 신상을 알아보았습니다. 국읍에서 먼 맨드라미 읍의 한적한 산자락에 거하고 계시는 중입니다. 뵙기를 원하시면 제가 길잡이를 할 것입니다. 다시 연통 주십시오.

"맨드라미읍이라? 휴! 전하께 하루 말미를 청하여야겠구나."

홍화가 서찰을 다시 접어 넣었다. 이마를 팔로 가리고 하늘을 바라보았다.

태양궁의 내화원.

내화원의 화원장과 미우가 온실에서 꽃을 손보고 있었다.

"미우야!"

"네."

"혹시 네 별칭이 무엔 줄 아느냐?"

"네?"

꽃대를 손보다 말고 화원장이 뜬금없이 묻자 미우의 눈이 동그래졌다.

"제가 별칭이 있습니까?"

"그래. 맨드라미 화궁녀란다."

"맨드라미 화궁녀요?"

"네가 항시 웃는 모습에, 그 웃는 입매가 맨드라미꽃만큼이나 활짝 벌어진다고 다들 그리 부른단다."

"그런가요? 저만 몰랐네요."

"내가 이 말을 왜 하는지 아느냐?"

"……?"

딱히 궁금하지가 않아 미우는 가만히 있었다.

"네 요즘 모습만 보면 그 별칭이 말짱 도루묵이라 하는 소리다. 내화원에 온 이후로 맨드라미꽃만큼은커녕 작게 웃는 것도 한 번 못 봤다."

"제가 그리 안 웃었습니까?"

"그래. 특별화원에 있을 때는 내도록 싱글벙글 꽃송이보다 더 벌어지더니 내화원에서 내가 널 괴롭히는 것도 아닌데 어찌 그리 오만상이야?"

"제가 오만상이었다고요?"

미우는 정말 몰랐다.

"우리가 꽃을 보면서 꽃의 마음을 느끼는 것처럼 꽃들도 자신을 만지는 사람의 손끝에 어떤 마음이 묻어나는지를 다 느끼는 법이다. 그리 오만상을 찡그리고 꽃을 만지는 것은 결코 좋지가 않아."

배가 툭 튀어나와 다소 미련해 보이는 화원장의 말이지만 일리가 있었다.

"송구합니다. 조심하겠어요."

"그래. 무슨 일인지는 모르겠으나 꽃을 돌보는 동안만이라도 마음을 부드럽게 하도록 하여라."

"네."

'맨드라미 화궁녀라고? 홋! 내 별칭은 난폭 궁녀였는데.'

늘 자신을 난폭 궁녀라 부르던 다선을 떠올렸다. 그리고는 조금 붉어진 낯빛으로 다시 꽃대를 만졌다.

"화원장님! 화원장님!"

내화원의 화원장도 다시 꽃대를 만지는데 온실 밖에서 누군가 불렀다.

"누구냐?"

화원장이 꽃대를 놓고 온실 밖으로 나갔다. 미우는 계속 꽃대를 만졌다.

"아니, 너는 가비 아니냐?"

뜻밖에도 내화원의 온실 밖에는 가비가 서 있었다.

"그동안 잘 지내셨어요?"

가비가 반가운 웃음으로 화원장을 향해 고개를 숙였다.

"그래. 너도 잘 지내었느냐?"

"네."

"한데 이 시간에 내화원에는 어쩐 일이야?"

"그것이 오늘은 제가 볼일이 있는 것이 아니고요……."

가비가 뭐라 하는데 가비의 뒤쪽에서 누군가 나타났다. 그림자처럼 조용히 다가온 이는 바로 다선이었다.

"아니, 자네는?"

내화원의 화원장이 놀라면서 다선을 바라보았다.

"자네는 다선 화원장이 아닌가? 자네가 내화원에는 어쩐 일이야?"

온실 안에서는 미우가 여전히 손을 놀리면서 꽃대를 손보고 있었다. 그러다가 다선이라는 이름에 미우의 손길이 뚝 멈추고 말았다.

'다선 화원장님!'

미우의 얼굴에서 핏기가 걷히면서 하얗게 질렸다. 꽃대를 쥔 미우의 손이 살풋 떨렸다.

"특별화원 말고는 궁내에서 자네를 볼 곳이 없다는 은둔자께서 내화원에 어찌 귀한 걸음을 하셨는가? 올해 들어 벌써 두 번째로구만."

비꼬는 말이 아니라 반가움만을 담고서 내화원의 화원장이 다선에게 물었다.

"흠!"

말이 하기 전에 다선이 먼저 헛기침을 내뱉었다.

"꼬, 꽃송이 몇 개만 얻어 갈까 해서."

어색한 다선의 말은 발음이 자꾸 꼬였다.

"자네가 나한테 꽃송이를?"

"그래."

"도대체 무슨 소린가? 신출귀몰한 꽃 가꾸는 솜씨를 가진 자네가 이 미천한 나한테 꽃송이를 얻어 가겠다고?"

"뭐, 뭐 문제라도 있는가?"

"아닐세."

답을 하면서 내화원 화원장의 입가가 묘하게 꼬였다.

"으흠! 그럼 내화원을 둘러보아야 할 터인데. 자네 안력이 부족하니 혼자서는 힘들 것 같고."

"그건 걱정하지 마세요. 그래서 제가 따라왔잖아요. 내화원에 오는 걸음도 내도록 저를 의지하고 오셨는데요."

가비가 다선의 앞으로 나섰다.

"아니, 가비 넌 내화원을 떠난 지 오래되었으니 잘 알지 못할 것 같고."

"네? 이제 달포(한 달) 조금 지났는데요?"

"넌 잠시 내를 좀 도와주거라. 미우야! 미우야!"

내화원의 화원장이 가비의 말을 무시하고 화원 쪽으로 고개를 돌려 미우를 불렀다.

"미우야!"

화원장이 다시 불러보는데 미우는 답이 없었다.

"미우야! 이리 좀 나와보아라."

화원장이 온실 쪽으로 더 다가가더니 아예 안을 들여다보면서 미우를 불렀다.

"……."

그제야 미우가 답도 없이 온실 밖으로 나섰다.

파스스!

붉은 맨드라미의 갓이 흔들리고 미우와 다선이 온실 앞에서 만났다. 다선이 한 번 더 헛기침을 내뱉더니 미우에게서 한 걸음 물러났다. 미우는 다선 쪽을 외면하며 몸을 외로 돌려 섰다.

'오호라!'

두 사람을 보며 내화원 화원장이 입가가 더 묘하게 꼬였다.

"미우야! 특별화원의 다선 화원장이 꽃송이 몇 개를 얻으러 왔다는구나. 네가 안내를 해서 내화원을 좀 둘러보시도록 해라."

"저는 바쁜데요. 꽃대를 손보던 중이었습니다."

여전히 다선을 외면한 채 미우가 고개를 떨어뜨렸다.

"급한 것도 아닌데 무얼?"

"저기 가비 궁녀도 따라왔는데 저를 왜 부르신답니까?"

"그래요. 제가……."

가비가 또 나서려고 하는데 내화원의 화원장이 얼른 가비의 입을 막아버렸다.

"가비야! 너는 나랑 중앙화원에 좀 갔다 오자꾸나."

"제가 왜요?"

"분재 재료를 좀 얻어 와야 하는데 미우랑 가려고 했더니 몸이 부실하여 통 힘을 못 쓰지 않겠니?"

"미우랑 저랑 몸태가 얼마나 차이가 난다고요? 저도 연약, 읍!"

"하! 하! 하! 미우야! 다선 화원장! 내 가비를 빌려 잠시 다녀오 겠네."

또다시 화원장에게 입이 막혀 버린 가비를 끌다시피 하며 두 사람은 내화원 밖으로 사라졌다.

"……."

"……."

둘만 남은 다선과 미우 사이에는 어색한 침묵이 내려앉았다.

"이쪽으로 가시지요. 발밑을 조심하시고요."

한참 시간이 지나자 미우가 다선을 외면한 채 발걸음을 뗐다. 쌩하니 찬바람이 일었다.

"미우야!"

다선의 음성이 낮게 가라앉아서 미우를 불렀다. 미우는 그 소리를 못 들은 척 다선에게서 더 멀어져 가려 했다.

"미우야!"

하지만 더 이상 움직이지를 못했다. 다선이 미우의 한쪽 팔을 잡아버린 탓이었다.

"놓으십시오."

"미우야! 내가 얻으러 온 꽃송이는 땅에 심겨 있는 것이 아니다."

한숨같이 다선의 입술이 열렸다. 미우를 잡은 손목이 흔들렸다.

"하면 유리화라도 얻으러 오셨단 말이십니까? 웃기십니다. 유리화는 화원장님만이 피워낼 수 있는 꽃이 아닙니까?"

뿌리도 줄기도 없이 공중에 떠서 꽃을 피워내는 유리화는 화가야 안에서도 오직 다선만이 키워낼 수 있는 꽃이었다.

미우가 다선의 팔을 뿌리치려고 했다. 하지만 다선의 손이 미우의 팔을 꼭 움켜쥐고서는 미우를 자기 쪽으로 한 발 더 당겨 서게 했다.

"놓아주시라 했습니다. 왜 이러시는 것입니까?"

미우가 다선의 팔을 쳐내려고 했다.

"내가 얻으러 온 꽃송이는……."

하지만 다선이 미우를 자기 쪽으로 잡아당기면서 침을 한 번 삼켰다.

"유리화처럼 흔한 꽃이 아니다."

"유, 유리화가 어찌 흔한 꽃입니까?"

"내가 얻으러 온 꽃은 세상에 딱 한 송이뿐이다."

미우는 도대체 다선이 무슨 말을 하는 건지 모르겠다.

"그 꽃송이는 바로, 미우 너다!"

다선의 말이 힘겹게 마무리되었다. 다선의 팔을 뿌리치려던 미우의 손아귀에서 툭 하고 힘이 풀렸다.

어디선가 바람이 불었다. 시월의 가을바람이 불었다. 하나로 올려 묶은 다선의 머리칼이 바람에 흔들렸다. 다선에게 팔을 잡히고 선 미우의 귀밑머리도, 치맛자락도 간들거렸다.

꽃잎들도 흩어졌다. 맨드라미 꽃송이가, 벌어진 미소만큼 화사한 꽃송이가 흩어졌다.

맨드라미의 꽃말은 <불타는 정열>.

9.
다정하게 한 걸음,
또 한 걸음

"여기인가?"

아담한 기와집 앞에서 홍화가 걸음을 멈추었다. 옆에서 인도하던 이가 고개를 끄덕였다. 집사가 나와 문을 열어주고 홍화를 안채 쪽으로 인도했다.

안채의 윗목에는 귀족가의 부부가 앉아 있었다. 남자는 짙은 눈썹에 강직한 입매를 지녔고 여자는 부드러운 인상에 미소가 다소곳했다.

홍화가 인사를 하고 자리에 앉고 세 사람은 잠시 침묵을 지켰다.

"바쁘신 궁녀장께서 누추한 곳에는 어인 일이시오? 오신다는 전갈은 미리 전해 들었소."

남자의 입이 열리자 절도 있는 음성이 흘러나왔다.

"이리 한적하게 지내시는 줄은 몰랐습니다."

홍화도 예의를 갖추어 말을 했다.

"국읍에서의 삶은 너무 분주하였지요. 한적한 지방 소읍에서의 삶이 우리는 적이 흡족합니다."

이번에는 여인이 답을 했다.

"오래 찾았습니다. 이리 한적한 곳에 계시니 찾기가 힘들었나 봅니다."

홍화의 말에 부부는 똑같이 닮은 미소를 지었다.

"잘 지내셨는지요?"

"우리야 항상 무탈하오."

"태양궁을 물러나신 것이 벌써 일 년. 국읍의 사정이 궁금하시지는 않으십니까?"

"한울왕 전하의 보위가 든든히 서서 강력한 왕권이 귀족회의를 주관하고 있소. 민가를 살피고 사랑하는 전하의 마음이 어질어서 민생도 안정이 되었지요. 시름이 전혀 없다고는 말할 수 없겠으나 이만하면 태평한 시절이오."

"다 대감께서 전하를 성심으로 보필한 덕분입니다."

"궁녀장께서 일 없이 그런 공치사나 하려고 우리를 찾지는 않았을 것이고 이 먼 곳까지는 참말 어인 일이오?"

다시 남자가 물었다.

"조심스러운 말씀이라 드리기가 쉽지가 않습니다."

홍화가 잠시 망설였다.

"이왕 오신 걸음인데 용건을 숨기실 이유야 없겠소."

"그것이……."

홍화가 잠시 말을 멈추고 부부를 바라보았다.

"세연 오라버니에 대한 일입니다. 김두연 대감!"

"세연이요?"

"세연 도련님 일이라구요?"

부부의 몸짓이 약속이라도 한 듯이 멈추었다.

국읍에서 금찬 벼슬을 지낸 김두연.

일 년 전 관직을 물러나 지방 소읍으로 돌아오기 전, 화가야의 국사에서 중요한 인물이었다. 김욱과 함께 늘 겸의 편에서 국사를 의결하였고 그래서 이경구나 정석현의 견제를 많이 받았다.

세연은 두연의 하나뿐인 형제였다. 형제간에 의가 좋았고 나이 차이가 많이 나는지라 마치 아들을 돌보듯 했었다. 하지만 세연은 어느 날 가문을 버리고 의절을 한 후 집을 나갔다. 그리고 몇 달이 못 되어 홍화를 통해서 죽었다는 소식만을 전해 들었다.

김두연 부부에게 그것은 참 아픈 일이었고 이십 년이 넘는 세월이 지나갔지만 여전히 어제 일처럼 아팠다.

부모보다 앞서가는 불효를 저지른 동생이었다. 이제는 부모님마저도 세상을 떠나고 없지만 세연의 이름이 나오는 자체가 고통이었다.

"세연이에 대한 일이라니? 도대체 무슨 말을 하려는 것이오? 세상을 떠난 지 이십 년도 넘은 아이요. 궁녀장이 직접 전해준 소식이 아니었소?"

"제가 그리했지요."

"무슨 일인지는 모르나 듣고 싶지 않소. 다 잊고 살아가는 우리요. 왜 이제야 그 일을 들추어내어 우리의 상처를 헤집으려는 것이오?"

"저 또한 세연 오라버니의 일을 말하는 것이 편치만은 않습니다. 어찌 되었든 저에게도 옛 정혼자가 아니겠습니까? 세월이 흘렀다고는 하나 저에게도 칼같이 아픈 이야기입니다."

홍화는 세연의 정혼자였다. 하지만 가문을 버리고 나가면서 세연은 홍화와의 혼약도 깨버렸다.

홍화와 부부 사이에 잠시 침묵이 흘렀다.

"한데 왜 그 이야기를 꺼내는 것이란 말이오?"

"두 분이 꼭 아셔야 할 일이 있습니다."

"무엇입니까?"

"그것이, 세연 오라버니의 핏줄에 관한 이야기입니다."

"뭐라고요? 세연이의 핏줄이라고요?"

"그렇습니다."

"도대체 무슨 말이오? 세연이가 죽기 전에 핏줄이라도 남겨두었단 말이오?"

"나도 궁금하네요. 얼른 얘기를 해보세요."

두연의 눈가가 팽팽해졌다. 부인의 눈은 더 휘둥그레졌다.

"말하자면 긴 이야기입니다. 이십삼 년 전, 세연 오라버니가 가문을 버리고 집을 나간 이후에……."

실타래처럼 홍화의 이야기가 풀어졌다.

시월 꽃달의 밤.

산철쭉이 온통 붉게 피어 흐드러졌다. 모두가 잠든 태양관의 소실에서 겸과 솔나는 침상 머리맡에 서로를 의지하고 앉아 있었다.

"이제 한 달포가 남았구나."

솔나의 어깨를 어루만지는 겸의 눈에 감격이 어렸다.

"참 긴 시간이었사옵니다."

이제 몸이 사라지는 간격이 거의 없어진 솔나가 겸의 어깨에 머리를 기댔다.

"이 밤이 지나고 한 번의 꽃달의 밤만 더 지나면 온전히 너와 함께할 수 있어."

"송구하옵니다. 아직도 불완전한 몸이라서."

"그리 말하지 말거라. 몇 번을 말하지 않았니? 내 곁에 다시 돌아와 준 것만 하여도 내는 감사하고 흡족하다고."

겸이 솔나의 머리를 만지작거렸다.

"그래도 다만 한 가지, 힘든 일이 있다면……."

이번에는 솔나의 볼을 어루만졌다.

"너에게 입술 한 번 닿을 수 없다는 것이 고문이구나. 아직 사람의 숨결이 조금이라도 닿아서는 안 된다고 하니. 도를 닦는 마음으로 참기만 하다가 이 참에 아주 돌덩이가 되어버릴 지경이구나."

솔나가 곁에 있어도 입맞춤 한 번 건넬 수 없으니 겸으로서는 참 고역이기도 할 것이었다.

"온전한 사람의 몸이 되면 죽는 날까지 전하의 곁에 있을 것이옵니다."

"당연하지. 응당 그래야 할 것이야."

"하오나 전하! 제가 화인의 신분이라서 살아가는 시간 동안 혹 전하에게 누가 될까 그것이 저어되옵니다."

"무엇이 말이냐?"

"사람과는 다른 몸이었고 혹 사람의 몸이 된다 해도 무슨 허물이 있을지 몰라서."

"맹한 아이로구나! 그럴 걱정은 전혀 없다. 나의 연모는 내 심장에 있고 나는 너를 내 연모의 주인으로 삼았다. 해서 내 심장이 뛰는 한은 내 연모는 이어질 것이다. 그리고 내 연모의 주인인 너는 무슨 일이 있어도, 무슨 허물이 있어도 내 심장에서 나가지를 않을 것이야. 영원한 나의 연모의 심장이 너를 지킬 것이란 말이다. 하니, 그런 걱정일랑 조금도 하지 마라."

"언제나 걱정을 말라고만 하시옵니까? 저도 전하에게 힘이 되어드릴 수 있는 사람이고 싶다는 간절한 염원이 있사옵니다."

"그렇다면 너의 염원은 이미 이루어졌구나. 너로 하여 나는 항상 강건할 수가 있으니까."

"말씀만으로도 감읍하옵니다."

"말만이 아니야. 내는 스스로의 마음에 진실하지 않은 말은 절대 하지 않아. 알았지?"

겸의 품에 안긴 솔나가 고개를 끄덕였다.

"솔나야! 왜 여인을 꽃에 비유하는지 아느냐?"

"글쎄요."

"꽃 중에 제일 많은 색이 무엇이냐?"

잠시 솔나가 생각에 잠겼다.

"아무래도 붉은색이 아닐까 하옵니다."

"맞아. 하면 사람의 피의 색깔은 무엇이냐?"

"또한 붉은색이옵지요."

"바로 그것이야. 사내의 몸에 여인은 피처럼 새겨지는 존재란다. 온몸을 붉게 휘감아 도는 피가 사람을 살게 하는 것처럼 연모하는 여인은 사내에게 목숨이 되는 법이지. 넌 나한테 그래."

"전하도 저에게는 마찬가지이옵니다. 전하! 한데 밤이 다 스러지고 있사옵니다. 이만 침수 드시옵소서."

밤하늘에 걸린 꽃달의 빛이 많이 스러져서 무지개색이 옅게 빛나고 있었다. 곧 새벽이 다가올 것이라는 징조였다.

"싫다. 내 너를 안고 오래오래 깨어 있을 것이야."

"저야 아직은 꽃의 몸! 먹지 않아도, 잠들지 않아도 아무런 상관이 없으나 전하는 그렇지 않사옵니다. 이 밤이 새면 또 정무에, 여러 가지 국사로 분주하실 터인데 잠시라도 눈을 붙이옵소서."

"싫다니까. 홍화 궁녀장이 오늘 하루 말미를 청하였어. 너의 신분을 찾아줄 실마리를 찾으러 가는 길이라고 하더구나. 내일이면 확실히 결판이 날 것이라고."

"그런 일이 있었사옵니까?"

솔나의 얼굴에 기대감이 서렸다.

"이래저래 이 밤이 설레어서 나는 도저히 잠에 들 수가 없어."

겸이 아이처럼 투정을 부렸다.

"이리 누워보옵소서."

솔나가 겸의 상체를 당겨 자신의 무릎을 베고 눕게 했다.

"제가 전하의 잠을 지켜 드릴 것이옵니다. 하니 잠시라도 침수 드옵소서."

"너의 향기는 언제나 나를 어지럽게 하는구나. 달게 들었던 잠도 달아날 판인데 네 무릎을 베고 잠에 들라고?"

"쉿!"

솔나가 둘째 손가락을 입에 대고 겸의 팔뚝을 토닥거렸다.

"이제 언제나 전하의 내실과 닿은 온실에 제가 있지 않사옵니까? 아무 데도, 누구에게도 가지 않을 것이옵니다. 편히 침수 드소서."

솔나가 겸의 몸을 더 토닥였다.

"싫은, 데……."

겸의 눈이 까무룩하니 감겼다. 어느새 얕은 숨을 내쉬더니 가슴이 규칙적으로 오르내렸다. 꽃달의 밤을 솔나와 함께 보내기 위해 국사를 휘몰아치듯 보고 잠에 드는 시간도 아끼는 겸이다 보니 많이 피곤하였을 것이었다.

솔나가 겸의 머리를 살며시 어루만졌다. 겸의 손등에 있는 백일홍 문양도 만져 보았다.

떨리고 시리운 감촉!

아리고 그리운 체취!

솔나가 눈을 들어 꽃달을 올려다보았다.

'궁녀장마마님! 저를 꼭 도와주세요. 이제는 결코 놓고 싶지 않아요. 이 감촉을! 두 번 다시는 떠나고 싶지 않아요. 이 체취를! 제발 좋은 소식을 가지고 오시기를!'

솔나의 기원과 함께 꽃달이 서서히 넘어갔다.

"공주님은 어디 계신 거냐?"

부마를 뵙기 원한다는 아율의 전갈을 받고 보리는 류화관의 뒤뜰로 왔다. 그런데 아율은 보이지 않고 무사복 차림의 사내가 한 명 등을 돌리고 서 있었다.

의아한 보리가 일궁녀에게 묻자 궁녀는 입을 가리고 웃었다.

"공주님은 어디 계시냐 물었으니."

보리가 다시 답을 재촉하자 그제야 일궁녀가 양팔을 들어 사내를 가리켰다.

"아!"

그제야 보리가 고개를 끄덕였다. 등을 돌리고 서 있는 무사는 사내치고는 덩치가 가냘픈데 바로 남장을 한 아율이었다.

"공주! 오늘은 또 어인 장난이십니까?"

아무도 없는 뒤뜰이라 보리가 다가가서 아율의 등을 안았다. 조그만 아율을 안으면서 보리의 상체가 기울어졌다.

"훗! 놀라셨지요?"

몸을 반쯤 돌린 아율이 아이처럼 웃었다.

"화가야 왕실의 귀한 공주님께오서 남장이 어인 일이신지요?"

"장군과 함께 궁 밖엘 다녀오고 싶어서요."

"궁 밖엘요?"

"네. 초비의 객사에 가보고 싶어요."

얼마 전, 초비는 국읍 저자에 객사를 열었다. 하지만 국혼 준비에 바쁜 아율은 가보지 못했다.

"하면 공주님의 행차로 가시면 될 일을 어이하여 남장을 하시고 저를 청하셨습니까?"

"부마와 단둘이 다녀오고 싶어서요. 공주의 행차로 나가면 수행 인원이 주렁주렁 따라오지 않겠습니까?"

"주렁주렁이요?"

"네. 고구마 달려 나오듯이 주렁주렁!"

아율이 양손을 동그랗게 모아서 주렁주렁 모양을 흉내 냈다.

"그래도 남장은 지나치셨습니다."

"보나마나 둘이서는 못 나가게 할 건데요. 꼭 장군과 둘이서만 다녀오고 싶습니다."

"국혼을 하시고도 어찌 이리 아이 같으신지?"

"언제는 아이 같아서 어여쁘다 하시더니요."

"네에. 이래도 어여쁘시고 저래도 어여쁩니다."

보리가 어이없다는 듯이 웃었다.

"장군은 저만 보면 그리 기쁘십니까? 저만 보시면 그리 기뻐서 웃음이 나냔 말씀이에요?"

"네, 네에. 저는 공주만 보면 기뻐서, 좋아서 웃음이 참아지지가 않습니다."

"음!"

아율이 턱을 괴고 고개를 끄덕였다.

"좋아요. 이걸로 오늘의 고백은 들은 것이네요. 호호호!"

남장을 한 아율과 보리는 함께 태양궁을 나섰다. 수문을 지키는 시위병사들은 사내가 아율인지도 모르고 보리를 향해 깍듯하게 고개를 숙였다.

'매화관'.

초비가 연 객사의 이름이었다.

화가야 왕실의 공주인 아율이 매화 문양을 손등에 지녔기 때문에 아무나 붙일 수 있는 이름이 아니었다. 하지만 화가야 왕실에서 지원을 하는 왕실 지정 객사로 선정이 된 터라 초비는 자신의 객사에 이런 이름을 붙일 수가 있었다.

이름답게, 객사 입구에서부터 객사 안 곳곳에 매화분이 놓였다.

"아가씨! 이런 누추한 객사를 방문해 주시다니 광영입니다."

주변의 눈을 의식한 초비가 아율을 공주님이라고 부르지 못하고 아가씨라고 높여 불렀다. 보리에게도 귀족의 예로써 인사를 했다.

"객사를 개장한 지 한 달이 다 되어가는데 내 방문이 너무 늦었네."

"아닙니다. 와주신 것만 해도 감사합니다."

"혼사 준비에 이리저리 바빴네. 이제야 겨우 숨 돌릴 여유가 되어 자네를 찾아온 걸음이지."

"이리 드소서."

초비가 객사의 이 층을 가리켰다. 귀빈들만 모시는 특별실이 있고 호위를 보는 사내들이 기둥 앞쪽으로 서 있었다. 아율을 앞세우고 초비가 계단 쪽으로 가자 보리도 뒤를 따르려 했다.

"응?"

뒤에서 누군가가 보리의 옷자락을 잡아 당겼다.

"무슨 일이냐?"

보리의 옷자락을 잡아당긴 여인은 연시였다. 연시는 객사 '열화관'에서 일하다가 초비의 요청으로 매화관으로 왔다. 옛적 아율이 초비를 어머니라 부르며 초비의 음방에서 살 때부터 아율과도 안면이 있었다.

"부마위 나리! 조용히!"

연시가 손가락을 입에 대고 조용히 속삭였다.

"무슨 일인데 그러는 것이냐? 내가 부마라는 사실은 어찌 아는 것이냐?"

계단 위로 사라져 가는 아율과 초비를 보며 보리는 연시를 따라 발걸음을 뒤로 물러섰다.

"저는 초비 언니가 운영하던 음방에서부터 함께 있었던 연시라 합니다. 지금은 이곳의 빙모장으로 일하고 있사옵고요."

"그런데?"

"그때부터 공주님을 뵈었었고 지금도 화가야 왕실의 귀한 공주님으로 우러러보고 있습지요."

"한데?"

"잠시만 은밀히 저를 따라보소서. 제가 보여 드릴 것이 있습니다."

"내게 보여줄 것이 있다?"

"공주님의 안위가 걸린 문제이옵니다."

"공주님의 안위라니? 감히 그런 말을 입에 올리다니?"

"정말 중요한 사안이옵니다. 공주님의 안위가 위협받을 수 있는. 하니, 조용히 저를 따라주옵소서."

"이 말에 혹여 거짓이나 간계가 있어서는 안 될 것이다."

"하면 저의 목숨을 담보로 내어놓겠습니다."

초비가 들을까 봐 속삭이는 목소리였다.

"앞장서거라."

연시가 발소리를 죽이며 귀퉁이 복도 쪽으로 앞서서 걸어갔다.

낮 시간이라 등불도 밝히지 않아 조금은 어두운 복도였다. 연시가 단속을 한 탓인지 객사에서 일하는 이들은 보이지 않았다.

"여기이옵니다."

드디어 복도 끝자락에서 연시가 발걸음을 멈추었다.

연시가 가리킨 곳은 그냥 벽이었다. 화려한 옷을 입은 여인이 부채를 들고 서 있는 그림이 붙어 있었다.

"이 벽이 왜?"

보리가 눈썹 사이를 좁히며 쳐다보았다.

연시는 답도 없이 그림에 있는 부채 쪽을 세 번 눌렀다. 그러자 '달칵' 소리와 함께 그냥 벽인 줄 알았던 부분이 반쯤 돌아갔다. 연시가 따라오라는 표시를 했다. 돌아간 벽 안쪽으로 들어가자 보리도 그쪽으로 발을 들였다.

벽 안쪽은 널찍한 공간이었다. 얇고 고급스러운 비단 주렴을 곳곳에 늘이고 꽃가루를 갈아 넣은 향로에서는 은은한 향기가 피어올랐다.

연시가 몇 개의 주렴을 지나더니 다시 벽 쪽을 가리켰다.

벽 앞의 등잔에서는 불빛이 화사하게 빛나고 벽에는 여인의 초상화가 걸려 있었다. 화사한 얼굴빛을 가진 여인은 꽃이 만발한 화원을 배경으로 춤을 추고 있었다. 이 세상 사람 같지가 않았다.

무엇보다도 허리춤에서 흔들리는 홍색 노리개는 너무나 특이하여 단번에 보리의 시선을 잡아끌었다.

"이곳은 초비 언니가 혼자서만 은밀히 드나드는 밀실이옵고 이 초상화는 초비 언니의 어머니로 알고 있습니다. 언니가 어머니라고 부르는 소리를 들었거든요."

그림을 가리킨 연시의 말이었다.

"이걸 왜 내게 보이는 건가? 자네가 이러는 까닭이 도대체 무엔가?"

의아한 보리가 그림과 연시를 번갈아 쳐다보았다.

"일전에 초비 언니가 은밀히 들어오는 것을 제가 보았고 궁금한 마음에 따라 들어와 보았습지요."

"하면 혼자만 숨겨두고 보는 그림이 아닌가?"

"그것이 아닙니다. 부마위 나리! 그림을 자세히 보옵소서. 아니, 그림 밑에 쓰인 글귀를 보옵소서."

보리가 눈을 모으고 그림을, 그리고 그 안의 글귀를 보았다.

"아니! 이것은!?"

보리가 놀라서 그림 쪽으로 한 걸음 더 다가섰다.

"글문이 길지는 않은 저이지만 저 글귀가 무슨 뜻인지는 알아보았네요."

연시가 자못 심각한 표정으로 보리를 보았다.

보리는 마음속으로 글귀를 읽어 내려갔다.

'願必全滅 花紋之王孫(원필전멸 화문지왕손), 꽃문양의 왕손을 반드시 전부 멸하기를 원하노라!'

"부마위 나리! 분명 초비 언니는 공주님의 편에서 공주님을 돕는 것처럼 보였사옵니다. 맞지요?"

"그래. 공주님의 생명이 위협받던 어린 시절, 공주님을 지키고 함께했던 이가 초비 저 사람이니."

"한데 이 글귀를 보자면 초비 언니에게는 무언가 다른 속셈이 있는 것이 아닐까 싶습니다."

"……."

"혹여나 초비 언니가 공주님과 왕실에 해가 될까 두렵사옵니다."

"이 밀실을 아는 사람이 너 말고 또 있느냐?"

"아니요. 초비 언니만 은밀히 드나드는 것을 우연히 제가 보았을 뿐, 객사의 다른 이들은 여기에 밀실이 있는 것도 알지 못하옵니다. 이 복도 쪽으로는 초비 언니가 출입을 엄금하고 있습지요."

보리의 시선이 복잡해졌다.

"보통 일이 아닙지요?"

연시가 보리의 대답을 재촉했다.

"오늘 너와 나는 여기에 온 일이 없어. 아니, 너와 나는 따로 얘기를 나눈 적도 없는 것이야. 그리할 수 있겠느냐?"

"그리하겠습니다."

보리가 다짐을 주자 연시가 격하게 고개를 끄덕였다.

"이 일을 결코 그 누구에게 발설하여서도 안 돼. 너 혼자서라도 다시 여기엘 드나들어 이 밀실을 들키게 해서도 안 될 것이고."

"부마위 나리의 명대로 하옵지요."

"그래, 고맙구나."

보리가 가슴 쪽으로 손을 올려 저고리 단추에서 달랑거리던 장신구 하나를 떼어냈다. 왕실에서 사용하는 귀한 물건이었다.

"비밀을 지킨다고 약조하였으니 내가 주는 선물이야."

"하이고! 이리 귀한 것을! 이런 것을 바라고 한 일도 아니온데요."

말은 그렇게 하면서도 연시는 얼른 장신구를 받아 소맷부리에 챙겨 넣었다.

"다시 한 번 당부하겠다. 비밀을 꼭 지켜주어야 해."

"두말하면 입 아픕니다."

밀실 바깥의 인기척을 살피던 보리가 앞서서 밀실을 나오고 입가를 생글거리는 연시도 뒤를 이어 나왔다.

"너는 가서 네 일을 보거라."

"네."

"나중에라도 나나 공주님을 아는 체해서는 안 돼."

"저자 밥 먹은 세월이 이십 년이옵니다. 눈치 하나는 저를 따를 자가 없사옵니다."

인사를 올린 연시가 복도를 먼저 나갔다. 밀실을 한 번 더 쳐다본 보리는 이 층으로 걸음을 옮겼다.

이 층 특별실의 탁자에는 무사 복장을 한 아율과 화려한 비단옷을 입은 초비가 마주 보고 앉아 있었다. 서로 건너가는 눈빛이 깊고 다정하고 정다웠다.

보리는 두 사람의 맞은편 탁자에 가서 초비를 등지고 앉았다. 보리의 자리에도 이미 김이 오르는 고배찻잔이 놓여 있었다.

보리는 맞은편에서 차를 마시는 척하며, 아율과 초비에게로 귀를 기울였다.

"그건 그렇고 웬 남장이시옵니까?"

"번거롭게 출궁하는 게 싫어서. 부마위 나리와 공주님 행차라고 괜히 궁인들을 번다하게 할까 봐. 해서 남장을 하고 부마위와 함께 몰래 출궁을 했지."

"화가야 왕실의 존귀한 공주님으로 산 시간이 어언 삼 년이 되어가옵니다. 여전히 그리 검소하시고 배려심이 깊으신 것이옵니까?"

"왜? 공주는 사치해야 하고 자기만 알아야 하는가?"

"아니옵니다. 그럴 리가요. 열 살 적 모습 그대로 변함이 없으시니 보기가 좋아서 드리는 말씀이옵니다."

"초비! 내는 자칫하면 평생을 어마마마나 전하의 곁이 아닌 그냥 사가에서 살아갈 뻔했어. 하지만 고마운 이들의 마음과 정성으로 내 신분을 되찾고 가족의 곁으로 돌아올 수 있었지. 하니, 내가 공주라는 이름으로 오만방자하게 행동하는 일은 없을 것이야."

"역시나 공주님다우십니다. 해서 제가 공주님을 진심으로 존숭하는 것이옵고요."

"나에게도 초비는 그렇네."

아율의 눈에는 초비를 향한 끊임없는 신뢰와 변치 않는 애정이 담겨 있었다. 그리고 그것은 초비도 다르지 않았다.

방금 밀실의 그림에서 '願必全滅 花紋之王孫(원필전멸 화문지왕손), 꽃문양의 왕손을 반드시 전부 멸하기를 원하노라!'라는 글귀를 보고 왔음에도 불구하고 초비에게서는 그 어떤 가식이나 계략 따위는 조금이라도 느낄 수 없었다.

'화인의 후손! 그것 말고 도대체 초비, 저 여인의 정체가 뭘까?'

보리는 혼자서 생각에 잠겼다.

지금 함부로 초비에게 그 일에 대해 묻거나 경솔하게 문초를 할 수는 없었다. 백일홍의 화인인 솔나가 부활하여 다시 사람이 될 날이 얼마 남지 않았다. 만약 초비가 정말 왕실에 대해 악한 마음을 품고 있다면 제일 먼저 그 화살은 겸의 연모인 백일홍에게로 향할 것이었다.

'도대체 이 일을 어떻게 한담?'

앞으로는 아율과 초비의 만남을 금해야겠다고 생각했다.

매화관을 나선 시각은 오후도 꽤 늦어서였다.

오랜만에 이루어진 초비와의 만남이 좋았는지 아율은 연신 웃음을 멈추지 못했다.

"그리 좋으셨습니까?"

보리는 아율을 길거리 바깥쪽으로 보호하고 걸었다.

"그럼요. 국혼 준비 때문에 개장식에도 못 와보고 얼마나 아쉬웠는데요? 제 어린 시절의 기억은 부마와 부마의 가족도 큰 몫을 차지하지만 초비 또한 못지않게 큰 자리를 차지하고 있어요."

"함께 지낸 시간이 겨우 일 년 남짓했다고 알고 있어요."

"그 일 년이 제게는 십 년 같고 백 년 같고 영원 같았어요. 하루아침에 화가야 왕실의 공주라는 이름을 잃었고 공주의 증명인 매화 향기를 잃었고 왕실 가족과는 강제로 헤어져야 했죠. 돌아가신 시아버님께서 저를 구해주시긴 했지만 연못 속에 잠겨 있던 그 시간의 기억은 정말 끔찍한 것이었어요. 어나비들이 공기 방울을 만들어내서 저를 감싸주고 있기는 했지만 마치 관 속에라도 누운 것처럼 두렵고도 처절한 순간이었죠. 한데……."

아율이 잠시 말을 멈추고 길가에 피어난 키 작은 기생꽃을 쳐다보았다. 이제는 십일월이라서 작고 연약한 꽃잎이 힘없이 고개를 숙이고 있었다. 이제 곧 십이월이 된다. 그러면 첫서리가 내릴 것이고 봄부터 피어나 절기에 상관없이 쉼 없이 꽃잎을 피워냈던 화가야의 모든 꽃들은 땅으로 떨어져 내년의 봄을 기다릴 것이었다.

"한데요?"

보리도 같이 기생꽃을 보았다.

"그 아프고 처절했던 기억들을 초비가 다 감싸주었죠. 냉정해 보이던 첫인상과는 달리 언제나 어머니같이 제 곁에 있었으니까요. 물속에 잠겨 죽어가는 악몽이라도 꾼 날이면 저는 신음처럼 비명을 질러댔고 그런 저의 곁에는 언제나 초비가 있었어요."

보리의 사가에서도 아율은 자주 그 악몽을 꾸었었다.

"싫은 내색 한 번 없이 작은 침상 한 귀퉁이에 앉아 저를 간호하면서 밤을 새웠죠. 혹시나 저의 신상에 조금의 이상이라도 있을라치면 만사를 제쳐 놓고 제가 거하는 별채로 달려와 저를 챙기며 시간을 보내주었어요. 나중에는 저도 혹시나 초비가 저의 친어미가 아닐까 하는 엉뚱한 상상까지 했었다니까요."

"그러셨습니까?"

"네. 어찌나 성심을 다하여 아껴주었던지 그 시절의 저에게 초비는 그냥 어머니였습니다. 음방 안에서도 사이좋은 모녀라 다들 부러워하였지요."

"어느 날 갑자기 공주께서 초비의 딸이라며 음방으로 왔었는데 뒷소문들은 없었습니까?"

"음방이라는 곳이 그런 곳이지요. 그 어느 곳보다 비밀과 소문이 난무한 곳이지만 또 그 어느 곳보다 비밀과 소문이 철저히 지켜지고 가려지고 은폐되는 곳."

"공주의 신분으로 음방에서 지내시기는, 그곳의 일상이 힘들지
는 않았습니까?"

아무리 초비가 아율에게 친절하고 성심을 다했다고는 하지만
당시의 초비는 유녀였고 아율이 있던 곳은 음방이었다.

술을 팔고 웃음을 팔고 혹은 깊은 밤이면 남녀 간의 은밀한 야
합이 이루어지는 곳.

"아니요. 초비의 음방은 술과 기예만을 팔았을 뿐, 남녀 간의
은밀한 야합 같은 건 원래부터도 없는 곳이었어요. 게다가 제가
거할 때는 비록 관직을 물러나기는 했지만 화가야 태양궁의 지시
위부령이었던 시아버님까지 든든한 뒷배경으로 버티고 계시니 아
무도 함부로 할 수가 없었지요."

아율의 눈빛이 애잔하게 기억에 젖었다.

"혹 초비 그이의 나이는 어떻게 되는지 아십니까?"

"정확하게 모르는데요. 그저 사람들이 참 어린 나이에도 아이
를 낳았다 하는 것을 보면 그리 많은 나이는 아닌 것 같아요. 나
도 정식으로 물어본 적은 없고요"

"한 번도 아니 물어보셨습니까?"

"그런 건 상관없을 만큼 우리는 충분히 좋은 모녀지간이었으니
까요. 마치 이 기생꽃의 꽃말처럼 언제나 다정하고도 또 다감한."

아율이 기생꽃 꽃잎을 잠시 쓰다듬어 보았다.

"그런 초비와 헤어져 신의 집으로 오게 되었으니 열한 살 어린
나이에 상심이 크셨겠습니다."

"꼭 그렇진 않아요."

"꼭 그렇진 않았다?"

어느새 두 사람은 비밀의 길을 걷고 있었다.

"그건요, 장군의 집에 처음 갔던 날, 저의 귀밑머리가 삼단처럼 매끄럽다며 예쁘다고 해준 오라버니가 있었기 때문이죠. 자신의 부친이 밖에서 보아온 아이라는 것은 조금도 괘념치 않고 처음 그날부터 한결같이 다정하고 또 다감했던 좋은 오라버니가요."

그 오라버니가 바로 보리였다.

"그 오라버니 또한 언제나 저에게는 기생꽃의 꽃말 같은 분이 셨어요."

"저에게도 공주는 그랬습니다."

"게다가 다정다감했던 그 오라버니는 인제 더 다정다감한 저의 낭군님이 되셨지요."

"저도 아직 기억납니다. 머리를 하나로 단을 드리우고 드러난 귀밑머리가 햇살 아래에서 곱고도 아련했던 조그마한 여자아이 가."

"해서 그 여아가 그리우십니까?"

"아니요. 이제 그 여아가 자라서 손 한 번 건네기도 마음이 떨리는 저의 여인이 되었습니다."

"여전히 제가 장군에게는 마음 떨리는 사람입니까?"

"마음만 떨리겠습니까? 마음도 떨리고 손끝도 떨리고 다리도 떨리고 저의 전 세상이 떨리는 분이지요."

"그건 오늘의 고백이신가요?"

"네. 저의 진심의 고백입니다."

아율이 남장을 하고 있는 터라 손도 잡을 수 없어서 보리가 아율의 귀밑머리를 한 번 쓰다듬었다.

화인의 숲에서 태양궁으로 통하는 비밀의 길을 걸어갔다.

특별화원에도 늦가을의 기운이 가득 내려앉았다. 다시 돌아온 미우가 부지런히 손을 놀리고 있었다.

"화원장님! 짚이 좀 모자랄 것 같은데요. 나무 둥치를 감싸고 겨울 날 준비를 다 하려면 짚단을 좀 더 엮어야 할 것 같아요."

곧 첫서리가 내릴 예정이라 둥치가 굵은 꽃나무들은 짚단으로 허리를 둘러주고 있었다. 눈이 잘 보이지는 않지만 다선도 미우의 옆에서 부지런히 일을 했다.

"하면 있는 만큼만 하고 내일 다시 하면 되지. 힘들지 않으냐? 몸 상하지 않게 쉬엄쉬엄하자꾸나."

"와! 웬일이시래요? 늘 꽃에 관한 일이라면 분초를 다투며 하나라도 허투루 하지 말고 먼저 다 해놓으라고 성화시던 분이."

"내가 네게 그리하였더냐?"

"기억 안 나세요?"

"글쎄다. 내가 그리 매정하였나?"

"어우! 정말! 매정했다고 말하는 건 아니거든요. 저도 꽃 돌보는 일이 즐거웁고 좋으니깐. 하지만 저에게는 늘 닦달이셨잖아요. 난폭 궁녀라고 부르기만 하시면서."

"난 그랬던 기억이 없는데."

"화원장님! 정말 저 없는 동안 혹시 화원 일 하시다가 머리를 다치시거나 충격을 좀 받거나 그러신 게 아니세요? 하는 말투나 행동이나 꼭 다른 사람을 보는 듯이 낯설기만 하네요."

"그런 일은 더욱 없지."

"그럼 옛날처럼 똑같이 대하세요. 어색하고 간지러워 죽겠네."

"내는 앞으로는 계속 이런 모습일 것 같은데."

"에?"

미우의 어깨가 솟구쳤다.

"왜? 싫으냐?"

다선의 손이 슬쩍 미우의 삐져나온 머리를 넘겨주었다.

"아니, 뭐, 뭐, 싫지는 않지만."

미우의 볼이 빨갛게 물들더니 얼른 고개를 꼬았다.

"쉬엄쉬엄하자꾸나. 하늘에 흘러가는 구름의 색이 짙노란색인 걸 보니 첫서리가 올 시기는 아직 먼 것 같으니."

"구름 색이요? 정말 짙노란색인 건 맞지만…… 그런데 화원장님이 어떻게 구름 색을 아세요?"

볼이 빨간 그대로 미우가 하늘을 쳐다보았다.

"꽃과 함께 지내는 사람은 지나가는 바람결에서도, 내리는 햇살에서도 기상을 읽어낼 수 있는 법이야."

"에! 정말요? 내는 도통 모르겠는데. 난 그것도 모르고 화원장님의 눈이라도 보이시는가 하고 깜짝 놀랐네. 어쨌든 많이 부럽네요."

"그러냐?"

"저는 언제쯤 그렇게 꽃 박사가 될 수 있을까요? 벌써 삼 년이나 화원장님 밑에 있었는데."

"삼 년은 아니다. 홱 토라져서 달포 넘게는 내화원으로 도망가 있었지 않니?"

"홱 토라지다니요? 누가요?"

미우의 어깨가 더 솟구쳤다.

"에이! 곧 겨울도 다가오는데 화원 곳곳에 기생꽃은 왜 이렇게 다시 심어놓으셨대요? 키가 작아서 발에 밟히기 십상이구만."

미우가 다선에게서 떨어져 갔다. 붉게 물든 자신의 볼을 다선이 볼 수가 없어서 참 다행이라고 생각했다.

'곧 겨울이 다가올 것이고 그럼 금방 떨어져 버릴 기생꽃을 왜 이리 지천으로 심어두었냐고? 기생꽃의 꽃말처럼 살고 싶어서 그렇게 한 건데. 기생꽃의 꽃말처럼 내도 너에게 그리해야겠다는 내 다짐의 표시인 건데. 미우 너는 절대 모르겠지?'

저만치로 멀어져 가는 미우를 보며 다선은 눈을 가늘게 떴다. 다선의 시선이 다시 하늘로 향했다. 그런데, 잘 보였다. 너무도 정확하게 보였다.

하늘을 흘러가는 짙노란색의 구름도, 저만치로 멀어졌지만 양볼이 빨갛게 물들어서 더욱 귀여운 미우의 모습도.

아무에게도 말하지 않았지만 미우가 돌아오면서 다선의 시력도 돌아왔다.

기생꽃의 꽃말은 <다정함>.

10.
당신이라서
고맙습니다

매화관.

초비가 미심쩍은 표정으로 눈앞의 남녀를 바라보았다. 연시가 앞마당에 서 있고 그 옆에는 말끔한 입성의 사내도 같이 있었다.

발밑에는, 아직까지 민들레가 한창이었다. 원래는 봄 한 철만 꽃을 피우는 민들레였지만 화가야 땅에 피어나서 그랬다. 연한 민들레 향기가 공기 속에 시렸다. 꽃의 영토는 역시 꽃의 영토였다.

"자네가 우리 매화관에서 일을 하고 싶다고?"

"네."

사내에게 물은 것인데 대답은 연시가 했다.

"객사 일은 해보았는가?"

"네."

이번에는 사내가 대답을 했다.

"어느 객사에 있었는가?"

"지방 소읍인 민들레읍의 객사에서 주사 일을 보았습니다."

"주사 일이라고? 그래 보이지 않는데."

초비의 눈에 의심이 담겼다.

"아이참, 언니! 내가 알던 이가 맞다니까. 내가 민들레읍에 잠시 가 있을 때 내가 일 보던 객사의 인사가 참말 맞우."

"객사 이름이 무엔가?"

초비가 다시 사내에게 물었다.

"한련관이었소."

"한련관입니다."

연시와 사내가 같이 대답을 했다. 둘의 대답이 하나로 같은데도 초비의 눈에 걸린 의심은 쉽게 걷히지 않았다.

"손바닥을 좀 줘보게."

초비가 사내를 향해 손을 내밀었다. 그러자 사내는 망설임 없이 손바닥을 보여주었다.

"주사 일을 보았다고?"

"네."

주사는 객사에서 일군들을 관리하고 계산하고 붓으로 기록하는 일들을 담당하는 직책이었다.

"한데 왜 손 모양새는 딱 검을 잡는 자의 손이지?"

초비의 눈빛이 날카롭게 빛났다. 아닌 게 아니라 사내의 손은 손가락 밑자락마다 굳은살이 앉아서 딱 검을 잡는 무사의 손이었다.

"검을 들고 객사 취객을 상대하는 호위 일도 같이 하였습니다."

"그으래?"

"언니! 내가 소개하는 이인데 이리 까다롭게 굴면 내 체면은 뭐가 되오? 일 하나는 당차고 확실한 사람이니 믿고 한번 맡겨보오. 마침 우리 객사에도 취객 상대하는 호위가 필요하지 않소?"

둘을 지켜보던 연시가 애가 탄지 얼른 끼어들었다.

"하면 처음부터 호위 일을 하고 싶다 했어야지? 왜 주사라고 말을 해?"

"언니가 언제 물어는 보았소? 아우! 그만하고 얼른 들여주오."

연시의 음성이 간드러졌다.

"세경은 넉넉히는 못 주네. 이제 우리 객사도 시작하는 단계이니. 있던 곳 하고는 비교도 안 되게 박할 터인데 괜찮겠는가?"

"숙식만 해결되면 크게 상관할 바 없습니다."

"이름은 무엔가?"

"이기수입니다."

기수가 강직한 표정으로 고개를 숙였다.

"하면, 언니! 저기 별채(일꾼 처소)에 방 하나 내어주겠소."

"제일 끝 방으로 들이거라. 일꾼 순서에도 위아래는 있는 법이니."

초비가 마땅찮은 표정을 거두지 않은 채로 객사 본관 안쪽으로 들어갔다. 돌아서는 치맛자락 밑에 피어난 노란 민들레가 한들거렸다.

"후유! 다행입니다요. 객사 이름도 미리 맞추어두었으니."

초비가 본관 안으로 완전히 사라지자 연시가 가슴을 쓸어내렸다.

"언니 눈썰미 매섭기가 된서리 같은데 그래도 무사히 넘어갔습니다요."

지방 객사에서 함께 일하던 사람이라 해놓고서는 연시가 기수를 향해 굽신거리며 비위를 맞추었다.

"이제 되었네. 고맙네."

"아닙니다요. 왕실을 위해 조금이나마 일할 수 있다니 저야 광영입지요."

"그래도 앞으로는 말을 조심하게나. 단둘이 있을 때에라도 이런 말투는 좋지가 않아."

"조심합지요."

"금방 또."

기수가 연시의 높임말을 지적했다.

"아, 알겠네. 내 그리하겠네."

그제야 존칭을 빼버린 연시가 다시 기수를 향해 머리를 굽신거렸다.

"그런 행동도 하면 안 되지."

"참 그렇군. 알았네. 알았어."

"내가 머물 방은 어딘가?"

"이리 따라오게. 내 일러줄 테니. 짐만 풀고 바로 객사 본관으로 들어오게."

"그리하지."

연시가 앞서가고 기수가 뒤를 따랐다. 잠시 본관을 훑어보는 기수의 눈매가 날카롭게 빛났다.

그 시각, 본관으로 들어선 초비도 창에 늘어진 발을 은밀하게 들어 올리며 앞마당을 내다보았다. 앞서가는 연시와 뒤따르는 기수가 내다보였다.

"주사 일을 보고 호위 일을 도왔다고? 흥!"

초비가 발을 다시 내리면서 코웃음을 쳤다.

"눈빛도 손도 숨길 수 없게 딱 무사의 것인데. 흐응! 이 초비를 뭘로 보고?"

팔짱을 끼고 돌아서면서 초비가 창가를 떠났다.

태양관의 내실.

겸이 병풍 앞의 윗목에 앉았고 보리와 아율은 아랫목에 앉았다. 아직도 겸의 등창 병증이 심한 것으로 하고 있는 터라 겸은 비스듬히 보료에 기대었다.

문 앞에서는 홍화가 고개를 숙이고 있었다.

내실의 쪽문을 열어놓아서 백일홍이 바로 내다보였다. 그리고 백일홍 너머에는 시작되는 겨울의 풍경이 펼쳐졌다.

모든 나비들이 겨울을 날 준비를 하고 있었다. 그래서 겸의 궁실에 날아다니는 나비는 겨울잠을 자지 않는 수정나비, 눈 속에서도 날아다니는 설나비, 그리고 얼음 위를 미끄러져 날아다니는 빙나비들이 전부였다.

"곧 겨울이 올 모양이긴 하구나. 설나비와 빙나비들이 저리 활기찬 것을 보니."

겸이 푸르게 시린 십일월을 쳐다보았다. 뜰의 차가운 연못 물위에서 빙나비들이 꼬리를 담그며 춤을 추었다.

"그러네요. 이제 일주일만 있으면 가을 세 번째 달의 마지막 날이에요."

아율이 타래과 하나를 집었다.

"그 어느 때보다도 설레고 그립고 아린 일주일이야."

일주일만 있으면, 십일월 꽃달의 밤이 지나면, 이제 솔나는 완전한 사람의 몸이 된다.

"저희 또한 전하와 같은 마음으로 기다리고 고대하고 있사옵니다."

보리도 한 마디를 거들었다.

"고맙네."

겸이 기분 좋게 웃었다. 내실에 남은 수정나비들의 몸체가 화사하게 반짝이면서 겸의 미소 위에 부서졌다.

"이제 전답세 문제는 완전히 해결이 됐사옵니까?"

보리가 아율의 입에 묻은 타래과 가루를 털어주었다.

"고맙네. 다 부마위의 덕분이지."

"신은 한 것이 없사옵니다."

"아닐세. 겸손한 말은 하지 않아도 되네. 부마위가 솔선수범하여 전답을 모두 내어놓고 백성의 전답세를 덜어주어야 한다고 힘을 보태준 덕분이 아닌가?"

겸이 한울왕으로서 등극하기 전 사십사 대 한울왕의 시절에는 전답세의 고통이 백성들에게는 대단한 것이었다.

화가야 백성들은 자신들이 경작하는 전답의 소출이 끝난 후 십분의 일을 왕실에 상납했다. 하지만 그것은 드러난 관행에 불과했다. 그 시절 왕실에 바치는 전답세는 어마어마했고 그 후에 다시 거의 반 가까이를 귀족 대신들에게 빼앗겼다.

병약한 한울왕 대신 폐위된 후비인 열리관의 광운비가 조정 대신들을 주물러 댔다. 거기에 그녀의 사촌 오빠인 대각간 김우찬이 앞서서 민가의 백성들의 피를 빨았다. 그렇게 불린 재산은 모두 광운비의 사치놀음에, 또 귀족들의 권세를 유지하는 데에 쓰였다.

이번에 겸이 아율의 국혼을 경축하는 의미로 백성들의 전답세를 줄여주자고 제안하였다.

그때, 부마인 보리가 앞장서서 자신의 전답을 모두 왕실에 바쳤다. 그러면서 왕실에 내는 전답세로만 세금을 한정하자고 간하였다. 보리의 전답은 왕실의 소유가 되었지만 여전히 민가의 백성들이 자유롭게 농사를 짓는 것으로 하고.

그 뒤로 김욱 대감과 겸의 편 대신들이 따라서 전답세를 감해주자 주청을 하였다. 웬일인지 정석현과 이경구도 기꺼이 뜻을 보태주었다.

귀족 대신들의 얼굴이 하얗게 질렸다. 하지만 높은 벼슬인 일찬과 대나마까지 나서서 동의를 하니 더 이상 말을 못 했다.

왕위에 등극한 후 겸이 이 년간을 두고 별러오던 일이었는데 올해에서야 해결이 났다. 보리가 앞장서서 모범을 보이고 백성을 아끼고 사랑하는 청렴한 귀족 대신들이 있었기에 가능한 일이었다.

보리는 관직이나 재물에는 뜻이 없었다. 자신들의 세력이 위축될 것을 걱정하여 그렇게나 보리가 부마가 되는 것을 반대했던 탐욕스러운 귀족 대신들의 걱정이 괜한 기우가 아니었음이 드러난 순간이었다.

낭패감에 물든 귀족 대신들의 얼굴이 약속이나 한 듯이 똑같았다.

"정말 고맙네. 부마위가 아니었으면 결코 이루어내지 못할 일이었네."

"그리 말씀하지 마소서. 저 또한 이제는 화가야 왕실의 일원. 감히 전하와 똑같을 수는 없겠지만 민가의 백성을 살피고 아끼는 마음은 한가지로 같사옵니다."

"알고 있네. 알고 있어. 내 그래서 부마위를 들이기 위해 그렇게 애를 썼던 것이 아니겠는가? 기억나지요, 궁녀장?"

"네, 전하!"

겸이 묻자 홍화가 얼른 답을 했다.

"처음에 부마위를 태양관의 위시위부령으로 들이기 위해 월화관(왕후의 궁실)의 주인을 맞겠다고 약속을 했었지. 또 부마위를 정말 부마의 자리에 앉히기 위해서는 없는 죄를 만들어 벌을 주자 했었고. 그때마다 벌떼 같이 일어나는 귀족들을 상대하느라 내 얼마나 진땀을 뺐던지."

"참 그리하였사옵니다."

"그럴 때마다 힘든 내 투정을 받아내느라 궁녀장이 고생을 하였네. 고마워."

"입궁을 한 그날로부터 이날까지 단 한 번도 고생이거나 곤하였던 적이 저는 없사옵니다."

서로에 대한 사랑과 배려가 넘치는 조카와 이모였다.

"참 다사다난했던 시간들이었네."

"감읍하옵니다."

이번에는 보리가 답을 했다.

"감사는 내가 해야지. 부마위가 왕실에 들어온 후 이번 전답세건도 그렇고 솔나의 일도 그렇고 내가 도움 받은 일이 한두 가지라야지. 하니 고맙다는 말은 오히려 내가 해야 할 것이네. 자네를 들이느라 한 고생은 자네가 보태어준 힘에 비하면 아무것도 아니네."

"황감하옵니다."

"어쩌면 저리도 노란 민들레가 흐드러지게 피었단 말인가? 꼭 내 마음을 대신하는 것 같군."

겸이 백일홍 너머의 민들레를 바라보았다.

"노란 민들레의 꽃말이 고마운 마음이라지. 여기에 함께 있는 공주, 부마위, 또한 궁녀장, 무엇보다도 저기 피어 있는 백일홍, 모두가 내게는 말로 다할 수 없는 고마운 사람들이니 그 고마운 마음을 노란 민들레가 대신 말해주고 있지 않느냐? 하하하하!"

"하하하!"

"호호호호!"

겸의 웃음이 터지자 아율이, 보리가 그리고 홍화가 같이 웃었다. 백일홍 속의 솔나도 같이 웃었다. 핏줄로 얽힌 가족들의 보기 좋은 웃음이었다.

잠시 후, 함께 내실을 나섰다.

뜰 가득히 노란 민들레가 별처럼 흩어졌다. 노랗게 물이 들었다.

"전하!"

"전하!"

그때, 그들에게로 다가오는 세 사람이 있었다. 아한 김욱 대감과 일찬 이경구, 대나마 정석현이었다.

그들을 발견한 겸이 일부러 허리를 굽히면서 막 아픈 척을 했다. 인상도 표 나게 살짝 찡그렸다. 양쪽에서 보리와 아율이 얼른 부축을 하였다.

김욱은 겸의 오른팔 같은 대신(大臣)이다. 하지만 백일홍의 화인을 왕후로 맞기 위해 국혼을 미루고 거짓 등창 병증을 앓고 있다 하면 그 또한 달가워하지 않을 터였다.

겸에게 장단을 맞추느라 보리와 아율도 겸을 부축하는 것이 힘들다는 표정을 지었다. 웃음도 함께, 거짓말도 함께 나누는 가족들이었다.

"그래! 공들은 퇴궁을 하는 길이오?"

"네. 공사를 다 마무리하고 오늘은 이만 태양궁을 나갈까 하옵니다."

김욱이 앞으로 나서며 고개를 숙였다.

"알아서들 마무리하고 나가면 그만인 것을 부러 찾아와 일일이 문안할 필요는 없소."

"이 나라 화가야의 군주이시며 태양궁의 주인이신 전하께 궁 출입을 앞서 문후를 여쭙는 것은 당연한 것이옵지요."

아들뻘이 되는 군주를 보는 김욱의 눈에는 존경이 담겼다.

"그렇사옵니다. 전하! 이 또한 태양궁의 녹을 먹는 신하의 당연한 예일 것이옵니다."

정석현이 김욱의 뒤를 따라나서며 인사를 올렸다. 얼굴이나 목소리나 똑같이 간사하기가 그지없었다.

"뉘라서 이 소임을 게을리하겠사옵니까? 신들이 오늘도 태양궁의 녹을 먹고 강건하게 하루를 살아낸 것이 모두가 전하의 은혜 때문이 아니겠사옵니까?"

이경구도 고개를 숙였다.

"하하하하! 알겠소이다. 알겠어요. 어지러우니 공치사들일랑 그만하시고 날이 더 차가워지기 전에 사가로 돌아가시오."

"내일, 밝은 날 다시 뵙겠사옵니다. 밤새 강건하옵소서. 공주님과 부마위께도 인사를 올리옵니다."

김욱과 이경구와 정석현이 같이 마지막 인사를 올렸다.

"오라버니 전하! 소녀, 참으로 궁금한 것이 있어요."

사라지는 대신들을 바라보던 아율이 고개를 갸웃거렸다.

"무에냐? 물어보거라."

"아한 대감이야 워낙에 그런 분이시라고 하지만 요즘 들어 어찌 일찬 대감과 대나마 대감까지 저리 아침저녁으로 전하께 문후랍니까? 생전 하지도 않던 일들을?"

"아하! 일찬과 대나마 말이냐?"

"네."

사실 궁금하기는 보리도 마찬가지였다.

"저 노란 민들레의 꽃말처럼 저이들도 내게 고마운 일이 있나 보지."

겸이 홍화에게 눈을 찡긋했다.

방으로 돌아온 겸은 쪽문 밖 온실의 백일홍 앞으로 다가갔다.

"솔나야! 너도 얘기 들었지?"

백일홍 꽃송이가 고개를 끄덕였다.

"오랫동안 마음의 짐이었던 전답세 문제가 해결이 되었어. 부마위와 왕실파 귀족들이 힘을 보태어주었단다. 너무 기쁘고 홀가분하구나. 너도 기쁘지?"

겸이 기지개를 길게 늘이자 백일홍도 이파리를 흔들었다.

"기쁘다고? 알았다. 아! 이제 일주일 남았다. 이렇게 혼자 물어보고 혼자 답하고 하는 것도 이제 끝이야. 자! 오늘도 같이 이야기를 써볼까?"

겸이 좌탁을 백일홍 앞쪽으로 가져왔다. 새로 만든 서책에는 쓰다가 만 이야기가 적혀 있었다.

'화인의 꽃달'.

겸이 쓰고 있는 '화인지애'의 후속편이었다.

"자! 저번에 어디까지 썼더라?"

겸이 서책의 끝난 부분을 손가락으로 짚었다. 오수의 시간마다 쓰려고 했는데 솔나랑 같이 쓰느라고 저녁 시간으로 옮겼다.

"아! 그래. 국혼을 선포하는 부분까지 적었구나."

전답세 문제로 며칠간은 이야기를 잇지 못했다.

"이제 광화관의 회의실로 아율이 달려오고 나는 초비를 곧 만나야지."

겸이 붓을 놀리기 시작했다. 겸의 이야기는 이제야 솔나의 부활에 대해 알게 되는 부분이었다.

"제대로 쓰고 있는지 잘 보거라."

겸이 붓을 멈추고 백일홍 잎새를 하나 튕겼다. 백일홍 너머의 노란 민들레가 부럽다는 듯이 보았다.

그날 밤.

공주방의 윗목에는 아율이, 아랫목에는 보리와 홍화가 앉아 이야기를 나누고 있었다.

"백일홍 화인의 가족을 찾는 일은 어찌 되었나요?"

조심스러운 음성으로 아율이 물었다.

"이미 찾았사옵니다."

홍화 역시 조심스럽게 답을 했다.

"참말이에요? 하면 오라버니 전하께서도 아시나요?"

반가움에 아율의 목소리가 높아졌다.

"아니요. 아직 전하께는 말씀드리지 않았사옵니다."

"말씀드리지 않을 예정입니까?"

보리가 홍화에게 물었다. 답을 알고 묻는 것이었다.

"네. 괜한 실망을 안겨 드리기가 싫어서."

"화인의 가족이 나서기가 싫다고 하였나요?"

"아직은 망설이시는 모양이옵니다. 어머니 쪽이 화인이라는 것도 마음에 걸리는 것 같고. 아직 시간이 있으니 충분히 생각을 해보시라고 하였사옵니다."

"어떻게 결정이 날 듯합니까?"

"글쎄요. 핏줄에 대한 정이 얼마나 큰가에 따라 달라지겠사옵니다."

"그래서 전하께는 말씀을 드리지 못한 것이에요?"

"그렇사옵니다."

"우리 중 그 누구보다도 간절하고 애가 타실 분이 바로 오라버니 전하이실 텐데 정작 본인만이 아무것도 모르고 계시오니……."

"묻지도 않으시니 더 안타깝긴 하옵니다."

홍화가 김두연의 사가를 다녀온 후에도 겸은 한 마디도 묻지 않았다. 그저 '나는 궁녀장을 믿네'라고만 하였다.

"차마 아니라고 할까 봐 묻지도 못하시는 것이겠지요. 여하튼 좋은 소식이 있어야 할 터인데."

"반드시 그렇게 될 것이옵니다."

"한데, 궁녀장!"

"네, 공주님!"

"혹 백일홍의 가족들이 누군지 우리만이라도 알면 안 될까요?"

"이미 태양궁의 관직을 물러나신 분이옵니다. 말씀하여 드려도 모르실 것이옵니다."

"궁녀장이 왜 그리 그분들을 비호하려 하시는지 모르겠네요."

"저의 마지막 예의라 그러하옵니다."

"마지막 예의라?"

아율이 잠시 생각에 잠겼다.

"그래요. 분명 궁녀장이 그랬지요. 백일홍의 화인 그분에게 큰 마음의 빚이 있다고. 혹 그것 때문에 그러시는가?"

"……."

홍화가 그 물음에는 답을 안 했다.

"혹 그분들이 안 나서신다 하여도 제가 어떻게든 백일홍 화인이 왕후에 오르실 수 있도록 묘책을 낼 것이옵니다. 하니 그분들이 결국에 나서지 않겠다고 결정하신다 해도 저는 강요하지 않을 것이옵니다."

"궁녀장과 백일홍 화인에 얽힌 이야기가 그리고 그 세월이 참으로 궁금하네요."

"말씀드리지 못하여 송구하옵니다."

아율의 의문에도 홍화의 눈빛은 결연했다.

"아니에요. 오라버니 전하를 위하는 마음이라면 화가야 전국을 통틀어 가장 클 궁녀장이니 나도 더는 묻지 않으려 해요. 항상 궁녀장에게는 고맙고 또 고마운 마음이니. 그건 그렇고……."

분위기를 바꾸려는 듯 갑자기 아율이 몸을 일으켰다.

"다과를 준비해 들이라 해야겠네요. 이야기가 길어질 듯하니."

문 시중을 드는 궁녀들이 있는데도 아율이 방문을 열고 나갔다. 홍화에게 끊임없이 물어보고 싶은 자신의 마음을 자르려는 행동인 듯했다. 공주라는 신분을 이용하여 강제할 수도 있겠지만 그러지 않으려는 배려심이었다.

아율이 나가자 잠시 보리와 홍화 사이에 침묵이 흘렀다.

"매화관에 사람은 잘 심으셨습니까?"

먼저 홍화의 입이 열렸다. 문가를 살펴 아율이 완전히 나간 것을 확인한 후였다.

"든든한 사람으로 심어두었지요."

"차라리 전하께 알리는 것이 좋지 않을까요?"

"아뇨. 이제 일주일만 있으면 백일홍의 화인이 사람의 몸으로 완전히 부활하게 돼요. 다른 이를 위해 피를 흘린 화인은 반드시 부활하게 되어 있으니까요. 한데 백일홍의 화인에 대한 모든 정보를 준 사람이 초비 그이였지요."

"그렇지요."

"공주님의 어머니가 되어줬었고 화인의 핏줄이라는 말만 듣고 우리는 무턱대고 그이를 믿었고 그이의 말을 따랐어요. 한데 이런 정황이 드러나 버렸어요. 그렇다고 이러한 때에 우리가 조금이라도 의심의 눈초리를 보내면 제일 먼저 백일홍의 화인이 위험해지게 될 것이에요."

"무슨 위험 말이십니까?"

"그야 아무도 모를 일이지요. 일단 지금까지는 모든 일이 초비그이의 말대로 흘러왔고 백일홍의 화인도 똑같은 내용으로 부활에 대해 알고 있으니 좀 지켜볼 밖에요. 일단 지금은 백일홍의 화인이 꽃 속에 들어 있는 기간을 무사히 끝내기를 기다리며 그이를 주목해 지켜보는 길밖에 없을 듯해요."

"심어둔 사람은 믿을 만한 이입니까?"

"제가 사가에서부터 기르던 군사입니다. 태양궁의 사람이 아니니 더 안심이지요."

연시의 소개로 매화관에 새로 들어온 기수는 보리의 사람이었다. 보리의 아버지 무한이 아율의 공주 자리를 찾아줄 목적으로 길렀던 사병 중의 한 사람인데 보리가 궁에 들어온 후에도 계속 보리의 일을 돕고 있었다.

겸과 아율에게는 초비에게 그런 비밀이 있다고 차마 말할 수가 없어서 보리는 홍화와 의논을 하였었다.

"초비의 일거수일투족을 빠짐없이 지켜보아야 할 것입니다."

"그리 단단히 일러두었어요."

"꼭 부마위 나리와 저만의 비밀로 하셔야 합니다."

"알았어요. 한데 궁녀장! 백일홍 화인의 가족들에 대해서 저 혼자만이라도 알면 아니 되겠어요?"

보리가 조심스럽게 물었다.

"부마위께오서 절대 공주님께 말씀하시지 않으리라 믿고 확신합니다. 그러나 부마위께도 알려 드릴 수 없음을 용서하소서."

홍화가 보리의 궁금함을 외면했다.

"아니에요. 알았어요. 괜히 물어서 궁녀장의 마음만 심란하게 하였네요. 이만큼이라도 얼마나 감사한데."

"지금의 화가야 왕실은 온통 비밀투성이입니다. 저에게도 비밀, 부마위께오서도 비밀, 한때 공주님의 어머니였던 초비, 그이에게도 비밀."

홍화가 한숨처럼 말을 뱉었다.

"모두가 화가야 왕실을 위한 같은 마음으로부터 나온 비밀이지요."

보리도 얕긴 하지만 한숨을 뱉었다.

"네. 하니 제발 초비 그이도 같은 마음이어야 할 터인데요."

"내 또한 마찬가지요. 화가야 왕실에 더 이상의 풍파는 없어야 할 터인데."

홍화가 기원이라도 하듯 두 손을 모아 쥐자 보리도 모아 쥔 손에 힘을 주었다.

밤바람에 노란 민들레가 흔들렸다. 고마운 인사를 여기저기 퍼뜨리며 까만 밤 속에서 노랗게 노랗게 흔들렸다.

노란 민들레의 꽃말은 <고맙습니다>.

11.
외사랑이 앗은 생명

　세연 오라버니와의 혼인이 한 달포도 남지 않았다. 병풍 앞의 보료에 턱을 괴고 앉아서 홍화는 자꾸만 생글거렸다.

　얌전히 땋은 머리에 단을 드리고 귀족가의 아가씨답게 화려한 옷깃이 놓인 저고리와 연분홍 치마를 차려입은 홍화는 그때 열아홉 살의 어린 아가씨였다. 조부끼리의 친분으로 태어날 때부터 혼약이 결정되어 있었던 세연은 그 당시의 홍화에게는 세상이었고 전부였다.

　어린 시절부터 당연히 세연의 옆자리는 자기의 것이라고 믿었다. 앞으로 혼인을 하고 나면 마지막 눈감는 그날까지 자신의 옆도 세연의 것이었다. 언제나 자신이 세연을 더 사랑하는 것 같아 속상하기도 했지만 세연의 마음은 영원히 홍화만의 것이라고 굳게 믿었다.

　혼인 날짜가 결정되었다. 그리고 이제 보름도 남지 않았다.

자신을 보는 세연의 눈빛 속에 자신과 같은 불길은 타오르지 않았지만 혼서를 건네며 웃어주던 세연은 분명 홍화의 남자였다. 자신의 손을 잡은 세연의 손에 자신과 같은 설렘이 느껴지지는 않았지만 밤 산보를 함께하며 나누던 미소도 분명 홍화의 남자였다.

언니인 옥화는 사십사 대 한울왕 사운의 왕후가 되어 태양궁 월화관의 주인이 되었다. 하지만 겸을 낳은 후 일 년만에 요절을 해버렸다. 아버지의 애통함이 이만저만이 아니었다.

하지만 이제 홍화가 세연의 가문과 혼약을 맺게 되면 아들 하나가 없어 늘 아쉽다 하던 아버지의 넋두리도 사라질 터였다. 혼인과 동시에 세연이 홍화의 집으로 와 데릴사위 노릇을 하기로 이미 양가에서 합의를 하였기 때문이었다.

이런저런 생각으로 들뜬 홍화가 콧노래를 흥얼거렸다.

"아씨! 아씨! 홍화 아씨!"

갑자기 방문 밖에서 목소리가 날아들었다. 홍화의 행복한 기분을 깨뜨리듯이 드높고 호들갑스럽고 불길한 음색이었다.

"무슨 일이냐?"

화들짝 놀란 홍화가 보료에서 몸을 반쯤 일으켰다. 음색만큼이나 다급하게 열린 문으로 들어선 이는 홍화의 시중시비인 추나였다.

"큰일이 났구만요. 참말로 큰일이 났어요."

땀까지 뻘뻘 흘리는 모습으로 보아 추나는 숨 돌릴 틈도 없이 달려온 모양이었다.

"별채에 드는 걸음이 얌전치 못하게 무슨 호들갑이야?"

"아이고! 아씨! 지금 얌전 타령을 할 때가 아니구만요."

"어허! 언제든 말에나 행동에나 음전하라 내 그리 타일렀는데."

"아이고매. 아씨! 글쎄, 제 말씀 좀 들어보시라니까요."

"숨이나 먼저 돌리려무나."

"세연 도련님 댁에서, 세연 도련님 댁에서 파혼을 전해 왔구만 요."

"무에라고?"

이번에는 홍화가 다급하게 일어나면서 물었다.

"추나 너! 밝은 대낮부터 술이라도 마신 게냐? 웬 미친 소리 야?"

"미친 소리가 아니구요. 지금 안채에 세연 도련님 댁에서 온 집 사가 파혼 증서를 들고 와 있다니깐요."

"이게 다 뭔 소리래니?"

"아랫것들 사이에서는 벌써 소문이 돌았었는데요. 지야 아씨 걱정해서 모두가 헛소문일 뿐이라 치부하고 모르는 척하고 있었 는데……."

"무…… 무슨 소문 말이냐?"

털썩!

다시 보료에 주저앉은 홍화의 얼굴에서 하얗게 핏기가 걷혔다.

혼인을 앞두고 화가야의 연인들은 자주 밤 산보를 즐겼다. 세 연과 홍화 또한 다르지 않아서 자주 세연이 홍화를 찾아 밤 산보 를 청했었다. 그런데 세연이 홍화를 찾지 않은 지 벌써 한 달이 넘었다. 마지막으로 세연을 만난 날로부터 계절도 한 번 넘어가 버렸다.

"홍화야! 오라비가 너에게 정말 미안하구나."

마지막으로 만났던 날, 홍화를 보는 세연의 얼굴에는 그늘이 드리워 있었다.

"미안하다니요? 뭐가요?"

아무것도 몰랐던 홍화가 화사하게 물었다.

"그냥 다. 이것저것, 모두."

"오라버니도 참! 그런 말씀 마세요. 오라버니가 있어서 홍화의 세상은 등불처럼 화사하게 빛이 나는걸요."

"내는 참말 나쁜 사내다. 그렇게 빛나는 등불을 꺼버렸으니."

한숨처럼 세연이 중얼거렸었다.

"네? 뭐라고 하셨어요?"

홍화가 다시 물었지만 세연은 답이 없었다.

"오늘은 이만 돌아갈까?"

"아직 시간이 남았는데요."

"몸이 편치가 않구나."

항상 옆에서 걷던 세연이 앞서서 걸어가 버렸다. 그래서 홍화가 기억하는 세연의 마지막 모습은 어깨를 늘어뜨린 등이었다.

"그, 그것이 세연 도련님이……."

홍화의 기억을 깨뜨리며 추나가 계속 말을 했다.

"냉큼 말을 하거라. 내는 다 괜찮아."

"세연 도련님이 부모 형제와 의절하고 가문을 버리고 집을 나가 버리셨나 봐요."

"왜? 아니, 무엇 때문에?"

홍화의 눈이 휘둥그레졌다.

"그것이……."

"얼른 다 말하래도."

"그것이, 세연 도련님의 집에서 부모 형제도 모르고 거두어서 부리던 여자 시비가 하나 있었는데요……."

"있었는데?"

추나가 얼른 말을 못 하고 망설였다.

"그 시비가 세연 도련님과 연분이 나서, 그래서 그 시비와 함께 살기 위해 집안을 버리고 의절까지 하셨다고. 게다가……."

"게다가?"

"집을 나가실 제 이미 시비의 배가 불러오기 시작해서 더 이상 숨길 수가 없어 그리하셨다고."

"네가 정녕 미친 게로구나! 어디서 그런 추잡한 소문을!"

"아니에요. 이미 국읍 뒷방거리(귀족가 행랑을 일컫는 말)에서는 소문이 자자하였어요. 어디보다 소문이 빠르고 정확한 곳이 바로 귀족가 시비들의 행랑이잖아요. 자식이 소문도 없이 죽어버려 파혼을 청한다고 하시는 것을 보니 거짓이라 생각했던 그 소문들이 딱 사실이었네요."

고개를 연신 조아리면서도 추나는 할 말은 끝까지 다 했다.

"해서 지금 오라버니 댁의 집사가 파혼서를 들고 와 파혼을 사죄하고 있다고?"

"안채 마당에 무릎을 꿇고서 단검을 앞에 두고 죄를 청하고 있사와요."

"아버님은 어찌하고 계시더냐?"

"집안끼리의 파혼에 애꿎은 집사의 몸을 상하게 할 이유는 없다 하시며 그냥 돌아가라고, 그런 후 몸을 돌리고 서서서는……."

정혼을 하였다가 파혼을 하게 되면 파혼의 이유가 있는 집안의 집사가 찾아와 파혼서를 건네고 죄를 청한다. 그러면 파혼을 당한 집안에서 혹시 분을 삭이지 못하면 심부름 온 집사의 손가락 한 마디를 베어놓는 것으로 집안의 수치를 해소한다.

"그래. 집사한테 그럴 이유야 없다."

"그래도 그렇게라도 분은 갚아야지요."

"아버님의 말씀대로 애꿎은 집사야 무슨 잘못이겠느냐? 알았다. 내 다 알았으니 이만 나가보아."

"안채에는 안 가보시렵니까?"

"이미 깨어진 혼사를 내가 나선다 하여 무에가 달라지느냐? 내는 소식을 들었으니 그걸로 되었다."

"하면 쇤네는 이만 물러가요."

"그래."

추나는 미꾸라지처럼 방을 빠져나갔다.

그 밤이 지나도록 홍화는 비단 보료에 꼿꼿이 앉아 있었다. 눈한 번 감지 않았고 울음소리 한 번 들리지도 않았다.

파혼의 충격으로, 그것도 은밀하고도 수치스러운 진실을 동반한 파혼이라는 것 때문에 어머니는 머리를 싸매고 누웠고 아버지는 홍화가 거하는 별채 쪽은 바라보지도 않았다.

어느 날부터는 밤 산보에서 다리를 지나가거나 계단을 오를 때도 홍화의 손을 잡아주지 않던 세연이었다. 홍화의 물음을 놓쳐서 엉뚱한 대답을 하던 일도, 한참 말을 하다가 세연의 답이 없어서 옆을 보면 멍하니 넋이 빠져 있기도 했었다.

늘 잔잔하기만 하던 세연의 눈동자가 불타는 연모는 아니더라도 깊은 정일 것이라고 생각했다. 하지만 그것은 무관심이었다. 세연이 아니면 안 되는 자신처럼 세연 또한 자신이어야 한다고 생각했다. 그것은 자신만의 착각이었다. 입맞춤 한 번도 건네지 않던 세연의 망설임이 자신을 아끼는 마음이라고 생각했다. 홍화는 그것이야말로 외면의 몸짓이었음을 시리게 자각하였다.

"앞으로 그 무잡한 놈이나 그놈 집안의 일은 단 한 마디라도 입에 올리지들 말라!"

아버지가 불호령을 내렸다. 모두들 홍화의 눈치를 살폈다. 살얼음 위를 걷는 것 같은 시간이 지났다.

"당장 은밀하게 사람을 알아보아라."

"아씨! 무슨 사람을요?"

홍화가 추나를 은밀하게 불러들인 건 그로부터 한 달이 지나서였다.

"입 무겁고 일 잘하는 자들로 대여섯 명만 골라봐. 돈이나 시간은 얼마가 들어도 상관없다."

"그런 사람들이야 저잣거리 뒷골목에나 가야 있는데요. 아씨께서 그런 치들과 어울릴 일이 무에가 있다고요?"

"은밀히 그들을 사서 세연 오라버니의 행방을 수소문해 보거라."

"네? 아이고! 아씨! 대감마님 아시면 무슨 불벼락을 맞으실라고요?"

"불벼락을 맞아도 상관없다. 어차피 지금 내가 불구덩이 지옥불 속에 들어 있으니까."

"들통 나면 쇤네의 목도 간당간당한데요."

"하지 않겠다고 하면 내가 먼저 너를 요절낼 것이야."

홀린 듯 맥이 풀린 홍화의 눈동자는 마치 실성한 사람 같았다. 겁에 질린 추나가 별채를 나갔다. 그 후, 화가야의 사십사 대 왕후였던 언니가 보내 온 귀한 보화들이 썰물 밀려 나가듯 없어져 갔다.

홍화의 별채 뜰에는 온통 황국(黃菊, 노란 국화)이 피어 있었다. 세연이 황국을 좋아해서 홍화가 일부러 온통 흐드러지게 심어놓았다. 하지만 어느 순간, 그 황국의 꽃대는 모두 짓밟히고 없어졌다.

그렇게 부모님도 모르게 미친 듯이 세연을 찾아 헤맸다.

"아씨! 아씨! 소식이 왔어요!"

드디어 넉 달이 지나가던 어느 날 세연과 여자 시비의 거처를 알아내었다.

국읍에서는 한참이나 거리가 먼 개나리읍의 얕은 산자락에 두 사람은 살고 있었다. 지방 소읍에 사는 이모 댁에 다녀온다는 핑계를 대고 홍화는 추나와 함께 그곳을 찾아갔다.

"아씨! 바로 여기예요."

산자락에 있는 초라한 집이었다. 명문 귀족가의 귀한 도련님으로 살아온 세연과는 너무나도 어울리지 않았다. 방이 세 칸도 안 돼 보였다. 황국만이 홍화의 뜰만큼이나 화사하게 피어올라 있었다.

싸리나무로 얼기설기 엮어놓아 안이 다 들여다보이는 대문 앞에서 홍화는 주먹을 부르르 떨며 서 있었다. 당장 방 안으로 뛰어들어가고 싶었지만 거기까지는 홍화의 자존심이 허락하지 않았다.

"아씨! 여기서 이리 서 계시기만 하면 어째요?"

추나가 옆에서 재촉을 했지만 들은 척도 하지 않았다.

"너는 그만 아래 객사에 가 있거라. 내는 세연 오라버니를 만나보고 내려가마."

"아씨 혼자 두고 제가 어찌 간대요? 해도 다 넘어가는데 오늘은 그만 저랑 같이 내려가세요."

"되었다. 어서 가거라."

"아씨!"

"한 마디도 더 하지 말거라. 이대로 국읍으로 쫓겨 올라갈 생각이 아니면."

홍화의 눈빛이 너무 두려워서 추나는 결국 산자락을 내려가고 말았다.

추나가 가고 난 후에도 홍화는 한참을 대문 앞에 서 있었다.

덜컥!

갑자기 방문이 열리더니 여인이 한 명 걸어 나왔다. 그리고 순간 열아홉 살 홍화의 심장은 소리를 내며 파열했다.

온통 멍투성이의 흉한 모습.

하지만 낯빛과 입술 색만은 요사스러울 정도로 붉은 여인.

홍화의 눈에만 보이는 수정처럼 빛나는 몸을 가진 여인.

홍화의 눈에만 보이는 붉게 타오르는 머리카락.

세연 오라버니의 여인은 바로 화가야 전설 속의 화인(花人)이었다.

사람에 대한 연모로 목숨을 잃을 수도 있는 칼날의 의식을 거친 후 사람의 몸을 가지게 된 화인.

꽃의 전달자 가문의 핏줄. 팔꿈치 옆 은밀한 곳에 꽃의 전달자의 표식인 통곡의 숲 검붉은 나무 표식을 가진 홍화.

그래서 홍화는 단번에 그 여인이 화인임을 알아보았다.

"누구십니까?"

멍투성이 여인의 목소리는 모습에 어울리지 않게 기품 있고 우아하였다. 홍화는 아무 답도 하지 않고 여인을 물끄러미 바라만 보았다.

가을날 지붕 위로 영근 박 중에서도 가장 큰 박을 엎어놓은 것처럼 볼록한 여인의 배. 추나의 말이 거짓이 아니라서 여인은 이제 만삭의 몸이었다. 오늘 당장 출산을 한다 해도 이상할 것이 없어 보였다.

"누구를 찾아오셨습니까? 이 집에 사는 사람은 저와 낭군님뿐입니다."

홍화가 부르르 떨었다. 저렇게 세연의 아이를 품어야 할 몸은 바로 자신이었는데. 세연을 낭군이라 부를 수 있는 사람도 세상에는 자신뿐인데.

"지금 집에는 저 혼자뿐입니다. 혹여 길을 잘못 드셨습니까?"

붉은 머리의 여인이 다시 물었다. 하지만 홍화는 눈이 돌아가도록 여인을 째려본 후 발길을 돌려 버렸다.

"보셔요! 보셔요!"

여인이 불렀다. 하지만 홍화의 발걸음은 멈추지 않았다.

산자락 아래까지 내려갔다. 하지만 홍화는 추나가 기다리는 객사로 가지 않았다. 대신 산자락 아래에 앉아서 세연을 기다렸다. 여인의 말로는 집에는 자기 혼자뿐이라고 했다. 그렇다면 분명 해가 지기 전에는 세연이 돌아올 터였다.

땅거미보다 산거미가 더 빨리 지기 시작했다. 어느새 낮은 산자락에 어둠이 소리 없이 숨어들었다. 무서운 줄도 모르고 홍화는 마냥 세연을 기다렸다.

얼마나 더 지났을까?

부스럭거리는 인기척이 들렸다. 홍화는 시선을 들어 아래를 내려다보았다.

세연이었다. 민가의 허름한 옷차림을 하고 저자에라도 다녀오는 듯 물건을 둘러멘 남자는 분명 그렇게도 그리워하던 세연이었다.

세연은 아무런 의심도 없이 홍화를 지나쳐 갔다. 어두워가는 산자락에 혼자 앉아 있는 아가씨가 의아한지 한 번 쳐다만 보더니 발걸음을 멈추지 않았다. 홍화라고는 짐작하지도 못하는 눈치였다.

세연이 메고 있는 지게에는 미역이 가득 담겨 있었다. 해산 준비를 해 오는 모양이었다. 그리고 미역 옆에는 황국 화분도 하나 있었다.

"오라버니!"

홍화는 세연을 불렀다고 생각했다. 하지만 아마도 목이 메여 목소리가 나오지 않은 모양이었다. 세연의 발걸음은 그대로였다.

"세연 오라버니!"

홍화는 마른침을 삼키며 한 번 더 세연을 불렀다. 그제야 세연의 발걸음이 멎었다.

어둠 속에서도 놀라움으로 커지는 세연의 눈동자를 홍화는 볼 수 있었다.

"호, 홍화 누이!"

세연의 말이 끊기면서 홍화를 불렀다. 하지만 홍화에게로 다가오지는 않았다.

"……."

"여기까지 누이가 어쩐 일이냐? 내가 여기에 있는 것은 또 어떻게 안 것이야?"

다시 나온 세연의 말은 평온하면서도 냉정하였다. 그 말투가 홍화를 온통 헤집어놓았다.

"돌아가거라. 나는 누이를 보고 싶지 않구나."

그때, 홍화는 또 보았다. 세연의 손에도 들려 있는 황국 한 송이를.

"가거라. 우리는 서로 할 말이 없는 사람이다."

"오라버니야 할 말이 없겠지요. 하지만 저는 할 말이 넘치다 못해 바다를 이룰 지경이에요."

"내는 할 말도 없지만 들을 말도 없다. 그러니, 가거라."

"미안하지도 않아요? 상처 입은 내 모습이 안 보이세요? 이렇게 나를 잔인하게 찢어놓았잖아요. 그런데 왜 할 말이 없고 들을 말이 없어요?"

"미안하다. 하지만 나를 용서하지는 말거라."

황국 한 송이를 든 세연이 다시 걸음을 옮겼다. 끝까지 홍화를 무시했다. 정말로 홍화의 심장이 황국 이파리처럼 가늘고 길게 몇 십 개로 찢겨 내렸다.

차라리 세연이 미안하다고 했으면 발길을 돌렸을지도 모른다. 자신이 잘못하였다고 용서를 빌었다면 홍화는 그런 결심을 하지 않았을지도 모른다. 하지만 너무나 당당하고 무심한 세연의 태도가 홍화의 가슴에 미친 불을 지폈다.

연모라는 것이 원래 그랬다. 마음이 오고 가는 당사자 간에는 더없이 소중하고 귀한 감정이지만 마음이 어긋난 이에게는 너무도 잔인하고 뼈를 갉아내는 고통이 되는 법.

"오라버니의 그 여인!"

홍화가 고함을 치며 세연의 발을 잡았다.

"그 여인의 정체가 뭔지나 아세요?"

세연이 천천히 몸을 돌렸다. 홍화의 눈에는 광기가 번득였다.

"제가 남들은 보지 못하는 것들을 보고 아는 것, 오라버니도 아시지요?"

꽃의 전달자의 표식을 지닌 홍화는 화인을 볼 때도 있었고 화인의 꽃들을 발견할 때도 있었다. 그럴 때마다 세연에게 이야기를 하면 세연은 전설 이야기는 귀족가에서는 할 만한 이야기가 아니라면서 홍화의 말을 자르고는 하였다.

"정체라니? 무슨 말이냐? 그리고 그게 그 사람이랑 무슨 상관이야?"

세연의 눈썹이 움찔거렸다.

"그 여인, 오라버니를 홀린 그 미천한 시비 여인……."

홍화는 마른침을 삼켰다. 짓밟힌 외사랑이 아픔이, 그 잔인한 실망감이 목울대를 날카롭게 베어버렸다. 심장 근육을 하나하나 터뜨렸다.

"그 여인의 정체는 바로……."

홍화가 다시 마른침을 삼켰다. 짓밟힌 외사랑의 질투심은 시커먼 뱀이 되어 아가리를 벌렸다. 그대로 홍화를 한 입에 삼켜 버렸다.

"요녀입니다."

"너, 무슨 미친 소리냐?"

순간 세연이 들고 있던 황국이 흔들렸다.

"그 여인은 사내의 정기를 빨아먹고 사는 요녀! 투명한 뱀의 몸체를 지닌 망령의 숲의 요녀란 말입니다. 사람의 껍데기를 뒤집어 쓴 괴물이란 말이에요."

거짓말이었다. 그렇지만 그 어느 진실보다도 확고하게 홍화의 입을 통해 흘러나왔다.

"홍화 누이, 너! 무슨 그런 말을?"

멍하니 넋이 나간 세연은 대꾸도 못 했다.

"왜요? 잃어버린 연모에 눈이 멀고 질투에 정신이 돌아버린 저의 허튼소리 같으세요? 아니요. 저는 똑똑히 그 여인의 정체를 알아보았어요."

"허튼소리 말아라. 그녀는 그런 흉측한 요물이 아니다."

"기억나지 않으세요? 제가 어릴 때부터 이상한 것들을 본다고 오라버니는 기이하다고 하셨지요? 한데 오늘 오라버니의 집에 갔다가 저는 분명히 보았어요. 그 여인은 분명 사람의 정기를 빨고 피를 마시고 사는 망령의 숲의 요녀였다고요."

"그만! 그만!"

세연이 귀를 막으며 고개를 세차게 저었다. 황국이 떨어져 버렸다.

"그만 돌아가거라. 홍화야! 나 때문에 이리 망가지지 마라."

세연이 진심으로 간청하였다.

"제 말을 못 믿으시겠어요? 좋아요. 내일이면 꽃달이 뜨겠네요. 하면, 밤새 그이를 잘 지켜보세요. 꽃달의 기운이 가장 성해지는 자시쯤부터 하여 흉측한 정체를 드러낼 테니."

홍화가 빈정대듯이 말했다.

자신의 아픔만큼 세연에게도 상처를 입히고 싶었다. 감히 자신의 태에 품어야 할 세연의 아이를 품은 그 화인도 마땅한 형벌을 받아야 한다고 그때는 믿었다.

"돌아가거라. 내는 오늘 아무 말도 듣지 못했다."

"요녀가 본 모습으로 변할 때는 강력한 수면초가 흩뿌려져 주변의 모든 사람을 잠재운답니다. 내일은 머리맡에 각성초 가루를 두고 주무세요. 하면 잠에 들지 않을 것이고 그 요물의 본모습을 정확하게 보시게 될 테니."

"그만 돌아가라 했다."

"후회하실 거예요. 오라버니의 생명은 물론이고 태어날 아이까지도 그 요물이 모두 취하고 말 테니까."

홍화의 모습이 그럴 수 없게 흉해졌다. 오히려 홍화가 더 괴물 같았다.

"가거라. 더 이상 흉한 모습으로 너를 기억하고 싶지는 않아."

세연이 황국을 집어들었다. 그런 후 망설임도 없이 홍화에게서 멀어져 갔다. 그의 어깨 너머로 고개를 내민 황국이 홍화를 비웃기라도 하듯이 흔들렸다.

"후회하실 거예요. 후회하실 거예요. 후회하실 거라고요!"

홍화의 발악이 메아리처럼 세연의 뒤에서 울렸다. 홍화의 저고리에 맨 띠가 따라서 미친 듯이 발악을 했다.

그다음 날은 꽃달의 밤이었다.

홍화는 여전히 산자락 아래의 객사에 있었다. 세연의 여인인 화인에게는 마지막으로 치르는 꽃달의 사슬이기도 했다.

그날 밤, 하필 화인은 여아를 출산했다. 하혈이 다 멎지가 않아서 숲 깊은 곳으로는 갈 수가 없었다. 할 수 없이 집의 창고에서 꽃달의 사슬을 치렀다. 혹시나 세연이 보게 될까 봐서 걱정도 하였지만 어쩔 수가 없었다.

세연은 머리맡에 각성초 가루를 두고 잤다. 아니라고는 했지만 홍화의 말이 메아리처럼 머릿속을 맴돌아서 떨쳐 버릴 수가 없었다.

눈을 감고 제발 아무 일도 없이 밤이 지나가기만을 세연은 기도했다.

하지만 자시쯤에 문이 열렸다. 자신의 여인이 밖으로 나가는 기척을 느꼈다. 숨죽인 발걸음이었다. 꽃달의 밤이면 자신이 왜 그리도 깊은 잠을 잤는지 새삼 깨달으며 세연은 입안이 썼다.

세연은 여인의 뒤를 따랐다. 그리고 창고로 향하는 자신의 여인을 발견하였다. 창고의 나무 살창으로 안을 들여다보았다. 그리고 세연은 보고야 말았다.

꽃달의 달빛을 받아 반짝반짝 무지개색으로 부서지는 투명한 살결.

망령의 숲의 불타는 이파리들만큼이나 붉은 머리카락.

흩어져 내리는 붉은 핏방울들.

여인을 감싸고 날개를 팔랑이는 나비 떼들.

홍화의 말이 사실이었다. 세연의 아이를 낳은 그녀는 사람이 아니었다.

여인을 위하여 가족을 버리고 가문과도 의절하였다. 홍화에게도 일생의 수치를 안겨주었다. 자신이 꼭 지켜야 할 여인이라서 볼 때마다 가슴이 떨렸다. 가여운 여인이라고 생각하여 자신의 온 인생을 걸었다.

하지만 그 여인은 사람이 아닌 요물이었다. 홍화의 말이 맞았다.

"서, 서방님!"

창고의 문을 벌컥 열어젖히고 세연이 들어서자 여인은 다급하게 세연을 불렀다.

"너의 정체가 무엇이냐?"

"서방님! 그것이……,"

"다른 말은 필요가 없다. 너의 정체가 무엇이냐?"

"……"

"진정 너의 정체가 통곡의 숲의 요녀란 말이냐?"

부들부들 세연의 손이 떨렸다.

"진, 진정하세요. 서방님! 아이를, 아이를 생각하세요."

"아이를 핑계로 숨어볼 참이더냐? 에잇!"

망설임 한 번 없이 세연은 창고에 걸린 낫을 휘둘렀다. 배신당한 연모의 상처가 낫을 휘둘렀다. 한 번 또 한 번⋯⋯.

처음의 휘두름에는 화인의 목숨이 끊어졌고 두 번째의 휘두름에는 세연 자신의 목숨이 떨어졌다.

피로 물든 꽃달의 밤이었다. 비극이 꽃처럼 피어난 밤이었다.

산자락 아래의 객사에서 홍화는 이 모든 사건의 전말을 전해 들었다. 세연의 초가집에 다녀온 추나가 온 집안에 핏자국만 흥건하더라고 이야기해 주었다.

"아하하하하! 아하하하하!"

눈가에 뻘겋게 핏발이 선 채로 홍화는 마구 웃었다. 웃는 홍화의 눈에는 황국의 색깔마저 붉게 물들어 보였다.

아무 일도 없는 듯 집으로 돌아오고 몇 달이 지났다. 태양궁으로 입궁했다. 영원히 결혼을 하지 않고서 겸의 곁에 있겠다고 했다. 그대로 양화관의 궁녀장이 되었다.

자신의 핏빛 죄악을 은밀하게 덮어버리고.

🌙

류화관을 나서며 홍화는 생각에서 깨어났다.

'전하! 공주님! 그리고 부마위 나리! 도대체 백일홍 화인에게 제가 진 마음의 빛이 무어냐 물으셨습니까? 네. 답해 드리지요. 어리석은 저의 외사랑이 귀한 생명을 두 개나 앗아버렸습니다. 질투에 눈이 먼 외사랑이 그리 만들었지요. 그리고, 그리고 그 두 목숨이 바로⋯⋯.'

홍화가 고개를 저으며 얼굴을 일그러뜨렸다. 참혹한 표정이 되었다.

홍화의 질투로, 간교한 거짓말로 목숨을 잃어버린 두 사람.

홍화의 정혼자였던 세연, 죽음에 이르는 칼날의 의식을 치른 후 사람의 길을 선택한 백일홍의 화인.

그 두 사람이 바로, 바로 솔나의……, 부모였다.

겸은 내실의 곁문을 열어놓고 마주 붙은 온실의 백일홍 꽃을 바라보았다.

십일월 꽃달의 밤이 이제 삼 일 남았다. 그리고 그 밤이 지나면 이제 마음껏 솔나를 안고 솔나를 느낄 수 있었다. 솔나는 다시 완전한 사람의 몸으로 부활하는 것이다.

헤벌쭉한 겸의 얼굴이 멍하게 풀렸다.

「전하! 표정이 우습사옵니다.」

백일홍꽃 속의 솔나가 그렇게 속삭이는 것 같았다.

"아무 상관없다. 우스워도 좋고 볼썽사나워도 좋구나. 너만 보면 내는 너무 좋아."

겸이 혼잣말을 했다.

「누가 보면 전하의 병증이라도 덧난 줄 알겠사옵니다.」

"덧나도 상관없어."

「이제 며칠 남지 않았어요. 조금만 참으시옵소서.」

"참는 것도 상관없어."

「자꾸 상관없다고만 하시옵니까?」

"너만 볼 수 있으면 내는 참말 상관없다니까."

「전하답지 않으시옵니다.」

"내답지 않아도 상관없다. 시간이 속히 속히 흘러서 십일월 꽃달의 밤만 된다면 다 상관없다. 그래서 너를 볼 수 있으면 더 상관없다. 너를 제대로 안을 수만 있다면 또 상관없다."

"전하! 누구와 담소를 나누시는 것이옵니까? 무슨 소리가 들려 들어보았사옵니다."

쪽문의 턱에 몸을 괴고 있던 겸의 뒤로 태양관의 시종장이 다가왔다. 두리번거리며 방 안을 둘러보기도 했다.

"내 말인가? 아무하고도 이야기하지 않았는데."

"방금 전까지 무어라 무어라 하셨지 않았사옵니까?"

"말도 하지 않았는데."

"혹여 등창의 병증이 더 심해지신 것은 아니시옵니까? 오늘 밤은 궁내 어약사를 좀 들라 하올까요?"

"됐다는데도. 내 이만 침수 들겠네. 자네도 물러가게."

"알았사옵니다. 하옵고 내일은 황국 몇 송이 내실에 들이겠사옵니다."

"황국을?"

"네. 병증의 두통에 효험이 좋다고 들었사옵니다. 게다가 겨울을 앞두고 생생하게 남아 있는 꽃이라고는 국화 종류뿐이온지라."

"그리하게."

"내일 밝은 날 뵈옵겠사옵니다."

"그러세."

시종장은 정말로 등창의 병증이 심해진 것이 아닌가 걱정하며 내실을 나갔다.

"솔나야! 내실 가득 황국을 들여놓아도 내가 쳐다볼 꽃은 오직 솔나 너뿐이다. 하니, 질투하지 말거라. 알았지?"

겸이 백일홍 꽃대를 간질이며 웃었다. 백일홍 속의 솔나도 함께 웃었다.

십일월의 끝자락, 황국이 흐드러진 가을밤이 깊어갔다.

황국의 꽃말은 <짝사랑 혹은 실망>.

12.
행복 그러나 비탄

　오늘은 드디어 십일월의 마지막 날.

　이른 오후. 금잔화가 만발한 객사에서 보리는 기수와 만나 은밀하게 대화를 나누고 있었다.

　"매화관에는 무어라고 말하고 나온 길이냐?"

　초비가 예사로운 여인이 아닌지라 보리가 걱정을 섞어 기수에게 물었다.

　"따로 이야기를 한 것이 아니고 필요한 물품을 사러 나온 길이옵니다. 해서 지체할 시간이 많지 않사옵구요."

　"초비 그 사람의 객사에서 별다른 움직임은 없었는가?"

　"따로 만나는 사람도 없고 어디 다니러 나가는 일도 없고 종일 객사를 살피며 돌보는 중이옵니다. 태양궁에 드는 것 말고는 외출이 없사옵니다."

　"밀실을 출입하는 것도 살펴보았느냐?"

"최대한 초비의 옆에서 몸을 떼지 않고 있사온데 매일매일 그림 앞에 올리는 꽃이 바뀌는 것 말고는 그도 별 이상한 것은 없사옵니다."

"만나는 이도 없고, 외출도 없고, 밀실에도 별 이상이 없다?"

"네."

"분명 전하께는 별 탈이 없는 것이 확실한데, 지금은 어쨌든 백일홍의 화인이 문제로구나."

"일거수일투족을 다 살필 수는 없지만 이상한 낌새가 없는 것은 확실하옵니다."

"잘 지켜봐 다오. 오늘 밤만 지나면 초비를 불러 족자의 그림에 대해 제대로 물을 수도 있을 것이니."

"알 수가 없는 여인이옵니다. 저자에서나 혹 방물장수들한테 귀한 물건이 들어오면 꼭 아율 공주님께 진상하겠다면 따로 사서 챙겨두고는 하던데."

"그러게나 말이네. 도무지 그 속을 알 수가 없으니."

시간이 지체되고 있었다.

"소신은 이제 일어나 보겠사옵니다."

기수가 탁자에서 몸을 일으켰다.

"조심히 돌아가고, 혹여나 오늘 밤 꽃달이 지기 전까지는 절대 경계를 느슨히 해서는 아니 될 것이야."

"명심하옵지요."

기수가 먼저 방을 나서고 차를 마저 마신 보리도 간격을 두고 방을 나갔다. 기수가 사라지고 보리도 객사를 돌아 사라졌다. 객사 주변이 조용해지는 듯했다.

하지만 곧 객사 한 모퉁이에서 치맛자락 하나가 나타났다.

초비였다. 객사 모퉁이에 숨어 서서 기수와 보리가 만나는 것을 다 지켜보았다.

"흐응! 저 사람이 부마위 나리랑?"

초비가 특유의 비음을 흘렸다. 잠시 후, 초비 역시 객사 모퉁이를 떠났다. 조용히 그리고 은밀하게.

특별화원에서는 다선과 미우가 연못가에 앉아 있었다.

하얗게 피어났던 기생꽃은 어느새 다 져 버렸다. 하지만 금잔화는 아직도 생생했고 담장 아래로는 황국의 꽃송이도 만발했다.

바람이 스칠 때마다 금잔화의 주황색 꽃잎이, 황국의 노란 꽃잎이 간들거렸다.

"겨울은 겨울이네요. 이제 남은 꽃이 얼마 없으니."

"아직 황국이랑 금잔화는 남지 않았니?"

"화원장님! 역시 기쁨보다는 슬픔이 더 끈질긴가 봐요."

"응? 무슨 말이니?"

"황국의 꽃말은 짝사랑, 실망, 금잔화의 꽃말은 비탄, 실망, 비애라면서요? 온갖 곱고 아름다운 꽃말을 지닌 꽃들은 겨울을 앞두고 다 떨어져 버렸는데 저리 슬픈 꽃말을 가진 꽃들은 여전히 꽃잎을 피워내고 있잖아요. 그러니, 기쁨보다는 슬픔이 질기고 강하다고 할밖에요."

"그런가? 여하튼 넌 재미난 말도 잘하는구나."

"그러니까 미우죠."

"갖다 붙이기는."

"그건 그렇고, 이제 겨울 준비는 다 마쳤고."

월동 준비를 하느라 짚단을 엮어 몸체를 감싸놓은 꽃 둥치들을 미우가 보았다.

"이제 시든 꽃잎을 마저 정리해야겠네요."

미우가 치마를 말아 쥐며 일어섰다. 하지만 곧 다선이 손을 내밀어 미우의 팔을 잡았고 다시 자신의 옆에 앉혔다.

"왜요? 화원장님!"

"오늘은 그만하자꾸나."

"꽃잎 손질을 마저 마쳐야죠."

"시든 꽃잎이 좀 지저분하긴 해도 저절로 떨어질 때까지 두면 땅에 거름도 되고 좋아."

"시든 꽃잎 하나라도 붙어 있으면 싫다면서요? 천하의 깔끔쟁이 화원장님이 왜 그러신대요?"

말을 핀잔처럼 하지만 미우의 표정은 화사했다.

"한 번뿐인 인생을 살아가면서 너무 애면글면 동동거릴 필요는 없을 것 같아."

"에이구! 그걸 인제야 아셨어요? 늘상 제가 화원장님께 하던 말이구만."

"그러게나 말이다. 왜 깨달음은 늘상 이렇게 뒤에 오는 것일까?"

"또 무슨 깨달음이 그리 늦게 왔는데요?"

"글쎄다."

다선이 얼굴을 가까이 해서 미우를 가만히 쳐다보았다. 빼어나게 미인상은 아니지만 오밀조밀한 이목구비가 귀염상이라서, 스물세 살의 나이에도 갓 열여덟, 아홉쯤으로밖에 보이지 않았다.

다선의 눈이 잘 보이지 않는다고 생각하는 미우는 다선의 그 얼굴을 피하지 않고 대담하게 함께 마주 보았다. 이럴 때는 좋았다. 다선의 시력이 희미하다는 것이.

"잘 몰랐는데 미우 너 왼쪽 눈 아래에 좁쌀만 한 사마귀가 있구나."

다선의 말에 놀란 미우가 화다닥 왼쪽 눈을 가렸다. 눈이 성한 사람이 보아도 잘 모르는데 다선이 그걸 알아보았을 리가 없었다.

지금은 얼굴이 완전히 자라서 거의 표가 나지 않지만 어린 시절에는 그것이 미우의 불평거리였다. 조그만 아이의 얼굴에서 사마귀가 도드라져 보이니 '사마구리'라는 별칭으로 불리며 동무들의 놀림을 많이 받았었다.

약국에 가서 떼어 달라며 침도 맞고 약도 몇 첩 먹어보았는데 다 소용이 없었다.

"무, 무슨 소리래요? 눈 밑에 사마귀라니? 그런 것 없어요."

"있는데."

다선이 입술 끝을 길게 늘이며 웃었다.

"눈도 안 보이시는 분이 괜한 억지는. 없거든요. 없어요."

미우가 손을 더 펼쳐서 눈을 가렸다.

"있어도 괜찮은데. 있어도……."

다선이 미우의 손을 치우며 얼굴을 좀 더 가까이 했다.

"있어도 곱다. 우리 미우!"

화다다닥!

미우의 얼굴이 달구어진 쇠마냥 빨개졌다.

우리 미우라니! 우리!

지금까지 다선의 입을 통해 그런 말은 단 한 번도 들어보지 못했다.

게다가 곱다니!

언제나 퉁박만 주던 다선이 아니었던가?

"화, 화원장님 왜 그러신대요? 아, 아무래도 나, 나 없는 동안 머리를 다치신 게 분, 분명해. 다, 다음번에 전하께오서 오시면 여쭈어서 참, 참말 진맥을 받아보셔야겠어요."

"진맥을 받아야 할 곳은 머리가 아니고 여긴데."

눈에서 치워낸 미우의 손을 여전히 쥐고 있던 다선이 그 손을 들어 올려 자신의 심장 위에 올려놓았다.

두근, 두근, 두근.

처음에 미우는 그것이 자신의 심장이 뛰는 소리인 줄 알았다. 빨개진 얼굴만큼 달아오른 자신의 심장이 미친 듯이 날뛰는 소리인 줄 알았다.

하지만 그 소리는 다선의 심장에서 나는 소리였다. 살며시 얹힌 미우의 손이 파닥이는 만큼 똑같이 급격하게 뛰어대는 다선의 심장 소리였다.

미우의 얼이 하얗게 빠져 달아났다.

"미우야!"

다선이 자신의 심장에 놓인 미우의 손을 잡은 제 손에 더 힘을 주었다.

"사실은, 말하지 못한 게 있어."

"뭐, 뭔데요?"

아무 말이라도 안 하면 그 자리에서 기절이라도 해 죽을 것 같아 급하게 물었다.

"너를 속인 것이 있어. 용서해 주겠니?"

"용, 용서해 드릴게요. 무, 무조건 용, 용서할 테니 마, 말씀하시라니까요."

아! 이런 분위기의 다선은 정말 적응이 안 된다!

"내 시력, 돌아왔다."

"에에!?"

"네가 특별화원으로 돌아오던 날, 내 시력도 돌아왔어."

"아아!"

미우의 입이 놀라서 동그래졌다.

"아! 뭐예요? 그럼 정말 이 사마귀 알아본 거잖아요."

다선의 시력이 돌아온 것이 기쁘긴 하지만, 이렇게 가까이에서 얼굴을 마주 보고 있으니 자신의 눈 밑의 사마귀를 정확하게 본 것이 맞았다. 지금은 그것이 더 급했다.

미우의 손이 다선의 손에서 벗어나 다시 왼쪽 눈을 가렸다.

"보, 보지 마세요. 저, 저만큼 떨어지시라구요."

미우가 나머지 손을 휘저었다.

"싫은데."

"저, 저리 가라니깐."

"비밀을 일러주었으니 상을 줘야지."

"뭔, 뭔 상을 줘요? 멀, 멀쩡한 눈을 안 보이신다 거짓부렁을 하셔 놓고, 벌, 벌을 받아도 시원찮을 판에."

"그럼 벌을 줄 테냐?"

다선의 입이 휘었다. 갑자기 너무 능글맞은 웃음이었다.

"아니, 그런 것도 아니지만,"

꼭 참기름이라도 바른 듯 미끌거리는 다선 때문에 미우는 진짜
혼이 나갈 지경이었다.

"그런 게 아니라면 상을 다오."

"무, 무슨 상을요?"

"이런 거."

다선이 다시 미우의 손을 잡아끌었다. 연못 물에 어린 두 사람
의 그림자가 바짝 만났다.

"뭐, 뭐 하시려⋯⋯?"

당황한 미우가 말을 하는데 말을 끝맺지 못했다.

미우를 당겨 가슴에 안은 다선이 가만히 입을 맞추었다. 미우
의 왼쪽 눈 아래에 좁쌀처럼 돋아난 사마귀 위에다가.

꽃과 더불어 사는 다선.

꽃을 부리고 꽃과 대화를 나누는 다선.

그래서 늘상 향기에 젖은 다선의 입술이 발갛게 물이 든 미우
의 눈 아래에 닿았다. 금잔화 꽃잎이 떨리면서 꽃향기가 진동을
했다. 황국의 꽃송아리도 활짝 벌어지면서 그 향기도 공기 중에
흩뿌려졌다.

디리링! 디리링! 디리리리링!

그리고는 꽃잎과 꽃잎이 몸을 섞으면서 비파 소리를 내기 시작
했다. 미우가 늘 듣기 좋다면서 귀를 기울이던 다선의 비파 소리

를 꽃잎들이 몸을 비비면서 내기 시작한 것이었다. 다선의 솜씨였다.

"참말 곱다. 우리 미우."

미우의 눈 밑 사마귀에 입을 댄 채로 다선이 다시 한 번 한숨처럼 고백했다. 다선의 열린 입술에서 흘러나오는 꽃향기는 질식할 듯 숨이 막혔다.

다선의 입술이 미우의 눈 밑 사마귀에서 미우의 볼로 흘러내리고 콧방울 옆을 지나갔다. 그러다가 이윽고 다선의 입술이 두 장으로 맞물린 미우의 입술에 가 닿았다.

꽃잎들의 비파 소리 사이로 은밀한 한숨이 터졌다.

화원장님!

다선의 옷깃을 잡아 쥔 미우의 주먹이 떨리고 연못의 물빛도 선율처럼 떨렸다. 꽃잎들이 연주하는 비파 소리가 커져 갈수록 다선의 입맞춤도 깊어져 갔다.

"드디어 꽃달의 밤이네요."

아율의 궁실인 류화관의 뜰에도 이제 남은 꽃은 금잔화와 황국뿐이었다. 아율과 보리는 류화관의 부마실에서 함께 국화차(菊花茶)를 마시고 있었다.

"지금쯤 전하께오서는 얼마나 설렐까요?"

보리가 든 찻잔에서 국화 향이 아스라이 올랐다.

"저도 설레는데요. 드디어 오늘 밤만 지나면……."

"오늘 밤만 지나면 백일홍의 화인은 완전한 사람의 몸으로 부활하게 되겠네요."

"더 이상 불완전하거나 투명한 몸으로 변화되지 않겠죠."

"공주께서는 백일홍 화인의 꽃잎을 보았다 하셨죠?"

"꽃달이 뜬 다음 날이면 태양관 소실 침상에 떨어져 있곤 했으니까요."

"어떤 모양입니까?"

"다른 꽃들과 조금도 다를 바 없는 그냥 백일홍 꽃잎이에요. 화인으로 변했을 때 떨어뜨린 것이라 일반인들은 보지 못하는 것뿐이고요."

"그 꽃잎은 전하와 공주가 볼 수 있고 또 초비도 볼 수 있겠네요."

"아마도요. 초비는 화인의 핏줄인 데다가 또 머리카락 색도 변하잖아요."

"공주께서도 화인의 핏줄에, 손등에는 매화 문양을 지니셨죠."

"하지만 제 머리색은 항상 검기만 한걸요."

"모르셨습니까?"

입술에 국화 향을 묻히고 보리가 물었다.

"갑자기 내가 무얼 모른다고요?"

"공주의 붉은 볼과 입술 그리고 하얗게 밝은 피부 그 모든 것들이 검은 머리카락에 대비되어 더욱 빛나고 아름답다는 것을요."

"그렇나요? 하면 그것은 오늘의 고백인 거죠?"

아율의 입술에서도 국화 향이 풍겨났다.

"제가 오늘의 고백을 하지 않았었나요?"

"오늘은 처음인 것 같은데요."

두 개의 국화 향이 섞였다.

"백일홍 화인이 완전한 몸으로 부활하면 왕실은 또 한차례 귀족 대신들과 힘겨루기를 해야 되겠죠?"

아율의 웃음이 잠깐 멎었다.

"그렇겠죠. 귀족 대신들이 그냥 그리하시라 가만히 두고 볼 리가 없으니."

보리의 표정도 생각에 잠겼다.

권력에 욕심 없는 보리의 성품은 전답세 사건으로 만천하에 드러났다. 이제 귀족 대신들이 권세를 탐할 수 있는 길은 자신의 가문에서 왕후를 배출하는 길뿐이었다.

그런데 겸은 또 화인을 왕후로 맞으려고 한다. 비록 천 년을 묶여 있던 화인의 금기를 겸이 풀었다고는 하지만, 화인이 왕실의 왕후가 되는 것은 또 다른 문제였다. 화인에게는 고귀한 혈통도, 가문도, 배경도 없었다. 꽃문양을 손등에 타고 나는 왕손은 물론이거니와 귀족들과도 신분상 비교할 수가 없는 존재였다.

"오라버니 전하도 호락호락하지 않을 것이고 부마 자리를 놓쳐버린 귀족 대신들도 타협하려 들지 않을 것이고……"

"합당한 혈통이 있다 했으니 궁녀장을 믿어보는 수밖에요."

"오늘이 지나면 백일홍의 화인이 부활하는데 화인의 가족들은 아무런 연락이 없고. 오라버니 전하께는 설레면서도 고뇌에 찬 밤이겠네요."

"꽃달이 뜨기 전에 잠시 전하께 들어 차나 나누고 올까요?"

"싫은데요. 괜히 오라버니 전하 눈치나 받으라고요."

"눈치라니요?"

"장군께서는 모르시겠네요. 밤 시간에 몇 번 전하께 들었던 적이 있는데 곁문을 열고 백일홍만 들여다보느라 아주 저를 없는 사람 취급을 하셨어요."

"서운하셨습니까?"

"서운하기는요? 그렇지 않아요. 오라버니 전하가 장군과 저를 이어주기 위해 얼마나 많은 희생을 하셨는지 잘 알고 있고 지금도 이리 저만 행복한 듯하여 죄스럽기만 해요. 그래서 그런 모습도 보기에 좋았어요."

"설마하니 못된 시누이 노릇이라도 하시려는 건 아니지요?"

"음, 뭐, 제가 얼마나 못된 사람일 수 있는지 한번 도전해 볼까요?"

"참으시지요. 공주와는 어울리지 않으니."

"저와 어울리는 모습은 뭔데요?"

아율이 찻상을 옆으로 치우며 보리의 앞으로 다가가 앉았다.

"공주와 어울리는 모습이요?"

보리도 옆으로 밀려난 찻상에 찻잔을 내려놓았다.

"제 눈을 똑바로 보면서 얘기해 주세요."

보리가 손을 내밀어 아율의 양손을 잡았다.

"어여쁜 모습, 고귀한 모습, 참한 모습, 순결한 모습, 천진한 모습."

보리가 낯간지러운 말들을 뱉어냈다.

"또요?"

아율은 얼굴을 붉히는 기색도 없이 물었다.

"사랑스러운 모습, 난스런(빼어난) 모습, 지조 있는 모습, 하지만 무엇보다······."

여기까지 말을 하고 보리가 아율의 양손을 놓고 몸을 바닥으로 눕혔다.

"어머! 장군, 뭐하시는 거예요?"

보리가 팔 안에 자신을 가두고 위에서 내려다보자 그제야 아율의 얼굴이 발갛게 물들었다.

"반듯한 모습."

보리가 말을 하며 아율의 눈썹을 쓸어주었다.

"별처럼 반짝이는 모습."

보리가 이번에는 아율의 눈 위를 만졌다.

"오똑한 모습."

이번에는 아율의 콧대 위를 미끄러져 갔다.

"그리고 여긴······."

보리가 아율의 붉은 입술 위를 만지작거렸다. 살짝 벌어진 아율의 입술에서 국화 향이 봄처럼 피어났다.

보리는 말을 잇지 않고 빤히 아율을 들여다보았다. 아율이 다음 말을 묻는 뜻으로 눈을 동그랗게 떠 보이는데도 말이 없다.

"여긴요?"

결국 아율이 먼저 묻고 말았다.

"여긴······."

보리가 다시 검지로 아율의 입술을 간질였다.

"떨리게 하는 모습."

이윽고 나온 보리의 답이었다.

"떨리게 하는 모습?"

"보고 또 봐도, 만지고 또 만져도 언제나 저를 떨리게 하는 모습."

"훗!"

보리가 쪽 하고 입을 맞추었다.

"뭐예요? 이게 다예요?"

아율이 보리의 목을 살며시 감아왔다. 그러자 보리는 실타래처럼 늘어진 아율의 검은 머리카락을 만지작거렸다.

"오늘은 꽃달이 뜨는 밤이죠. 꽃들은 잠들 수 없는 밤이에요. 그러니 매화 꽃문양을 지닌 공주도 잠들 수 없을 겁니다."

보리가 다시 입가를 늘이며 웃었다.

훗!

웃음을 터뜨리며 아율이 보리의 볼에 입맞춤을 남겼다.

태양궁 소실의 침상에 겸과 솔나는 함께 누워 있었다. 시간은 어느새 축시를 지나고 이제는 달이 지고 새벽이 몰려올 시간이었다.

"솔나야! 어둠이 물러가려는 모양이구나."

"그러하옵니다. 전하!"

완전한 인간의 살결을 하고 머리카락도 이제 검은빛이 완연한 솔나가 겸을 보았다.

"조금만, 조금만 더 참으면 너를 마음껏 만져도 되는 게지?"

"네. 전하!"

겸의 눈이 기쁨으로 빛나고 솔나의 눈에도 설렘이 가득했다.

"이대로 너를 안고 밤을 샐 것이야. 이대로 너와 눈맞춤을 한 채 새로운 첫 아침을 맞을 것이야."

"그리하지 마소서. 내일도 전하께는 화가야 왕실과 백성의 안위라는 직무가 있지 않사옵니까? 전하의 옥체를 곤하게 하셔서는 아니 될 것이옵니다."

"하지만 이렇게 설레는 밤에 어찌 잠을 잘 수가 있겠느냐?"

"밝은 날이면 온전한 몸으로 전하를 뵈옵겠습니다."

"내가 내일의 어전조례(御殿朝禮)는 시간을 미루어두었어. 좀 늦게 기상하여도 상관이 없음이야."

"전하께오서 깨시기 전에 고운 모습으로 단장을 하고 싶사옵니다."

"홍화 궁녀장이 알아서 다 도와줄 텐데."

소실의 탁자에는 이미 솔나를 위해 가져다놓은 비단옷과 분단장 일색이 놓여 있었다. 모두 홍화가 준비해 주었고 내일 아침이면 일찍 들어서 솔나를 도와주겠다고도 하였다.

"전하께서 처음으로 보시는 완전한 저의 몸이 어여쁘고 고왔으면 좋겠사옵니다. 언제나 전하께 보여 드린 모습은 멍투성이이거나 자꾸만 사라져 버리는 불완전한 몸이었지 않사옵니까?"

겸에 대한 연모로 칼날의 의식을 치르고 양화관으로 왔을 때, 솔나는 온통 멍투성이의 모습이었다. 그리고 겸을 위해 독화살을 대신 맞고 이 년이 훌쩍 지나 다시 만났을 때는 자꾸만 나타났다 사라지는 모습이었다.

솔나로서는 온전한 자신의 모습을 한 번도 겸에게 보여준 적이 없는 게 맞았다.

"자꾸만 심장이 뛰어서 잠 속으로 빠질 수가 없을 것 같은데."

"제가 몽중가(자장가)를 불러 드리올까요?"

"어디 한번 들어보자꾸나."

솔나가 겸의 머리를 안아 자신의 품으로 누였다. 백일홍이 수놓인 비단 이불을 덮어주더니 한숨처럼 자장가를 부르기 시작했다.

꿈길로 가네 가네 꽃길로 가네 가네

서산 너머 달이 뜨면 달과 함께 가네 가네

깨지 마라 고운 꿈아 멎지 마라 고운 꿈아

고운 님이 가시는 길 새벽까지 긋지(그치지) 마라

꿈길에 서네 서네 꽃길에 서네 서네

둥근 달빛 내릴 때면 달빛 함께 서네 서네

숨죽여라 빛난 꿈아 속삭여라 빛난 꿈아

빛나는 님 잠든 밤아 새벽까지 나직해라

어느새 겸의 숨소리가 고르게 오르락내리락했다. 병약한 몸을 가장하며 왕의 업무를 보려고 하니 많이 곤할 수밖에 없을 것이었다. 겸의 등을 토닥이던 솔나의 손짓이 자장가처럼 나직해졌다.

"전하! 당분간은 저를 드러내실 수가 없어 이 소실 안에 묶여 있어야 함을 한탄한다고 하셨사옵니까? 아니옵니다. 전하의 곁일 수 있다면 저는 함지박 속에 갇혀 있어도 족하옵니다. 주고 싶은 이름을 금방은 줄 수가 없어 애통하다 하셨사옵니까? 아니옵니다, 전하! 전하의 곁일 수만 있다면 저는 흔한 한 송이 꽃이어도 족하옵니다. 그 어디여도, 그 무슨 이름이어도 저는 다 족하옵니다."

솔나는 겸의 볼을, 머리를 살며시 쓰다듬었다.

저녁이 지났고 아침이 왔다. 드디어 십이월이 되었다.

겸은 창호지를 바른 창문으로 들이 비치는 아침 햇살에 잠에서 깼다. 눈을 깜박였다가 뜨니 옆자리에는 반듯하게 누운 솔나가 있었다.

겸이 몸을 옆으로 숙여 솔나를 자세히 보았다.

"정말 아름다운 모습의 사람이 되었구나."

솔나를 들여다본 겸이 터지는 탄성을 속으로 삼켰다. 꽃달의 밤이 지났지만 솔나는 그대로 사람의 모습으로 있었다. 살결도 완전한 살색이고 머리카락은 칠흑보다도 검었다. 무엇보다 이제는 완전한 원래의 모습으로 사람이 되었다.

붉은 백일홍 꽃빛의 볼.

핏줄이 내비치게 맑은 피부.

그냥 한 장의 꽃잎처럼 도톰하게 솟은 입술.

눈 밑으로 그늘을 드리우는 긴 속눈썹.

피부와 볼, 입술의 색깔은 분단장이 따로 필요 없을 지경이었다. 어떤 뛰어난 화장술로도 그렇게 고운 빛은 만들어낼 수가 없을 것 같았다.

"완전한 사람이 되더니 너도 곤하였던 것이냐? 먼저 깨어 있어 단장을 하고 나를 기다린다더니."

겸은 혹시나 솔나를 깨우게 될까 봐 몸을 옆으로 하고 누워 솔나를 가만히 안았다. 규칙적으로 오르내리는 가슴이 솔나가 살아 있음을 벅차게 느끼게 해주었다.

"흠! 흠!"

소실의 일문에서 기침 소리가 들렸다. 드디어 홍화가 온 모양이었다.

태양관의 소실은 모두 세 개의 문으로 되어 있었다.

삼문은 궁실 복도 쪽으로 난 문으로 양쪽에 문 시중을 드는 일궁녀들이 서 있다. 궁녀들은 절대 삼문을 넘어 들어올 수가 없다.

삼문을 열고 몇 발 걸어 들어오면 이문이 나온다. 귀족 대신들이라 해도 이문까지밖에는 들어올 수 없다.

일문은 침상과 탁자가 있는 바로 밖 방문이다. 왕실 가족이나 홍화 말고는 출입이 불가능했다. 바로 그 일문 밖에 홍화가 와서 기다리는 중이었다.

"전하! 기침하셨사옵니까?"

홍화가 나직하게 물었다. 하지만 겸은 답을 하지 않고 몸을 일으켜 침상에서 내려섰다. 그러더니 일문으로 다가가 조용히 문을 열었다.

"전하?"

일문 앞에서 머리를 조아리고 있던 홍화가 퍼뜩 고개를 들었다. 솔나와 함께 있을 터인데 갑자기 문을 여는 바람에 놀랐다.

"쉬잇!"

문을 열자마자 겸이 검지를 입에 댔다. 그러더니 손을 흔들어서 홍화에게 들어오라고 시늉을 했다.

홍화가 치맛자락을 살짝 들고 방으로 들어왔다.

"어찌 된 일이옵니까? 전하."

홍화가 고개를 숙이며 물었다.

"솔나가 아직 깨지 않았네."

겸이 홍화의 귓가에 속삭였다. 사십오 대 한울왕에 등극한 이후에 이렇게 아이 같은 모습은 처음 보았다.

"아침이 되었는데 아직까지 몽중에 있단 말이옵니까? 한데 몸은 정말 완전히 부활을 하였사옵니까?"

홍화가 묻자 겸이 손을 들어 침상을 가리켰다.

"아!"

여전히 가슴께가 오르락내리락하며 솔나는 잠들어 있었다. 홍화가 보기에도 이제는 완전한 사람의 몸이었다.

"아침에 잠이 깨어 보니 저런 모습으로 변해 있었네."

"감축드리옵니다. 전하!"

"아니. 모두가 궁녀장의 덕분이요."

"황망한 말씀 거두옵소서."

"당분간은 소실 안에서만 갇혀 있어야 하니 궁녀장이 좀 잘 돌보아주시게."

"성심을 다하겠사옵니다."

"솔나의 가족은 아직 소식이 없지?"

"네. 하지만 사방으로 사람을 풀어 찾는 중이옵니다."

"일단 가족을 찾아야 솔나를 궁 밖으로 내보낼 수 있을 것인데."

"소인도 그리 알고 최선을 다하고 있사옵니다."

이미 세연의 형인 두연을 만났다는 사실을 홍화는 끝까지 함구했다.

"서둘러 찾아야 할 터인데."

"이러나저러나 심려하지 마옵소서. 어떻게 하든 국혼은 이루어질 수 있도록 최선을 다할 것이옵니다."

"내는 궁녀장만 믿네."

"믿으옵소서."

결단하기까지 시간은 좀 걸릴지라도 두연이 반드시 솔나를 찾을 것이라고 홍화는 믿었다. 그리고 두연의 가문이라면 솔나가 왕후가 되기에 아무런 부족함이 없었다.

겸과 홍화는 탁자에 마주 앉아 한참을 솔나가 깨어나기를 기다렸다. 더 이상 말을 나누지 않아도 이모와 조카는 한마음으로 이 순간을 기뻐하며 행복에 겨워했다.

아침이 더 많이 밝았다.

조금 있으면 겸이 미루어 둔 어전 조회에 나가야 될 시간이었다.

"참으로 이상하옵니다. 어찌 저리 깊이 잠이 들었을까요?"

홍화가 솔나가 누운 침상을 보며 걱정스럽게 물었다. 아무리 인기척을 내지 않는다고 하지만 겸과 홍화가 함께 앉아 기다린 시간이 꽤 지났다.

"삼 년 동안 꽃 속에 갇혀 끝없는 시간 속을 떠돌았지. 많이 곤한 모양이야."

"아무리 그렇다 하나 이상하옵니다."

"그럼 한번 깨워볼까? 나도 곧 어전 조회에 나가봐야 하니까."

"자리를 피해 드리올까요?"

"아니. 솔나도 궁녀장을 보면 반가워하지 않겠는가?"

기분 좋게 웃으며 겸이 침상으로 다가갔다. 누운 솔나의 옆에 겸이 몸을 앉히자 비단이불이 바스락거렸다. 하지만 여전히 솔나는 잠 속에 있었다.

"솔나야! 솔나야! 이만 일어나거라."

겸이 다정하게 속삭이며 솔나의 머리 밑을 쓸어주었다.

"일어나거라. 우리 함께 이 아침을 감축해야 하지 않겠느냐?"

겸이 조금 더 큰 목소리로 속삭였다. 하지만 여전히 솔나는 미동도 없었다.

"솔나야?"

겸이 이번에는 솔나의 몸을 살짝 흔들었다. 하지만 여전히 꼼짝도 안 했다.

"궁녀장!"

겸이 몸을 돌려 홍화를 보았다. 겸의 얼굴이 순식간에 파랗게 질렸다. 홍화도 탁자에서 몸을 일으켜 침상 쪽으로 다가왔다.

"흡!"

침상으로 다가간 홍화가 급하게 숨을 들이켰다.

침상 위의 솔나는 여전히 잠에 든 상태였다. 아니, 의식이 없는 상태였다. 겸이 몸을 흔드는 바람에 베개에서 떨어져 내린 솔나의 머리가 힘없이 꺾여 있었다.

"솔나야! 솔나야!"

겸이 솔나를 안아 들고 비명처럼 이름을 불렀다. 슬픔과 비탄에 가득한 겸의 음성이 소실의 일문을 지나고 이문까지 울려 나갔다. 그래도 솔나는 기척 하나 없었다. 움찔거리는 솔나의 몸은 축 늘어진 꽃대와 똑같았다.

십이월의 첫날, 주황색의 금잔화 꽃잎이 흔들렸다.

금잔화의 꽃말은 <슬픔, 비애 혹은 비통>.

13.
모든 인연이 풀리다

　태양관의 소실에는 홍화와 아율, 보리가 멍한 모양으로 모여 있었다.

　"도대체 이것이 어찌 된 일이란 말이옵니까? 분명 완전한 사람의 몸으로 부활한다고 하지 않으셨사옵니까?"

　홍화가 아율을 향해 고개를 움찔거렸다.

　"그래요. 다른 사람을 위해 자신의 목숨을 바친 화인은 반드시 부활의 영광을 누린다고 초비가 말해주었죠."

　초비의 그 말은 보리와 아율이 함께 들었다.

　"공주님! 넋 놓고 이렇게 있을 것이 아니고 얼른 궁 밖으로 사람을 보내어 초비라는 이를 입궁하게 하옵소서."

　"그래야겠네요. 내 얼른 류화관에 다녀오겠어요."

　겸은 숨도 제대로 쉬지 못한 채 어전 조례를 위해 광화관으로 갔다. 의식이 없는 솔나를 두고 차마 발길이 떨어지지 않았지만 어쨌거나 겸은 화가야의 지존이자 군주로서의 직무가 있었다.

아율과 보리는 청천비에게 아침 문후도 올리지 못한 채 급하게 태양관으로 불려왔다.

"여기는 소인이 지키고 있겠사옵니다. 숨결도 정상이고 낯빛과 입술이 이리 붉으니 단박에 잘못될 것 같지는 않사옵니다. 혹 화인의 부활에 대해 초비가 다 이르지 못한 말이 있을지도 모르옵지요."

홍화가 솔나의 옆에 자리를 잡고 섰다.

"내 얼른 인편을 보낼게요."

아율이 급하게 일문을 열고 나갔다. 그러자 아무 말 없이 서 있던 보리가 아율의 뒤를 따라 나갔다.

아율이 막 이문을 열려고 할 때였다.

"공주! 잠시만 기다리세요."

목소리를 낮추며 보리가 아율의 팔을 붙들었다.

"장군! 어찌 그러셔요?"

아율이 눈을 동그랗게 뜨고 보리를 보았다.

"실은, 이 몸이 공주에게 다 이르지 못한 비밀이 있습니다."

"장군께서 제게 비밀요?"

"네."

"그렇다 하더라고 일단 초비를 부르러 인편을 보낸 후 다시 이야기해요. 지금은 그것이 제일 시급한 일이니."

"바로 그 초비에 관한 일이에요."

보리가 아율의 팔을 더 단단히 붙들었다.

"초비에 관한 일이요? 게다가 비밀이라고요?"

보리가 목소리를 낮추라고 표시를 했다.

"무슨 말씀인데요?"

아율이 이문을 붙잡고 보리에게로 몸을 기울였다.

"일전에 매화관에 방문했던 날을 기억하십니까?"

아율이 남장을 하고 보리와 단둘이서 초비의 객사에 갔던 일을 보리가 물었다.

"당연히 기억하지요. 잊을 수가 없지 않겠습니까?"

"그날 공주는 초비와 함께 이 층 특별실로 올라가고 내는 조금 있다가 특별실로 갔지요. 그도 기억하십니까?"

"객사를 둘러보시느라 늦으신 거잖아요?"

"아닙니다. 실은 그때 매화관에서 일하는 객인(객사의 일꾼) 한 명이 나를 은밀히 보자 하였어요. 그런 후 초비만이 드나드는 밀실이 있다 하면서 함께 들어가 보자 저를 이끌었지요."

"그게 이 일이랑 무슨 연관이 있는 것인데요?"

"그 밀실 안에는 사람의 키만 한 초상화가 한 장 걸려 있었어요. 흐드러진 꽃 속에서 춤을 추고 있는 여인의 모습이었지요. 그 객인의 말로는 초비의 어미의 초상화라 하더군요. 칼날의 의식을 거친 후 사람이 되었다는 화인."

"한데요?"

"한데 그 초상화에 글귀 하나가 있었어요. 그리고 그 객인도 그 글귀를 보십사 하고 저를 이끌었던 것이었고요."

"도대체 무슨 글귀였기에요?"

여기에서 아율의 눈이 더 동그래졌다.

"그것이……."

보리가 얼른 답을 못 하고 한참을 망설였다.

"무슨 글귀였기에 이리 망설이시는 것이어요?"

"그것이 원, 필, 전, 멸, 화, 문, 지, 왕, 손."

보리가 한 자 한 자 힘을 주어서 끊어 말했다.

"원필전멸 화문지왕손?"

아율의 눈이 터지기라도 할 듯이 완전히 동그래졌다. 이문을 붙잡고 있던 손이 힘없이 떨어져 버렸다.

"꽃문양의, 왕손을, 반드시, 전부, 멸하기를, 원하노라?"

아율이 뜻을 처음 배우기라도 하는 것처럼 천천히 읊조렸다. 마지막 구절은 거의 들리지도 않을 만큼 작아졌다.

"도대체, 도대체 그것이……."

무슨 말이냐고 아율은 다시 물으려고 했다. 하지만,

"그것이 다 무슨 말들이냐?"

이문이 벌컥 열리고 두 사람을 향해 날아들어 온 목소리가 아율 대신 물어주었다. 청천비였다. 이제는 화가야 왕실의 태후가 된 청천비가 태양관 소실의 이문을 열고 들어오고 있었다.

"어마마마!"

"태후마마!"

아율과 보리가 동시에 고개를 숙였다.

"인사는 되었고."

두 사람을 바라보는 청천비의 눈빛이 날카로웠다.

"공주! 대체 무슨 말이냐고 물었느니라."

"그것이……."

아율이 답을 못 했다. 어디서부터 이야기를 시작해야 할지 막

막혔다.

"하면 부마위께서 대신 말씀해 보시게. 이게 다 무슨 말씀이신 가?"

이번에는 청천비의 질문이 보리를 향했다. 하지만 보리도 선뜻 답을 못 했다.

그때, 청천비가 큰 소리를 내는 바람에 일문을 열고 홍화까지 이문 쪽으로 왔다.

"태후마마! 어이 여기까지 납시었사옵니까?"

"오호라! 궁녀장까지 와 있구만. 그래. 하면 어디 궁녀장이 말 해보시게. 이게 다 무슨 일인가? 전하께오서는 어전 조례까지 미 루셨다가 세상이 무너진 얼굴로 어전에 드셨다고 하고 공주 내외 는 아침 문후까지 거른 채 여기에 모여 나누는 이야기가 다 무언 가 말이네."

잠시 후, 소실의 탁자에는 청천비가 앉아 있고 보리, 아율, 홍 화는 그 건너편에 서 있었다.

"해서, 전하의 소실 침상에 누운 저 여인이 백일홍의 화인이라 고?"

"그러하옵나이다."

홍화가 머리를 조아렸다.

"삼 년 전에 전하를 대신하여 독화살을 맞았던 일궁녀도 저 화 인이었다고?"

"네."

이번에는 아율이 대답했다.

"저 화인의 부활에 대한 이야기는 초비라는 여인에게 들었고?"

"들으신 대로이옵니다."

마치 차례라도 정한 것처럼 이번에는 보리가 답했다.

"그 초비라는 여인의 모친도 화인이라고?"

"네."

"그 모친의 초상화에는 '원필전멸 화문지왕손'이라는 황망하고도 불경스러운 글귀가 적혀 있었고?"

"제가 직접 보았사옵니다."

초상화를 직접 본 보리가 답을 했다. 청천비가 잠시 생각에 잠겼다.

"부마위는 그 초상화를 자세히 보았다 하셨던가?"

"혹여 필요한 일이 있을까 보아 자세히 보아두었사옵니다."

"하면 세세히 기억이 나시겠는가?"

"하문하옵소서."

"여인이 꽃 속에서 춤을 추더라고?"

"네."

"이 세상 사람 같지 않게 낯빛이 특이하였다고?"

"그러하옵니다."

"혹시 그 초상화의 여인에게 특이한 점이 없었던가?"

"무슨?"

"장신구라던가 하는?"

"장신구 말이옵니까?"

청천비가 고개를 끄덕였다.

"아! 그러고 보니 생각이 납니다. 초상화 속 여인의 허리춤에 노리개가 하나 달려 있었사온데 모양이 굉장히 특이하였던 듯하옵니다.”

“혹 붓 모양의 노리개가 아니던가?”

청천비의 질문에 보리는 생각을 다시 모아보았다. 머리에 그릴 듯이 넣어두었던 초상화의 모습을 떠올렸다.

그리고 기억을 해냈다. 춤을 추는 여인의 허리춤에서 흔들리던 홍색 노리개를. 그것은 분명 붓 모양의 노리개에 가는 꽃술이 늘 어져 있는 형상이었다.

“앗! 맞사옵니다. 한데 어찌 태후마마께오서……?”

“어마마마께오서 어찌 그것을 아시와요?”

“태후마마께오서 어찌 그것을 아시옵니까?”

보리가 물으려고 하는데 아율과 홍화도 동시에 물었다.

“공주! 초비라는 그 여인에게 인편을 보내겠다고 하였더냐?”

“네. 하오나 이리 엄청난 사실을 알았사온데 그리하는 것이 지 혜로운 것인지 알지 못하겠어요.”

“아니, 지금 당장 초비라는 여인에게 인편을 보내거라. 대신 여 기가 아닌 태화관(태후의 궁실), 내게로 오라 이르거라. 그런 후, 부마위와 공주는 태화관으로 나를 따르고.”

결연한 표정으로 청천비가 몸을 일으켰다.

“빨리 서두르거라. 궁녀장 자네는 여기를 비워두지 말고.”

“분부 받잡겠사옵니다. 태후마마!”

마지막으로 남긴 청천비의 명에 홍화가 다시 고개를 숙였다.

아율이 보낸 인편의 전갈을 받고 초비는 급하게 태양궁으로 들 어왔다. 아율과의 전갈을 맡아보던 일궁녀가 마중을 나와 있었다. 하지만 웬일인지 이번에는 초비를 류화관도 태양관도 아닌 곳으로 인도했다.

"보세요. 일궁녀님! 오늘은 대체 어느 궁실로 가는 것입니까?"

의아한 초비가 앞서가는 일궁녀에게 물었다.

"무얼 물어오더라도 아무 말 말고 인도만 하라고 공주님께서 명하셨소. 하니 조용히 나만 따르시오."

저자에서 잔뼈가 굵은 초비였다. 더 이상 아무것도 묻지 않고 일궁녀의 뒤를 따라갔다.

"태후마마! 부르신 사람이 들었사옵니다."

출입문을 시중하고 선 일궁녀가 이렇게 아뢰었다. 초비는 그제야 자신이 온 곳이 태후의 궁실인 태화관이라는 것을 알아차렸다.

태화관의 내실 안 윗목에는 태후인 청천비가 비단 보료에 앉았다. 그 양쪽으로 아율과 보리가 있었다.

"태후마마! 강녕하시옵니까?"

초비가 청천비에게 큰절을 올렸다. 역시나 초비답게 떨지도 않았다.

"이 천것은 초비라 하옵니다."

"천것이라니? 그런 표현은 합당하지 않네. 자네야말로 우리 화가야 왕실의 큰 은인이 아닌가?"

청천비의 말은 초비를 처음 만났던 날 겸이 했던 말과 똑같았다.

"미안하네. 내 진즉에 자네를 만나 치하를 했어야 했는데."

"송구한 말씀 거두시옵소서. 전하께오서 충분히 사례를 하셨사옵고 또한 천것의 객사 이름에 존귀한 공주님의 꽃문양을 허락해 주셨사옵니다."

초비의 객사에 '매화관'이라는 이름을 쓰게 해준 것을 말하는 것이었다.

"아니네. 내야말로 아율 공주의 어미니 누구보다 먼저, 누구보다 많이 감사의 마음을 전해야 했네."

"오늘 친히 부르셔서 뵙게 허락하셨으니 사례는 충분히 하신 것이옵니다."

"아율 공주가 자네를 일러 장부 중에서도 여장부라 하더니 참으로 그러하구나."

"과찬이시옵니다."

초비와 청천비가 사심 없는 미소를 나누었다. 낳은 어미와 길러준 어미 사이에 따스한 마음이 흘렀다.

"하지만 내 오늘 자네를 청한 것은 미안한 말을 하기 위함일세."

"미안한 말씀이라니요? 어찌 천것에게 그런 송구한 말씀을 내리시옵니까?"

"자네가 그리 말하니 내 단도직입적으로 묻지. 왕실에 시급한 일이 있으니 본론부터 말하겠네."

"그리하옵소서. 무엇이든 하문하옵소서."

"혹시 이 노리개를 기억하겠는가?"

청천비가 앞에 놓인 좌탁에 노리개를 올려놓았다. 붓 모양의 홍색 노리개에 꽃술이 달린 특이한 노리개였다.

"아니! 이것은?"

"앗! 어찌?"

아율과 보리가 놀라고 초비도 놀랐다.

청천비가 좌탁에 올려놓은 노리개는 바로 초비의 밀실에 걸린 초상화의 허리춤에 있던 것. 즉 초비의 어머니의 노리개였다.

"어찌? 태후마마! 어찌 이것을 태후마마께서 지니고 계시옵니까?"

놀란 초비가 무릎걸음으로 걸어와서 노리개를 손에 쥐었다. 태후의 앞이라는 것도 잊고 노리개를 볼에 비비며 눈물을 글썽거렸다.

"혹 자네 어미의 물건이 맞는가?"

"맞사옵니다. 천것의 어미의 물건이옵니다. 여기 밑에 새겨진 인은 분명 이 천것의 아비의 것이 확실하옵니다."

초비가 말을 해서 보니 붓 모양의 노리개 밑쪽에 '성'이라는 인이 작게 놓여 있었다.

"어찌 이것이 태후마마께?"

초비의 눈에 눈물까지 글썽거렸다.

"휴!"

초비의 모습을 보며 청천비가 한숨을 내뱉었다.

"그것은 승하하신 선대왕 전하의 생애 최악의 범과이셨고 씻을 수 없는 죄악이셨네. 그리고 이것은 내 말이 아니고 선대왕 전하의 윤음(왕의 말)이셨지."

청천비가 초비와 노리개를 번갈아 보면서 이야기를 시작했다.

☾

그러니까 그것은 이십삼 년 전.

겸의 모후인 옥화가 겸을 낳은 후 세상을 떠났고 일 년 후에 청천비와 광운비는 한울왕의 후비가 되었다. 그리고 두 사람은 비슷한 시기에 잉태를 하였다.

전대 대각간 가문의 광운비는 화려한 외양을 가졌지만 사람을 편하게 하는 면이 없었다. 하지만 선한 인상의 청천비는 다소곳하고 사려가 깊어서 한울왕이 더 총애를 하였다.

그렇더라고 해도 한울왕의 제일 진실한 마음은 언제나 세상을 떠난 옥화 왕후에게 있었다.

하루도 빠짐없이 겸에게 들러 보육 상궁에게 겸의 안위를 부탁했다. 겸의 이모로서 태양궁에 들어온 홍화를 겸의 궁실 궁녀장으로 삼으면서 겸의 생활을 보살피게 했다.

겸을 볼 때마다 '어이하여 너의 어미는, 나의 왕후는, 이리 서둘러 세상을 떠났을꼬? 어린 너는 어이 살라고, 외로운 내는 어이 견디라고, 그리 무정히 가버렸을꼬?'라며 눈물을 금치 못하였다.

"암수 다정한 꾀꼬리를 보고 연모를 잃은 자신의 외로움을 한탄했다는 어느 왕처럼 내 또한 잃은 연모가 아리고 쓰려서 힘이 드는구나."

한울왕 사운은 자주 먼 하늘을 올려다보며 중얼거렸다. 그럴 때의 한울왕의 모습은 너무나 슬퍼서 옆에 선 궁인들도 눈물을 짓기가 일쑤였다. 그나마 청천비와 광운비가 왕손을 잉태하면서 한울왕의 슬픔은 위로를 받는 듯했다.

하지만 매달의 첫날이 되면 한울왕은 호위무사 둘만을 거느리고 궁을 빠져나갔다. 보라색 안개의 결계와 바다 소용돌이가 지키는 바닷가에 가는 것이었다. 겸이 솔나를 데리고 갔던 바로 그 해당화의 바닷가였다.

그날은 사월의 첫날이었다.

여느 때처럼 한울왕은 호위무사 둘만을 거느리고 태양궁을 나갔다. 그러나 늘 미시쯤이면 돌아오던 미행의 걸음이 그날은 유독 늦었다. 달이 뜨고 어둠이 내리던 신시, 유시가 지나도 한울왕은 환궁을 하지 않았다.

궁의 모든 사람들이 근심을 하였다. 하지만 화가야 제일의 호위무사들이 한울왕의 곁을 지키고 있으니 그 밤이 지나기 전에 돌아오리라는 믿음이 있었다.

동그랗게 부른 배를 하고 청천비도 한울왕의 환궁을 기다리고 있었다. 하지만 잉태를 한 여인의 몸은 저녁잠이 모자라게 마련이라 어느새 까무룩 잠이 들었다.

얼마나 시간이 흘렀을까?

바깥이 소란스럽더니 청천비의 내실 문이 벌컥 열렸다. 후비의 옷을 차려입은 그대로 비단 보료에 앉아 선잠이 들었던 청천비는 화들짝 놀라 눈을 떴다.

그렇게 늦은 밤에 감히 말도 없이 한울왕 후비의 내실 문을 열 수 있는 사람은 아무도 없었다.

"누, 누구냐?"

청천비가 무거운 몸을 반쯤 일으켰다.

내실의 첫 번째 문이 열렸고 다시 두 번째 문이 열렸다. 그제야 청천비는 자신의 내실로 들어서는 한울왕을 볼 수 있었다.

"전하!"

놀란 청천비가 몸을 완전히 일으켰다.

청천비의 내실로 들어서는 한울왕의 발걸음은 갈지자로 엉망이었다. 그리고 그의 온몸에서는 탁주 냄새가 심하게 풍겼다. 걸어오는 한울왕의 발 아래에서는 방바닥이 낮게 비명을 질렀다.

"전하! 어인 일이시옵니까? 오늘은 바닷가에 아니 가셨사옵니까?"

가까이 다가온 한울왕의 평복에는 검부스러기들이 엉망으로 묻어 있었다.

"갔었지요. 내 오늘도 바닷가에 갔었어요."

"한데 전하의 어의(평복이라도 왕의 옷)가 어찌 이러시옵니까?"

"청천비!"

한울왕 사운이 털썩 몸을 떨어뜨렸다. 그 바람에 청천비는 사운의 상체를 안고 앉은 형상이 되었다.

"청천비!"

사운이 다시 불렀다.

"네. 전하! 말씀하시옵소서."

"청천비!"

하지만 사운이 다시 이름만 불렀다.

"네. 전하!"

"청천비!"

또 불렀다.

"전하의 심령에 있는 괴로움이 무엇이옵니까? 그것이 무엇이든 소첩에게 다 말씀하옵소서. 소첩이 들어드리겠사옵니다.”

청천비는 가늘 수 없는 한울왕의 번민을 읽어내었다.

“내가 오늘, 내가 오늘……”

“네. 오늘이요.”

청천비가 답하자 사운이 팔을 들어 올려 자신의 얼굴을 가렸다.

“내가 오늘……”

“……”

“내가 오늘……”

“……”

청천비는 잠잠히 사운의 다음 말을 기다렸다.

“바닷가에 갔었소. 호위무사 둘만 거느리고 바닷가에 갔었소.”

“아침에 그리 이르시고 궁을 나가셨지 않사옵니까?”

“그래요. 내 그리 이르고 궁을 나갔지요. 그런데, 바닷가에 갔는데……”

“네.”

“놀랍게도 바닷가에 옥화가 있었소.”

“네?”

“보라색 안개의 바닷가에, 해당화가 만발한 바닷가에 옥화가 있었단 말이오.”

“승하하신 왕후마마 말씀이옵니까?”

“그렇소.”

청천비는 술에 취한 한울왕이 헛소리를 하는 줄 알았다.

“옥화가 바닷가에서 산보를 하고 있더란 말이오.”

"산보를요?"

"해서 내가 그 뒤를 말없이 따라가 보았지. 한참을 뒤를 밟았던 같소. 바닷가를 거슬러 거슬러 올라가서 어느 깊은 산골 마을까지 따라 들어갔다오."

"깊은 산골 마을까지요?"

"그렇소. 아주 깊고도 낯선, 산앵두꽃이 지천으로 피어오른 산골이었소. 사람의 발길이 닿지 않는. 그리고 그 여인은 옥화가 아니라 제법 자란 여아와 남진(남편)까지 있는 여인이었소. 옥화가 아닌 그저 옥화를 닮은 여인일 뿐이었던 것이오. 그랬는데."

사운이 잠시 말을 멈추었다.

"그랬는데, 그 여인이 옥화가 아니라는 것을 알았을 때, 그때, 나는 발길을 돌려 돌아왔어야 했소. 하지만 나는 몰래 숨어 서서 그 가족을 지켜보았소. 꼭 옥화를 두고 오는 것 같아 발길이 떨어지지 않았단 말이오."

"그러셨사옵니까?"

청천비는 한울왕이 너무 가여웠다. 바닷가에서 아마도 옥화 왕후를 닮은 여인을 보았을 것이고 왕의 체면도 잊고 몇 시간을 그 뒤를 따라갔었던 모양이었다.

"갑자기 여인이 춤을 추었소. 만발한 꽃 속에 들어서서 춤사위를 흩뿌리는데 하늘의 천녀(天女)가 따로 없었소. 갑자기 하늘가에서 나비 떼들이 끝도 없이 모여들었고 꽃잎들은 하나같이 꽃가루를 흩뿌리며 함께 춤을 추었소. 꽃문양의 왕손도 아닌 여인이 어찌 그리 나비와 꽃을 부렸는지 모르겠소. 이 몸은 그저 넋을 잃고 한참을 보았소. 게다가 그 여인의 낯빛은 세상의 화장으로

는 그리 칠할 수 없을 만큼 오묘하게 붉은 빛이었지. 제법 자란
여아는 옆에서 퉁소를 불었고 여인의 남진은 곁에 앉아 여인을 그
리기 시작하더군."

"보시기에 그리 좋으셨사옵니까?"

"그래요. 그 모습이 얼마나 단란해 보였던지. 그게 내가 꿈꾸던
모습이었소. 그것이 내가 옥화와 더불어 꿈꾸던 모습이었단 말이
오."

"그러셨사옵니까?"

그때까지만 해도 청천비는 그저 한울왕의 넋두리라고 생각했
다. 옥화를 그리워하는 마음으로 내뱉는 탄식이라고 생각했다.
하지만 그것이 아니었다.

"내가 꿈꾸었던 모습, 내가 꿈꾸었던 연모, 하지만 잃을 수밖에
없었던 그 모습에 갑자기 노기가 치밀었소."

"네?"

"참으려 했는데, 참았어야 했는데, 이 몸이 그만 참지를 못했소
이다. 단란한 가족 사이로 뛰어들었소. 그리고는, 그리고는 한울
왕인 나의 신분을 이야기하고 그 여인을 태양궁으로 데리고 가겠
다고 선언을 하였소."

"전하께오서요?"

청천비가 얼마나 놀랐던지 배 속의 태아가 함께 요동을 치는
것 같았다. 평소의 한울왕이라면 상상조차 못 할 일이었다.

"해서요?"

"당연히 그 여인은 당치도 않은 말이라며 제발 말씀을 거두어
주십사 하고 자비를 구걸하였소. 다 자란 여아는 울음을 터뜨렸

고 여인의 남진은 나의 앞에 무릎을 꿇고 애원을 하였지요."

"해서 그냥 돌아오셨사옵니까?"

"아니요. 그들의 애원과 눈물에도 내 뜻은 꺾이지 않았소. 금은보화와 패물을 상으로 내릴 테니 대신 여인을 내게 달라 말하였소. 원하는 만큼 얼마든지 주겠노라고."

"……"

이제 청천비는 아무 대꾸도 하지 못했다.

"호위무사들이 남진과 여아를 붙들고 나는 여인을 강제로 붙들었소. 여인은 다시 눈물을 흘리며 읍소를 하였소. 하지만 그 모습이 또 얼마나 이 몸을 홀렸던지 화가야를 모두 내어줄지언정 그 여인은 꼭 취하고 말겠다는 객기가 올랐소."

"……"

"이 몸이 강제로 끌어당기자 여인이 몸부림을 쳤소. 여인의 여아와 남진은 그 모습을 보며 애통의 눈물을 터뜨렸지. 하지만 호위무사들에게 몸이 붙잡혀 있어 어쩔 수가 없었소. 화가야에서도 내로라하는 무사들이니 말이오. 그러다 갑자기 여인이 몸을 돌려 도망을 치기 시작했소. 나는 망설임 없이 바로 뒤를 쫓았지."

청천비는 한울왕이 정말 그랬다는 것을 믿을 수가 없었다.

"여인은 가파른 벼랑 쪽으로 도망을 가더군. 독 안에 든 쥐라 싶어서 나는 서두르지도 않았소. 결국 여인이 다시 내 손에 잡혔고 거세게 몸부림을 치다가 여인의 노리개가 내 손에 떨어졌소. 그래도 나는 여인을 포기하지 않았소. 옥화와 함께할 수 없는 생이라면 옥화와 닮은 그 여인이라도 취하고 싶었소."

청천비가 입을 막으며 세차게 고개를 저었다.

"여인은 내 손에 노리개만 남긴 채 다시 내게서 달아났소. 그러다가……."

한울왕은 목이 메는지 말을 잠시 멈추었다. 팔에 가려진 그의 얼굴에서 눈물이 흐르기 시작했다.

"잠시 후 여인이 가파른 벼랑 쪽에 섰소. 이 몸은 여인에게 그만 이쪽으로 오라 하였으나 여인은 고개를 저으며 말을 듣지 않았소. 세상에서 누릴 수 있는 모든 부귀영화를 주겠다 하였는데도 여인은 꿈쩍도 하지 않았단 말이오. 그래서 이 몸이 다시 여인에게로 급하게 다가갔지요. 그랬는데 갑자기 여인의 신형(모습)이 내 눈에서 사라져 버렸소."

"어, 어째서요? 저, 전하?"

사시나무처럼 떨면서 청천비가 물었다.

"여인이 벼랑 밑으로 몸을 던져 버렸소. 마치 낙화하는 한 송이 꽃잎처럼 아름다이 떨어져 내리더이다. 흑!"

결국 한울왕의 숨죽인 울음이 터져 버렸다.

"망연자실하여 얼이 빠진 여아와 남진을 두고 내는 그냥 돌아왔소. 제일 먼저 만난 저자 주막에서 취하도록 탁주를 마시고 이리 뻔뻔한 얼굴로 태양궁으로 돌아왔단 말이오."

"전하!"

"어쩌면 좋소? 내는 어쩌면 좋단 말이오? 이제 내는 어찌해야 하오? 흐흐흐흑!"

"……."

"내가 광증이 일었나 보오. 내가 미친 바람을 맞았나 보오. 이 화가야의 군주가 망령에 홀려 인두겁을 쓴 사람으로서는 할 수 없는 일을 했단 말이오. 내 생애 최악의 범과이며 씻을 수 없는 죄악이오. 비의 배 속의 왕손에게도, 이 화가야의 하늘에게도 내는 용서받을 수 없는 죄인이요. 차마 땅을 디디고 살아갈 수 없는 흉측한 이름이란 말이요. 내는! 아흐흐흐흑!"

한울왕이 미친 듯이 울부짖었다.

"전하! 전하! 흑흑흑!"

청천비는 그런 사운을 안고 함께 눈물 속에 잠겼다. 옥화에 대한 한울왕의 마음이 얼마나 애절한지 아는 청천비라 차마 나무라는 말도 할 수가 없었다.

밤하늘에 떠오른 창백한 달도 할 말을 잃고 눈물을 떨어뜨렸다. 산앵두꽃도 달빛 아래에서 하얗게 질렸다.

☾

청천비의 이야기는 끝이 났다. 내실에 앉은 사람들 중 누구도 입을 열지 않았다.

무거운 침묵이 네 사람의 어깨를 짓눌렀다.

"말, 말씀하신 그, 그 여인이 이 천것의 어미이옵니까?"

초비가 조용히 물었다. 하긴 누구에게 묻는 것도 아니었다.

"이 노리개가 바로 이십삼 년 전 그날 밤, 전대 한울왕께오서 품에 지니고 오신 것이네."

"제 어미의 유품인 것이옵니까?"

청천비가 대답 대신 고개를 끄덕였다.

"그날 이후로 한울왕 전하는 완전히 다른 분이 되어버렸네. 원래도 약하셨던 분이 나날이 병약해져 여위어 가는데 마치 생명에 한 다리, 죽음에 한 다리를 걸치고 계시는 것 같았네. 아무 일에도 의지나 힘이 없으셨지. 갈수록 한울왕으로서의 위엄과 결기를 잃어가셨네.

자네의 가족을 찾아 인편을 보내셨네. 결코 보상이 될 수는 없겠지만 어떻게는 은원(恩怨)을 갚고 싶다고. 하나 자네와 자네의 부친은 이미 그곳을 떠나 흔적도 없이 사라져 버린 후였지. 매달의 첫날이 되면 저어(왕의 식사)도 못 하시고 침수에 들지도 못하시며 괴로워하시던 모습이 지금도 눈에 훤하네. 이 노리개를 품에 품고 쉼 없이 눈물을 흘리셨지. 내 일생의 범과이며 씻을 수 없는 죄악이로다 하오시며 어찌나 가슴을 치시던지. 그 모습을 지켜보아야 하는 내 가슴도 매일 무너졌네. 그런 상황 속에서도 전하는 인편을 놓아 자네의 가족을 찾는 일도 몇 년간이나 지속하셨다네."

"……."

초비는 아무런 말이 없었다. 떨리는 눈가에서 눈물만이 흘러내릴 뿐이었다.

"어떤 말로도 선대왕 전하의 죄과에 대한 용서를 구할 수 없을 것이네. 아니, 귀한 생명을 잃은 일에 용서라는 말도 감히 건넬 수가 없겠지. 하나 내가 대신하여 이리 빌겠네. 부디 선대왕 전하의 죄과를 용서하여 주게."

청천비가 비단 보료에서 몸을 일으키더니 초비의 앞으로 갔다. 그러더니 무릎을 꿇고 초비에게 몸을 숙였다.

"어마마마!"

"태후마마!"

보리와 아율이 놀라서 불렀지만 아무도 청천비를 말리지는 않았다.

"부디, 부디 선대왕 전하의 죄악을 용서하여 주시게. 으흐흑!"

청천비가 진심이 담긴 눈물을 쏟아냈다.

"으흐흐흐흑!"

초비의 눈물도 차고 넘쳤다. 아율도 따라 울었다. 그렇게 한참을 또 눈물이 차고 넘치며 청천비의 내실을 적셨다.

"이제 와서 왜 이런 말씀을 하시는 것이옵니까? 모르는 척 넘어가실 수도 있사온데요."

드디어 눈물을 멈춘 초비가 물었다. 역시나 강인한 초비였다.

"천것의 연치 열일곱이었고 이십삼 년의 세월을 지내면서 기억도 희미해졌사옵니다."

"이 또한 선대왕 전하의 유지이셨네. 귀천하시기 전에 언제든 기회가 된다면 노리개의 주인을 찾아달라고. 그리하여 꼭 진실한 용서를 구하여 달라고 내게 당부하셨네. 하지만 태후의 지위에 앉으면서 선대왕 전하의 죄악을 차마 밝힐 수는 없어 내는 아무것도 모르는 척 지금까지 덮어두고만 있었네."

"선대왕 전하께오서 유지로까지 남기셨사옵니까?"

청천비가 고개를 끄덕였다.

"미안하네. 내 참으로 미안하네."

"아니옵니다. 되었습니다. 이 천것의 은원은 이미 십삼 년 전에다 잊었사옵니다."

"어찌해서?"

의아한 청천비의 눈가에도 눈물이 말랐다.

"저기 앉아 계시는 공주님 덕분이옵니다."

"내 덕분이었다고?"

내도록 듣고만 있던 아율이 초비를 보았다.

"처음에는 저도 왕실에 대한 원한이 깊었사옵니다. 태양궁에 가까운 저자에 유곽을 열고 왕실과 연이 닿을 날을 기다렸지요. 언제든 꼭 은원을 풀 수 있는 날이 올 것이라고 믿으면서요. 당시 류화관의 지시위부령이셨던 부마위 나리의 부친께도 제가 먼저 말씀을 드렸사옵니다. 혹 왕실과 관계된 일에 제 도움이 필요하다면 언제든 말씀해 주십사고. 그래서 공주님의 연치 십 세이던 그때에 공주님의 어미 노릇을 자청하였습지요."

청천비도, 아율도, 보리도 아무 말 없이 초비의 이야기만 들었다.

"남진과 여식마저 있는 여인을 폭력으로 빼앗을 수 있는 왕실이라면 똑같은 아픔을 되돌려 주겠다고 결심하였습지요. 공주님을 저의 유곽에 모시고 있으면서 공주님 또한 유녀로 만들어 버리겠다고 결심을 하였사옵니다. 그리고 유녀가 되어 뭇 사내에게 술을 따르며 웃음을 파는 공주님의 모습을 온 왕실의 가족들에게 폭로하려 하였습지요."

극악한 초비의 말에도 방 안의 누구도 대꾸를 안 했다.

"한데 공주님께오서는 어찌나 음전하시고 반듯하시던지, 폐위된 열리관 부인의 계략으로 공주의 위에서 쫓겨나셨는데도 언제나 부드럽고 자애로운 모습이었사옵니다. 이 천것이 아무리 구박하고 눈치를 주어도 한없이 신뢰를 보여주시는 눈빛이 저의 은원을 사그라지게 하였사옵니다. 저런 공주님을 길러낼 수 있는 왕실이라면 화가야의 백성의 한 사람으로서 응당 왕실을 앙망하고 존숭하여야겠다 결심이 들었사옵니다."

"내는 초비가 내게 지극정성이었다는 것만 기억하는데."

"아니옵니다. 공주님의 성품에 반하기 전에 저는 공주님의 대적자였사옵니다. 음전하신 공주님께오서 나쁜 기억은 다 잊어주신 탓이겠지요."

"글쎄."

"그리고 저는 공주님께 저의 목숨을 빚졌사옵니다. 저의 음방에 불이 나던 날을 기억하시옵니까?"

"당연하지."

아율도 그날을 떠올리는 듯했다.

"공주님을 부마위 나리의 집으로 모시기 위해 저의 음방에 불을 내던 날, 시간을 잘못 알아 타오르는 불길 속에서 빠져나오지 못하고 있던 저를 구해주신 분이 바로 공주님이셨지 않사옵니까?"

　

　

"불이야! 불이야!"

아율이 앉은 방 밖이 벌겋게 달아올랐다. 초비의 음방에 불이 났다. 하지만 약속한 시간이 아니었다.

후다닥!

아율이 방문을 열고 뛰쳐나왔다. 초비의 온 음방 안에 날름날

름 벌건 불길이 타오르고 있었다. 음방의 사람들은 이틀 전에 모
두 나가고 없었다.

"어머니! 어머니!"

아율이 초비를 찾으며 애타게 불렀다. 초비는 어디에도 보이지
않았다.

"어머니! 어머니!"

아율이 더 소리쳐 불렀다. 아무도 대답이 없었다.

"차연아! 잠시 밀실에 들어가 있으마. 은밀하게 정리해야 될 일
  이 있어서."

그제야 아율은 초비의 말을 떠올렸다.

지붕의 기와가 떨어져 내렸다. 서까래가 주저앉았다. 불길은
자꾸 거세어졌다. 하지만 아율은 겁도 없이 그 속을 헤쳐서 제일
안쪽의 밀실까지 갔다.

초비는 연기 속에서 우왕좌왕 헤매고 있었다. 달려간 아율이
초비를 부축했다.

"어머니! 함께 나가요."

"너 혼자 가거라. 둘이서는 위험해. 어서!"

"그럼 여기에 함께 있어요."

"차연아!"

"어머니! 절대, 저 혼자서는 안 나가요."

그 날, 아율이 초비의 목숨을 건졌다.

"선대왕 전하께오서 천것의 어미의 목숨을 빚지셨다면 이 천것의 목숨은 공주님께 빚졌사옵니다. 하니 서로에게 더 이상의 은원은 남아 있지 않사옵니다."

부모를 죽인 원수를 용납하고 용서한다는 것이 쉬운 일은 아닐 것이었다. 하지만 천성이 너그럽고 자애로운 화인의 후예답게 초비 또한 넓은 마음의 여인이었다. 여느 사람과는 확연이 달랐다.

"그리 말해주다니 고맙네. 너무 면목 없고 염치없지만 그래도 고맙네."

"아니옵니다. 천것의 전심을 드려 모든 은원은 잊었사옵니다."

"하면 자네의 객사 밀실에 있는 초상화의 글귀는 대체 무엇인가?"

보리가 그제야 초비에게 물었다. 모든 은원을 잊었다면서 왜 '願必全滅 花紋之王孫(원필전멸 화문지왕손), 꽃문양의 왕손을 반드시 전부 멸하기를 원하노라!'라는 글귀가 새겨진 초상화를 간직하고 있었냐고 묻는 것이었다.

"선대왕 전하께오서 말씀하시기를 그때 춤을 추던 저의 어미를 아비가 그리고 있었다고 하셨사옵니까? 네. 이 천것의 아비는 가문을 나온 후 그림을 팔아 연명을 했고 그 초상화는 아비가 천것에게 남긴 마지막 그림이옵니다. 해서 불경한 글귀를 담고 있는 초상화라 하나 차마 치워 버릴 수가 없었사옵니다. 어머니의 모습이 담긴 아버지의 유작인지라."

"아!"

그제야 왕실의 가족들이 고개를 끄덕였다.

"하면 부마위 나리! 천것도 하나 여쭙고 싶은 것이 있사옵니다."

초비가 고개를 끄덕이는 보리를 보았다.

"말해보게."

"혹 초상화 때문에 기수 그이를 저의 객사에 심어두신 것이옵니까?"

"아!"

보리의 눈빛이 흔들렸다.

"눈매가 매섭기가 된서리 같다 하더니 자네는 이미 다 알고 있었군."

"기수 그이가 부마위 나리의 사람이라는 것은 진즉에 알았사옵니다. 그 누구에게도 숨길 수 없게 그이의 손은 무사의 손이었습지요. 객인이라고 밀어 넣으실 양이었으면 좀 더 무사스럽지 않은 이를 고르셨어야 하옵니다."

"미안하네. 그런 글귀를 보고서도 자네를 무조건 믿을 수는 없어……."

"그러셨을 것이옵니다. 누구라도 그러하였겠지요. 이 천것이 불경한 글귀가 적힌 초상화라 하나 아비의 유작이라 하여 버릴 수 없었던 그 초상화가 왕실의 분들께는 그리 보일 수밖에 없었을 것이옵니다."

"자네를 온전히 믿지 못해 미안하네."

"뭐, 덕분에 좋은 객인이 들어와 저는 손이 편하였사옵니다."

"그런가? 하하!"

보리가 멋쩍은 듯이 머리를 만졌다.

"한데 왕실에 무슨 일이 있어 이 천것을 부르신 것이 아니옵니까? 이른 아침부터 오랜 은원을 이야기하시러 저를 궁으로 부르신 것은 아니올 텐데요."

"아차!"

그제야 왕실의 가족은 솔나의 일을 떠올렸다. 초비의 마음을 먼저 살펴야 한다고 모두 동의한 터라 솔나의 일은 잠시 잊고 있었다.

"큰일이 있네. 백일홍 화인에게 심각한 문제가 생겼어."

아율이 초비 쪽으로 몸을 기울였다.

"그러고 보니, 오늘, 드디어 백일홍 화인이 완전한 사람의 몸으로 부활을 하였겠사옵니다. 화가야 왕실의 복락이니 감축드리옵니다."

"그것이 그렇지가 않네."

"네? 하면 화인의 부활이 잘못된 이야기였사옵니까?"

"아닐세. 그 백일홍의 화인은 분명 사람의 몸으로 부활했네. 한데……."

아율이 솔나에 대한 이야기를 하자 초비의 눈빛이 흐려졌다.

그날 밤, 화가야 태양궁의 태양관.

왕실의 가족들이 소실에 모두가 모여 앉았다. 잠이 든 모습으로 누워 있는 솔나의 침상에는 초비도 있었다. 청천비만 자신의 궁실에서 소식을 기다리는 중이었다.

"참으로 이상하옵니다. 이 천것의 어미에게 듣기로는……."

"그만!"

초비가 말을 하려는데 아율이 역정을 내며 말을 잘라 버렸다.

"공주님! 왜 그러시옵니까?"

"왜 그러는 게냐?"

다들 놀라서 아율을 보았다.

"천것, 천것, 그 소리 정말 듣기 싫으네. 초비가 왜 화가야 왕실에 천것이냔 말이야."

아율의 말이었다.

"초비 그대는 화가야 왕실의 은인이네. 하니 천것이라는 말은 어울리지 않아."

"하면 무엇이라 칭하옵니까?"

초비가 선하게 아율을 보았다. 청천비와 똑같은 어미의 정이 담긴 눈빛이었다.

"소신이라 하게."

"소신이라니요? 그는 왕실의 녹을 먹는 벼슬자리 분들에게나 어울리는 칭호이온데요."

"뭐 어떤가? 자네는 한때 이 공주의 어미였던 사람이니. 오라버니 전하! 그리하여도 괜찮지요?"

"우리는 어째도 다 좋다."

아율의 물음에 겸이 기분 좋게 고개를 끄덕였다. 초비가 와준 것만으로도, 또 초비와 오랜 세월의 은원이 회복된 것만으로도, 겸과 왕실의 가족들은 이미 천군마마를 얻은 기분이었다.

"하면 다시 아뢰옵지요. 소신의 어미의 말에 의하면 화인의 부활에 이런 문제는 없었사옵니다."

"참말 그러한가?"

"그러하옵니다."

"한데 어찌 이리 죽은 듯이 잠 속에만 빠져 있단 말인가?"

겸이 답답한 듯 왕포를 잡아당겼다.

"아뢰옵기 황송하오나, 전하!"

초비가 잠시 겸 쪽을 보더니 머리를 조아렸다.

"소신이 한 가지 여쭈어도 되겠사옵니까?"

"말하게. 내 무엇이든 다 답할 터이니."

"다름이 아니오라, 참으로 황송하오나, 혹여 백일홍의 화인이 완전한 사람의 몸이 되기 전 전하의 입김이 이분께 닿았사옵니까?"

"아, 아니네. 무슨 소리인가?"

당황한 겸이 바로 답을 했다.

"내 얼마나 이날을 기다렸는데 당치도 않은 말이네. 내야말로 뼈를 깎고 피를 말리는 심정으로 그저 지켜만 보았네. 가벼운 입맞춤 한 번도 건네지 않았단 말이네."

꽃달의 밤이면 늘 솔나를 품에 안고 있었지만 초비의 부탁대로 스치는 입맞춤 한 번도 건네지 않았다. 겸의 말마따나 뼈를 깎고 피를 말리는 인고의 시간이었다.

"하면 참말 이상한 일이옵니다."

초비가 고개를 갸웃거렸다.

"그런데, 초비 자네! 자네도 화인의 부활이라면 자네 어미에 대한 것만 보고 아는 것이지?"

아율이 탁자에서 일어났다.

"그러하옵니다. 화인의 이야기가 금기에서 풀렸다고는 하나 화인의 부활에 대한 이야기만큼은 여전히 전설의 영역이니까요."

"자네의 어미는 분명 서른여섯 번의 꽃달이 지난 후 완전한 사람의 몸으로 부활이 되었다던가?"

"그리 알고 있사옵니다."

"자네마저 아무것도 모른다 하면 이제 어찌하면 좋다는 말인가?"

겸이 고뇌에 찬 표정으로 머리를 감싸 쥐었다. 찡그리는 겸의 눈동자 속에는 솔나가 들어와서 누웠다.

아율과 보리, 홍화 그리고 초비도 함께 근심에 잠겼다.

얼마나 시간이 흘렀을까?

"아! 전하! 하면, 혹시?"

그제야 초비가 생각이 난 듯 탄성을 터뜨렸다.

"혹시? 혹시 무엔가?"

"이 백일홍의 화인, 꽃의 전달자에 대해서 알 수가 있사옵니까?"

"꽃의 전달자?"

"네."

겸이 잠시 망설이며 홍화를 보았다.

다선이 꽃의 전달자 가문의 사람이며 더욱이나 솔나의 꽃의 전달자라는 것은 겸과 홍화만이 알고 있었다.

솔나의 죽음을 목격한 다선은 그 충격으로 눈이 멀어버렸다. 그런 다선을 다시 궁인들의 호기심 속으로 밀어 넣을 수는 없었다. 그래서 다선과 솔나의 관계는 겸과 홍화만의 비밀로 남았고 다선은 여전히 저자를 떠돌던 솔나를 거두어들인 걸로 궁인들은 알고 있었다.

"꽃의 전달자는 왜?"

"혹시 꽃의 전달자가 백일홍 본체를 지니고 있다면 묘수가 될 수도 있사옵니다."

"백일홍 본체?"

"네."

"무슨 뜻인가?"

"원래 화인이 들어가 살았던 꽃을 말하는 것이옵니다."

"아!"

그제야 세 사람은 고개를 끄덕였다.

"한데 그것은 왜?"

"화인의 숲에 사는 화인들이 사람이 되고 싶다는 결심을 하게 되면 화인의 숲의 결계를 뚫고 걸어 나오게 되옵니다."

예전에는 불타는 붉은 숲 혹은 통곡의 숲이라 불리던 곳이 이제는 화인의 숲이라는 제 이름을 찾게 되었다.

"하면 둘만의 원시적인 이끌림으로 그 화인과 화인의 꽃의 전달자는 서로에게로 향하게 된다고 하였사옵니다. 의도하지 않아도 저절로 두 사람은 만나게 되고 또 서로를 알아보게 된다는 것이옵지요."

"그러한가?"

"그리고 그 꽃의 전달자가 화인의 부탁을 받고 칼날의 의식을 치러주옵니다."

"혼자서는 치를 수 없는가?"

"칼날의 의식을 말이옵니까? 아니요. 도저히 혼자서는 치를 수가 없사옵니다. 아무리 지독한 연모를 마음에 품었다고는 하나 자신의 생살을 스스로의 손으로 차례차례 발라낸다니! 호흡이 있는 생명을 가진 존재로서야 차마 하지 못할 일이옵지요."

솔나는 나를 위해 그런 고통을 참아내었구나! 그 생각을 하자 겸의 슬픔이 검게 깊어졌다.

"궁의 어느 화원장이 백일홍의 화인을 거두었다 하셨사옵니까?"

"그렇네."

"지금도 궁에 있사옵니까?"

대답 대신 겸이 고개를 끄덕였다.

"혹시 이 백일홍의 화인이 인간들 속에서 꽃의 전달자와 함께 살았다면 찾기가 훨씬 쉬울 터인데. 기억을 잃었다 하니 그도 쉽지는 않겠사옵니다."

"그보다 아까 말한 백일홍 본체는 무슨 이야기인가?"

"아! 잠시 제가 요점을 흐렸사옵니다. 어쨌든 칼날의 의식을 치르고 나면 꽃의 전달자는 칼날에 동강이 난 꽃의 본체를 가지게 되옵니다. 그리고 그것을 원래 꽃이 살던 흙 속에 심어둔다 하던데, 하면 그것이 작은 씨앗으로 변한다 하옵니다."

"씨앗으로?"

"네. 하옵고 그 씨앗이 화인의 목숨이 정말 다급할 때면 화인을 살려낼 수 있는 생종(삶의 씨앗)이 될 수 있다 하였사옵니다."

"참말인가?"

"그러하옵니다. 소신의 어미도 시신만 찾을 수 있었다면 그 생종으로 다시 살릴 수 있었을지도 모르겠사옵니다."

벼랑에서 뛰어내린 초비의 어머니는 거센 강물을 따라 흘러내려가 버렸고 초비와 아버지는 그 시신조차도 수습할 수 없었다.

"하지만 아무리 생종이 있어봐야 또 소용이 없는 것이 화인과 관계된 사람 다섯 명의 피가 거기에 더하여져야 그 힘을 발휘할 수 있다고 하옵니다."

말을 마친 초비의 얼굴에 근심 빛이 여전했다.

"기껏해야 여기에는 전하, 공주님, 소신 이렇게 셋뿐이오니. 송구하옵니다. 지금으로서는 소신도 아무것도 할 수가 없사옵나이다."

실내의 아무도 말이 없었다.

"송구하옵니다."

초비의 송구하옵니다가 다시 무겁게 가라앉았다.

"아니옵니다. 전하!"

그 무거운 공기를 깨뜨린 것은 홍화였다.

"아니옵니다. 전하! 길이 있사옵니다. 하니 소인이 바로 가서 화원장 다선을 불러오도록 하겠사옵니다."

"다선을요? 다선이 온들 아무 소용이 없다 하지 않나요? 괜히 그의 아픔까지 헤집어놓을 필요가 무에 있겠어요?"

정말이었다.

방법도 없는데 괜히 다선의 아픔까지 다시 헤집어놓을 필요는 없을 것 같았다. 겸은 삼 년 전, 다선의 연모를 알고도 솔나를 빼앗았고 이번 솔나의 부활에 대해서도 다선에게는 일언반구도 하지 않았다.

"아니요. 전하! 방도가 있사옵니다. 다섯 명이 있사옵니다. 다선이 백일홍 화인의 꽃의 전달자이지 않사옵니까?"

홍화의 말에 겸을 제외한 이들이 놀랐다. 설마 다선이 꽃의 전달자이리라고는 아무도 상상을 못 했다.

"하옵고 전하께도 아뢰지 못했사오나 소인 또한……."

홍화가 고개를 숙인 채로 숨을 골랐다.

"소인 또한 꽃의 전달자이옵니다. 해서 백일홍의 화인의 본모습을 이미 삼 년 전에 알아보았사옵니다."

고개를 숙인 홍화가 오른쪽 소매를 걷어 올렸다. 팔꿈치 옆 보이지 않는 곳에 화인의 숲의 나무인 검붉은 나무 문양이 뚜렷하게 새겨져 있었다.

"이렇게 다섯 명의 피가 되옵니다. 하오니 비밀을 감추어둔 소인의 죄는 화인이 깨어나신 후 합당한 처벌을 받도록 하겠사옵니다."

모두가 놀라움을 금치 못하는 가운데 홍화가 소실을 나갔다. 방 안의 그 어느 누구도 제대로 숨조차 쉬지 못했다.

겸과 솔나의 인연.

솔나와 다선의 인연.

솔나와 홍화의 인연.

홍화와 다선의 인연.

아율과 보리의 인연.

아율과 초비의 인연.

초비와 사십사 대 한울왕 사운의 인연.

서로서로 얽혀 있던 인연, 서로가 서로에게 비밀로 하고 있던 인연, 그 모든 인연이 드디어 밝혀졌다.

세연과 홍화의 인연, 간절히 숨겨두고픈 홍화의 마지막 비밀만을 남겨두고 모두 다.

다선은 밤을 헤치고 한달음에 달려왔다. 하지만 소실에 들어와서도 차마 침상 쪽으로 걸음을 옮기지 못했다.

소실의 침상 위에 잠든 듯이 누운 솔나는 분명 다선의 기억 속 그 모습이었다.

이윽고 왕족들에게 인사를 올린 다선이 침상 쪽으로 천천히 걸어갔다. 발에 쇠라도 달린 듯 무거운 걸음이었다.

홍화가 다선을 데리러 간 사이에 겸은 다선과 솔나의 이야기를 모두에게 들려주었다. 그래서 보리와 아율도 이제는 다선과 솔나의 인연을 다 알게 되었다. 모두 다 다선과 솔나를 집중해서 보았다.

천 리라도 되는 듯한 걸음을 옮겨 다선은 솔나가 누운 침상에 겨우 다다랐다. 눈에는 눈물을 가득 담고 손발에는 떨림을 가득 싣고서.

솔나였다.

분명히 솔나였다. 투명한 몸이 아닌 인간의 살색을 띤 피부, 불타오르는 붉은색이 아니라 칠흑같이 검은 머리카락, 멍 자국이 없는 것만 빼고는 모두 다선의 기억 속과 그대로인 솔나였다. 화인의 부활은 전설이 아니라 진실이었다.

다선이 떨리는 손을 내밀었다. 하지만 금방 그 손을 거두며 입술을 깨물었다.

이제는 왕의 여인. 왕의 연모.

곧 왕후의 지위에 오를지도 모르는 고귀한 신분의 여인.

태양관으로 향하는 동안 홍화가 이야기를 대강 들려준 터라 다선도 모든 것을 알고 온 걸음이었다.

"솔나님! 흐으으윽! 솔나님! 흐으으으으으으윽!"

숨죽인 다선의 울음이 소실을 채웠다. 손등이 시리게 젖어갔다. 차마 솔나에게 다가가지도 못하고 침대 머리맡을 붙들고 숨죽여 우는 울음이었다.

겸의 마음을 미안함으로 찢고 보리와 아율의 마음을 안타까움으로 찢는 울음이었다. 초비의 마음은 동질감으로 찢는 울음이었고 홍화의 마음은 같이 숨죽여 울게 하는 울음이었다.

소실 안의 모두가 솔나처럼 깨지 않는 꿈속에 들어 있는 것 같았다. 전설이었다가 이제는 사실이 된 화인이라는 이름 하나로 얽힌 꿈을 꾸는 것 같았다.

시간이 흐르자 차츰 다선의 울음도 잦아들었다. 모두가 서서히 꿈에서 벗어나는 듯 머리를 흔들었다.

"송구하옵나이다. 전하!"

침상에서 몸을 일으킨 다선이 탁자에 앉은 겸에게 고개를 숙였다.

"아닐세. 내가 미안하네. 아직도 안력이 회복되지 않은 자네에게 차마 이야기를 할 수가 없어서. 아니, 아니네. 어쩌면 자네는 그냥 모르기를 바라서 내가 모두 숨겨두었네. 미안하네. 나를 용서하게."

"황공한 말씀 거두옵소서. 신이 반드시 알아야 할 이유도 없었사옵니다."

"자네에게 진 빚을 어찌 다 갚겠는가?"

"빚이라니요? 그리 말씀하시지 마옵소서. 백일홍의 씨앗이 필
요하다 하셨사옵니까?"

묻는 것도 아니면서 물은 다선이 목에 걸려 있던 목걸이를 옷
밖으로 끄집어냈다. 작고 납작한 옥 항아리가 달려 있는 목걸이였
다.

"이것이옵지요?"

다시 물으면서 다선은 항아리의 뚜껑을 열었다. 밑으로 기울여
털어내니 씨앗 하나가 다선의 손바닥에 떨어져 내렸다.

"자네! 이것을 간직하고 있었던가?"

"칼날의 의식을 치른 후 남은 백일홍의 본체를 원래 있던 옥
화분 속에 묻어두었사옵니다. 그랬더니 한 날, 이렇게 흙을 밀고
씨앗 하나가 올라왔사옵지요. 생종인 줄은 몰랐지만 귀한 것이니
간직하고 있었사옵니다."

겸이 씨앗을 받아 들었다.

"전하! 하오면 그 씨앗을 이리 건네주시옵소서."

초비가 겸을 향해 두 손을 내밀었다. 겸이 씨앗을 건네자 초비
는 탁자 위의 촛대에서 초를 치우고 면포를 깔았다. 궁녀를 시켜
미리 준비해 둔 깨끗한 면포였다. 그리고 그 위에 씨앗을 놓았다.

"모두 다가와 앉으옵소서."

탁자 위에 씨앗이 놓이고 의자에는 겸, 아율, 다선, 홍화, 초비
가 둘러앉았다. 이번 일에서만큼은 보리도 이방인이었다.

"다음으로, 피는 어찌해야 하는가?"

이미 소매를 걷으면서 겸이 물었다. 탁자에는 날이 잘 갈린 단도도 하나 놓였다.

"어린손가락(새끼손가락)을 단지(손가락을 뱀)하여 피를 내면 될 듯하옵니다."

"하면 내가 제일 먼저 하겠네."

겸이 손가락을 내밀었다.

"전하의 염원이 제일 강하오니 그것이 맞을 것이옵니다. 그리고 화원장님! 이제 시작하시지요."

"왜 나에게 이 일을 맡기는 것인가?"

초비가 자신에게 단도를 내밀자 다선이 물었다

"화원장님이 이 화인분의 꽃의 전달자이시지 않습니까?"

도리어 초비가 물었다.

고개를 끄덕인 다선이 단도를 겸에게로 갖다 대었다. 평소대로라면 처형을 당할 역모의 행동이었다.

스륵! 단도의 날이 겸의 새끼손가락을 지나자 핏방울이 하나 떨어졌다. 보리가 다가와 깨끗한 면포로 겸의 손가락을 감쌌다.

그다음이 아율, 홍화, 다선 그리고 맨 마지막으로 초비가 피를 흘렸다. 다섯 명의 피를 머금은 씨앗은 타오르듯이 붉게 빛이 났다.

다선이 씨앗을 조심스럽게 들고 침상으로 다가갔다. 다른 사람들은 뒤를 따랐다.

"이제 드리겠사옵니다."

다선이 솔나를 향해 예를 올렸다. 그리고는 잠에 들어서 조금 벌어진 솔나의 입안으로 씨앗을 밀어 넣었다.

다시 시간이 흘렀다.

이제 솔나의 머리맡에는 겸이 앉아 있고 그 옆을 보리와 아율이, 한 발 물러나서는 홍화와 초비, 다선이 지키고 서 있다.

"앗! 솔나야!"

겸이 비명처럼 이름을 불렀다. 그러자 모두의 시선이 침상으로 모여들었다.

사르르! 사르르!

조용히 누워 있던 솔나의 눈꺼풀이 움직이기 시작했다. 마치 갓 태어난 아이가 눈을 뜨는 것처럼 느린 동작이었다. 시간이 가자 눈꺼풀의 움직임이 좀 더 부산해졌다. 그러더니 어느 순간.

번쩍!

솔나의 두 눈이 완전히 열렸다. 생기 있는 솔나의 눈동자가 소실의 천장을 보았다.

"솔나야!"

겸이 다시 불렀다.

"전하!"

이번에는 솔나의 입술이 열렸다. 먼저 손을 들어 올려 자신의 살색을 살폈다. 사람과 똑같았다. 멍 같은 것도 없었다. 머리카락을 집어서 머리카락 색도 살폈다. 그토록 소원했던 검은색이었다.

"전하!"

솔나가 기쁨으로 겸을 불렀다. 그러더니 몸을 일으키기 시작했다.

"솔나야!"

사람들이 둘러선 것도 잊은 채 겸이 솔나를 껴안았다. 솔나도 겸의 품에 마음껏 안겼다.

"전하! 이제 정말 사람이 되었사옵니다. 제가 인제 완전한 사람이 되었단 말이옵니다. 저의 살색을 보옵소서. 저의 머리카락 색을 보옵소서. 이제 정말 전하와 똑같사옵니다. 멍 자국 하나도 없이 깨끗하단 말씀이옵니다."

"오냐! 오냐! 내, 다 보았다. 내, 다 보았어."

"전하! 전하!"

솔나가 겸의 어깨에 고개를 묻으며 눈물을 글썽거렸다. 겸도 마음껏 이 순간을 행복해하였다.

그러다가 솔나는 겸의 옆으로 뒤로 서 있는 사람들의 무리를 발견했다.

"어멋!"

놀란 솔나가 얼른 겸에게서 떨어졌다. 무안함으로 얼굴이 붉어졌다.

"궁녀장마마님!"

제일 먼저 눈에 들어온 사람은 홍화였다.

홍화가 답은 없이 솔나를 향해 고개를 끄덕였다.

"화원장님!"

그다음으로는 다선이 보였다. 솔나가 자신을 부르자 다선도 고개를 끄덕였다. 솔나의 눈에 눈물이 차오르고 다선의 눈에도 다시 눈물이 고였다.

보리와 아율은 표 나지 않게 서로의 손을 깍지 꼈다.

겨울이 시작되는 십이월의 첫날이었다.

하지만 태양궁의 소실에 선 모든 사람들에게는 가장 따스한 봄날보다도 더 따스한 봄날이었다. 산앵두의 산골에서부터 시작된 붉은 인연들이 피어올랐다.

산앵두의 꽃말은 <오직 한 사람>.

14.
무화과나무에
첫눈 스치고

십이월 오일.

화가야에 첫눈이 내렸다. 태양궁 곳곳의 하늘에는 눈 속을 헤치며 설나비와 빙나비가 팔랑이며 날아다녔다. 떨어져 내리는 나비들의 날개 가루는 눈과 똑같았다.

다시 깨어나고 소실에서의 삼 일간, 솔나는 겸과 함께 참 행복한 시간을 보내었다. 제일 좋은 화가야 비단으로 만든 옷을 입고 겸을 기다렸다. 달빛이 쌀뜨물처럼 일렁이며 내리는 밤이면 겸의 팔을 베고 잠에 들었다.

"솔나야! 우리의 첫날밤은 왕후가 된 너를 안으면서 보낼 것이야."

열에 들뜬 사람처럼 뜨거운 입맞춤을 찍어대던 겸은 애써 이성을 그러모아 그렇게 속삭였다. 불길 같은 겸의 손은 벌써 솔나의 저고리 띠를 몇 번이나 끌렀다 묶었다 했다.

"전하! 저의 신분이 미천한 것이 언제나 걸리옵니다."

"당치도 않아! 화인들은 원래 화가야 땅의 주인이었다. 그들은 우리 화가야인들에게 선선히 자신들의 땅을 내어주었지. 하지만 화가야인들은 그 은혜를 원수로 갚았고. 만약 고귀함과 미천함을 따진다면 고귀한 너에게 나는 죄스럽고 미천한 사람일 뿐이다."

"전하는 화가야 땅의 절대지존 군주이시옵니다. 저야 한낱 화인일 뿐이옵지요."

"아니. 너는 꽃과 더불어 사는 이였고 나는 죄와 더불어 사는 사람이다."

"그런 말씀은 듣기가 싫사옵니다."

"오냐! 오냐!"

서로 자신을 미안해하며 서로를 추어올리며 두 사람은 함께 보냈다. 그리고 또 불같은 손길을 나누었다.

태양관의 소실에서 겸을 기다리는 솔나는 오롯이 겸만의 여인이었고 군주로서의 공무를 파하고 소실로 들어서는 겸은 오직 솔나만의 사내였다. 그렇게 삼 일이라는 시간은 꿈보다 더 빨리 지나가 버렸다.

그리고 지금 솔나는 소실의 탁자에 앉아서 누군가를 기다리고 있었다. 솔나의 옷은 어느새 이궁녀의 복색으로 바뀌었다. 오늘 홍화를 따라 홍화의 사가로 가기로 했다.

"잠시 들겠소."

소실의 일문 밖에서 아율의 목소리가 건너 들어왔다. 솔나는 대답 대신 몸을 일으켰다.

"공주님! 오셨사옵니까?"

눈을 맞고 온 아율은 머리에 남바위(추위를 피하기 위해 머리에 덧쓰는 것)를 쓰고 있었다.

"내도록 소실에만 갇혀 수고만 많으시다."

"아니옵니다. 괜한 저의 욕심으로 왕실에 누를 끼치는 것이 아닌가 걱정이옵니다."

"추호라도 그런 생각이라고는 하지 마시게. 그대가 있어 전하께오서 얼마나 행복해하시는지를 안다면."

아율이 환하게 웃었다. 아율이 궁으로 돌아온 후에 요번 삼 일간이 겸의 얼굴이 가장 행복하고 충만하고 평온해 보였다. 겸의 누이로서 진심으로 기뻤다.

"밖에 궁녀장이 기다리고 있소. 궁녀와 함께 들었다 나가야 하는 일이라 소실에는 내가 들어왔고."

"황공하옵니다."

"이리 들거라."

솔나가 고개를 숙이는데 아율이 방문 밖을 향해 말을 했다. 그러자 아율의 명을 따라 이궁녀 한 명이 소실 안으로 들어섰다. 꽃이 심긴 고배화분을 든 궁녀는 고개를 숙인 채 외로 꼬고 있었다. 아마도 다선의 화원에서 얻어 온 꽃인 모양이었다.

"두 사람도 잠시 회포를 풀어야겠지? 상봉이 끝나고 나면 일문을 나서시게. 내는 일문 밖에서 기다리고 있을 터이니."

"네?"

어안이 벙벙한 솔나가 일문 밖으로 사라지는 아율을 보았다. 누구와 무슨 회포를 풀라는 말인지?

그제야 솔나는 외로 꼰 고개를 숙이고 있는 이궁녀를 보았다.

"미, 미우?"

솔나가 팔을 앞으로 뻗치며 궁녀에게로 다가갔다. 아율을 따라 들어온 궁녀는 바로 미우였다.

"미, 미우야!"

탄식같이 솔나가 미우의 이름을 불렀다.

겸의 소실에 꽃을 들이러 온 궁녀로 가장하여 솔나는 궁을 나가고 꽃을 들고 온 궁녀는 소실에 남았다가 밤을 틈타 몰래 돌아가기로 하였다. 미리 짜둔 일인데 설마 그것이 미우일 것이라고는 상상도 못 했다.

이것 또한 솔나를 위한 겸과 홍화의 배려였다.

"미우야!"

반가운 마음에 솔나가 덥석 미우의 손을 잡았다.

"미우야! 미우야!"

솔나의 입에서 연신 미우의 이름이 터졌다.

"......"

하지만 미우는 외로 꼰 고개를 여전히 풀지 않았다.

"미우야!"

솔나가 미우에게로 더 가까이 몸을 붙였다.

"미우야! 내 동무, 미우야! 많이 보고 싶었어. 많이 그리웠어."

"아, 아씨께서는 전하의 여인이신데 어찌 한낱 궁녀를 동무라 부르십니까?"

한참 만에 나온 미우의 말을 뜻밖이었다. 여전히 눈을 피했다.

"미우야! 그 무슨 말이냐?"

솔나가 고개를 숙여 미우의 얼굴을 들여다보았다. 미우의 눈동자가 왔다 갔다 하며 어쩔 줄을 몰라 했다.

"나야. 나! 너의 동무 솔나란 말이다. 너의 단 하나뿐인 너나들이 동무."

"그리 말씀하지 마소서. 쇤네가 경을 치겠습니다요."

"미우야! 왜 그래? 그러지 말고 나 좀 봐."

솔나가 미우의 얼굴을 들어 억지로 눈을 맞췄다. 솔나의 얼굴을 확인한 미우가 숨을 들이켰고 눈가에 그렁그렁 눈물이 고이기 시작했다.

"삼 년이 지났다고 벌써 내를 다 잊은 게야? 너나들이 동무인 나를?"

"그것이 아니오라, 그것이 아니오라……."

"너나들이 동무는 서로 반말을 주고받는 사이잖니? 한데 아니오라가 뭐야?"

솔나의 눈에도 그렁그렁 눈물이 고였다.

"내가 전하의 소실에 있어서 그래? 무에 상관이야? 어디에 있든 누구 곁에 있든 내는 미우의 너나들이 동무 솔나일 뿐인데. 솔나야! 하고 불러봐. 아니, 불러줘. 미우 네가 불러주는 내 이름 듣고 싶어."

"솔, 솔나야!"

말을 더듬는 것처럼 미우가 천천히 솔나를 불렀다.

"그래. 미우야! 다시 한 번!"

"솔, 솔나야! 으아아아앙!"

기어코 미우의 울음이 터져 버렸다. 솔나도 따라서 같이 울었다.

"보고 싶었어. 너무 그리웠어."

"나도."

누가 먼저랄 것도 없이 솔나와 미우는 서로를 포옹하였다. 솔나의 손이 미우의 등을 끌어안고 미우의 손이 솔나의 머리를 감싸 안았다. 꽃과 꽃이 서로의 꽃대에 몸을 비비듯 삼 년을 떨어져 있었던 너나들이 동무는 한 몸이 되었다.

"공주님께오서도 하시게, 라는 말투를 쓰시는 것을 보니 솔나 너 참말로 이제 전하의 여인이 되는 것이구나."

어느새 눈물을 지워낸 미우가 평소의 씩씩한 말투로 돌아왔다.

"그리되었어."

"나에게는 귀띔이라도 좀 해줄 것이지. 꽃달이 뜨는 밤이면 사람의 몸으로 돌아왔었다며?"

미우가 솔나의 양팔을 쓸어내렸다.

"어찌 알았니?"

"다선 화원장님이 일러주시더구나."

"미안. 꽃의 본체를 떠나 너무 멀리 갈 수는 없어서. 그리고 함부로 막 돌아다닐 수도 없고."

"다선 화원장님도 많이 서운해하셨어."

"그도 미안하다. 미우 너랑 화원장님께는 내가 할 말이 없다."

"아냐. 그러라고 한 말도 아닌데, 뭐. 내랑 다선 화원장님이랑 너를 정말 많이 그리워했다는 것만 알아줘."

"알고 있어. 꽃 속에 들어 있을 때는 늘 두 사람을 보았는걸."

"꽃 속에 있을 때도 사람의 몸으로 있었던 거야?"

"응."

"어떻게?"

"글쎄. 내도 어떻게 설명해야 될지는 모르겠는데."

"그랬구나. 그럼 화원장님이랑 내랑 날마다 다투기만 하는 것을 다 보았겠네."

"글쎄. 내 보기에는 꼭 다투기만 하는 것 같지는 않던데."

두 사람은 올해 들어 부쩍 다정해 보였다.

"미우 네게 정말 고마워. 나는 마음에 상처만 드리고 또 나 때문에 눈까지 멀어버린 화원장님이신데 미우 네가 곁에서 힘이 되어드려서."

"그렇지도 못했어."

"누군가에게 그리 의지하고 마음을 나누는 화원장님의 모습은 나도 처음이었는걸."

"정말?"

"응."

"사실, 화원장님께서 내게 고백도 하셨다."

"우와! 정말!?"

"응. 그리고 이건 비밀인데, 화원장님 안력도 돌아오셨어."

아무에게도 말하지 못한 말을 미우가 솔나에게 털어놓았다.

"정말! 아! 그렇구나. 참말, 참말로 잘되었다."

화인의 생종을 들고 온 날 밤, 정확하게 눈맞춤을 하던 다선을 보며 혹 안력이 돌아온 것이 아닐까 생각했었는데 역시 맞나 보았다.

"지금 궁을 나가면 궁녀장마마님의 사가에서 지내게 된다고?"

"응. 언제까지나 소실에 숨어 있을 수만도 없고 또 국혼을……."

국혼이라는 말을 하려다가 솔나는 그만두었다. 왕실의 예법을 익히고 귀족가 아가씨로서의 규범도 익히기 위해 홍화의 사가에서 지내기로 하였다.

"내는 진즉에 궁녀장마마님이 너의 편이라는 것을 알았어. 이러나저러나 모두 너와 전하를 위해서 하신 일이라는 것도."

"내도 알고 있어."

"곧 국혼을 선포하시고 금혼령을 내릴 것이라 하던데, 하면 솔나 너는 후비로 다시 궁에 들어오는 것이야?"

아무것도 모르니 미우가 당연히 그렇게 물었다.

"글쎄."

"그때가 되면 정말 더 이상은 너나들이 동무로 지낼 수는 없겠구나."

미우가 아쉬운 듯이 한숨을 내쉬었다.

"아니. 한 번 동무는 영원한 동무지. 사람들의 앞에서는 그리할 수 없을지라도 둘이만 있을 때는 꼭 변함없이 동무로 대해줘."

"그래도 돼?"

"당연하지. 화가야 땅을 통틀어서 내게 동무라고는 미우 너뿐이야."

"우리 너무 회포가 길었다. 일문 밖에서 공주님이 기다리시고 태양관 입구에서는 부마위 나리도 기다리고 계시는데."

"그래. 아쉽긴 하지만 그만 가야겠어."

"이것 쓰고 가. 오늘 첫눈이 내려서 많이 추워."

미우가 자신이 쓰고 있던 궁녀용 남바위를 벗어 솔나에게 씌워주었다.

"나중에 너는 추워서 어찌 가려고?"

"나야 한두 번 나는 겨울이니? 꽃이었던 너와는 다르지."

"그래. 고마워. 밤까지 소실에 갇혀 있으려면 답답하겠다."

"너는 꽃 속에 삼 년을 갇혀 있었잖아? 내야 겨우 반나절인데 아무 상관없다."

"고마워."

"동무 사이에 자꾸 고맙긴."

미우가 다시 솔나를 안았다. 궁녀로 보이기 위해 하나로 단을 드리운 솔나의 머리도 정리해 주었다.

"궁에 다시 돌아오게 되면 반갑게 보자."

"그래. 기다릴게."

아쉽게 두 사람이 떨어졌다. 솔나가 일문을 나서자 기다리고 있던 아율이 솔나를 맞아주었다.

잠시 후, 홍화와 솔나는 태양관을 나섰다. 하얗게 내리는 눈발이 두 사람의 발자국 위에 입김을 불었다. 홍화는 자신의 죄 된 마음을 눈 위에 찍으며 걸어갔고 솔나는 남모르게 설레는 마음을 눈 위에 남기며 걸어갔다.

"단순히 이모로서 전하를 위하는 마음이라고만 볼 수는 없겠지요?"

보리는 겸과 솔나의 일에 저리도 적극적인 홍화가 적이 의아한 모양이었다. 성글게 올라가는 입김이 차가웠다.

"아마도요. 오히려 백일홍 화인의 신분을 들어 후비로 들이는 선에서 끝을 맺자고 주청을 올릴 궁녀장이겠지요."

"도대체 궁녀장이 백일홍의 화인에게 진 마음의 빚이라는 것이 무엇일까요?"

"매사에 맺고 끊기가 서릿발 같은 궁녀장인데 정말 어떤 빚을 진 것이죠?"

보리도 아율도 정말 궁금하였다.

"삼 년 전, 처음 전하께오서 어심을 주셨을 때부터 궁녀장이 도왔다지요?"

"네. 오라버니 전하께 그리 들었어요."

"하면 단순히 백일홍 화인에게 진 마음의 빚은 아닌 모양입니다."

"어째서요?"

보리와 아율은 이제 겸의 궁실을 나왔다.

"내도록 다선의 옥 화분에 심겨 살다가 내화원에서만 살았고 왕자 시절 전하의 궁실인 양화관으로 왔을 때 처음 만났던 사이라면서요? 전하와 화인의 마음을 안 후에는 궁녀장이 적극적으로 나서서 인연을 도왔고요. 맞지요?"

"저보다야 당시 궁에 있던 장군이 더 잘 아시잖아요."

"그러니까 말이에요. 그런 궁녀장이 어떻게 백일홍의 화인에게 마음의 빚이 있겠어요?"

보리가 슈룹(우산)을 아율 쪽으로 기울여 주었다.

"참말 그러네요. 지금 전하의 소실에 있는 이궁녀와 백일홍의 화인이 친분이 깊다는 것도 궁녀장이 일러주었으니 그만큼 평소에도 살펴주었다는 말인데."

"설마하니 그 빚이라는 것이 혹 초비처럼 부모대의 원한으로 얽혀 있는 것은 아니겠지요?"

"그럴 리가요. 궁녀장이 누구에게 원한 살 일을 할 이입니까?"

"그렇겠지요. 언제나 깔끔한 사람이니."

"세월이 더 지나면 이야기할 수도 있겠지요. 본인이 얘기하고 싶지 않은 일을 우리가 구태여 캐물어 댈 것은 없을 것 같네요."

아율은 아무것도 물어보지 말라고 하던 홍화의 처연한 눈빛을 떠올렸다.

"공주!"

"네."

"화인의 숲에 산보라도 하러 갈까요?"

왕궁 동쪽 내화원으로 하여 화인의 숲으로 통하는 길이 있었다.

"이제 겨울이라 붉은 꽃빛은 찾아볼 수가 없어요. 하지만 화인의 숲의 나무들은 언제나 꽃보다 붉은 잎이죠. 겨울에도 시들어 내리지 않으니 꽃 속에서 눈을 맞는 기분으로 산보를 가시자고요."

보리가 아율에게 한 손을 내밀었다.

"화인의 숲에는 범이 삽니다. 범들도 첫눈이 반가워 산보를 나올 것 같은데 장군은 무섭지 않으세요?"

"잊으셨습니까? 신이 화가야 제일의 무사라는 것을요."

"봄의 셋째 달이면 열리던 왕실 공식 사냥대회가 없어진 지도 삼 년째예요. 화인의 숲에 가면 온통 범들이 득실거릴 것입니다."

화가야에서는 매달 오월, 왕실이 주관하여 범 사냥이 있었다. 왕족과 귀족은 물론 평민들도 사냥에 참여할 수 있었다.

하지만 화인의 숲의 범들이 화인의 보호자라는 것을 알게 된

겸이 이 년 전부터 범 사냥을 폐지해 버렸다. 화인의 숲에서 화인
들과 범들은 자신들만의 평온한 삶을 살았다.

"깊이는 들어가지 말고 내화원 쪽으로 연결된 초입까지만 다녀
오지요. 그리고 범이 나타나거들랑 신이 한 손에 때려잡을 테니
걱정 마시고요."

"때려잡기나 하실 건가요? 작은 벌레 한 마리도 함부로 하기를
망설이시는 장군께서."

"범을 잡아서 하사받은 화가야 비단으로 매화 병풍을 해드렸던
일을 잊으셨습니까?"

"그건 공식 사냥 일정이었죠."

"공주를 지키는 일이라면 망설일 것이 무엇인가요? 게다가 화
인의 후예이신 공주를 범이 해하려고 덤비기나 하겠어요?"

"그건 장군의 말씀이 맞네요. 하면 오늘의 고백을 들어보고 결
정할까요?"

"오늘의 고백이요?"

"네. 오늘은 오늘의 고백을 하시지 않을 걸로 기억하는데요."

"꽃으로 가득한 화가야라고는 하나 첫서리가 내리면 모든 꽃이
시들어 버리지요. 하나 신의 가슴에는 시들지 않는 꽃이 있으니
그 이름은 매화입니다. 또한 오늘처럼 첫눈이 오면 모든 꽃송이마
저 남김없이 져 버리지요. 하나 신의 마음에는 지지 않는 꽃이 피
어 있으니 그 이름도 매화입니다."

"흠! 적이 마음에 드는데요."

아율이 도도하게 고개를 들었다.

"하오면 첫눈이 오는 하루, 공주의 손을 잡고 화인의 숲을 산

책할 광영을 저에게 베풀어주시겠사옵니까?"

보리가 한쪽 무릎을 꿇듯이 하고 손을 뒤집어 내밀었다.

"장군은 그리하도록 하시게."

아율도 손을 내밀어 보리의 손바닥에 얹었다.

"신! 가문의 광영이옵니다. 가시옵지요. 공주님!"

"조심하여 길라잡이(안내원)를 하시게."

보리의 말에 아율이 더욱 도도하게 턱을 들어 올렸다.

"하하하하하!"

"호호호호!"

십이월의 한 날에 첫눈이 축복처럼 떨어져 내렸다. 연모의 마음으로 가득한 보리와 아율의 웃음은 설렘으로 떨어져 내렸다. 시리지만 또 따뜻했다.

홍화의 사가는 태양궁에서 그리 멀지 않았다.

궁을 나서기 전에는 한마디 말도 없이 앞서서 걸어가기만 하던 홍화가 궁을 나서자마자 솔나의 옆으로 나란히 서더니 조근조근 말을 건네기 시작했다.

"춥지는 않으십니까?"

솔나에게 물은 홍화의 첫마디였다.

"저는 괜찮습니다. 궁녀장마마님은 시리지 않으십니까?"

"소인은 괘념치 않습니다."

"소인이라니요? 어찌 제 앞에서 그런 칭호를 쓰십니까?"

자신을 소인이라고 낮춰 부르는 홍화의 말에 솔나가 깜짝 놀랐다.

"앞으로는 아가씨라 부를 것입니다. 아가씨께는 충분히 그리 불려도 될 신분이 있습지요. 하고 아가씨는 화가야의 지존이시며 소인이 섬기는 군주이신 한울왕 전하의 여인이시니 그리해서 안 될 이유는 하나도 없음입니다."

"무슨 그런 말씀을? 저는 고귀하오신 전하의 한낱 숨겨진 여인일 뿐입니다. 그리고 그런 저의 신분이 마땅한 것이고요."

"아가씨는 반드시 왕후마마의 위에 오르실 것입니다. 그때가 되면 소인을 왕족으로서 대하셔야 할 것이고요."

"분명 저에게는 그런 욕심은 없다 말씀드렸습니다."

"국혼이 선포되고 금혼령이 내리면 아가씨도 처녀단자를 올리셔야 합니다. 어떤 형태가 되든 반드시 그럴 것입니다."

"제가 어찌 왕실에 처녀단자를 올린단 말입니까? 그저 꿈입니다."

"아가씨가 생을 달리했다고 믿을 때에도 아가씨만을 그리며 삼 년간이나 월화관을 비워두셨던 전하이십니다. 이제 아가씨가 살아 돌아왔는데 설마하니 월화관에 다른 주인을 들이시겠습니까? 그러니 전하의 꿈도, 아가씨의 꿈도 반드시 이루어야지요."

두연이 마음을 돌이켜 솔나를 찾아온다면 다행이다. 그러면 솔나는 아무 문제 없이 처녀단자를 올릴 수 있다. 하지만 만에 하나, 두연이 끝까지 솔나를 외면한다면 홍화는 솔나를 자신의 가문으로 입양할 생각이다. 스물셋의 다 자란 아가씨를 입양하게 되면 설령 처녀단자를 올린다 해도 귀족 대신들과의 실랑이는 피할 수가 없게 된다. 하지만 어떤 식으로라도 반드시 성사되어야 할 일이었다.

"앞으로 많이 고될 것입니다. 먼저 귀족가 아가씨로서의 예의범절을 익히셔야 할 것이고 다음으로 왕실의 법도와 위계에 대해서도 배움을 가지셔야 합니다. 그리고 그것이 어느 곳에서 이루어지게 될지라도 소인이 기쁘게 주관할 것입니다."

애정이 듬뿍 담긴 홍화의 말이었다. 겸의 이모로서 하는 말이었고 속죄함으로 건네는 말이었다.

"궁녀장님의 은혜를 어찌 다 갚으라고 자꾸 저에게 주기만 하십니까?"

삼 년 전에도, 지금도, 홍화는 솔나에게 그랬다.

'아니요. 갚아도 갚아도 모자랍니다. 그리고 국혼이 성취된 후에 소인의 오래된 죄과는 반드시 합당한 벌을 받도록 하겠습니다.'

홍화의 마음속의 말이 눈 사이로 성글었다.

잠시 후.

"궁녀장마마님! 궁녀장마마님!"

홍화의 집으로 들어서는데 집사로 보이는 남자가 득달같이 두 사람에게로 달려왔다.

"열흘간이나 퇴궁을 아니하시고 궁에 무슨 일이 있었습니까요?"

집사가 홍화를 뒤를 따랐다.

"아닐세. 급히 해결해야 할 일이 있어서. 아가씨의 방은 잘 준비해 두었는가?"

"벌써 하루 만에 다 마무리하였습니다요."

"한데 오늘따라 왜 이리 부산인 겐가?"

"서신이 왔습지요. 마마님께서 그리도 고대하시던 서신이 왔다 니까요."

"서신이라니?"

"맨드라미읍에서 서신이 왔단 말입니다요. 얼른 내실로 들어보 소서."

맨드라미읍에서 서신이?

홍화의 걸음이 갑자기 빨라졌다. 솔나에게도 따라오라 몸짓을 하였다.

홍화의 방은 소박하고 정갈했다. 여인의 방답지 않게 즐비한 서책도 가지런히 정리가 되었고 좌탁과 비단 보료도 요란스럽지 않고 검소하였다.

좌탁 위에는 봉해진 서신이 하나 놓여 있었다. 옷자락에 쌓인 눈도 다 털어내지 않은 홍화가 급한 걸음으로 다가가 서신을 열었 다.

두연이 보낸 서신이 맞았다.

―궁녀장님이 다녀가신 후 많은 생각을 하였소. 오래 묵혀두었던 아픔이 정신을 감싸고 올라와 아프고 아린 가운데 생각을 하였소. 쎄연이는 우리 부부에게 언제나 아리고 아픈 이름이오. 식찬을 들 면서도, 몽중에 들어서도 피가 그치지 않는 칼날이었소. 잊고 살 수 있으면 제일 좋은 방법이리라. 이대로 그냥 지나갈 수 있다면 그것 도 최선이리라. 하나 쎄연이 남기고 간 핏줄이 있다면 응당 우리가 거두어야 한다고 결론을 내렸소. 이제는 다 자라서 아이라고 부를 수도 없을 그 아이가 많이 보고 싶구려.

십이월 십일, 두연 부부가 솔나를 보러 함께 오겠다는 말로 서신은 끝났다.

"되었습니다."

서신을 솔나에게 건네는 홍화의 목소리가 기쁨에 들떠서 떨렸다.

"이제 다 되었습니다. 아가씨의 큰아버님께서 아가씨를 만나러 오시겠답니다."

드디어 김두연이 솔나를 받아들이기로 했다.

"궁녀장마마님!"

눈물을 글썽이는 솔나의 두 손을 홍화가 잡았다.

"고생하셨습니다. 고생하셨어요. 이제 다 끝났습니다. 이제 모두."

홍화의 사가 지붕에 첫눈이 포근하게 내려앉았다.

☾

왕실 가족 성찬이 있는 날.

태양관의 가족실에서 보리와 아율, 겸과 청천비가 각자의 다과상을 대하고 앉아 있었다. 막 저녁 식사가 끝난 참이었다.

겨울이라도 온실에서 키워낸 꽃들이 고배화분에 심겨 곳곳에 놓였다. 가족실로 들어온 수정나비들은 아율과 겸의 손등 근처에 앉아 날개를 팔랑거렸다.

바깥의 하얀 겨울 공기 속에서는 설나비와 빙나비가 나비춤을 추었다.

"오라버니 전하! 궁녀장의 사가에는 가보시지 않을 요량이십니까?"

솔나가 홍화의 사가로 간 후 며칠이 지났다.

"홍화 궁녀장의 사가에 말이냐? 아니 가련다."

"어찌해서요?"

"궁녀장이 좋은 소식이 있으면 말씀 올리겠다고 얘기했어. 내가 찾아가면 자꾸 어찌 된 일이냐 닦달을 하게 될 듯하여 참는 중이란다."

"가서서 백일홍 화인의 얼굴이라도 보고 오시면 되지요."

"그도 안 하련다."

"어찌해서요?"

"보고 나면 다시는 궁으로 돌아오고 싶지 않을까 봐."

"전하! 그 윤음(왕의 말)은 적이 서운합니다. 하면 왕실의 가솔들은 아니 보겠다는 말씀이신지요?"

아율과 겸의 대화를 듣고만 있던 청천비가 대화에 끼어든다.

"송구합니다. 태후마마! 그럴 리가 있습니까? 소자 생각이 짧아 태후마마의 심기를 어지럽히는 말씀을 하였습니다."

"호호! 저야말로 아닙니다, 전하. 하도 깊은 생각에 잠겨 계시기에 부러 해본 말인데요."

"제가 내도록 제 생각에만 잠겨 있었나요?"

겸이 멋쩍은 듯이 물었다.

"달포(한 달)에 한 번 모이는 왕실 가족 성찬인데 전하의 어심은 온통 궁녀장의 사가에 가 계시니."

"송구합니다."

겸이 찻잔을 내려놓았다.

"전하!"

청천비가 겸의 가까이로 다가앉더니 겸의 손을 잡았다.

"홍화 궁녀장이 분명히 왕후의 위를 약조해 주었지요? 허튼소리라고는 결코 하는 법이 없는 사람이니 꼭 전하의 원대로 모든 일이 이루어지실 것이에요. 하니 너무 많은 생각으로 스스로를 괴롭히지는 마세요."

청천비가 겸의 손등을 토닥거렸다.

"그렇사옵니다. 전하! 이미 국혼이 선포되었고 금혼령이 내려졌지요. 내년 일월까지는 처녀단자가 올라올 것이고 반드시 거기에는 백일홍의 화인이 들어 있을 것이라 신도 믿사옵니다."

보리가 두 손을 모아 쥐었다.

"이런, 이런! 제가 왕실의 모두에게 근심을 끼쳤나 봅니다. 태후마마! 공주! 부마위! 다들 제 걱정일랑 놓으세요. 저도 깊은 근심에서 벗어나도록 하겠습니다. 오랜만의 가족 성찬을 저 때문에 망쳐서야 아니 되지요."

겸이 분위기를 바꾸려는 듯 양손을 내저었다.

"태후마마! 밤마다 무엇으로 소일거리를 하십니까?"

겸은 근래 들어서 청천비의 취침 시간이 늦다는 궁녀의 말을 전해 들었다.

"늙어가는 몸이 달리 소일거리랄 것이 있나요? 꽃도 가꾸고 난도 치고 혹여 전하의 국혼에 보탬이 될까 하여 베갯잇도 수놓고 있답니다."

"태후마마께오서 친히 베갯잇을요?"

"네. 민가에서는 영식(아들)이나 영애(딸)를 여읠 때 모친이 친히 베갯잇을 수놓아 부부의 금슬을 축원하지요."

"그런 전통이 있습니까?"

"비록 이 몸이 전하를 태에 품어 낳지는 않았으나 아율을 잃었던 그 봄날부터 전하는 이 몸에게 단 하나 남은 삶의 이유였고 존재의 목적이었지요. 이리도 기쁜 마음으로 전하의 국혼을 기다리게 되어 참으로 감개가 무량하네요."

왕실의 그 누구도 솔나가 왕후가 되는 것을 의심하지 않고 있었다. 그만큼 홍화에 대한 왕실의 신뢰가 깊고도 무한한 탓이었다.

"하면 국혼의 초야는 꼭 태후마마가 수놓아준 베개를 베고 자야겠어요."

"그리하시지요. 제가 만고에 다정한 원앙을 수놓아 드리겠어요."

"감읍합니다. 태후마마! 그리고 참, 부마위!"

"네."

"일전에 부마위가 왕실에 헌납한 전답은 초막거리 백성들에게 무상으로 대여해 주었네."

"참으로 잘하셨사옵니다."

"그들에게서는 전답세도 일반 민가의 반만 받을 생각이야."

"깊으신 혜안이시옵니다."

"부마위의 뒤를 따라 전답을 헌납한 권문귀족들이 봄이 돌아오면 배앓이들을 하겠어. 매해 들어오던 전답세를 공으로 못 받게 되었으니."

"하하하! 그렇겠사옵니다."

초막거리는 국읍의 빈민들이 사는 곳이었다.

"한데 공주! 공주는 왜 말이 없는 것이냐?"

아율은 왜 홍화의 사가에 가지 않느냐는 이야기 후로 말 한마디 없이 앉아 있었다.

"그것이 속이 조금 좋지가 않아서."

"아니, 왜? 많이 미령한 것이냐? 궁내 어약사를 부르랴?"

보리보다 겸이 먼저 야단이었다.

"늦은 저녁 시간이에요. 저들도 편히 쉬어야 되지 않겠습니까?"

"듣고 보니, 공주! 어찌 낯색도 창백하니 편치가 않아 보이는구나."

청천비도 덩달아 걱정을 했다. 아닌 게 아니라, 아율의 볼이 눈에 띄게 창백해 보이긴 했다.

"참말 괜찮은 것이에요?"

보리는 아율의 이마를 짚어보았다. 열이 나지는 않았다.

"그냥 속이 조금 답답한 것뿐이옵니다. 그리 정색들을 하시오면 소녀가 너무 송구하지 않사옵니까?"

"공주가 우리 화가야 왕실에 어떤 공주인데 정색을 아니할 수가 있어?"

겸은 여전히 걱정을 거두지 못했다.

"되었어요. 차를 마시고 나면 더부룩한 속이 좀 내려갈 것입니다."

아율이 침을 한 번 삼키더니 찻잔을 집어 들었다. 겨울에 접어 들고서 내도록 마시고 있는 국화차는 노랗게 향기로웠다.

"으읍!"

국화차를 마시려던 아율이 입을 막으며 구역질을 하였다. 보리 와 겸, 청천비의 눈이 등잔처럼 휘둥그레졌다.

"공주!"

"아율아!"

"공주야!"

놀란 세 사람이 동시에 아율을 불렀다.

"으읍! 으읍!"

아율이 다시 구역질을 했다. 이제 다른 세 사람의 낯빛은 다 백지장처럼 창백했다.

"어, 어서 궁내 어약사를! 어약국에 알려야!"

"아율아! 대체 이게 무슨 일이냐? 왜 그러는 것이냐?"

"공주야! 공주야!"

화기애애하게 오가던 분위기가 순식간에 발칵 뒤집어졌다. 그 중에서도 궁내 어약사를 부르는 보리의 모습은 혼이라도 달아나 는 모습이었다.

"그만들 두세요. 아무 일도 아니옵니다."

입을 막았던 손을 내린 아율이 자세를 고쳐서 앉았다.

"아무 일도 아니라니?"

"어서 어약사에게 보여야 하옵니다."

겸도 난리고 보리는 더 난리였다.

"전하! 가만히 계셔 보소서. 부마위! 잠시 기다려 보시게."

하지만 청천비도 침착한 목소리를 분위기를 정돈시켰다.

"공주야! 너 혹시?"

청천비는 어머니로서 느껴지는 감이 있었다.

"맞습니다. 어마마마!"

아율이 미소와 함께 손을 배에 갖다 댔다.

"무, 무슨 말씀이옵니까? 태후마마!"

"태후마마!"

여전히 혼비백산 중인 겸과 보리가 아율과 청천비를 번갈아 보았다. 청천비는 두 팔로 아율의 어깨를 감쌌다.

"전하! 감축드립니다. 화가야 왕실의 귀한 혈손을 보시게 되었어요. 부마위! 감축드리오. 아버지가 되시겠소."

"네?"

"무엇이라 하셨습니까?"

두 남자는 금방 말을 알아듣지 못했다.

"공주가 잉태를 하였습니다."

남자 바보 일, 남자 바보 이, 바보 두 명이 바보의 표정을 지었다.

잠시 후 류화관.

"부마위 나리! 감축드리옵니다. 공주님께오서는 회임하신 것이 확실하옵나이다."

"그, 그게 참말인가?"

"확실하옵니다. 부마위 나리. 후년 늦가을쯤이면 아버지가 되시겠사옵니다."

"감축드리옵니다."

"감축드리옵니다."

어약사와 어약녀들이 축하의 인사를 올리고 물러갔다.

아율의 머리맡에는 겸이 준 선물이 한 보따리였다. 회임이 확인된 것도 아닌데 회임일지도 모른다는 말만 듣고서 겸이 선물을 주렁주렁 안겨서 보냈다. 태양관에서 돌아오는 동안 류화관의 궁인들이 퍽 고생을 하였다.

"공주! 고마워요. 참으로 고맙습니다."

부모님을 잃고 아율마저 태양궁으로 복위된 후 보리는 늘 혼자였다.

"그리 좋으세요?"

아율의 코끝이 찡하였다.

"좋습니다. 좋고말고요. 이리 좋은 일이 또 어디에 있을 거라고요?"

하지만 꿈에도 그리던 아율을 아내로 맞았고 이제 두 사람을 닮은 아이도 품에 안게 되었다.

"장하십니다. 장하세요. 공주! 태양관에도 전갈이 갔을 것이에요. 날이 밝으면 아마도 공주의 회임을 온 화가야 백성들이 알게 되겠지요. 내도 큰댁에 따로 사람을 보내어 이 기쁜 소식을 알려야겠습니다."

"세상에 나오기도 전부터 이리 좋아하시다니? 혹여 나중에 장군의 마음일랑 몽땅 아이들에게 빼앗기는 것이 아닌지요?"

"그럴 리가요. 공주가 낳아주시는 공주의 아이이니 귀하고 사랑스러운 것을요."

"농이어요."

"신은 농이 아닌데요. 저에게 언제든 일 순위는 공주입니다."

"오늘의 고백이죠?"

"네. 오늘의 고백입니다."

보리는 정말 하루도 빠지지 않고 오늘의 고백을 했다.

"이렇게 조그맣고도 납작한 배 속에 귀한 혈손이 들어 있단 말이지요?"

보리가 아율의 배를 쓰다듬었다.

"그 누구보다 공주께서 강건하고 행복하셔야 해요. 공주가 강건해야 혈손도 강건할 것이고 공주가 행복하셔야 혈손도 행복할 것이에요."

"서방님이 강건하면 소첩도 강건할 것이고 서방님이 행복하시면 소첩도 행복할 것이에요. 그러니 혈손의 강건과 행복은 서방님께 달렸어요."

아율이 처음으로 서방님이라 하고 소첩이라고 했다.

"서방님? 소첩?"

아니나 다를까, 보리의 입이 그럴 수 없게 벌어졌다.

"공주! 지금 저더러 서방님이라 하셨나요? 소첩이라고도?"

"들으신 그대로여요. 그러니 서방님도 이제는 저를 부인이라 부르세요."

"부인?"

"이제 혈손들이 태어나면 어엿한 부부의 도를 제대로 알려주어야지요."

"부인! 부인!"

보리가 그저 좋아서 몇 번을 불렀다.

"네! 서방님! 네! 서방님!"

아율도 생글거리며 몇 번을 대답했다.

새로운 생명을 가운데 두고 보리와 아율이 벅찬 감동으로 서로를 안았다.

☾

십이월 십일, 홍화의 사가.

첫눈이 아직도 군데군데 남아 있었다. 태양궁에서 일찍 돌아온 홍화와 솔나가 안채의 마당 앞에서 걸었다.

색깔 있는 옷깃을 둔 저고리를 입고 아래를 풍성하게 부풀린 치마를 입은 솔나는 이제 어엿한 귀족가의 아가씨처럼 보였다. 요란하지 않게 치장한 머리 모양과 화장도 솔나를 한층 돋보이게 했다.

"궁녀장마마님! 무화과나무 위에 눈발이 꽤 쌓였네요."

홍화가 거하는 안채의 마당에는 온통 무화과가 심겨 있었다.

"원래도 꽃이 없어 서러운 나무인데 겨울이라도 시리지 않게 보냈으면 좋겠습니다."

"이렇게 단단히 월동 준비를 해주었으니 잘 지내겠지요."

솔나가 무화과나무 앞에서 걸음을 멈추었다. 짚을 엮어 밑동을 꽁꽁 싸맨 무화과나무는 털옷이라도 입은 것 같았다.

"무화과나무가 꽃이 없어 화사함은 없다 하지만 그 잎은 태초부터 큰 쓰임을 받았지요. 태초의 인간들은 무화과나무 이파리로 옷을 만들어 입었다 합니다."

솔나가 지금 읽고 있는 '초본보경'에 나오는 이야기였다.

"그래서 무화과나무 꽃말이 풍성한 결실인가 보아요."

"그런가요? 하지만 소인은 무화과나무를 보면 꼭 저를 보는 것 같습니다."

"궁녀장님을요?"

"좋은 시절, 저에게도 딱 한 번의 연모가 있었지요. 하지만 아프게 그 연모를 잃었고 평생을 태양궁의 궁녀장으로 지내며 꽃 한 번 피워보지 못했습니다. 제가 안채에 무화과나무를 심어둔 것은 어쩌면 저를 보는 듯하여 그런 것 같습니다."

그 단 한 번의 연모가 세연이라고 말하지 못했다. 서러운 회한이 홍화의 눈가를 지나갔다.

"궁녀장님께 연모를 잃은 사연이 있는 건가요?"

애처로운 마음에 솔나가 물었다. 그 감정은 누구보다도 솔나가 잘 알고 있었다.

"아, 아닙니다. 제가 괜히 쓸데없는 말을 하였습니다."

홍화는 연모를 잃었지만 세연과 세연의 여인은 생명을 잃었고 솔나는 나면서부터 부모를 잃었다. 홍화의 잃어버린 연모를 서러워할 일은 아니었다.

"오실 때가 다 되었습니다."

무화과나무 앞을 서성거리는 홍화에게서 하얗게 입김이 올랐다.

"너무 긴장이 되네요. 처음으로 뵙게 되는 큰아버님, 큰어머님이라서. 아니, 가족이라는 이름으로 처음 만나게 되는 분들이라서 더욱."

두연과 그의 부인이 홍화의 사가를 방문하기로 한 날이었다.

"두 분께서 저를 알아보실 수 있을까요? 제가 세상에 존재한다는 사실조차도 모르셨는데."

"알아보실 것입니다."

홍화가 거리를 두고 찬찬히 솔나를 살폈다.

"전체적인 모습은 화인이셨던 어머님을 닮으셨으나 웃을 때 드러나는 입매나 눈 주위는 아버님을 그대로 빼셨어요. 게다가 핏줄이 아닙니까? 핏줄끼리는 서로를 당기는 힘이 있다지요. 아마도 처음 보는 순간 바로 알아보리라 생각됩니다."

"그렇다면 참 좋을 텐데."

"너무 긴장하지 마세요. 핏줄의 당김이란 아무도 설명할 수 없는 감정이에요."

홍화는 꼭 그렇게 되기를 소원했다.

"궁녀장마마님! 김두연 대감께서 도착하셨습니다요."

무화과나무의 가지에서 눈이 툭 떨어졌다. 집사가 들어와서 김두연의 도착을 알렸다.

"대감! 대부인마님! 오셨습니까?"

홍화가 먼저 안채 대문간으로 가서 고개를 숙였다.

"궁녀장! 강녕하시었소? 피치 못하게 궁녀장에게 신세를 지게 되었소."

대문으로 들어서며 두연과 부인은 마당 쪽을 쳐다보았다.

두연과 부인 그리고 솔나의 눈빛이 마주쳤다. 십이월의 잔설이 남은 눈바람이 불었다. 세 사람의 옷자락 끝에서 간들거렸다.

"세, 세연아……?"

두연이 먼저 솔나 쪽으로 다가왔다.

"도, 도련님!"

부인도 그 뒤를 따랐다.

닮았다. 정말 많이 닮았다. 여성스러운 분위기의 세연의 모습과 지금의 솔나의 모습이 참 많이 닮았다.

"네가, 네가 진정 세연의 여식인 것이냐?"

두연이 다가와 솔나의 손을 쥐었다. 온기가 풍기는 따스한 손이었다.

"닮았구나. 참 닮았구나. 우리 세연이와."

두연이 감격에 차서 말을 잘 못했다.

"대감! 보세요. 오른쪽 귀 뒤에 대감이나 도련님과 똑같은 흰 점이 있습니다."

다가온 부인은 솔나의 귀 뒤를 만져 보았다.

세연의 가문의 특징이었다. 모두 오른쪽 귀 뒤, 사람들이 볼 수 없는 곳에 팥알만 하게 돋아난 흰 점이 있었다.

두연에게 있었고 세연에게 있었고 지금 솔나에게도 있었다.

"참말이로구나. 참말이야."

두연도 솔나의 오른쪽 귀 뒤를 쓸어보았다. 흰 점은 자신과 똑같은 위치에 똑같은 모양과 크기로 놓여 있었다.

"이름이 솔나라 하였느냐?"

흰머리와 흰 수염이 희끗희끗 돋아난 두연이 솔나와 눈맞춤을 했다.

"그, 그러합니다. 큰아버님!"

솔나가 피하지 않고 두연의 눈길을 받았다.

"무어라고? 방금 나를 무어라고 불렀느냐? 다시 불러보거라."

"큰아버님!"

"다시, 다시 불러보거라."

"큰아버님!"

솔나의 입김이 하얗게 서렸다 사라졌다. 두연이 솔나의 손을 더 세게 쥐었다.

"그래. 내가 너의 큰애비다. 솔나야!"

"큰아버님!"

두연이 솔나를 조용히 안았다. 부인은 눈가에 고이는 눈물을 찍어냈다.

잠시 후.

홍화의 안채 방에서 솔나가 두연과 부인에게 큰절을 올렸다.

"힘든 결심을 해주셔서 감사합니다."

두연은 윗목에 앉고 홍화는 아래쪽에 있었다.

"이것이 어디 궁녀장에게 공치사를 들을 일이겠소? 존재도 모르고 살았던 마땅한 내 핏줄을 궁녀장 덕분에 찾게 된 것인데."

두연은 솔나를 잡은 손을 놓지 않고 있었다.

"그래요. 오히려 저희가 궁녀장에게 감사해야 할 일이지요. 궁녀장이 보내주신 초상화가 아니었다면 우리도 쉽게 결정하지는 못했을 것이에요."

초비는 그림으로 먹고 살았던 아비의 재능을 물려받아 그림 그리는 실력이 있었다. 두연으로부터 아무런 소식이 없자 홍화는 초비에게 솔나의 초상화를 그리게 했다. 그런 후 다시 한 번 당부의 서신과 함께 솔나의 초상화를 두연이 있는 맨드라미읍으로 보냈다.

솔나의 눈매에, 입매에 그대로 남아 있는 세연을 보면서 두연과 부인은 솔나를 만날 결심을 굳혔다. 얼굴 모습에서 이미, 아무에게도 숨길 수 없게, 솔나는 세연의 딸이었다.

"국혼이 선포되었다 들었소."

"그렇습니다."

"하면 이 아이도 처녀단자를 올려야 하겠구려."

"그리하여야지요."

"입보(족보에 이름을 올리는 일)를 하는 것이 제일 시급한 일이겠소이다."

"서두르시는 것이 좋겠습니다."

화가야에서 여자는 따로 호적도 호패도 없었다. 하지만 귀족가의 여식으로 인정받기 위해서는 그 가문의 족보에 반드시 생시(生時)를 기록해야 했다.

"세연이 세상을 달리하고 우리의 슬하에는 자식이 없어 이렇게 우리 가문의 족보도 끝이 나는가 보다 하였소. 한데 이제 대를 물릴 이름을 올리게 되다니, 기쁘기 그지없소. 고맙소이다. 궁녀장!"

"당치 않으십니다."

"후년 정월(일월) 말까지 처녀단자를 올리고 겨울 마지막 달부터 간택이 시행된다 하던데 하면 솔나 이 아이 준비할 것이 많지 않겠소? 익혀야 할 것도 한두 가지가 아닐 터인데."

겨울 마지막 달은 이월이었다.

"궁을 나온 것이 오 일 전인데 그 후로 줄곧 시서사화(詩書詞

畵)를 익혔습니다. 가문의 내력이라 그런지 매우 영민하여 붓글은 벌써 제법 태가 납니다."

"이레도 되지 않았는데 벌써 진전이 있단 말이오?"

"국읍에서 제일가는 스승들을 붙여두었습니다."

"우리가 해야 할 일을 궁녀장이 다 하였구려. 이 은덕을 어찌 다 갚으리이까?"

"은덕이라니요? 마땅히 할 일을 하였습니다."

그랬다. 세연과 그의 여인을 죽게 한 일을 생각하면 그 어떤 일도 은덕이라는 포현은 쓸 수 없을 것이다. 홍화의 죄책감을 덜기에는 어림도 없었다.

"하면 조카님, 자수는 이 큰어미가 좀 가르쳐도 되시겠나?"

두연의 부인이 부드러운 음성으로 물었다.

"그리만 해주시면 감사할 일입니다, 큰어머님!"

큰어머님이란 소리에 부인의 눈에 눈물이 핑 돌았다.

"맨드라미읍의 살림은 정리하고 다시 국읍으로 돌아올까 하오."

"결정하셨습니까?"

"권세에는 더 이상 미련이 없으나 하나뿐인 조카가 궁으로 들어간다 하는데 가까이에서 힘이 되어줘야 하지 않겠소? 게다가 모든 일을 궁녀장에게만 일임하고 뒷짐을 지고 있을 수야 없음이오."

"국읍으로 오시는 대로 아가씨는 댁으로 옮겨 가시지요."

"하루 이틀 걸릴 일이 아니니 그동안은 궁녀장에게 조카아이를 좀 부탁하겠소."

"성심을 다할 것입니다."

이렇게 끝까지 평화로웠으면 좋겠다. 이렇게 언제까지나 서로 다정했으면 좋겠다. 하지만 자신은 세 사람에게 씻을 수 없는 죄를 지은 몸.

자신의 죄를 고백한 후에 세 사람이 너무 큰 상처를 받지는 않기를 홍화는 기원했다.

'큰아버님! 큰어머님! 궁녀장마마님!'

솔나는 속으로 세 사람을 차례로 불러보았다. 저절로 마음이 따뜻했다.

화인의 딸로 태어나자마자 부모는 한날한시에 세상을 떠났다. 자신의 뿌리도 모른 채 다선의 집에서 숨어 살아야 했다. 겸의 궁실인 양화관의 궁녀로 살 때도 미우 외에는 따스하게 쳐다봐 주는 사람도 없었다.

늘 외로웠던 삶이었다. 눈 내리는 십이월처럼 시린 삶이었다. 하지만 이제 가문과 가족을 가지게 되었고 어떤 형태로든 겸의 여인이 될 것이었다. 솔나의 삶도 풍성한 결실을 맺게 되었다.

무화과의 꽃말은 <풍성한 결실>.

15.
피어나는 봄날

봄의 첫 달, 삼월이 되었다. 새봄이 돌아왔다.

아직도 눈이 남아 있는 화가야 땅을 밀어 올리며 매화가 꽃망울을 터뜨리기 시작했다.

"부인! 또 부인의 절기가 돌아왔어요."

류화관의 뜰에서 보리가 아율의 허리를 감싸 안았다. 아율은 이제 막 부풀기 시작한 배를 하고 있었다.

류화관의 뜰은 강아지 발자국 모양으로 벌어진 매화꽃이 흐드러졌다. 수정나비들은 그 연황색 꽃잎 사이로 날아다녔다. 아직 다른 나비들은 겨울잠에서 깨지 않았다.

"네. 서방님! 매화의 절기네요."

이제 서방님이라는 호칭이 아율의 입에 붙었다.

"지금 연화관에서는 삼간택이 한참 진행 중이겠지요."

"그럴 시간이네요."

"백일홍의 화인, 아차! 이제는 김두연 대감 댁의 아가씨이지요. 그 아가씨는 삼간택까지 오르셨다지요?"

보리가 부드러운 눈길로 아율을 보았다.

"왕실 내명부에서 힘을 써주었다고는 하나 그이가 워낙에 영민하고 특출하다고 들었어요. 귀족가의 아가씨로 지낸 시간이 넉 달이 채 안 되는데 대단하지요."

초간택과 재간택에서 솔나는 항상 상위의 성적으로 낙점을 받았다.

보리가 어깨를 부축하자 아율이 뜰을 걷기 시작했다. 보리한테 몸을 완전히 의지하는 형상이었다.

"산보와 산전 운동은 매일 거르지 말라 어약사가 일렀지요?"

"그래서 한겨울에도 산보와 운동은 거르지 않았잖아요."

"한데 이리 저한테만 기대시면 어찌하십니까? 스스로의 힘을 소비하셔야 혈행이 원활해지고 부종이 예방되지요."

"무거우십니까?"

"무겁지는 않습니다만 해산 과정에 도움이 되려면 제대로 운동을 하셔야지요."

"그럼 조금만 기댈까요?"

아율이 몸을 세웠다.

"지난겨울은 유난히 눈이 많이 왔지요. 겨울 내내 연두색 구름을 보았던 듯해요."

화가야에서 연분홍 구름은 비를 알리는 징조였고 연두색 구름은 눈을 알리는 징조였다.

"그래도 덕분에 올 농사의 비는 넉넉하여 모자라지 않겠어요.

눈이 많이 내린 겨울이 지난 봄은 항상 비가 많은 법이니까요."

"비가 많이도 올 것이지만 설령 비가 모자라도 큰 걱정은 없어요. 작년 가을에 오라버니 전하께오서 국읍을 비롯한 각 지방 소읍에 저수지를 신설하거나 증설하여 눈 녹은 물을 많이 대비해 두었지요. 게다가 전하의 국혼이 이루어진 후에는 국혼 기념으로 대대적인 농수로 개설과 농기구 개량도 도모한다잖아요. 언제나 민가의 백성에 대한 마음이 한결같으신 오라버니 전하이시오니."

"승하하신 선대왕 전하의 시절, 폐위된 열리관의 부인이 국정을 엉망으로 만들어놓았어요."

"해서 오라버니 전하가 이 년 동안 주력하신 일이 민생 안정과 국정 기반을 잡는 것이었잖아요."

"연모를 잃은 상처를 안고서도 참 의연하게 지내셨지요."

"서방님이 곁에 계셔서 힘을 많이 보태셨잖아요."

"이 몸이 왕실에 도움이 되긴 하였나요?"

"물어 무엇하나요? 지난 일 년간 서방님이 있어 평안하고도 힘을 얻었던 왕실인데요."

"그저 감읍할 따름입니다."

"어멋!"

갑자기 아율이 비명을 질렀다.

"방금, 방금 아이가 제 배를 찼어요."

"아이가 배를요?"

"내도록 꼬물거리기만 하더니 방금은 힘차게 발길질을 하는데요. 신기하네요."

"어디, 어디, 저도 좀 만져 보아도 될까요?"

대답 대신 아율이 보리 쪽으로 몸을 돌렸다. 그러자 보리는 체면도 잊고 무릎을 굽혀 아율의 배에 머리를 대었다. 뒤따르던 궁녀들은 얼른 몸을 반대로 해서 두 사람에게서 등을 돌렸다.

아율의 배에 댄 보리의 귀에 아이의 발길질이 와 닿았다. 아율의 배가 이리 볼록 저리 볼록 요동을 했다.

"요 녀석, 저처럼 검을 잡는 무인이 되려는가 봅니다."

"사내인지 여아인지도 아직 모르는데요."

"사내면 어떻고 여아이면 어떤가요? 자기 몸을 지키는 검술 정도야 할 수 있으면 좋지요."

"하면 서방님께서 직접 가르치시려고요?"

"그것도 좋겠네요."

"서방님과 아이가 검술을 하는 동안 저는 옆에서 화무(花舞)를 추어야겠습니다."

"그건 아니 되겠는데요."

"왜요?"

"부인의 춤사위에 반해서 검을 잘못 놀리다가는 몸을 다치기가 십상이지요."

"아이를 낳고 나면 펑퍼짐하게 퍼져 버릴 텐데 그 춤사위에 홀리기나 하시겠어요?"

"어떤 모습이어도 부인은 언제나 저를 홀리는 사람이지요."

"그건 오늘의 고백인 거죠."

"네."

새로 돌아온 봄날은 색깔이었다. 붉기도 하고 노랗기도 하고 보랏빛이기도 했다. 삶의 매 순간이 색깔을 달리 하듯이 봄날의 매

순간도 그랬다.

"전하! 심려치 마시옵소서. 아가씨는 잘 해내실 것이옵니다."

삼간택의 현장에는 참석할 수조차 없는 겸을 홍화가 다독였다. 홍화는 진실로 그렇게 믿었다. 홍화 자신이 그렇게 가르쳤고 그렇게 만들었다.

"편히 기다리시옵소서. 좋은 소식이 날아들 것이옵니다."

안절부절못하는 겸의 등에 다시 홍화의 다독임이 내려앉았다. 그렇게 겸을 다독인 후 홍화도 삼간택의 장소로 발걸음을 옮겼다.

처녀단자를 살피고 심사하여 열 명의 왕후 후보를 뽑았다. 그런 후 이월 십일, 일간택에서는 모두 다섯 명의 왕후 후보가 선발되었다. 십 일 후, 이간택에서는 세 명의 후보가 남았다.

드디어 오늘은 그 세 명을 심사하는 마지막 절차인 삼간택의 날이었다.

연화관(내명부의 행사가 치러지는 궁실)의 넓은 실내 광장에서 삼간택이 진행된다. 왕실 내명부의 제일 웃어른인 태후 청천비와 겸의 고모인 유희 공주, 겸의 숙모가 되는 한영대부인이 내명부의 대표로 참석했다. 왼쪽 제일 앞자리였다.

왼쪽 그다음 줄에 아한 김욱, 일찬 이경구, 대나마 정석현이 귀족회의의 대표로 앉았고 마지막 줄에는 사간원의 간원 세 명이 심사관으로 참석했다.

홍화를 비롯한 궁인들은 문 가까이에 일렬로 서서 몸을 숙이고 있었다. 물론 홍화가 제일 앞쪽이었다.

왼쪽에는 삼간택에 올라온 아가씨 세 명이 머리부터 발끝까지 늘어지는 불투명한 너울을 쓰고 앉았다. 아가씨들의 저고리 앞섶에는 자신의 가문과 이름이 적힌 봉서가 들어 있는데 옷도 똑같아서 누가 누구인지 구별할 수가 없었다.

아가씨들의 앞에는 화선지와 붓이 준비되어 있었다. 자신들에게 하는 질문에 대한 대답도 목소리로는 할 수가 없었다. 오직 필담(筆談)만 주고받을 뿐이었다. 혹시나 마음에 두고 있는 가문의 아가씨에게 낙점을 하지 못하게 하기 위해서 사전에 철저히 예방을 하는 탓이었다.

솔나는 삼간택까지 올라왔다. 여기까지는 홍화나 왕실 가족들의 입김도 많이 작용하였다. 하지만 삼간택에서는 오직 솔나 혼자만의 힘으로 헤쳐 나가야 했다.

"왕후의 제일가는 덕목이 무엇입니까?"

청천비가 제일 먼저 물었다.

청천비의 질문이 떨어지자 세 아가씨는 잠시 생각에 잠겼다.

딱!

잠시 후 옥으로 깎아 만든 딱딱이 소리가 울렸다. 답을 적어 올리라는 표시였다.

아가씨들은 열심히 붓을 놀렸다.

—知이옵니다. 때를 살피는 지혜, 어심을 살피는 지혜, 왕실의 내명부를 살피는 지혜가 왕후의 덕목 중 제일가는 것이옵니다.

첫 번째 아가씨의 답이었다.

-德이옵니다. 어떠한 상황에 처해도 어진 마음으로 왕후의 자리를 지키는 것이 왕실과 이 나라 번영의 기초인 줄 아옵니다.

두 번째 아가씨의 답이었다.

-民愛이옵니다. 백성을 사랑하는 마음을 시작으로 어심을 보필하고 내명부를 이끄는 것이 제일인 줄 아옵니다.

세 번째 아가씨의 답이었다.
"왕가의 거리 행렬에서 제일 유념하여 살펴야 할 것이 무엇입니까?"
겸의 고모인 유희 공주의 질문이었다. 왕실의 가족들은 일 년에 한 번 국읍의 저자에서 거리 행렬을 했다.

-거리 행렬이 끝날 때까지의 천하의 안위와 왕실 가족의 무사이옵니다.

첫 번째 아가씨와 두 번째 아가씨의 답은 같았다.

-거리 행렬을 구경 나온 민가 백성들의 입성과 표정을 살피는 것이옵니다.

세 번째 아가씨의 답이었다.
"꽃 중에 제일 귀한 꽃이 무엇입니까? 그려보십시오."

한영대부인의 질문이었다.

세 아가씨는 자신들의 앞에 놓인 붓을 들어 화선지에 그림을 그리기 시작했다.

딱!

다시 옥 딱딱이가 울렸다. 그림을 그만 올리라는 뜻이었다.

첫 번째 아가씨의 그림은 모란이었다. 두 번째 아가씨의 그림은 백일홍이었다. 그런데 뜻밖에도 세 번째 아가씨의 그림은 웃고 있는 아이의 모습이었다.

"이 꽃을 선택한 이유가 무엇입니까? 적어보십시오."

한영대부인이 다시 물었다.

—모란은 花中之王(화중지왕)이라 하옵고 현재 태양관의 뜰에 심겨 있는 꽃도 모란이옵니다. 하여 모란이 꽃 중의 으뜸이옵니다.

첫 번째 아가씨의 답이었다.

—백일홍은 현재 이 나라의 지존이신 사십오 대 한울왕 전하의 문양이옵니다. 하여 꽃 중의 제일은 백일홍이옵지요.

두 번째 아가씨의 답이었다.

—꽃 중에 제일 귀한 꽃은 사람꽃이옵니다. 그중에서도 아이의 얼굴에 피어나는 웃음꽃은 그 어떤 꽃과도 비할 수 없이 귀하옵니다.

세 번째 아가씨의 답이었다.

"전하와 귀족 대신 사이의 의견의 불일치가 있을 때에 왕후마마는 어찌 처신해야 하옵니까?"

조금은 민감한 질문을 김욱이 던졌다.

—의견의 불일치가 무엇인지 알아보아 어심을 옳은 방향으로 잘 인도해 드려야 합니다.

첫 번째 아가씨와 두 번째 아가씨의 답은 같았다.

—왕후의 지위는 정치를 논하는 자리가 아닙니다. 하여 지친 전하의 어심만을 편케 해드리는 것이 왕후의 몫이지 않을까 합니다.

세 번째 아가씨의 답이었다.

"왕후마마는 왕실의 재정을 어찌 사용해야 합니까?"

이번에는 이경구의 질문이었다.

—근검하고 절약하여 모자람이 없게 하여야 합니다.

첫 번째 아가씨의 답이었다.

—왕실의 안주인으로서의 품위를 지키며 너무 초라하지 않도록 사용하여야 합니다.

두 번째 아가씨의 답이었다.

　-왕실의 일뿐 아니라 어디든 적재적소에 합당하게 사용하여 백
성의 세금으로 이루어진 왕실 재정이 가장 유용하게 쓰이도록 해
야 합니다.

　세 번째 아가씨의 답이었다.
　"작년 겨울에는 눈이 몇 번을 왔습니까?"
　사간원의 간원 중 한 명이 물었다.

　-열 번에서 열두 번은 왔습니다.

　첫 번째 아가씨의 답이었다.

　-열다섯 번 내외는 되었습니다.

　두 번째 아가씨의 답이었다.

　-내리다가도 그치고 그쳤다가도 내리는 것이 눈이니 횟수를 밝
혀 말할 수는 없습니다.

　세 번째 아가씨의 답이었다.
　그렇게 간택 절차가 끝나고 총 아홉 개의 낙점 중 여섯 개가 세
번째 아가씨의 것이 되었다.

"낙점된 아가씨는 너울을 벗으소서."

홍화가 다가가 말했다. 그러자 세 번째 아가씨가 너울을 벗었다. 너울에 감싸여 있던 자태가 드러났다. 나머지 두 아가씨는 너울을 쓴 그대로 연화관을 물러 나갔다.

"아가씨는 일어나 왕족에 대한 예의로써 삼배를 올리소서."

양쪽에서 궁녀가 부축하자 세 번째 아가씨가 삼배를 올렸다.

"아가씨는 가문과 출신을 고하소서."

삼배를 올린 아가씨가 앉더니 저고리 품에서 봉서를 끄집어냈다. 그리고는 간택 절차 이후 처음으로 입술을 열어 말을 하였다.

"소녀, 전 금찬 벼슬을 지낸 김두연 대감의 질녀 김솔나라 하옵니다."

겸의 왕후로 간택된 세 번째 여인은 바로 솔나였다.

지회실에서는 귀족 대신들이 시끌시끌 난리가 났다. 왕후로 간택된 솔나 때문에 불만들이 마구 터져 나오고 있었다. 주로 권세를 탐하는 귀족들로 모두 겸의 반대파들이었다.

"아니, 도대체 입보(족보에 오름)된 지 석 달도 채 안 된 이가 왕후 간택이라니요?"

자신의 딸이 삼간택에 올랐던 은찬 벼슬 대감의 말이었다.

"게다가 혈통도 확신할 수 없어요. 나자마자 부모는 세상을 떴다 하는데 누가 어떻게 확인을 해줄 수가 있겠어요?"

역시나 딸이 삼간택에 올랐던 삼한 벼슬 대감의 말이었다.

"김두연 대감이 확신을 하였소. 그 대감이 허튼 일을 할 사람은 아니지 않소?"

겸의 편에 선 귀족의 대꾸였다.

"권력에 눈이 멀면 무슨 짓인들 못 하겠소이까?"

"벽지에 내려가 조용히 살던 분입니다. 김두연 대감이 권력에 눈이 멀어 그럴 분도 결코 아니지요."

"열 길 물속은 알아도 한 길 사람 속은 모른다는데 왕후의 가문이 되고 싶어 그런 일을 벌였을지 그 누가 알겠소?"

"가문의 표식이 있다고도 들었는데. 게다가 마지막 삼간택은 발치까지 늘어지는 너울을 쓰고 있어 누구에게 낙점을 하고 안 하고 할 수가 없는 상황이었잖소. 그 아가씨의 영민함이 아주 특출하다고 들었소."

"하지만 그 답을 듣지 않았소? 왕가의 거리 행렬에 제일 유심히 살펴야 할 것이 구경 나온 민가 백성들의 입성과 표정이라니요? 하! 이게 어디 가당키나 한 답이었소? 전하께오서도 늘 민가, 민가, 백성, 백성, 노래를 부르는데 왕후의 위까지 그런 아가씨가 앉으면 앞으로 귀족 가문의 권익은 나날이 불리해질 수밖에 없을 것이에요."

"맞아요. 전답세 사건과 국혼 문제에서도 이미 보았지 않소?"

"하나 왕후의 위는 정치를 논하는 자리는 아니라고도 했다면서요? 하면 왕후께서 정치에 관여하는 일들은 없겠지요. 여인의 권력욕과 탐욕이 사내보다 지독하고 포악함을 우리도 다 알고 있지 않소이까?"

반대파들이라고 해서 의견이 다 똑같은 것은 아니었다. 게다가 폐위된 전대의 후비인 광운비의 권력욕과 탐욕에 휘둘리면서 귀족들도 넌더리가 난 상태였다.

"일찬 대감! 대나마 대감! 도대체 말씀을 좀 해보세요. 이게 다 어찌 된 일입니까?"

은찬 벼슬의 대감이 물었다.

"그만들 하세요. 일찬 대감이나 나는 그 아가씨에게는 낙점을 주지 않았으니."

대나마 정석현이 억울함을 호소하듯 상을 찡그렸다.

"무어라고요?"

"답하는 족족 도저히 귀족가의 아가씨라고는 볼 수가 없어 일찬 대감과 나는 그 아가씨에게 낙점을 주지 않았소이다. 너울을 쓰고 있었지만 그 아가씨가 금찬 대감의 질녀라는 것을 우리는 진즉에 알아보았단 말이오."

아홉 개의 낙점 중에 빠진 두 개의 낙점이 일찬과 대나마의 것이었다. 어차피 솔나가 왕후로 낙점될 것이라고는 짐작했지만 뜻을 보탤 수는 없었다.

"일찬 대감! 무어라고 말씀 좀 해보세요. 이대로 그냥 두고만 볼 양입니까?"

"두고만 보지 않을 양이면 어쩌자는 말씀이시오?"

답답하다는 듯이 이경구가 몸을 일으켰다.

아율의 국혼을 앞두고 있을 때의 일이 생각났다.

☾

그때, 이경구는 자신의 집 보료에 앉아서 소식을 기다리고 있었다. 튀어나온 손등을 물어뜯을 듯이 하면서 애를 태웠다.

"왜 아직 소식이 없는 것이야?"

혼자서 중얼거렸다.

그때, 탕탕탕! 요란하게 대문 두드리는 소리가 들렸다.

"드디어! 왔구나!"

이경구는 반색을 하며 벌떡 몸을 일으켰다.

하지만 이경구가 입궁했을 때 시종장이 그를 안내한 곳은 한울왕의 궁실이 아닌 태양궁의 한 귀퉁이 밀실이었다.

그곳에는 그가 보낸 자객들이 오라에 묶인 채 무릎을 꿇고 앉아 있었다. 자객들은 이미 모든 것을 실토한 상태였다.

잠시 후 정석현도 그곳으로 끌려왔다. 표정을 감추지 못하는 정석현은 붉으락푸르락 난리였다.

"공들이 이리도 후안무치한 일을 벌인 것을 오늘은 그냥 넘어갈 것이오. 국혼을 앞두고 쟁사(왕실과 귀족 간의 다툼)를 벌여봐야 서로 좋을 것이 무엇이오? 하나 아무 일도 없었던 듯 넘어갈 수는 없소. 하니 공들은 이 연판장에 그대들의 낙인을 찍도록 하시오."

그 연판장은 이경구와 정석현이 아율의 국혼을 반대하고 보리의 위를 폐하고자 자객을 샀다는 것을 인정한다는 내용이었다. 겸의 내실까지 범했다는 내용은 없었다. 하지만 자객을 샀다는 이유만으로도 충분히 역모의 죄였다.

이경구와 정석현은 어쩔 수 없이 자신들의 낙인을 찍었다. 그리고 나중에 전답세에 대한 문제가 나왔을 때 겸은 그 연판장을 들어 이경구와 정석현의 동의를 끌어내었다.

결국에는 보리와 아율의 국혼도 막지 못했고 귀족들의 주 수입원인 전답세도 양보해야 하는 지경이 되고 말았다. 울며 겨자 먹기였다.

○

　사람이 얇고 경박한 정석현이야 아무 생각 없이 또 저렇게 떠들어 대지만 이경구로서는 생각이 많았다.

　지금까지 보아온 자신들의 군주인 겸은 원하는 것이 있으면 어떤 식으로든지 성취를 하였다. 보리를 처음 궁에 들일 때 그랬고 보리와 아율의 국혼이 그랬다. 자객 사건의 마무리가 그랬고 전답세 문제도 그리고 이번 왕후의 간택에 관한 일도 모두 그랬다.

　물론 그 과정에서 속임수나 뒷거래 같은 것도 전혀 없었다. 언제나 귀족들이 먼저 하수를 두었고 이를 기다렸던 겸은 고수를 두었다. 한 번도 이길 수가 없었다.

　괜히 왕후의 위에 대해 문제를 제기해 보았자 겸이 또 어떤 고수로 나올지 몰랐다.

　게다가 김두연이라면 권력을 탐해서 겸과 뜻을 합한 것도 아닐 것이었다. 비록 반대파의 귀족이라 하나 김욱이나 김두연의 절개를 이경구는 알고 또 믿었다.

　"아니, 일찬 대감은 권문귀족 중 이위를 가진 분이 아니십니까? 대감이 그리 말씀하시면 어쩌십니까?"

　"잘들 생각해 보시오."

　이경구가 침착하게 말을 시작했다.

　"전대의 폐위된 열리관 부인의 일을 다들 기억하시지요?"

　"……."

"앞에서는 비위를 맞추며 혹여나 자리에서 떨려날까 봐 굽신거렸지만 다들 뒤에서는 뭐라고 하셨소이까?"

"……."

아무도 답을 못 했다.

"하나같이 입을 모아 무어라 하였던지 기억치들 못하시오? 암탉이 우니 나라가 망한다고 다들 한탄하지 않았소? 하지만 이번에 왕후의 위에 간택된 분은 왕후의 위는 정치를 논하는 자리가 아니라 했소. 공식적으로 자신의 입으로 선포한 말씀이었소. 하니 만에 하나 나중에라도 왕후마마께서 정치에 관여하는 일이 있다면 우리는 그것을 근거로 들어 대적할 수가 있을 것이오. 그리고 민가의 백성들을 그리 살피는 마음이라면 언제 권력의 쟁투에 뛰어들 틈이나 있겠소?"

"그건 그렇지만……."

"김두연 대감의 가문이라면 하나같이 청빈하고 곧은 이들임을 다들 알 것이오. 그 가문의 권속(가족)들의 수도 많지 않고, 왕후마마도 권력에 욕심이 없으니 그 권속들이 외척으로 활개를 칠 염려도 없을 것이고."

이번에는 다들 고개를 끄덕였다.

"이만하면 우리들이 원하는 왕후마마의 재목감으로 더 바랄 것이 있소이까?"

이경구가 말을 마치고 좌중을 둘러보았다.

"허, 참!"

무어라 말은 못 하고 정석현이 혀만 찼다.

"……."

아무도 말이 없자 이경구는 쓰게 웃었다. 자신의 손으로 직접 낙인을 찍은 연판장은 아직도 겸의 수중에 있었다.

그 시각, 왕후 간택자가 머무는 별궁 화연관.

왕후로 간택된 솔나의 하례를 마치고 왕실의 가족들은 모두 돌아갔다. 잉태 중인 공주의 몸이라 아율은 아예 참석을 못 했다.

이제 마지막으로 겸과 솔나가 인사를 나누는 친대 절차만이 남았다.

솔나가 겸에게 세 번의 절을 올렸고 겸은 앉아서 그 절을 받았다. 그런 후 겸의 궁녀장인 홍화가 솔나에게 예물함을 내렸다. 예물함 속에는 금을 비롯하여 홍옥, 비취옥, 노마 등 각종 보석을 새겨 만든 장신구들이 들어 있었다. 화가야에서 금 장신구는 오직 직계 왕족들만이 할 수 있는 것이었다.

겸이 다정한 미소로 솔나를 한 번 쓰다듬고 몸을 일으키려고 했다. 삼간택의 절차를 치르느라 솔나도 많이 곤한 터였다. 그만 쉽게 해주려는 겸의 배려였다.

"전하! 송구하오나 잠시만 좌정하옵소서."

일어나려는 겸을 홍화가 만류했다.

"잠시만 틈을 내어 소인이 올리는 말씀을 들어주옵소서."

"긴한 말인가? 왕후위가 많이 고단할 듯하니 태양관으로 돌아가서 하시게."

"아니옵니다. 두 분께 함께 아뢰어야 할 말씀이옵니다."

"왕후와 내가 같이요?"

"네. 전하!"

의아하였지만 겸이 다시 자리에 앉았다.

"전하! 이제 왕후마마의 위가 돈독하게 되었사오니 소인은 이만 사직을 청하고 사가로 돌아갈까 하옵니다."

자신과 닮은 무화과나무가 있는 자신의 집으로.

"궁녀장! 무슨 말이오? 사직이라니?"

"들으신 그대로이옵니다. 그만 태양궁을 물러나 늙은 몸을 사가에서 쉬었으면 하옵니다."

"늙은 몸이라니? 이제 마흔을 갓 넘긴 궁녀장에게는 어울리지도 않는 말이오."

겸이 대번에 만류를 하였다.

"태어나면서부터 지금까지 내 곁을 지켜주었던 궁녀장이오. 비록 엄격하였다고는 하지만 모후 대신에 나에게는 어머니의 마음을 주었었지. 한데 이제 왕후를 맞으려는 이 시점에 사직이라니?"

"그리하여 주옵소서."

"불가하네."

겸에게는 어머니가 세 명이었다. 기억에도 없는 승하하신 선대왕후마마. 자애롭고 다정했던 어머니 청천비, 엄격하지만 제왕의 도를 가르친 어머니 홍화.

"전하! 소인이 지금부터 말씀을 아뢸 것이옵니다. 하니 그 말씀을 들으신 연후에도 어의가 변치 않으신다면 소인 또한 사직의 뜻을 거두겠사옵니다."

두 번 다시 연모의 마음은 꿈조차 꾸어보지 못하게 만든 잔인한 기억이었다. 이십 년이 넘는 시간을 홍화의 숨을 조이는 올가미 같았던 기억이었다. 하지만 이제 다 털어놓고 죄를 청할 용기가 생겼다. 솔나가 그렇게 만들어주었다.

"말씀해 보게. 내가 궁녀장을 사직하라 허할 까닭은 결코 없을 것이나 궁녀장의 심중에 있는 말이라도 들어보지."

"전하! 왕후마마! 소인은 실은 왕후마마의 부친이신……."

홍화는 잠시 숨을 골랐다.

이 세상 누구도 몰랐던 이야기. 오직 홍화만이 가슴에 품고 있었던 이야기. 홍화의 가슴에 가시가 되어 박히고 칼이 되어 찢어 버렸던 이야기.

이제라도 세연의 딸인 솔나에게 참회와 속죄의 마음으로 들려주어야 할 이야기. 이십삼 년이라는 긴 시간을 홍화는 자신의 손에 묻은 피를 닦지도 못하고 지내었다. 이제는 그만 손에 묻은 피를 씻어내고 편안해졌으면 했다.

"김세연 공의……."

세연도 집을 나가기 전 사간원의 도주사로 태양궁의 녹을 먹고 있었다.

"그만. 되었습니다."

홍화가 막 말을 시작하려는데 솔나가 그것을 막았다.

"전하! 아뢰옵기 황공하오나 소첩이 잠시 말하기를 윤허하여 주시옵소서."

"해보시오."

겸이 고개를 끄덕였다.

"궁녀장이 내 부친의 정혼자였음을 내도 알고 있습니다."

솔나의 입에서 나온 말은 뜻밖이었다.

"간택을 준비하면서 자수를 가르쳐 주셨던 큰어머님께 들었습니다. 내 부친께서는 궁녀장과 정혼을 한 몸이었는데 혼인을 앞두고 저의 모친과 함께 집을 나가 버리셨다고.”

“송구하옵니다. 하여 쟁투에 눈이 먼 소인이…….”

“그만. 되었다 하지 않았습니까?”

솔나가 가로막는 통에 홍화는 더 이상 읍소를 할 수가 없었다.

“다 알 수는 없지만 짐작은 하였어요. 아마도 내 가친(부모님)의 죽음과 궁녀장이 연관이 있을 것이라는 것을.”

“사실이옵니다. 어찌 된 일인가 하면…….”

“아니요. 더 말하지 마세요. 그냥 거기까지만 아는 것으로 하고 우리 모두 묶였던 마음을 풀었으면 해요.”

“……”

홍화는 말이 없었다.

“오늘 내가 전하와의 연모를 이루고 왕후의 위에 앉게 된 것이 누구 덕분입니까?”

“……”

“또 말해볼까요? 내가 연모해 마지않는 전하의 일생을 속죄의 마음으로 지켜주신 분이 누구입니까?”

“……”

“내가 어리석은 연모를 가슴에 품었을 때 잘못됐다 나무라지 않고 지켜주려 애쓴 분은 또 누구입니까?”

“……”

“힘들었던 양화관 생활 시절, 그래도 남몰래 나를 지켜준 분은 누구입니까?”

“……”

"사람의 몸으로 부활하였으나 깰 수 없는 수면에 든 나를 살리기 위해 용감한 고백을 하신 분은 또 누구입니까?"

"……."

"간택이 될 수 있도록 혼신을 다하여 가르치고 깨우쳐 주신 분은 또 누구입니까?"

"……."

홍화의 눈가에 그렁그렁 눈물이 고였다.

"저는 그분이 누구인지 너무 잘 알고 있고 그분께 입은 은혜를 어떻게 갚아야 할지는 몇 날 몇 달을 골몰해 보아도 알지 못하겠어요."

"……."

"그분이 바로 궁녀장 아닙니까?"

홍화가 입을 막았다. 그리고는 고였던 눈물이 드디어 터지고 말았다.

은혜는 물에 새기고 원수는 돌에 새긴다고 했다. 그래서 은혜는 금방 잊어버리고 원수는 대를 물려가며 갚으려고 하는 것이 인간이었다. 하지만 지금 솔나는 부모를 죽인 원수에 대한 용서를 이야기하고 있었다.

"궁녀장!"

솔나가 홍화의 앞까지 와서 몸을 앉혔다.

"혼약의 정표를 배반하고 궁녀장의 마음을 찢어버린 것은 내 부친께서 잘못한 것이었어요. 정혼녀가 있는 부친을 사모하여 그의 곁을 차지한 것은 또한 내 모친의 허물이지요. 하여 궁녀장이 내 가친들의 죽음에 연관이 있다 해도 그건 모두 내 가친이 원인이 되어 일어난 결과입니다. 씨앗을 뿌린 이의 잘못이 큽니까? 그 씨앗에 상처를 입고 원한을 갚으려 한 이의 잘못이 큽니까?"

애초에 씨앗을 뿌리지 않았다면 씨앗으로 인한 원한도 없었을 것이다.

"원한의 씨앗을 내 가친들이 먼저 뿌린 것이니 나는 궁녀장께 조금의 원망도 없습니다."

"흐흑!"

홍화가 숨죽인 울음을 토해내었다.

"이십삼 년이라는 시간을 혼자만 품어두고 얼마나 많이 아프고 시렸습니까? 일전에 사가의 무화과나무를 보며 제게 그리 말했지요. 하 좋은 시절 딱 한 번의 연모를 잃어버리고 난 후 꽃 한 번 피워보지도 못하고 지나가 버린 궁녀장의 생이었다고. 무화과나무를 보면 꼭 궁녀장을 보는 듯하여 사가의 안채 마당에 부러 무화과나무를 심어두었는지도 모르겠다고."

"으흐흑!"

"그만하면 되었습니다. 꽃 한 송이 피워보지도 못하고 오랜 세월을 혼자 아프고 시렸던 것으로 그건 다 갚은 것입니다. 그러니 더는 말씀을 하지 마세요."

"왕후마마!"

"그래도 혹여나 털어내지 못한 이야기가 너무 힘들거들랑, 햇살 좋은 봄날에, 나에게만 살짝 들려주세요. 하면 나는 궁녀장을 내 모친이라 여기는 마음으로 함께 아파하며 울어줄게요. 그리하면 안 되겠어요?"

솔나가 홍화의 손을 다독였다.

"궁녀장! 그리하세요. 내 또한 비록 화가야의 지존의 위에 앉아 있다고는 하나 궁녀장이 없으면 아무 곳에도 기댈 수 없는 어린 조카의 마음이오."

"왕후마마! 전하! 으흐흐흑!"

이십삼 년을 혼자서만 울었던 홍화의 울음이 터졌다. 숨죽인 울음이라 낮고 여리게 퍼져 나갔다. 아팠던 그 세월을 겸의 사랑이, 솔나의 용서가 위로해 주었다.

드디어 국혼의 날이 되었다.

가장 넓은 궁실인 광화관의 뜰, 광화전에는 무지개색의 비단길이 깔렸다. 층계 위의 휘장은 뼈대만 세운 후 나비들이 날아와 막을 덮었다. 온갖 색깔의 나비가 휘장을 이루었고 제일 중앙에는 왕실의 상징인 수정나비들이 창 모양으로 중심을 이루었다. 봄날의 햇살 속에서 눈부시게 반짝였다.

옥을 다듬어 세워둔 화분에는 온갖 종류의 봄꽃들이 심겼고 금박을 입힌 깃발에는 한울왕의 국혼을 축하하는 글귀들이 역시나 금으로 수놓였다. 봄날의 햇살 속에 그것 또한 같이 반짝였다.

유리로 만들어진 나비 모양의 어항에는 물고기 대신 어나비들이 가득 담겼다. 꼬리지느러미를 움직여 헤엄치면서 공기 방울을 만들어내는 어나비들의 모습도 넋을 잃게 하는 장관 중 하나였다.

가끔씩 어항에서 몸을 솟구칠 때면 물방울을 떨어내는 날개가 팔랑거렸다.

붉은 백일홍이 수놓인 어혼복(왕과 왕후의 혼례복)을 입은 겸과 솔나가 광화전의 뜰 맨 끝에 섰다. 양쪽으로는 나라의 대소사에 입는 의복인 대례복을 입은 귀족 대신들이 늘어섰다. 귀족들의 대례복에는 옥 장식이 달렸다.

완전히 올린 머리에 황금 동곳을 꽂고 귀 옆으로는 황금 비단을 늘인 겸과 손에는 옥화대(빙옥 사이에 말린 꽃을 넣은 국혼 예물)를 들고 머리에는 각양의 머리 장식을 한 솔나가 손을 잡고 층계 쪽을 향해 걸어갔다.

두 사람의 허리에서 땅까지 길게 늘어진 황금 비단에는 花伽倻之君主(화가야지군주)와 花伽倻之王后(화가야지왕후)라는 글귀가 수놓였다.

겸과 솔나가 층계 위로 오르자 귀족 대신들이 일제히 사배를 올렸다. 층계 양쪽에 차려진 왕실 종친 탁자에 앉았던 종친들은 앉아서 사배를 올렸다. 거기에는 아율과 보리, 청천비가 있었다. 두연과 그의 부인도 한 자리를 차지했다.

태양관 시종장이 다가와 솔나가 들고 있던 옥화대를 높이 솟은 단상 위에 가져다 얹었다. 단상 또한 붉은 비단으로 덮여 있었다.

겸이 손을 내밀어 솔나의 손을 잡았다. 떨리는 솔나의 손이 겸의 손 안으로 감겨 들어갔다. 두 사람의 뒤에서는 대례복을 입은 홍화가 시중을 들었다.

"꽃의 나라 화가야! 한울왕 전하의 국혼을 만천하에 고하옵니다."

옥화대를 놓아두고 돌아온 시종장이 큰 소리로 국혼을 고했다.

"백일홍 꽃문양의 사십오 대 한울왕께오서 김씨 가문의 솔나 님을 왕후로 맞으심을 감축드리옵니다."

넓은 광화관의 뜰이 쩌렁쩌렁 울렸다.

"만세! 만세! 만만세! 한울왕 전하 만만세!"

"천세! 천세! 천천세! 왕후마마 천천세!"

귀족 대신들과 광화관을 둘러싼 사람들이 일제히 고함을 질렀다. 백일홍으로 장식된 층계 위에 선 겸과 솔나가 하나로 웃었다. 그 눈길 속에는 두 사람이 함께하는 내일이 아름답게 펼쳐졌다.

"언니! 오늘 꼭 매화관에서 국혼 기념 잔치를 열어야겠수?"

광화관이 내려다보이는 화정(꽃정자)에 서 있던 연시가 입을 비죽였다.

"우리 객사 이름이 명색이 매화관 아니냐? 왕실 지정 객사에서 국혼 기념 잔치를 여는 것은 당연한 일이지."

초비의 눈길은 광화관에 고정되어 있었다.

"꽃달이 뜨는 시간까지는 태양궁에서 계속 잔치가 벌어질 거라는데 부러 객사에 돌아가 힘을 쓸 일이 무에요? 게다가 오늘은 철폐 한 냥도 벌지 못하는데."

오늘 밤은 삼월 꽃달의 밤이었다.

"너는 국혼 기념 잔치에서 셈을 하려고 했더냐? 내는 그저 좋기만 한데."

"오늘 하루 잔치를 하고 나면 반년 모은 이익이 다 날아가 버릴 것이오. 초막거리 걸인들까지 몽땅 몰려들 참이라던데."

"잔치야 손이 많을수록 좋은 법이지."

"공으로 받는 손이 많으면 뭐하오?"

"너는 내도 속인 채로 기수 그 사람을 객사에 들이지 않았니? 아무 말도 안 하고 넘어가 줬는데 이리 구시렁구시렁거릴 테냐?"

"언니도 참! 내는 뭐 왕실을 위한 마음 아니었소?"

"아니까 내도 그냥 넘어간 거다."

"핏!"

연시가 입을 비죽거렸다.

"여기들 계시었군요. 한참을 찾았습니다."

그때 두 사람의 뒤로 기수가 다가왔다.

"객사의 일꾼이 여기는 웬일입니까?"

초비가 뜨악하게 기수를 보았다.

"객인으로 일하던 것이 언제 적 일인데 아직 그렇게 말을 합니까?"

기수가 은근슬쩍 초비와 연시의 사이에 끼어들었다.

"음흉스러운 사람 같으니라고."

초비가 몸을 움직여 기수에게서 조금 거리를 두었다.

"호호! 언니! 저 쪽이 더 잘 보일 것 같네. 내는 저쪽에서 보고 있을게요."

두 사람을 보며 연시가 슬쩍 자리를 떠났다.

"어딜 간다고?"

초비가 불렀지만 연시는 모르는 척 저쪽으로 가버렸다.

"저쪽이 더 잘 보이나 봅니다."

멀어진 초비 쪽으로 다가서면서 기수가 사람 좋게 웃었다.

"흥!"

초비가 고개가 쌜쭉하니 돌아갔다.

"화원장님! 잘 보이세요?"

화정의 한쪽에는 다선과 미우도 국혼을 보고 서 있었다.

"잘 보인다. 이제 안력이 다 돌아왔는데 안 보일 게 무어냐?"

"에이! 진짜 안 보일까 물어본 건가요? 하도 넋을 놓고 보시기에 저도 좀 봐주십사 말 시킨 것이지."

"일 년 열두 달을 붙어서 함께 지내는데 뭘 또 보라고?"

"저는 봐도 봐도 자꾸 보고 싶은데요."

"너도 참!"

이제 다선과 미우는 서로의 마음을 숨기지 않았다.

"화원장님! 그런데 혹 마음이 아프신 건 아니에요?"

미우가 조심스럽게 물었다.

"뭐가?"

"솔, 아니 왕후마마를 연모하셨잖아요?"

"내가? 언제?"

"시침 떼시기는."

"미우야! 연모라는 이름은 가까이에서 안고 싶고 만지고 싶고 입 맞추고 싶고 그런 사람에게 붙이는 거란다. 한데 나는 왕후마마께 그런 마음은 없었다."

"정말요?"

"오히려 멀리에서 지켜주고 보호해 주고 싶은 마음이었을 뿐, 하니 그건 어쩌면 경외라는 마음이었을 것이다."

"참말 그런 마음이 하나도 없으셨어요?"

"암!"

"그렇다고 해서 그게 연모가 아니었단 걸 어떻게 확신해요?"

"지금 내 옆에는 가까이에서 만지고 싶고 안고 싶고 입 맞추고 싶은 사람이 있단다. 하니 그것은 연모가 아니었겠지."

"뭐, 뭐!"

미우의 볼이 붉게 물들었다.

"정말! 안 그러신 줄 알았는데 화원장님 순 능구렁이셔."

"연모하는 여인에게 사내는 저절로 그렇게 되는 법이란다."

"점점!"

"미우야!"

다선이 정색을 하고 미우의 손을 잡았다. 둘러싼 다른 사람들이 눈치채지 못하게 옷자락으로 살짝 가렸다.

"저렇게 화려한 옷은 못 되겠지만 그래도 너에게 꼭 어울리는 혼례복을 맞추어주마."

"뭐, 뭔 호, 혼례복이요?"

가슴이 벌렁벌렁 난리가 나서 말을 더듬거렸다.

"너의 혼례복 말이다."

"혼인도 안 한 처자가 뭔 혼례복이에요?"

"무슨 말인지 모르겠니? 내 지금 너에게 청혼을 하는 중인데?"

"에!?"

미우의 눈이 바위처럼 휘둥그레졌다. 얼마나 놀랐는지 뒤로 두 발은 물러났다.

"화, 화원장님! 지금 뭐, 뭐라고?"

"쉿! 국혼 구경하는 사람들에게 방해되겠구나."

다선은 미우를 보지 않고 앞을 보며 속삭였다. 하지만 미우를 잡은 다선의 손에 힘이 더 들어가더니 미우의 손가락 사이사이로 손가락이 깍지를 꼈다. 손가락과 손가락이 얽히면서 두 사람의 손이 다정하게 하나가 되었다.

"공주! 힘들지 않으십니까?"

국혼의 층계 옆으로 놓인 탁자에 앉은 보리가 사랑을 가득 담은 눈으로 아율을 보았다. 왕실 공식 연회 중이라 아율을 부인이 아니라 공주라고 불렀다.

"괜찮습니다."

"허리가 배기거나 그렇진 않습니까? 방석을 더 받쳐 드릴까요?"

보리는 금방이라도 자신의 의자에 놓인 방석을 뺄 기세였다.

"되었습니다. 왕실 어른들도 다 보고 계시는데."

"그런가요?"

보리가 겸연쩍게 머리를 긁적였다. 아율의 어깨에서 팔랑거리던 수정나비들이 보리를 보며 웃었다.

"요즘은 아이가 발길질을 하지 않습니까?"

"왜 아니겠습니까? 바로 누워 자는 일은 부쩍 힘이 듭니다."

"하면 제가 밤마다 공주의 내실에서 함께할까요?"

"부마위 나리! 그러시면 궁인들이 흉을 봅니다."

아율도 수정나비처럼 입을 가리고 웃었다.

"어마마마 좀 보세요. 아주 입이 귀에까지 걸리셨습니다."

청천비는 참 힘든 세월을 살아내었다.

민가 출신으로 후비에 책정되어 귀족가 출신인 후비 광운비의 온갖 멸시와 천대를 견디었다. 아무것도 모르는 병약한 한울왕은 청천비를 지켜주지 못했다.

열 달을 태에 품어서 낳은 귀한 공주는 열 살의 나이에 이유도 모르고 잃어버렸다. 그 후에는 광운비의 악랄한 계략에 맞서 겸을 지키느라 하루도 편할 날이 없었다. 그 와중에 초비의 어머니에 대한 죄스러움마저 청천비의 몫이었다.

하지만 이제 청천비는 왕실 내명부의 제일 어른인 태후가 되었다. 잃었던 공주를 찾아 국혼을 시켰고 이제 겸도 국혼을 함으로 왕실의 후사도 반석 위에 서게 되었다.

모진 고난의 세월을 인내한 여인이 행복에 겨워 웃고 있었다.

"이제 왕후마마를 맞게 되었으니 아이를 낳기 전 우리는 사가로 돌아가야 할 듯해요."

아율의 미소도 어머니와 닮아 있었다.

"사가로요?"

"네. 어차피 왕후마마에 앞서 산실청을 차릴 수도 없잖아요."

"하기야 국혼한 공주가 태양궁에 살았던 전례도 없으니까."

"다 오라버니 전하의 배려와 은덕이었어요."

"태후마마께오서 많이 허전해하시겠네요."

"사가가 가까우니 자주 문후 여쭙고 찾아뵈면 되지요. 게다가 한 달에 한 번 있는 왕실 가족 성찬에도 참석해야 하고요."

"집사에게 일러 대문간이랑 별채에 매화를 좀 더 심어두라 하였습니다."

"매화를요? 지금도 서른 그루는 족히 되는 걸로 아는데요."

"영원히 시들지 않는 매화께오서 계시긴 하지만 그래도 저는 매화가 많았으면 좋겠습니다. 우리의 아이들도 매화 속에서 뛰어놀았으면 좋겠고요."

"온 집 안이, 아이들의 옷이 매화 향기로만 가득 차겠습니다."

"그러면 어떻습니까? 허락만 된다면 저는 매화를 늘 품에 안고 다니고 싶습니다."

지금 보리가 말한 매화는 매화이기도 했고 아율이기도 했다.

"배불뚝이가 된 제가 아직도 좋으십니까?"

"아직도라니요? 무슨 그런 말씀을요? 누차 말했지만 영원히 그리고 제일로 좋습니다."

"그건 오늘의 고백입니다. 그렇지요?"

보리가 대답 대신 고개를 끄덕였다.

"귀족 대신들도 모두 흡족한 얼굴입니다."

보리가 귀족 대신들 쪽을 바라보았다.

"비록 자신들이 원하는 이를 왕후의 위에 올리지는 못했지만 왕후마마께오서 빼어나게 고결하시고 또한 시문을 겸하였으니 불만일 게 무엇이겠어요?"

아율도 겸의 왕후이자 자신의 시누이로서 솔나가 아주 마음에 들었다.

"그렇네요. 왕후마마만을 두고 보아도 아무도 불경한 마음을 먹을 수 없겠어요."

"그래도 저들이 자신들의 왕후로 화인을 맞았다는 것은 꿈에서도 상상치 못하겠지요? 그것도 왕실 가족과 피가 섞인."

솔나의 안에는 겸과 아율의 피도 같이 흐르고 있다. 그런 솔나가 화인이라는 것은 왕실 가족들만의 비밀이었다.

"앞으로는 화인과 화가야인들이 자유롭게 교통하는 날도 왔으면 좋겠어요."

"통곡의 숲도 화인의 숲으로 이름이 바뀌었고 어디에서나 화인에 대한 노래가 흘러나오고 있으니 곧 그렇게 되겠지요."

"오라버니 전하가 간절히 소원하시는데 꼭 이루어졌으면 좋겠어요."

"봄의 첫째 달, 마지막 날은 눈부시게 화창하고 매화 가지는 물이 올라 흐드러졌어요. 우리가 그런 꿈을 꾸기에 부족함이 없는 날이지요."

"어마마마는 꿈속처럼 행복해하시고 오라버니 전하는 평생의 연모를 왕후마마로 맞이하게 되셨으니 이 봄날은 두고두고 각인처럼 남을 것 같습니다. 하니 앞으로의 봄날은 더 화창하고 더 행복할 것 같아요."

"공주가 그럴 수 있도록 옆을 지키겠습니다."

"하면 저도 장군에게 매화처럼 향기로운 여인으로 남겠습니다."

"영원히 변치 않기를."

"영원히 한결같기를."

광화전에서는 무희들의 춤이 한창이었다. 무희들이 든 꽃바구니 가운데는 겸의 문양인 붉은 백일홍이 담겼고 아율의 연황색 매화 가지는 바구니 밖으로 늘어졌다.

겸과 솔나가 마주 보았다. 花伽倻之君主(화가야지군주)와 花伽倻之王后(화가야지왕후)가 서로의 건너편에 서 있었다.

겸이 한쪽 눈을 찡긋했다. 솔나가 늘어진 저고리에 입을 묻고 웃음을 참았다.

'솔나야! 돌아올 줄 믿었다. 나의 마지막 숨은 너의 품 안이기를 바랐던 나의 소망이 꼭 이루어질 거라고 믿었어. 그러니까 한때나마 흔들렸던 나의 믿음을 용서해 주겠니?'

'전하의 믿음 때문에 사람이 되었어요. 주변이 흔들어놓았던 전하의 믿음에 대한 원망은 조금도 없습니다.'

'두고두고 연모하겠다. 나의 연모로 태양궁이 가득 차도록 그렇게 연모하겠다.'

'두고두고 지키겠습니다. 전하가 가시는 발걸음 어디든지 평안하시고 강건하시도록 제가 지키겠습니다.'

'함께 가을 갈대처럼 희어져 가자. 우리의 머리에 서리가 내리기까지. 생과 사로 갈라져 버리기 전까지.'

'아니요. 생도 함께, 사도 함께요.'

악기가 울렸다. 어나비들이 일제히 어항에서 솟구쳐 날아올랐다. 꼬리지느러미를 흔들며 꿈속처럼 무지개색의 물방울을 튕기며 팔랑거렸다. 겸과 솔나가 눈이 부시게 바라보았다.

매화는 흐드러지고 많은 이야기가 피어나는 봄날이었다.

오랜 은원을 떨쳐 버린 청천비와 초비가 있었다. 다정하게 깍짓손이 된 다선과 미우가 있었다. 아이를 품고도 품격 있는 공주 아율이 있었고, 공주에게 영원히 충실한 부마 보리가 있었다. 연모를 위해 인내한 화가야의 사십오 대 한울왕 겸이 있었고 기품 있는 모습으로 겸을 보는 왕후 솔나가 있었다.

매화의 봄날이 그랬다.

매화의 꽃말은 <인내, 품격, 기품, 혹은 충실>.

〈完〉

작가 후기

육가야는 지금의 경남 지역에 존재했던, 멸망한 소국(小國)입니다.

제가 경남 진주에 살다 보니 육가야에 대한 재미있는 상상을 해보았습니다.

삼국의 틈바구니에서 멸망한 육가야가 사실은 아직도 존재하고 있다면? 살아남은 유민들이 숨어 살면서 여전히 가야의 명맥을 잇고 있다면? 그곳이 한 번 핀 꽃들은 첫서리가 내리기 전까지 시들지 않는 신비로운 땅이라면?

이런 상상에서 화가야는 태어났습니다.

또 이런 상상도 했습니다. 꽃이 사람으로 변한다면 어떨까? 꽃이 꽃이기도 했다가 사람이기도 한다면? 그런 존재들이 사람들 속에서 숨어 산다면 얼마나 경이로울까?

이 상상에서는 화인이라는 존재가 태어났습니다.

글을 쓰는 내도록 행복했습니다. 좋아하는 꽃 이야기를 마음껏 할 수 있어서 즐겁게 작업을 했습니다. 마치 꽃향기를 가득 담아 배달하는 우체부가 된 기분이었습니다.

이 글을 읽으시는 모든 분들이 향기롭기를 소원해 봅니다. 제가 배달하는 꽃향기가, 처음 향기 그대로 변하지 않고, 가 닿기를 소원해 봅니다.

하지만 저 혼자만의 감정에 빠지지 않으려고 노력했습니다. 향기가 지나쳐서 오히려 역하게 느껴지지 않도록 조절하는 일에 최선과 최고의 정성을 쏟았습니다.

그래서 읽어주시는 고마운 분들께 은은한 향기의 글이 되었으면 합니다.

제 삶의 이유가 되시는 하나님께 감사합니다. 주시는 지혜대로 열심히 쓰겠습니다.

고운 인연을 이어가는 청어람 출판사에 감사합니다. 무엇보다 교정을 봐주신 직원분의 섬세함에 박수를 보냅니다.

박지영 작가님께는 항상 감사합니다. 옆에 있어서 든든한 글 선배이자 조언자입니다.

최초의 독자이시며 글쓰기의 시작이 되어 주신 종다리 김종남 선생님과 셀프 이자현 과장님께도 감사합니다.

연재를 하는 동안, 격려의 댓글로 함께해 주신 분들께 감사합니다.

태국에 계시는 미루♥님, 호호씨님, 사랑동이님, 맑은언어님, 진상모드님, 들꽃향기님, 따 to the 농남님, 예을님, 유리빛바다☆님, 바라바라홍님, 선짱1090님, 이유화님, 같은 길을 가는 일월성 작가님, 봄이s 작가님, 트윈베베 작가님, 항상 기억하고 응원하고 있습니다.

주인공의 이름을 빌려준 다섯째 조카 하겸에게 고마움을 전합니다. 역시 이름을 빌려준 남동생 이경구, 제부 정석현에게 감사합니다.

컴퓨터 작업을 도와주었던 큰조카 도현에게도 고맙습니다.

저의 두 번째 출간작, 이 책도 꽃박사이신 저희 어머니 황용순 권사님
께 드립니다. 꽃 많이 키우시면서 오래오래 건강하시고 행복하세요.
감사합니다.

-2016년 9월
꽃의 작가 이영희